Janine Adomeit

Vom Versuch, einen silbernen Aal zu fangen

Janine Adomeit

Vom Versuch, einen silbernen Aal zu fangen

Roman

dtv

MIX
Papier aus verantwortungsvollen Quellen
FSC® C083411
FSC
www.fsc.org

Gesetzt aus der Palatino
Satz: Fotosatz Amann, Memmingen
Druck und Bindung: CPI books GmbH, Leck
Printed in Germany · ISBN 978-3-423-28296-3

Trink die Zeit,
sonst trinkt sie dich.
– Der Dicke

1.

Am Tag der Entdeckung. Samstag.

Es war zu warm für die Jahreszeit, auch sonst stimmte nichts. Vera klappte ihr Kassenheft zu und stopfte es zurück in den Spalt zwischen Tresen und Wand, hörte, wie die Rechnungen und Mahnbriefe mit lautem Knistern tiefer rutschten. Sie brach eine neue Schachtel Zigaretten an. Hatte neulich erst gewechselt, ihre Marlboros gegen welche vom Discounter getauscht. Die nächste Stufe wäre Selberdrehen. Einsteigen mit gutem Tabak und sich allmählich runterarbeiten. Sie war vorbereitet.

Vera rauchte fertig, feudelte anschließend unter den Tischen im Schankraum. Schaltete die Lichterketten ein und schob eine CD in die Anlage. Zuletzt noch die Engelsflügel und die Perücke aus Lamettafäden übergezogen. Vor kurzem hatte sie sich für samstags das Motto »Karneval« ausgedacht. Oft kriegte sie die Bude mit dem bisschen Rambazamba noch voll. Doch am Unteren Markt war Schützenfest und warteten hundert Liter Freibier. Falls sich keiner zu ihr ins Stübchen verirrte … Vera goss sich einen Jägermeister ein. Falls heute keiner käme, bliebe sie am Tresen sitzen. Ihr eigener Gast.

Darauf trank sie.

Halb acht jetzt, die Sonne gab auf. Gut. Im Dunkeln konnte man sich einreden, die Stadt sei wie jede andere. War das Gröbste unsichtbar: das Gerippe des Bushäuschens an der Promenade, die Schuttcontainer in den Gassen. Die Rollgitter vor den Ladentüren und die eingeschlagenen Fenster der Geschäfte, bei denen sich kein Einbruchschutz mehr lohnte. Villrath an den Polarkreis versetzen, dachte Vera. Ein halbes Jahr Nacht, den Rest der Zeit Urlaub, das würde helfen.

Darauf trank sie.

Sie betrachtete das achtzig Jahre alte Schwarzweißfoto über der Eckbank. Es zeigte das Haus, einen Fachwerkhof, in der Frontalansicht. Links an der Scheune Schubkarren und Werkzeug und im Vordergrund Menschen, deren Gesichter das einzig Unaufgeräumte waren im Bild: Veras Großvater, der Onkel und dessen Söhne. Bauern, die nach acht Jahren Schule den größten Teil ihres Lebens auf den Feldern verbracht, beim Pflügen mageren Pferden in den Hintern gesehen hatten, falls sie und die Pferde nicht der Krieg geholt hatte; Männer, die schweigend ihr Schwarzbrot mit Rübenkraut aßen, morgens wie abends und im Winter mit Wundschorf auf den Lippen; deren Fingernägel nie mehr richtig sauber waren, nicht mal im Sarg. Daneben, als zweites Grüppchen, die Frauen. Ihre kleinen, borkigen Mutterkörper und ihr früh ergrautes Haar. Dunkle Kittelschürzen mit aufgenähten Taschen und in den Taschen Sicherheitsnadeln, Haarnadeln, Buntkopfstecknadeln. Von Gicht entstellte Hände, die Kruste aus Unterhosen kratzten. Aber für das Haus war das die beste Zeit gewesen. Es hatte Menschen etwas bedeutet. Denen, die darin gelebt hatten; und auch denen, die später, als die Räume im Erdgeschoss zur Schankwirtschaft ausgebaut worden waren, hier ihre Hochzeiten und Geburtstage und Kegelclubjubiläen gefeiert hatten. Mittlerweile, das hieß: für Vera, war es nur noch das notwendigste aller Übel.

Aber nun. Sie brachte es auch nicht über sich, hier die Schotten dicht zu machen und ihren Kittel an den Nagel zu hängen. Was wäre schon die Alternative? Für eine Aushilfsstelle in der Bäckerei oder bei Tchibo war ihr Geduldsfaden zu kurz und ihr Maul zu lose. Im Stübchen war sie wenigstens ihr eigener Chef. Konnte bis mittags schlafen, bestimmen, welche Musik gespielt wurde, welche Regeln im Schankraum galten. Konnte sich aussuchen, an wen sie die Zimmer im ersten Stock vermietete, und innerhalb von fünf Minuten jeden auf die Straße setzen, der sich danebenbenahm. Und immer weiter Zahlungen aufschieben. Sparen. Durchhalten. Nur noch bis morgen, und morgen wieder von vorn.

Wenigstens die Stammbesetzung würde ihr dabei Gesellschaft leisten, würde sie auch heute Abend nicht im Stich lassen: Rolf brauchte nach der Schicht seinen Absacker und eine Runde Dart; Bärbel musste mit Dolce raus, würde Hotte mitnehmen, damit er ihre Abwesenheit nicht nutzte, um allein auf dem Sofa einen Wein zu köpfen. Und auch Kurti musste unter Leute, neue Gründe finden, ihnen in der kommenden Woche aus dem Weg zu gehen. Alles wäre wie immer. Kurz vor Schluss dann Udo Jürgens und Roland Kaiser, Howie und Paola; ihre Kindheits- und Jugendschlager, die sie so schön rührig machten, und auch dieser Abend wäre rum. Vera freute sich schon darauf, spätestens um eins, halb zwei wieder unter ihre Bettdecke zu kriechen.

Als eine Art Kanonendonner von Norden hallte, zuckte sie zusammen. Es dauerte einen Augenblick, bis sie sich erinnerte: An der Baustelle der Bahn wurde seit gestern gesprengt. Dass die auch nicht um die paar Felsbrocken und Findlinge herumbauen konnten oder wollten. Eine brandneue Güterzugtrasse, parallel zu den Rheinhäfen bis rauf nach Duisburg, hatte im Lokalblatt gestanden. Beim Gütertransport ginge es um Schnelligkeit, deswegen der Bau mitten durch den Wald. Überall war Zeit gleichbedeutend mit Geld, dachte Vera, hatte alles sein Tempo und deswegen einen Wert. Außer vielleicht hier, vor und hinter ihrem Tresen. Sie kratzte sich unter der Engelshaarperücke, schenkte sich nach und überlegte, ob sie noch Luftschlangen über das Holzbrett an der Wand hängen sollte, in dem eingebrannt in Schnörkelschrift der Wahlspruch des Stübchens stand: *Lieber ertrunken als verdurstet.* Vera gähnte und blieb sitzen. Kurz, ganz kurz fand sie, dass es auch seine guten Seiten hatte, wenn nichts Unerwartetes passierte.

Die Feuerwehrsirene am Kurpark setzte ein. Rolf hatte auf dem Heimweg was gehört, machte Andeutungen, dass am Hang was passiert sei, man etwas gefunden habe. Dass die Bauarbeiten ruhten. Was denn, was soll da sein im Geröll, eine Goldader, scherzte Vera, aber Rolf lachte nicht. Traute sich nicht wegen seiner Zähne.

Zur vollen Stunde stellte Vera die Musik aus und das Lokalradio ein. »Pscht.« Sie legte den Finger an die Lippen, warf Hotte, der noch quasselte, den Spüllappen an den Hinterkopf.

»Villrath: Zwischenfall bei der Sprengung für die neue Güterzugtrasse.«

Sie hätten es bei dem austretenden Wasser nicht mit normalem Grundwasser zu tun, sagte einer vom Trupp ins Mikrofon. Ein Schnelltest habe einen erhöhten Mineraliengehalt sowie eine überdurchschnittliche Temperatur ergeben. Fürs Erste müsse abgepumpt und das Wasser in die Gräben und Bäche der Umgebung geleitet werden, längerfristig käme als Lösung der nahe Stausee in Frage. Möglich, dass es sich um einen bisher unbekannten Arm der 2001 von einem Erdbeben verschütteten Villrather Heilquelle, im Volksmund auch bekannt als »Marienquelle«, handle, schloss der Ansager und ging über zu den Verkehrsmeldungen.

Es war still im Schankraum. Vera griff nach der Stuhllehne und setzte sich. Hotte nahm seinen Cowboyhut vom Kopf und drehte ihn nervös zwischen den Händen, blickte von einem zum anderen. Kurti klopfte sich mit der Faust auf die Brust und hustete, spuckte in sein Taschentuch und inspizierte den Inhalt interessiert.

Auf einmal sah er auf. »Ja, und? Warum sagt denn keiner was?«

»In der Badewanne«, sagte Bärbel und faltete die Hände in den Samthandschuhen, »ich weiß noch, wo ich damals beim Erdbeben war. In der Wanne.«

»Pff. Morgens um drei?« Kurti sah sie spöttisch an.

Bärbel lächelte nur. Abwechselnd beobachtete sie Rolf und Hotte, zog in Zeitlupe den linken, abspenstig gewordenen BH-Träger zurück über ihre Schulter und ließ los. Es schnalzte. Das Brustfleisch im Ausschnitt zitterte. Der Hund in Bärbels Schoß nieste.

»Vera«, sagte sie, »wir haben ein Wunder. Gibt's keinen Sekt?«

*

Kamps lag in der Dunkelheit und dachte an Angelika: Daran, dass ihre Hälfte der Matratze immer noch nach der Kräuterseife roch, die sie so viele Jahre benutzt hatte, und dass er sich nun, mit beinahe sechsundsiebzig, keine neue mehr kaufen würde. Immer würde er eine Matratze haben, die nach Angelika roch. Es war ein guter Gedanke, und Kamps drehte das Kissen auf die kühle Seite und legte den Kopf darauf. Dass er heute oder morgen wieder nach ihr sehen müsste, überlegte er. Der Friedhof war eine Zumutung, so viel stand fest.

Was er damit solle, hatte der Gemeindegärtner gesagt, sich auf den Spaten gestützt und das Blatt Papier in Kamps' Hand mit hochgezogenen Brauen betrachtet.

Mitnehmen, seinem Vorgesetzten zeigen. Damit endlich was passiere. Kamps hatte vorgelesen: zwei Fahrradrahmen. Ein Kühlschrank. Ein Röhrenfernseher. Ein Lattenrost. Vier Müllsäcke, Inhalt unbekannt. Ein kaputter Kinderwagen.

Für Sperrmüll sei er nicht zuständig, hatte der Gärtner gesagt, da sei Kamps an der falschen Adresse.

Ob er ihm die Liste dann wenigstens unterzeichnen könne, als, nun, Zeuge?

Der Gemeindegärtner hatte gelacht.

Kamps hatte das Blatt sinken lassen. Gesagt, dass das nicht alles auf seinen Handwagen ginge. Nicht die großen Teile. Das schaffe er nicht.

Aber da kümmere sich doch die Abfallwirtschaft drum. Die wüssten Bescheid. Da kämen bald ein paar Leute.

Wann?

Irgendwann. Demnächst. Sei eben nicht unbedingt Priorität, dieser Teil der Stadt.

Kamps hatte den Zettel eingesteckt.

Wie hieß der Gärtner, Schulte, Schulze? Das t konnte wie ein z aussehen oder andersherum, wenn er den Stift schnell genug führte. Zuhause probierte er es. Es sah echt aus. Darunter setzte er seine eigene Unterschrift. Julius Kamps.

Insgesamt sieben Beschwerden hatte er seither ans Grünflächenamt und an die Stadtverwaltung geschickt, die Listen sauber auf Angelikas alter Schreibmaschine im Keller abgetippt, die großen Kuverts aus Kraftpapier be nutzt. Keine Antwort. Womöglich würde es seinen Worten Nachdruck verleihen, den Zustand des Friedhofs mit Fotografien zu belegen.

Dass Villrath einmal einen Preis für die schönste Innenstadt des Bundeslandes erhalten hatte. '87 musste das gewesen sein, Kamps hatte die beiden Douglasien im Garten gerade erst gepflanzt. Es war die Zeit gewesen, in der sein Viertel sich den Beinamen »Weiße Siedlung« verdiente, da sich ein Kurarzt nach dem anderen hier niedergelassen hatte. Die Zeit, in der die Stadtverwaltung beschlossen hatte, den Tourismusbetrieb, die gesamte dafür benötigte Infrastruktur so professionell auszubauen, dass sich Villrath, bislang lediglich staatlich anerkannter Kurort, in einigen Jahren um den begehrten Zusatz »Bad« vor dem Namen hätte bewerben können; in die Riege altehrwürdiger Kurstätten aufgestiegen wäre, die von Kaisern und Königen und anderer Prominenz besucht worden waren. Eine Adresse, so schick wie Bad Honnef auf der anderen Seite des Rheins. Ja, Kamps war damals stolz gewesen auf Villrath, »Tor nach Rheinland-Pfalz« und zu den herrlichen Weinbergen des Ahrtals. Auch Drachenfels und Rolandsbogen, der Andernacher Geysir, selbst die Loreley und die Pfalz bei Kaub waren höchstens einen Tagesausflug entfernt. Selbsterklärend, dass Menschen aus dem ganzen Westen Deutschlands zur ambulanten Vorsorgeleistung hergeschickt worden waren oder sogar in die eigene Tasche gegriffen hatten, um sich mal anständig zu erholen. Sich am heilenden Villrather Wasser zu stärken und anschließend die Bäuche gefüllt zu bekommen: Sauerbraten, Schlachtplatte, das ganze gute Programm. Es hatte Kamps gefallen, dabei zuzusehen, wie sie am frühen Morgen losgezogen waren in den Park zur ersten Trinkkur des Tages, ausgestattet mit den blau-goldenen Steingutkrügen, die bei Ankunft auf den Kissen der Hotelbetten lagen. Oder abends: flanierend auf der Promenade, während sich nach und nach die Laternen einschalteten wie eine goldene Perlenkette, Musik und Gelächter aus den Lokalen drang. Entspannte, zufriedene Leute, Arm in Arm, mit roten Flecken im Gesicht vom Wein oder weil sie sich beim Tanztee einen Kurschatten angelacht hatten. Wie auch immer. Die Gäste waren jedenfalls aufgeblüht. In wie vielen Fällen hatte Villrath damit zum Erhalt der Arbeitskraft beigetragen. Wachstum und Wohlstand genährt, einen Dienst am Land getan. Aber die Politik hatte sich nicht rechtzeitig gekümmert, war nie mehr in die Pötte gekommen. Man hatte die Stadt vergessen; rund fünftausend Leute, einfach so.

Zugegeben. Als einen vorübergehenden Schluckauf der Natur hatten es auch die Villrather abgetan, als das kostbare Wasser der Marienquelle sich von jetzt auf gleich zurückgezogen hatte. Die Kubatzkys und Hansens mit ihren Ferienwohnungen, Klärchen und Hans mit der Minigolfanlage. Gerkens' Kurti mit seinen beiden Eseln und dem Ziegenbock, ein billiger Streichelzoo für die Kinder. Jeder hatte daran geglaubt, dass alles schon wieder gut würde. Woran sonst?

Das Erdbeben war um zwei Uhr achtundvierzig in der Nacht gekommen, Kamps würde das nie vergessen: ein tiefes Grollen, ein Ruckeln des Bettes, dann waren die Lesebrille und die Tablettendose vom Nachttisch gefallen. Absackende Gesteinsschichten. Waren womöglich die

Tagebaue Garzweiler und Hambach schuld? Unsinn, ließ der verantwortliche Energiekonzern in gewählteren Worten in die Zeitungen drucken. Als das Becken im Rondell des Kurparks auch in den folgenden Tagen leer blieb, entschied der Stadtrat in Eile. Bagger wurden gebracht. Sie gruben jede Woche in einem immer größeren Radius von der Mitte des Parks und schließlich bis zur Mauer, bis auch die sorgsam gehegten Blumenbeete, der kugelig gestutzte Buchs und ein Großteil der Bäume aus fünfundzwanzig Ländern dran glauben mussten, das hübsche japanische Teehäuschen vor Staub und Dreck kaum noch zu sehen war. Ein Fachmann einer Universität nahm Bodenproben und wusste doch nichts Handfestes zu sagen. Ein Tross Wünschelrutengänger steckte Planquadrate, campierte zwischen Erdhaufen. Doch das Wasser blieb verschwunden. Danach war nichts mehr wie zuvor. Kein Weinfest, keine ausgebuchten Fremdenzimmer mehr, keine Reisebusse aus Holland und Belgien. Auch die Pläne für die Therme und die Rehaklinik: verworfen. Die Jüngeren, Gesunden hatten Anstellungen in der Zucker- oder Brikettfabrik gefunden. Die anderen nichts. Wenn in der Zeitung von der Arbeitslosenquote in Villrath und Umgebung die Rede war, blätterte Kamps nur noch kopfschüttelnd zur nächsten Seite. Allein im Café Tango schienen sie zwischenzeitlich eine neue Geschäftsidee an Land gezogen zu haben. Gerkens' Kurti hatte ihn darauf aufmerksam gemacht, dass im Blumenkasten des Hauses seit neuestem ein rotes Papierherz an einem Stöckchen flatterte. Auch die Parkplätze vorm Café seien rund um die Uhr besetzt.

Das bedeute, dass sich in den oberen Etagen ein, nun ja, er wisse schon, befände. Ein Schandfleck, Kamps hatte zugestimmt. Abgesehen davon schien sein Villrath nur noch als Kulisse für Drehs von Kriminalfilmen interessant, deren Hinterlassenschaften, Kaugummipapiere, Getränkedosen und dergleichen, er gereizt aufsammelte. Beim nächsten Mal, fantasierte er, würde er die Adresse des verantwortlichen Fernsehsenders herausbekommen und die Müllsäcke dort ausleeren, direkt im Foyer.

Kamps steckte den Finger in den Mund und pulte an einem winzigen Zwiebelstück, das zwischen den Backenzähnen festsaß und unangenehm drückte. Ein Zahnstocher. Aber aufstehen wollte er nun auch nicht mehr, rang mit sich. Im nächsten Moment schreckte ihn ein Geräusch, ein Poltern und Scheppern, hoch. Es kam von draußen, durch den Spalt des Schlafzimmerfensters. Jetzt Stimmen. Kamps schwang die Beine aus dem Bett, angelte blind nach den Pantoffeln und fand sie nicht, ging barfuß zum Fenster und blickte mit bangem Herzen in die Schwärze hinter der Scheibe. Dann sah er sie. Vier Männer und ein Kleintransporter vor dem leerstehenden Haus gegenüber. Jeweils zu zweit schafften sie etwas Dünnes, Langes in den Wagen. Kupferrohre. Kamps beobachtete die Männer, wie sie, nachdem die Rohre im Transporter verstaut waren, auf der Straße stehen blieben und sich Zigaretten anzündeten, rote Punkte, die in der Düsternis wie Glühwürmchen schwebten. Einer löste sich von der Gruppe und machte langsam einen Schritt über die Straße, dann noch einen und noch einen. In Kamps' Einfahrt schaltete sich der Bewegungsmelder ein. Der Mann blieb am Rand des Lichtkegels stehen. Er schnippte seine Asche weg und legte den Kopf in den Nacken, sah hinauf zu Kamps' Schlafzimmer, und Kamps trat hastig vom Fenster zurück. Im nächsten Augenblick war er bereits auf der Treppe, dann im Wohnzimmer; hielt den Telefonhörer in der Hand, wählte, wagte nur zu flüstern.

»Ja, Herr Kamps, in Ordnung, ja, wir schicken einen Wagen. Verhalten Sie sich ruhig.«

Er legte auf.

Vielleicht könnte er auf allen vieren in den Flur und von dort zurück in den ersten Stock, zurück ans Fenster, um die Banditen wenigstens im Auge zu behalten. Doch wenn sie ein Brecheisen dabeihatten, würden sie es nicht an der stabilen Vordertür, sondern an der Werkstatt versuchen. Dafür würden sie von hinten durch den Garten kommen. Kamps hielt sich an der Lehne der Telefonbank fest, blickte zu der hölzernen Muttergottes auf dem Sims. Bekreuzigte sich. Als sich etwas Weiches an seinen Unterschenkel drückte, fuhr er zusammen, hob die Katze dann schnell auf seinen Schoß. Kamps lauschte.

Die Polizei kam zehn Minuten zu spät, Kamps öffnete die Tür mit einem ungeduldigen Ruck. Der kleine Glattrasierte und der Große mit dem Vollbart. Wieder musterten sie Kamps, musterten seinen Flur, den Rosenkranz an der Wand und den Katzenbaum.

Er habe angerufen wegen verdächtiger Personen?

»Plünderer«, sagte Kamps, »gerade erst abgehauen,

Richtung Hauptstraße. Haben Kupferrohre weggeschafft von gegenüber. Ich hab gedacht, bis hierher kommen die nicht. Nicht so weit rein in die Stadt.«

»Konnten Sie jemanden erkennen?«

Kamps schüttelte den Kopf.

»Das ist eben eine schwierige Situation hier in Villrath«, sagte der Bärtige, als sie gemeinsam in der Küche saßen, Kamps Wasser für drei Tassen Tee auf die Herdplatte gestellt hatte.

»Was wollen Sie jetzt machen?«

»Jetzt nehmen wir das erst mal auf. Dann muss man schauen, was die Kapazitäten zulassen. Eventuell mehr Streife.«

»Sie sehen doch, dass Sie hier was anderes tun müssen als Streife fahren!« Kamps presste die Zähne aufeinander.

Hinter den Polizisten begann das Wasser auf dem Herd zu kochen, der Dampf breitete sich allmählich in der Küche aus.

»Tut uns leid, Herr Kamps. Wir tun, was wir können. Im Moment sind wir mit dem Umweltcamp recht ausgelastet. Vandalismus, Sabotage, das sind keine harmlosen Blumenkinder, wenn Sie verstehen, was ich meine. Die meinen das verdammt ernst, das mit dem Waldretten.«

»Vielleicht verziehen die sich aber bald. Die Bahn kann ja erst mal nicht weiterbauen, wegen der Quelle«, sagte der andere.

Kamps blickte auf, sah von einem zum anderen. »Wie?«

»Haben Sie noch nichts gehört? Die sind da oben an der

Baustelle auf Wasser gestoßen. Mineralhaltiges Wasser. Kurios, oder, nach fünfzehn Jahren?«

»Siebzehn«, korrigierte der Bärtige.

»Ah«, sagte Kamps.

Natürlich hatte er nichts gehört, von wem denn. Er würde sich allerdings auch nicht bemühen, etwas in Erfahrung zu bringen. Die Aufregung würde er sich sparen. Immer wieder hatte es angebliche Austritte von echtem Quellwasser in der Gegend gegeben, anfangs hatte er die Berichte darüber noch aus der Zeitung geschnitten und abgeheftet. Doch jedes Mal war es eine Ente gewesen. Häufig sogar eine faustdicke Lüge von jemandem, der sich hatte wichtigmachen wollen. Sollten andere ruhig einen unnötigen Tanz veranstalten – er ließ sich nicht mehr an der Nase herumführen. Vorbei war vorbei, das lernte jeder auf seine Art.

Die Polizisten waren verstummt. Die Küchenfenster beschlagen. Kamps spürte, dass seine Zungenspitze aus dem Mund herausguckte, wie immer, wenn er geistesabwesend war. Er erhob sich und stellte das Wasser auf dem Herd aus. Für die zwei war ihm sein Tee zu schade.

»Noch Fragen, Herr Kamps?«

Er schüttelte den Kopf.

Als sie Richtung Einsatzwagen gingen, drehte sich der Bärtige noch mal um. »Ist bestimmt nicht einfach, wenn die Nachbarn einer nach dem anderen fortgehen …«

»Was meinen Sie?«

»Ich spreche von einem gewissen Sicherheitsgefühl. Das ist ja wichtig, gerade für ältere Alleinstehende.«

Er käme zurecht, antwortete Kamps.

»Nur ein Tipp. Gut sichtbar angebrachte Alarmanlagen schaden nicht, gibt es auch als Attrappe. Oder Sie nageln ein Schild an den Zaun. Eins mit einem Hundekopf. Rottweiler, Schäferhund, so was.«

Er habe nur Katzen, sagte Kamps.

Sie stiegen ins Auto. Er sah dem Wagen nach, wie er davonfuhr, die Rücklichter in der Dunkelheit kleiner wurden und verschwanden. Die Faulpelze waren erleichtert gewesen, nicht ernsthaft wegen des Diebstahls einschreiten zu müssen; das hatte er ihnen angesehen. Nichts würde sich ändern. Die Polizei war sich da sicher. Die Diebe waren sich da sicher. Kamps ahnte: Mehr und mehr würde das Viertel, seine »Weiße Siedlung«, verlottern, bis kein anständiger Mensch hier noch wohnen wollte. Wäre der Zustand erst erreicht, müssten sie sich alle warm anziehen. Zögen im Handumdrehen die Flüchtlinge ein, mit der ganzen Sippe; so wie es vielen Gemeinden im Umland ergangen war, die nur über ein wenig Leerstand verfügten. Aber wie das so war, stets blieb man allein mit seinen Sorgen. Resigniert schloss Kamps die Tür.

Durch den Flur ging er in die Waschküche, durch die Waschküche in die Werkstatt. Er stemmte die Hände in die Hüften. Dachte, dass er ein Vorhängeschloss an der Tür anbringen könnte. Als er den Betrieb dichtgemacht hatte, kurz nach dem dritten Bandscheibenvorfall, hatte Angelika angenommen, er würde die Werkstatt nach und nach leerräumen, aber Kamps hatte abgewunken. Er war weiterhin jeden Morgen um sieben zum Läuten der Kirchenglocken aufgestanden, hatte Reparaturen für die Nachbarn ausgeführt; seit die Nachbarn fort waren, fühlte er sich verpflichtet, wenigstens Ordnung zu halten: die Ersatzteile da und die Regale mit dem Werkzeug dort. Die Rastbolzen in der Kiste unter dem Fenster, die Ringmaulschlüssel und Windeisen in ihren Schubladen neben dem Altmetall. Sortiert und beschriftet. Jederzeit auffindbar, sollte er sie brauchen. Auch das Schild lehnte noch hinter der Tür, »Schlosserei Kamps – Meisterbetrieb«, in Schutzfolie gegen Staub verpackt, auch wenn er wusste, dass er es nie wieder aufhängen würde. Kürzlich war ihm seine Lebensversicherung ausgezahlt worden, auch Erspartes war da. Er kam über die Runden. Wie lange noch, darüber nachzudenken vermied er. Wofür, die Frage stellte er sich schon eher. So ein Mensch ohne Aufgabe. Das war doch nichts.

Ein Wimmern riss ihn aus seinen Gedanken. Kamps durchschritt die Werkstatt, vorbei an der Schweißanlage und dem Trafo. Ganz hinten, beim Alteisen, fand er ihn: einen neuen Wurf. Fünf blinde Fellwürmer, kaum faustgroß. Zusammengerechnet waren es nun vierundzwanzig Katzen. Fünfundzwanzig, wenn er Luises Kater mitzählte, der sich, wenn Kamps die Schüsselchen auf der Vordertreppe verteilte, dazwischendrängte und die anderen wegbiss. Dass er die Mutterkatze hier drin füttern würde, dachte Kamps. Sonst kämen sie vielleicht nicht alle durch. Wenn es früher einen Katzenüberschuss in der Straße gegeben hatte, waren die Jungen in der Regentonne totgemacht worden, und Kamps, fünf Jahre alt, hatte die strampelnden Körper in den Händen seines Großvaters gesehen und nicht begriffen. Ich will auch mal, hatte er gesagt. Bitte, ich will auch die Katzen waschen! Wie warm das Kätzchen gewesen war. Wie seidig das Fell. Und die Rippen darunter, so zierlich wie Gräten. Als er es unter Wasser drückte, fuhr es die Krallen aus, winzige Krallen, die ihn am Handrücken kitzelten. Kamps musste lachen. Dann stand er da mit dem tropfnassen Leib, der sich nicht mehr regte. Und Kamps erschrak, wie er nie zuvor erschrocken war.

Er bückte sich unter eines der Regale, zog die Kiste mit den ausrangierten Waschlappen und Unterhosen hervor, die er zum Reinigen und Polieren benutzte. Hob vorsichtig die Kätzchen, eins nach dem anderen, hinein und bettete sie sachte auf die Unterlage. Sobald sie vollzählig waren, fanden sie augenblicklich wieder zu einem Knäuel zusammen, ein einziger warmer, pulsierender Körper, der Schutz ausstrahlte. Ja, dachte Kamps, seine Katzen würden am Leben bleiben. Ihm die Mäuse fernhalten, die die Bauarbeiten an der Zugtrasse aufscheuchten. Ein Großteil der Katzen, Freigänger, war von denen, die fortgezogen waren, zurückgelassen worden. Waren von selbst bei Kamps aufgetaucht, hatten sich entschieden, zu bleiben.

*

Vera stand in der Tür des Stübchens und sah zu, wie Kurti seine Tüten zusammenraffte, nicht ohne zuvor geprüft zu haben, ob der Inhalt noch vollständig war: vier Leitz-Ordner voller Zeitungsausschnitte, einige Sporturkunden, D-Mark-Scheine in Bündeln, eine Schirmmütze der

Bundeswehr. Kurtis kostbarstes Hab und Gut, weswegen er es auch für nötig hielt, es Tag und Nacht bei sich zu haben.

Kurti ließ sich Zeit. Justierte hier und dort, versuchte, das Unausweichliche hinauszuzögern.

Vera verschränkte die Arme. »Acht neunzig. Komm jetzt.«

Umständlich begann er, in seinen Hosentaschen zu wühlen. »Moment. Ich hab da …« Er förderte sandige Hustenbonbons und einen Rabattgutschein zutage. »Das gibt's doch nicht. Ich hatte heute Morgen einen Zwanni da drin.«

»Hast ihn verloren?«

»Nee, beklaut worden. Astrein beklaut. Mit mir kann man's ja machen.«

Er ließ die Schultern hängen und präsentierte seinen ausgereiftesten Gesichtsausdruck; Marke arme Sau. Doch sein Blick war aufmerksam. Kurti schätzte seine Chancen ein: ob sich Diskutieren, Lamentieren, Betteln lohnte. Immer in der Hoffnung, dass Vera von selbst einknickte. Nur noch dieses eine Mal. Wie immer. Es nötigte ihr Anerkennung ab, wie hervorragend, so ganz ohne Scham Kurti durchs Leben kam.

»Lass. Ich schreib's dir an.«

Er griente zufrieden, wie der Schmarotzer, der er war. Er verabschiedete sich, nahm seine Besitztümer an sich und verschwand eilig über den Hof von Clausens Gebrauchtwarenmarkt in der Dunkelheit.

Nun noch die beiden Verunglückten abfertigen, bevor

sie sich im Schankraum auf der Bank langmachten. Vera hob Dolce vom Boden und setzte ihn in Hottes Fahrradkorb, atmete durch den Mund; der Hund dünstete Magen und Urin aus, wie auf links gedreht. Hotte half der wankenden Bärbel auf den Gepäckträger, die sich wie eine Puppe die Gliedmaßen biegen und anordnen ließ. Im Anschluss mühte Hotte sich ab. Seine Gummisandalen verhakten sich in den Pedalen. Endlich saß er und warf den langen grauen Zopf über die Schulter; triumphierend; es waren die kleinen Kämpfe, die es zu gewinnen galt. Was für einer er wohl gewesen war, bevor er sich in Bärbels Chatnachrichten verliebt hatte und aus seinem Eifeldorf hergezogen war? Vor der Arbeitslosigkeit und den leeren Tagen.

»Also dann«, Hotte tippte sich an die Hutkrempe, der silberne Sheriffstern blitzte im Licht der Laterne.

Immerhin hatte er seine und Bärbels Zeche bezahlt.

Vera kehrte zurück in den Schankraum. Hörte Rolf, der über ihr in seinem Zimmer auf und ab ging und darauf wartete, dass sie klopfen kam, im Bademantel und den Bademantel offen. Allmählich wurden ihre Besuche bei ihm zur Routine, und sie wusste nicht, ob es ihr gefiel. Hast du andere, hatte er neulich erst wissen wollen. Warum das wichtig sei, hatte sie zurückgefragt. Sie schätzte ihn. Aber Rolf wollte mehr. Fürs Helfen und Zupacken, wenn im Stübchen etwas repariert oder geschleppt werden musste. Für die Figürchen und Herzen aus glattpoliertem Rosenquarz, die er ihr schenkte, seitdem er von ihrer Schwäche für Nippes und Kram aller Art wusste.

Dabei müsste er sich nur ein wenig anstrengen, um eine zu finden, die voller Sehnsucht darauf wartete, jemand anderen als sich selbst zur Priorität zu machen.

Vera zog die Engelsflügel aus und nahm die Perücke herunter. Sie setzte sich hinter den Tresen und überlegte, noch ein letztes Bier zu zapfen, die letzte Zigarette aus der Schachtel zu rauchen. Tagesabschluss. Dann rauf in die Wohnung, Katzenwäsche, Bett. Vielleicht fände sie eine Doku im Nachtprogramm, eine von diesen, bei denen sich der Faden so leicht aufnehmen ließ: wahre Kriminalfälle, Messiehäuser, Krisenfamilien. Doch wenn sie ehrlich war, wusste sie, dass sie kein Auge zubekäme. Nicht heute. Nicht, bevor sie gesehen hatte, was im Wald gefunden worden war. Rasch stellte sie die Spülmaschine an, zog sich etwas über und sperrte das Stübchen hinter sich ab. Schlug den Weg über die Promenade und vorbei am verwilderten Kurpark ein, bog dann in eine der Altstadtgassen. Am Oberen Markt war alles still, leere Getränkedosen und Chipstüten lagen kreuz und quer auf dem kleinen Platz vorm Kino, Central-Lichtspiele, die Eingangstür mit Brettern vernagelt. Vor einigen Tagen hatte auch das feine Schuhhaus Schreppmann rechts daneben zugemacht; die alte Frau Schreppmann, auf hohen Hacken und mit Leichenbittermiene, hatte den Schlüssel hinter vierzig Jahren ihres Lebens abgezogen, sich dabei von der Lokalzeitung fotografieren lassen. Vor der Tür des Geschäfts standen noch die Container und etliche Müllsäcke, bereits von winzigen Zähnen aufgeschlitzt. Der Inhalt quoll heraus. Immerhin die Ratten und Füchse litten keine Not.

Na schön. Villrath hatte es lange Zeit gut gehabt. Vielleicht ein bisschen zu gut. Jahrein, jahraus Witzchen, wie lästig doch die Kurgäste sein konnten, gerade im Sommer; eine Armee in beigen Windjacken und Gesundheitsschuhen, die gefüttert und unterhalten werden wollte, während ihre Autos jeden Meter Parkfläche blockierten, ihre Dackel und Pekinesen die Gehwege vollschissen. Aber Geld hatten sie gehabt. Für Taxifahrten und Massagen. Rückenbürsten und Badesalz. Schneekugeln und Talismane. Und immer ging am Abend noch ein Bier oder ein Glas Wein, waren das Café Tango und der Gasthof Rheinperle und das Stübchen voll. Erst nach Allerheiligen atmete die Stadt auf, trauten sich die Einheimischen zurück zum Feierabendbier: Lampen-Klaus und Silke vom Sonnenstudio, die üblichen Verdächtigen vom Sägewerk und der Freiwilligen Feuerwehr. Der Friseur, ein Dicker, der Kette rauchte und Schnitzel Hawaii bestellte, dazu Cappy-O-Saft mit einem Fingerbreit Sekt. Ein höflicher Gast. Wenig Extrawünsche, viel Trinkgeld. Vera freute sich auf ihn, wenn sie, damals noch direkt von der Schule, nach Hause kam; sie ihre Tasche in den Flur warf und die grüne Schürze überzog. Wie häufig sie miteinander über ihre Swarovski-Kristalltiere gesprochen hatten, die sie auf der Fensterbank ausstellte, für die sie das magere Taschengeld herausrückte; Igel, Schwan, Delfin, ein Elefant mit zierlichem Rüssel und Schwänzchen. Doch nie fasste der Dicke eine der Figuren an, er wusste genau, wie leicht etwas kaputtging. Als sie sich schließlich ein Herz fasste und fragte, sah er Vera von oben bis unten an. Wollte wissen, wie alt sie sei, ob sie zuletzt ein ordentliches Zeugnis gehabt hätte. Erst als alles unter Dach und Fach war, erzählte sie ihrer Mutter von der Lehrstelle im Salon: dass sie lieber in die Haare fremder Leute fasste, als sich im Stübchen einen Buckel zu schuften wie eine, bei der es für nichts anderes gereicht hat. Sie hatte eine Ohrfeige kassiert, aber das war es wert gewesen.

Rücken, das könne er ihr garantieren, hatte der Dicke am allerersten Arbeitstag gesagt. Wenn ihr das nicht gefiele, könne sie sich freilich etwas anderes suchen. Schmerzhaft, schmerzhaft lästig, um genau zu sein, waren Vera jedoch nur die Theorieblöcke in der Berufsschule gewesen. Sie hatte den Salon in jeder Minute vermisst, das handwarme Wasser, den herrlichen Shampooschaum. Am meisten hatten ihr die Kunden gefehlt: Kinder, denen sie die Angst vor der Schere ausredete; höfliche, verloren gegangene Männer, die kamen, damit jemand sie berührte. Ihr fehlten selbst die oft lächerlich anspruchsvollen Kurgäste, über die der Dicke sagte, dass sie ihr das Wichtigste über ihre Aufgabe beibrächten: das Äußere mit dem Inneren in Einklang zu bringen, erst recht, wenn beides nicht weiter voneinander entfernt sein konnte. Jeder brauche doch das Gefühl, dass eine bessere Version seiner selbst möglich war. Sie hatte das schäbige, stolze Verlangen danach gekannt. Deswegen war sie gut gewesen in ihrem Job. Deswegen hatte sie keine Rückenschmerzen gekannt. Deswegen hatte sie nicht damit gerechnet, jemals wieder im Stübchen zu stehen.

Vera gelangte auf den Unteren Markt, berührte im Vorbeigehen die von vielen Händen golden gestreichelte Flosse der Fischskulptur im Brunnen, heftete ihren Blick aufs Kopfsteinpflaster und zählte ihre Schritte. Bei dreiundsiebzig sah sie auf, das Reklameschild des Salons leuchtete vor ihr in der Dunkelheit. Immer noch versetzte es ihr einen Stich, den Namen der Stümperin, schlecht geklebt, auf der Schaufensterscheibe lesen zu müssen. »Inh. Luise Engelhardt«. Ein karger Lichtschein von drinnen, eine uralte Schreibtischlampe auf dem Empfangstresen. Die Hyäne war so spät tatsächlich noch im Laden und zählte, einen Stift in der Hand, den Inhalt ihrer Kasse. Nun blickte sie argwöhnisch auf und stierte nach draußen, ihr Gesicht leuchtete fahl durchs Fensterglas. Vera duckte sich und machte einen Satz, der sie außer Sichtweite brachte. Sollte die Engelhardt glauben, ein Gespenst gesehen zu haben.

Vera passierte die Stadtmauer und ließ bald darauf auch die letzten Häuser der »Weißen Siedlung« hinter sich, in den Gärten gähnten leere Schwimmbecken in die Nacht. Am Ortsausgangsschild schaltete sie die Taschenlampenfunktion ihres Handys ein und betrat den Waldweg. Hoffentlich hielt der Lichtschein auch die Wildschweine fern, die zu dieser Zeit im Jahr Frischlinge hatten. Oder würde er sie erst anlocken? Vera beschleunigte ihren Schritt. Ignorierte das Stechen in den Seiten und die Lunge, die pfiff; die ihr zwei Jahrzehnte Qualmerei nicht verzieh. Doch sie zwang sich, nicht zu husten. Sie ging auf die Vierzig zu, doch noch hatte sie hier das Sagen.

Vera war nassgeschwitzt, als sie die Baustelle erreichte. Das Areal war taghell erleuchtet, an den Strahlern im Gras klebten Motten in Klumpen. Die Absperrgitter schienen eilig und ohne große Sorgfalt aufgestellt worden zu sein, sie musste nicht lange suchen, bis sie eine Lücke fand. Endlich stand sie auf der weitläufig abgeholzten Fläche; sah Baumstümpfe, aus dem Boden ragend wie abgebrochene Zähne. Hundert Meter entfernt eine kleine Menschentraube: Freiwillige Feuerwehr, Technisches Hilfswerk. Doch noch hatte Vera niemand bemerkt, konnte sie ungestört auf einen der kleineren Findlinge klettern, um bessere Sicht zu haben. Sie versuchte sich zu erinnern, wie dieser Ort bei Tageslicht aussah. Ausgesehen hatte. Denn der größte Felsbrocken war nicht mehr da, an seiner Stelle klaffte ein Loch. Fast eine Grube. Sie schien einen, vielleicht zwei Meter tief in die Erde hineinzureichen und sah danach aus, als sei hier etwas schiefgegangen. Zu viel Sprengstoff benutzt worden. Vera ließ sich wieder vom Stein rutschen und ging den dicken Schläuchen nach, die entlang des Plateaus verliefen und auf der anderen Seite, dem alten Wanderweg folgend, als Bündel im Wald verschwanden. Anscheinend hatten die Pumpenwagen es nicht bis hierher geschafft und standen weiter unten auf dem Parkplatz. Der feuchte Boden saugte immer stärker an den Sohlen von Veras Sandalen. Sie zog die Schuhe aus und krempelte ihre Jeans bis zu den Waden hoch.

»Sie können hier nicht lang, Frau Beutel.«

Clausens Jüngster, das Gesicht weiß und starr im Scheinwerferlicht; sie konnte die Poren sehen, Krater schlecht verheilter Pickel. Er glotzte. Wand sich unter der Autorität, die über ihm hing wie ein viel zu schwerer

Mantel. Letzte Woche hatten sie im Stübchen noch auf seine Gesellenprüfung angestoßen, hatte Vera ihn und seinen nackten Hintern morgens um vier vom Fußboden geklaubt.

»Frau Beutel, ich hab meine Anweisungen. Wir sind hier heute beinahe abgesoffen, der Boden ist immer noch aufgeweicht. Wir müssen aufpassen, dass niemand ausrutscht und sich verletzt.«

»Werde ich nicht.«

»Das ist auch nur ein Graben mit Wasser drin, man kann kaum was erkennen.«

»Dann sollte mir jemand leuchten.«

Im Schein der Lampe hockte sie sich so nah wie möglich vor die Grube, ihre Füße sanken ein, warmer Schlamm schloss sich um ihre Knöchel. Trotz der abgehenden Schläuche war das Loch voll Wasser. An der Oberfläche formten sich schaumige Häubchen und perlten in fingerdicken Rinnsalen ab. Vera tauchte die Hände ins Wasser, sie spürte eine Art Strömung, spürte Bewegung dort unten, ein Zucken wie von kraftvollen, seidigen Muskelsträngen. Ein Tier, stellte sie sich vor, ein silberner Aal, der sich ausgerechnet zu ihr verirrt hatte. Es kitzelte aufreizend zwischen ihren Fingern. Als ob sie nur zupacken müsste. Stattdessen beugte sie sich vor und roch, um alle Zweifel auszuräumen. Erfrischend und wohltuend. Hoher Eisengehalt, Anteile von Schwefel. Gut gegen Erkrankungen von Galle und Bauchspeicheldrüse, Harnwegsinfekte, Reizdarm. Originaltext der Broschüre der Kurverwaltung, sie hatte es auswendig lernen müssen als vierzehnte Villrather Nixe. Vera führte die Hände zum Mund. Leckte am Wasser, kostete es. Blut und Stein und faule Eier. Scheußlich, aber eindeutig. Auf dem Foto, das die Lokalzeitung damals von der Krönungsfeier zur Nixe druckte, hält sie den schweren Wappenkrug an die Lippen und lächelt schwachsinnig, um den Ekel zu verbergen. Dennoch, sie hatte eine gute, kurze Zeit gehabt. War jemand gewesen. Zum ersten Mal. Vielleicht auch zum letzten. Das Beste in ihrem Leben sei eben früh gekommen, sagte Bärbel manchmal, wenn sie Vera die Karten legte.

Der Junge hinter ihr räusperte sich zaghaft. »Alles in Ordnung?«

Er brachte Vera zurück bis zur Absperrung, wo sie die Fußsohlen am Gras abwischte und zurück in ihre Schuhe stieg. Er wünschte ihr einen guten Heimweg und, als sie nicht reagierte, sagte er es gleich noch mal.

»Kommen Sie gut heim.«

Ja doch. Was denn sonst?

Sie stolperte in Richtung Stadt, die nassen Füße fanden keinen Halt in den Sandalen. Erst als sie fast der Länge nach über eine Wurzel gefallen wäre, verlangsamte sie ihren Schritt. Versuchte, das kühle Kribbeln, das ihr die Haut hinauf- und hinabfuhr, nicht zu beachten. Keine falsche Eile jetzt. Doch sie dachte an all die Gelackmeierten. Daran, wie oft im Stübchen über den Tag, an dem Villraths Wasser zurückkehrte, gescherzt worden war. Zunächst mit Hoffnung. Später albern. Gespickt mit Plänen und Ankündigungen, die sich im Bierdunst verflüchtigten. Doch nun war es geschehen. Tatsächlich geschehen. Vera hielt inne, kramte nach ihrem Telefon. Scrollte, bis sie in ihren Kontakten Ferber, Martin, privat, fand, und tippte eine Nachricht. Wenn einer wusste, was das alles zu bedeuten hatte, vor allem was als Nächstes passieren würde, dann er. In einer Tasche ihrer Strickjacke fand sie den kleinen Flachmann, schraubte ihn auf und sah auf ihre Armbanduhr. Kurz vor eins. Aus der Ferne tönte das gleichmäßige Rauschen der Autobahn. Das war schön, tröstlich; Menschen auf dem Weg nach Hause. Um diese Uhrzeit fuhren alle nur noch nach Hause. Putzten die Zähne und legten sich zu jemandem ins Bett; brachten ihr Stück der Welt in Ordnung. Vera nahm einen Schluck vom Wodka, der Wodka war gut; sie erlaubte sich, ein wenig ergriffen zu sein.

*

Die Schützenkapelle hatte aufgehört zu spielen, stattdessen liefen jetzt Schlager, und Johannes machte, dass er zum Ausgang des Festzelts kam. Endlich frische Luft. Zum zweiten Mal an diesem Abend reihte er sich in die Schlange vor dem Flammkuchenstand ein. Es roch so gut. Zuhause gab es nie frische Flammkuchen, es war der Mutter zu aufwändig. Während er wartete, zählte er das Geld in seiner Rechten ab. Wenn man passend zahlte, machte man anderen keine Umstände. An manchen Tagen hatte Johannes den Eindruck, dass das so etwas wie sein Hobby geworden war, weil ihm ein richtiges fehlte. Noch.

In seinem Ohrläppchen pochte das Loch mit dem Ring. Ein echter Biker-Ohrring, wenige Tage alt. Auch wenn ein eigenes Motorrad für ihn noch in weiter Ferne war. Wenigstens die schwarzrote Lederjacke mit den Ellbogenschonern und den Reflektoren hatte er sich kaufen können, drüben in Remagen, im Fachgeschäft. An dem Tag waren ein paar Biker dort gewesen, mit Sonnenbrillen, langen Haaren und Kutten. Einer hatte Johannes zugegrinst, und in seinem Ohr hatte dabei genauso ein Ring geglänzt, ein Drachenkopfanhänger daran gewackelt, groß wie ein Daumennagel. Johannes war am nächsten Tag nach der Schule zum Juwelier in der Villrather Ladenpassage gegangen. Welche Seite denn, hatte der Juwelier gefragt und Johannes auf seiner Unterlippe gekaut, rechts cool, links schwul, oder war das andersherum gewesen? Der Juwelier hatte gelacht, aber immerhin Bescheid gewusst. Ihm den Anhänger bestellt.

Die Schlange wurde kürzer. Nur noch drei Leute, die vor ihm anstanden; Johannes ließ die Münzen in seiner Hand klimpern. Sobald die ausgegeben wären, hätte er für den Rest des Monats nur noch einen Zehner übrig. Er wusste nicht, wie das wieder so schnell gegangen war. Er verlor leicht den Überblick über seine Ausgaben. Von mir hast du das nicht, sagte die Mutter immer, völlig unironisch, und er war schlau genug, um in diesen Momenten seine Klappe zu halten. Wenn er bloß genug Geld hätte, um die Fahrschule zu bezahlen. Er war jetzt sechzehn, nächstes Jahr hätte er anfangen können mit den Theoriestunden für den Führerschein fürs Motorrad, aber als er sein Sparbuch gesucht hatte, war es nicht mehr im Schrank gewesen. Das läge jetzt im Keller im Tresor, bis er volljährig sei, hatte die Mutter gesagt. Und: »Geh halt arbeiten.« Vor kurzem hatte er bei Edeka angefangen, als Aushilfe, füllte Regale auf. Es würde lange dauern, bis er das Geld damit beisammenhätte, aber es war besser als nichts. Außerdem arbeitete Ela dort. Manuela eigentlich, aber das mochte sie nicht; ihre Nasenspitze kräuselte sich dabei. Ela. *Ela.* Er verstand nicht, wie irgendjemand das vergessen konnte.

Wie es wäre, sie mal auf sich aufmerksam zu machen. Als er selbst, nicht als der Klops, der Panzer, das Fettendlager. Johannes konnte sich nicht mehr erinnern, wann genau es angefangen hatte, dass andere bestimmten, wer er war. In der Grundschule hatte er keine Probleme gehabt. In der fünften Klasse, schon auf der Gesamtschule, war er auch noch auf Geburtstage eingeladen worden und hatte regelmäßig Raphael oder Milo besucht. Einmal hatten sie sich fast überworfen, über den Stift, der in allen Farben malen konnte und der auf einmal weg gewesen war, doch das war schnell wieder vergessen, ging unter in den endlosen Playstationnachmittagen. Aber in der sechsten Klasse. Da veränderte sich alles. Grüppchen bildeten sich. Johannes mochte immer noch die Spiele vom letzten Jahr, aber Raphael, Milo, eigentlich alle, redeten nur noch über Rap und Fußball, waren im Stimmbruch; die Mutigsten ließen in der Sportumkleide die Hosen runter und zogen rote Hautfalten auseinander, wackelten mit ihren Minieiern, japsten Deine-Mutter-Witze, während Johannes nach wie vor seinen Plüschpanda mit ins Bett nahm. Und dann. Dann hatte die *wirklich* unheimliche Veränderung begonnen: Er war gewachsen. Alle paar Monate vier, fünf, sechs Zentimeter. Nach seinem vierzehnten Geburtstag hatte er seinem Körper, nackt vor dem Wandspiegel in seinem Zimmer stehend, »Stopp!« befohlen. »Stopp, hör auf!« Aber es ging weiter. Sein Rücken tat weh. Seine Sachen passten ihm nicht mehr. Seine Hände und Füße wurden zu denen eines Fremden. Das Schlimmste: Menschen drehten sich auf der Straße nach ihm um. Als wäre ständig ein Scheinwerfer auf ihn gerichtet. Ein Meter dreiundneunzig, letzten Sommer, zu Beginn des Schuljahrs. Seitdem hatte Johannes nicht mehr gewagt, sich an die Messlatte zu stellen. Stattdessen hatte er gefressen, noch mehr als früher. Fettiges, Salziges, Süßes. Ein guter Trost. So verlässlich. Aber nicht ohne Folgen. Das Resultat war, dass es jetzt *noch* mehr von ihm gab, er unendlich groß, breit und langsam geworden war. Eine Schildkröte. Eine Galapagos-Schildkröte. Er hätte eine Menge dafür gegeben, diese Entwicklung rückgängig machen zu können. Zeitreise und noch mal von vorn. An Schildkröten zog die Welt nämlich vorbei. Er brauchte ein Motorrad, dachte er.

Jemand tippte Johannes von hinten auf die Schulter. Er war dran mit Bestellen.

»Einen Flammkuchen, bitte.«

Der Mann auf der anderen Seite der Theke zog die Augenbrauen zusammen. »Du warst doch vorhin erst hier«, sagte er und blickte an Johannes rauf und runter. Er schnaufte. »Sind Leute wie du eigentlich nie satt?«

Johannes schoss Wärme ins Gesicht. Reflexhaft zog er den Wulst ein, der über seinem Hosenbund hing, machte zusätzlich einen Buckel. Angriffsfläche reduzieren. Er dachte daran, was ein Lehrer in der Schule einmal kopfschüttelnd zu ihm gesagt hatte: Du musst dich auch mal wehren; wenn du immer nur stillhältst, ist ja klar, dass andere dich triezen! Johannes öffnete den Mund, aber ihm fiel nichts ein, außer dass er von Bier immer hungrig wurde und von viel Bier sehr hungrig, aber das schien ihm nicht die passende Antwort zu sein. Stumm legte er das Kleingeld auf den Zahlteller, versuchte, die Blicke der Umstehenden zu ignorieren. Er bekam seine Portion ausgehändigt und suchte sich einen Ort, an dem er sitzen und ungestört essen konnte. Möglichst weit weg. Hinter dem Festzelt schien ihm passend. Sofern da nicht die Pissrinne war. Er beeilte sich, damit der Flammkuchen nicht kalt wurde. Gleich wäre er da, gäbe es keine negative Aufmerksamkeit mehr. Frieden. Doch er hatte unterschätzt, wie gut er vorhin beim Freibier zugeschlagen hatte. Zu reichlich für das Tempo, das er hier vorlegte. Er kam ins Straucheln, knickte um und fiel, fand sich mit dem Gesicht im Kies des Festplatzes, bevor er überhaupt begriffen hatte, was passiert war. Seine Nase schmerzte. Der Flammkuchen war neben ihm gelandet, auf der guten Seite. Jemand prustete. Johannes entschied, liegen zu bleiben, bis die Leute, die seinen Sturz gesehen hatten, das Interesse verloren hatten und weitergegangen waren. Es gab auch noch andere Attraktionen hier. Er sah Schuhe, die näher kamen, Stahlkappenschuhe mit Dreck an der Spitze. Er spürte eine Hand, die seinen Arm fasste und daran zog, er brauchte einen Moment, bis er verstand, dass ihm hochgeholfen wurde. Es war ein Mann, der ihm im Festzelt schon aufgefallen war, weil er nicht so schick angezogen war wie die anderen Besucher. Der eine Frisur hatte, die aussah, als wäre ein Vogel darin gestorben.

»Dumm gelaufen«, sagte der Mann.

Nur das.

Dann drehte er sich um und verschwand wieder in der Menge, bevor Johannes sich bedanken konnte.

Er sammelte die Reste vom Boden auf und warf alles in den nächsten Mülleimer. Wischte sich die klebrigen Finger an der Jeans ab. Vielleicht war es an der Zeit zu gehen. Ihm war sowieso schlecht.

Er schaffte es knapp bis nach Hause, bevor er sich erbrach, in einen der Blumenkübel, die die Mutter rechts und links vor dem Eingang des Stübchens aufgestellt hatte. Immerhin. Nur gekotzt. So tief und schneidend hatte es auf dem Heimweg in seinem Magen rumort, dass er befürchtet hatte, sich beim nächsten Schritt in die Hose zu scheißen, so wie Hotte letztes Jahr. Die Mutter hatte es kommen sehen, am Gesicht hatte sie es kommen sehen, erzählte sie immer: wie das plötzlich ganz sanft wurde, aber Hotte weiter stur geradeaus blickte und sich noch, als es zu stinken anfing und die anderen die Köpfe drehten, die Frikadellen und den Kartoffelsalat ansah, so konzentriert, als müsse er erst feststellen, ob die echt waren. Den Teller hatte die Mutter Hotte dann eingepackt und in die Hand gedrückt, »zum hier Essen«, hatte Hotte gemurmelt, doch die Mutter »nee, heute zum Mitnehmen« gesagt.

Es kam nichts mehr nach. Johannes wischte sich den Mund ab. Setzte sich auf die Bordsteinkante. Aus Richtung des Schützenfests nahm er gedämpft das Wummern der Musik wahr. Das Grölen einiger Betrunkener aus dem Kurpark und das Zersplittern von Flaschen. Glühwürmchen stiegen aus der Wiese um das alte Volksbad auf. Jetzt, bei Dunkelheit, konnte man Villrath für pissnormal halten. Erst tagsüber sah man, dass manche Straßenzüge kaum noch bewohnt waren, sah die Bettlaken mit der Aufschrift *Rettet den Villrather Wald*, die die Leute vom Umweltcamp als Protest gegen die neue Zugtrasse überall befestigten. Sah man die Graffitis, die Johannes seit kurzem fotografierte und auf Instagram hochlud unter dem Hashtag #villrathstreetart. Er mochte, wie großstädtisch sie wirkten. Doch seit dem Frühjahr mehrten sich auch zerborstene Scheiben, verbarrikadierte Türen wurden über Nacht aufgebrochen. Das seien die Polen, hieß es; nein, die Rumänen, nein, die Bulgaren. Die Mutter winkte ab und behauptete: alles nur vorübergehend. Johannes' Erfahrung nach hatte jeder Erwachsene sein eigenes Bündel an Sprüchen für solche Situationen, und das war einer von ihren – schlechtes Wetter: vorübergehend, Schnupfen: vorübergehend. Das Leben, dachte Johannes: vorübergehend.

In der ersten Etage mit den Gästezimmern war alles ruhig, nur aus dem von Rolf, dem Monteur, tönte leise das

Radio. Johannes betrat die Wohnung im zweiten Stock. Die Dusche rauschte. War die Mutter also noch wach. Johannes überlegte anzuklopfen, damit sie wusste, dass er nach Hause gekommen war, dann entschied er sich um und spülte sich im Gästeklo den Mund aus. Betrachtete wieder das Ährenmuster auf den Fliesen an der Wand. Wenn seine Eltern damals gestritten hatten, war er aus dem Kinderzimmer hierher geschlichen, hatte sich in die Ecke zwischen Toilette und Waschbecken gezwängt und das goldgelbe Kornfeld angestarrt, bis das Geschrei und Gepolter vorüber war. Oder er war auf Socken über die Treppe und runter in den Schankraum, zur Eistruhe. Cornetto Schoko oder Erdbeer. Am Abend, als sein Vater ging und nicht wiederkam, hatte Johannes ihn von dort aus mit der Sporttasche vor dem Haus ins Auto steigen sehen. Hatte in den darauffolgenden Nächten den späten Regio gehört, Damm-Da-Damm-Da-Damm aus der Ferne, hatte gehofft, dass es sein Vater war, der vorne in der Lok saß, er diese Schicht fuhr. Ganz steif hatte Johannes gelegen und flach geatmet, sein Herzschlag im Kissen, Damm-Da-Damm-Da-Damm, das Erkennungszeichen inmitten der Stille.

Im hinteren Teil der Wohnung knarzten die Dielen. Die Mutter betrat den Flur. Sie trug den Bademantel mit dem Zebramuster, von dem sie behauptete, er sähe teuer aus.

»Na, war's schön bei Raphael?«

Johannes nickte. »Seine Mutter sagt, ich soll dich grüßen.«

Sie fuhr ihm durch die Haare. Ihre eigenen tropften

noch. Letztens hatte sie sie gefärbt, rot diesmal, es machte sie fahl und hob die Schatten unter ihren Augen hervor.

»Du«, sagte sie. »Setz dich mal. Du glaubst nicht, was passiert ist.«

2.

Sieben Tage nach der Entdeckung.
Samstag.

Der Himmel war gelb, stockfleckig, kündigte einen weiteren schwülen Tag an. Johannes warf das Garagentor zu und stieg auf sein Rad. In der Kirchgasse war Hotte bereits wach, harkte Unkraut in seinem Gärtchen, nichts an außer Badehose und Schlappen. Er nickte. Johannes erwiderte den Gruß. Zum Glück war er so schnell vorbei, dass Hotte ihn in kein Gespräch verwickeln konnte. Der konnte sich nicht kurzfassen. Dem tat alles immer so leid; die Menschen, die Tiere, er sich. Johannes überquerte den Unteren Markt und nahm den Schleichweg parallel zum Wald. Schloss die Hände fest um den Lenker, als das Fahrrad über die Furchen im Feldweg stotterte und seine Zähne aufeinanderschlagen ließ. In seinem Nacken kitzelte Schweiß. Warum musste es bereits jetzt so warm sein? Seine Laune wurde mit jedem Meter mehr auf den Prüfstand gestellt. Immerhin würde er durch seine Schicht im Supermarkt der Sache im Kurhaus entgehen. Eine Versammlung. Wichtiges über den Fund an der Bahnbaustelle sollte mitgeteilt werden. Seit einer Woche schien es kein anderes Thema mehr in der Stadt zu geben. Sogar auf dem Schulhof. Und die Mutter war zerstreut, er erkannte es daran, dass sie die Zipfel der Küchenhandtücher zu harten Würsten drehte.

Vor dem Zubettgehen hatte er sich gestern noch einmal die Meldungen über den Quellenfund durchgelesen, sich durch die Bildergalerie auf der Website der Lokalzeitung geklickt. Hatte nichts daran finden können. Wasser. Nein, *Heil*wasser, wie die Mutter nicht müde wurde zu betonen. Mit Mineralien. Gut zum drin Baden und ganz besonders zum Trinken. Innere und äußere Reinigung. So ernst hatte sie das gesagt, dass Johannes sich gefragt hatte, ob sie noch ganz dicht war. Sich angesteckt hatte. Bei Bärbel und Kurti, die nun ständig von damals erzählten, als die Quelle in der Altstadt aus den Brunnen sprudelte und alles voller Touristen gewesen war. Immer konnte der eine die Geschichte des anderen beenden. Das waren schon keine Anekdoten mehr. Für Johannes waren das Märchen. Damit konnten sie kleine Kinder in Staunen versetzen, aber nicht ihn.

Er hatte die Website geschlossen und die Kopfhörer in sein Telefon gestöpselt, war zu YouTube gewechselt, zu einem Yamaha-R1-Video, das er noch nicht kannte: eine Alpen-Tour, Helmkamera. Es war schon nach zwei gewesen, als er das Handy aus der Hand gelegt hatte und unter die Bettdecke gekrochen war. Der fehlende Schlaf brannte in seinen Augen. Er würde heute extra achtgeben müssen. Noch hatte er nicht die Routine der anderen. Ansonsten hatte er es mit der Truppe gut getroffen. Ela aus seiner Klasse, ein großer Tätowierter, der nie sprach, und eine freundliche, ältere Frau, die T-Shirts mit Herzen oder Katzen aus Strasssteinen trug. Der Erste vor Schichtbeginn bestimmte den Radiosender für den Rest des Tages. Der Zweite und der Dritte machten Kaffee, den es stark gab, in der blauen Kanne, und nicht ganz so stark in der weißen. Wer als Letzter kam, machte Spülmaschinendienst. Johannes trat in die Pedale. Er dachte an den vorherigen Samstag, als Ela und er einander, beim Sortieren, durch eine Lücke zwischen den Trockenfrüchten auf seiner Seite und dem Dosenfisch auf ihrer zugewunken hatten. Ein Fenster, das nur ein paar Minuten offen gewesen war, von dem nur er und Ela gewusst hatten und sonst niemand. Er fragte sich, ob es heute wieder aufgehen würde und wo.

Er verließ den Feldweg und fuhr durchs Gewerbegebiet, vorbei am Autohaus, am Knattern und Plingen der Fahnen an ihren Masten. Dahinter wartete die kleine Anhöhe. Johannes biss die Zähne zusammen, kämpfte keuchend gegen die Steigung. Die Muskeln in seinen Oberschenkeln brannten. Er strampelte weiter und duckte sich über den Lenker. Die Motorradjacke klebte feucht und schwer an seinem Rücken. Nicht anhalten. Nicht absteigen. Auf keinen Fall schieben. Am höchsten Punkt sah Johannes die Stadt, wie sie kauerte in ihrer Mulde, erkannte das Rathaus und seine Schule, schon fühlte er den Wind nach sich greifen, fühlte, wie die Straße das Fahrrad an sich riss. Jetzt. Johannes nahm die Füße von den Pedalen und lehnte sich im Sattel zurück. Büsche mit bunten

Müllfetzen, die in seinem Augenwinkel zu einer flirrenden Welle zerliefen; Luft, die in seine Lungen drängte, frisch und scharf und viel. So. So müsste es immer sein. Ein einziges langes Einatmen, jeden Tag aufs Neue, bis man genug hatte und platzte. Das Rad schoss auf die Straße, Johannes hielt den Atem an. Der Schwung reichte fast bis auf den Parkplatz des Supermarkts.

*

Kamps lag im trüben Licht und dachte an Angelika. Sein Mund war trocken, und er tastete nach dem Becher auf der Glasplatte des Nachttischs. Der Becher stand da, wo er auch damals gestanden hatte, einen Fingerbreit entfernt von der Kante. Sie hatte nur den Arm ausstrecken müssen. Hatte sich dennoch stets entschuldigt, wenn sie Kamps zwei Stunden später hatte wecken müssen, damit er sie auf die Toilette begleiten und beim Abputzen helfen konnte. Später auch, wenn der Beutel des Katheters oder die Windel voll gewesen war. Am liebsten, hatte sie gesagt, würde sie gar nichts mehr essen oder trinken. Dann käme auch nichts mehr aus ihr heraus. Kamps hatte die Windel wortlos in den Mülleimer geworfen, den er im Babymarkt gekauft hatte, rosa, geruchsdichte Klappe; hatte Angelika kurz darauf einen winzigen Kühlschrank ans Bett gestellt. Eine Minibar. Fruchtsaft, Cola, Malzbier. Den Pudding, den sie so mochte.

Er nippte, das Wasser schmeckte abgestanden; er stellte den Becher wieder zurück. Aus dem Garten konnte er bereits die Katzen hören, ihr ungeduldiges Miauen. Sie hatten seit dem vorigen Abend nichts mehr zu fressen bekommen, und sie wussten, dass er zuhause war. Dass er grübelte. Die Katzen wussten immer über alles Bescheid. Kamps stand auf und zog die Bettdecke glatt. Ging hinunter in die Küche, um das Frühstück vorzubereiten. Einen Napf brachte er in die Werkstatt, wo die Mutterkatze sich rasch von ihrem Lager erhob und ihm entgegeneilte. Die Jungen weinten neuerdings nicht mehr, hatten begriffen, dass sie jedes Mal zurückkehrte. In ein paar Wochen würden sie in der Werkstatt frei herumlaufen, die Klappe zum Haus und schließlich die zum Garten hin entdecken. Das Dach des Schuppens, der Lieblingsplatz der Mutterkatze, wäre jedoch noch eine Weile zu hoch für sie. Eine Stiege, überlegte Kamps. Zwei Bretter, Holzkeile. Die großen Zimmermannsnägel. Als er die übrigen Schüsseln nach draußen trug, musste er achtgeben, nicht zu stolpern, die anderen Tiere erwarteten ihn bereits.

Hunger.

Sie drückten sich an seine Beine.

Hunger.

Sie sprangen an ihm hoch, Krallen piekten durch sein Hosenbein.

Hunger, Hunger, Hunger.

»Ist ja gut«, sagte er.

Er ließ die Größten und Stärksten als Erste ans Futter, an den Quark und das alte Brot, um abseits den Alten und Mickrigen den Dosenfisch und den kleingeschnittenen Speck hinzustellen. Keine Spur von Luises aggressivem

Kater. Kamps war zufrieden, er lehnte sich an den Zaun. Blickte in den angrenzenden Garten, über den mannshohen Bärenklau, den wuchernden Rhododendron. Noch ein paar Monate, und die Fenster, hinter denen das Wohnzimmer der Nachbarn gelegen hatte, wären vollständig zugewachsen. Als sie am Tag vor ihrem Umzug gekommen waren, um sich zu verabschieden, hatten sie alte Fotos dabeigehabt. Karneval, Kirmes, Kegelclubfahrt. Stadtfest und Erntedank. »Sechsundvierzig Jahre«, hatten sie gesagt, und Kamps hatte genickt und den beiden Kaffee nachgegossen. Dass sie sich fast noch zu rüstig vorkämen fürs betreute Wohnen, hatten sie geseufzt. Doch sie fühlten sich nicht mehr wohl hier. Klagten über die schließenden Geschäfte und Praxen, den Wegzug alter Freunde und Kollegen. Das Haus nebenan stand nun schon seit einem Jahr zum Verkauf, doch zur Besichtigung war bislang niemand gekommen. Wie auch, wenn die ehemals so schöne Siedlung, die ganze Stadt so ein jämmerliches Bild bot. Vergessen und links liegen gelassen. Und keinen scherte es. Als sei alles, wofür man sich jahrzehntelang krummgelegt hatte, Auto, Haus und Sparbuch, *Redlichkeit*, ein Witz. Man hätte es schon damals ahnen können, als die alte Bundesrepublik aufhörte zu existieren. Da war auch nicht alles schlecht gewesen. Im Gegenteil, sie hatten im Paradies gelebt. Sich auf die eigene Lebensleistung verlassen können. Made in West-Germany, die D-Mark, darum war sich doch im Ausland nicht ohne Grund gerissen worden. Alles Geschichte. Aber was zeigten sie im Herbst im Fernsehen? Trabis, Applaus, Bornholmer Straße. Die weinende Frau, die durchs Brandenburger Tor gehen wollte. Wiedervereinigung, gut und schön. Aber zu welchem Preis? Dafür, dass gleich zwei Länder untergegangen waren. Man sich nicht mehr zurechtfand und dafür noch kritisiert wurde. Als sei es seine eigene Schuld. Als habe er auf der Autobahn seines Lebens die Ausfahrt verpasst. Absurd! Es war nur folgerichtig, dass er seit Ewigkeiten an keiner Bundestagswahl mehr teilgenommen hatte: Solange er seine Stimme für sich behielt, konnte er zumindest nicht noch einmal aufs Kreuz gelegt werden.

Die Katzen waren bei den Resten angelangt, zankten sich um die letzten Bröckchen. Kamps begann, die leeren Schüsseln einzusammeln. Er sah auf die Uhr. Es war Zeit.

Der Friedhof war leer bis auf ein paar Kaninchen, die das Quietschen des Eisentors in die Büsche trieb. Kamps stellte den Handwagen ab. Er schritt den Friedhofszaun entlang bis zum Komposthaufen, inspizierte alle Nischen, in denen sich erfahrungsgemäß der Unrat und der Müll häuften, für die Meldung an die Stadt. Anschließend pumpte er Wasser in den Eimer und spritzte einige Tropfen Spülmittel hinein, tauchte den Lappen in die Lauge und begann, die Grabplatte abzureiben. Es war still. Es war heiß. Die Hitze stach. Bald rann ihm der Schweiß aus allen Poren. Kamps zog sich das nasse Hemd aus und rieb sich damit übers Gesicht. Im Unterhemd machte er weiter.

In den Wochen vor ihrem Tod, als ihr bereits das Sitzen schwergefallen war, hatte Angelika ihn zum Steinmetz geschickt, für einen Ansichtskatalog. Er war ins Auto gestiegen und herumgefahren, dreißig in der Fünfzigerzone, fünfzig in der Siebziger. Dass der Steinmetz Betriebsurlaub habe, hatte er bei seiner Rückkehr erzählt. Als er wenig später den Kissenstein für sie aussuchte, weißer Granit, hatte er gewusst, dass ihr ein pflegeleichter lieber gewesen wäre: ein aufrecht Stehender, den der Regen von allein wusch. Doch ein Stein war für die Trauernden, nicht für die Toten, hatte er gedacht. Der Stein war für ihn. Ihn allein. Und wenn auch er nicht mehr wäre, stünde hier niemand mehr.

Als er knapp vierzig Jahre zuvor mit seinem Testergebnis aus dem Krankenhaus nach Hause gekommen war, hatte er bis in die Abendstunden auf der noch unfertigen Terrasse gesessen und ins Dunkel der Hecken gestarrt. War schließlich aufgestanden, hatte den Doornkaat und die guten Goldrandgläser aus der Vitrine geholt und Angelika gerufen. Das Wort war ihm schwer und pelzig von den Lippen gekommen. *Zeugungsunfähig.* Angelika hatte schweigend an ihrem Glas genippt. War auf dem Sofa in die Kissen gerutscht und hatte die Zehen in den Teppichflor gebohrt. Ob sie sich scheiden lassen wolle, hatte Kamps in die Stille zwischen ihnen gefragt. Angelika hatte ihn von der Seite angesehen. Dann hatte sie ihn geküsst. Ihr gemeinsames Lied aufgelegt, den »Schneewalzer« von Peter Alexander. Sie sprachen nie wieder davon. Nicht mal, als kurz darauf Margot Beutel, Mitte vierzig und alleinstehend, das erste Mal den Kinderwagen mit der kleinen Vera über die Promenade schob. Stattdessen hatten sie weniger Geld auf die hohe Kante gelegt. Nur noch Jacobs Krönung getrunken und endlich die Hollywoodschaukel bestellt. Waren am Wochenende nach Bad Godesberg in die Spielbank. Oder nach Köln: Mittagessen am Eigelstein, Schifffahrt über den Rhein. Und als Angelika den Führerschein bestand, hatten sie wenige Stunden später bereits im Ford gesessen. Genua. Solche Kirchen hatten sie noch nie gesehen. Und wie elegant die Leute sich kleideten, trotz der Hitze. Angelika kaufte Sonnenhüte mit Bändern, weiße Baumwollkleider, die Knie und Schultern frei ließen, und Frisiercreme und glänzende Schnürschuhe mit leichten Absätzen für Kamps. Als sie zurückkamen, waren sie eine Schau.

Mit der Oberfläche der Grabplatte war er fertig. Kamps nahm die Nagelbürste aus der Hosentasche und kratzte den Schmutz aus der Inschrift, Buchstabe für Buchstabe, Ziffer für Ziffer. Rupfte Unkraut und harkte zum Schluss. Dann faltete er die Hände und hielt einen Moment inne, betrachtete den schimmernden Stein und die gleichmäßigen Rechenrillen in der weichen Erde. Es war gut für heute. Er sprach ein kurzes Gebet. Als er geendet hatte, begann wie auf Kommando sein leerer Magen zu rumoren. Lust zu essen hatte er ausnahmsweise schon. Er dachte an den Griechen. An große Fleischlappen, minimal angebrannt, mit Geschmack eben, wie er es mochte. Doch Vera wäre sicherlich enttäuscht gewesen, hätte sie, über welche Umwege auch immer, herausgefunden, dass er auswärts aß. Sie zählte auf ihn, ganz gewiss. Seit damals, als sie regelmäßig bei ihm und Angelika am Gartenzaun aufgetaucht war, wenn Margot, die Kanaille, wieder eine Möglichkeit gesucht hatte, das Kind für ein paar Stunden loszuwerden. Warum die alte Beutel überhaupt erst die Beine breit gemacht hatte, wenn sie sich doch nicht hatte kümmern wollen. Aber nun. Eins führte zum andern. Den Schlaganfall hatte der liebe Gott ihr nicht umsonst geschickt – und wie Kamps gehört hatte, war bei ihr inzwischen auch im Oberstübchen das Licht aus.

Kamps nahm den Handwagen, überquerte den Unteren Markt, wo nun, nach einwöchigen Feierlichkeiten, das Festzelt der Schützen abgebaut wurde. Werner, der Waffenmeister, delegierte. Kamps beeilte sich, stieß sich den Karren ungelenk in die Hacken. In diesem Jahr hatte er sich für den Festzug anlässlich des Königsschießens nur noch kurz an den Straßenrand gestellt. König war einer der jungen Männer geworden, ein entfernter Verwandter von Gerkens' Kurti, wenn Kamps es richtig eingeordnet hatte. Andererseits konnte er die Jüngeren nur schwer auseinanderhalten. Zu nichtssagend, zu glatt. Noch kein Abdruck vom Gewicht der Jahrzehnte, der sich als Eselsbrücke bot. So war das nämlich: Die Zeit setzte sich einem mit dem Hintern aufs Gesicht.

Kamps parkte das Wägelchen wie stets draußen vor der Tür, gleich unter der bleichen Langnese-Fahne. Er nahm seine Tupperdose und betrat das Stübchen. Der Schankraum war leer, es roch nach Frittiertem. Ein Kinderbuggy voller Stofftiere war neben dem Tresen abgestellt. War die Spinnerin also da, die mit dem ungepflegten Zuckerwattehaar, Barbara oder Bärbel, wie sie genannt werden wollte. Beim Osterumtrunk hatte sie sich drüben auf der Eckbank auf Kamps' Schoß gesetzt, beinahe war er vor Schreck von der Sitzfläche geglitten. Riechst gut, hatte sie gesagt, dabei hatte er ihr keinesfalls das Du angeboten. Ihre Töle hatte, so wie jetzt, zusammengerollt inmitten der Stofftiere im Buggy gelegen. Ein hässliches Fledermausohr ragte zwischen dem bunten Plüsch hervor. Der Hund beobachtete ihn, Kamps konnte das Weiß der Augäpfel sehen. Er machte, dass er weiterkam, und öffnete die Tür zum Keller, in dem sich früher die Kegelbahn befunden hatte.

»Vera?«, rief er den dunklen Treppenschacht hinunter.

Keine Antwort.

Ein vertrauter Geruch stieg ihm in die Nase. Bier und Bohnerwachs, Schweiß in unterschiedlichster Zusammensetzung; die Holzvertäfelung, die, zumindest in manchen Ecken, älter war als er. Seit einiger Zeit schon kam ihm sein Gedächtnis zunehmend wie ein Kessel Eintopf vor. Eine Brühe, die sich ständig selbst umrührte und verquirlte; deren Zutaten unregelmäßig an die Oberfläche stiegen und erst zu weichen Klumpen und schließlich zu Fasern zerkochten, damit ein nicht mehr identifizierbarer, verdauungsfreundlicher Brei entstand. Doch der Dunst der Kegelbahn löste etwas in ihm aus. Ein erstaunlich scharf umrissenes, jüngeres Bild seiner selbst, hervorstechend zwischen dort unten begangenen Jubiläen und Geburtstagen. Damals hatte Veras Großmutter hier noch das Sagen gehabt, ein von ihr erteiltes Hausverbot in der Villrather Jugend etwas gegolten. Doch bis zu dieser Auszeichnung hatte Kamps es nie geschafft. Stattdessen waren die Eltern stolz auf ihren Jungen gewesen, der sonntags mit der Familie zum Gottesdienst ging, der sogar besonders zeitig aufstand, um die schwarze Hose zu bügeln. Es war nicht immer leicht gewesen, gut zu sein, die Regeln zu befolgen, dachte Kamps. Doch wenn er im Beichtstuhl gekniet und selten mehr als ein Vaterunser auferlegt bekommen hatte, war er froh darüber gewesen, dass wieder eine Woche hinter ihm lag, in der er seine schreckliche Fehlbarkeit hatte im Zaum halten können. Wenn er zufällig jemanden aus dem Firmunterricht in der Kirche getroffen hatte, Luise zum Beispiel, hatte er sich gefreut, dass er anscheinend nicht der Einzige war, der sich für sein Seelenheil ins Zeug legen musste.

Sein Magen knurrte.

»Vera«, rief er noch einmal, diesmal lauter.

Sie hatte mit der Spinnerin im Hof gesessen. In der Sonne schwätzte und tratschte es sich anscheinend besser. Frauen. Aufs Neue irritierte Kamps das frische Hexenrot ihrer Haare, die Schminke: nachtschwarze Balken um die Augen, die Brauen mit kräftigem Strich übermalt. Warum sich eine passable Frau wie Vera derart verschandelte? Und erst die Kleider, die Blusen, für die sie, bei allem Respekt, zwanzig Jahre zu alt war. Die zu einem gewissen Leumund führten, zumal wenn die Träger des Büstenhalters herausguckten. Aber die Moden gingen ihn nichts an, Gottsegne. Vera griff nach Kamps' Tupperdose, auf dem Weg in die Küche drückte sie ihn leicht an der Schulter. Durchaus gerührt sah er zu, wie sie die Kammern der Dose befüllte, gekochte Wiener Würstchen, Pommes, zwei

Essiggurken; wie sie den Deckel festdrückte und zusätzlich ein Einmachgummi herumspannte, damit auch ja nichts herausfiel.

»Kommst du heute?«, fragte sie, als er in Gedanken versunken sein Portemonnaie aus der Gesäßtasche nestelte.

»Wohin?«

»Na, zur Bürgerversammlung. Wegen der Quelle im Wald. Ist doch plakatiert worden.«

»Bür-ger-ver-samm-lung«, wiederholte die Spinnerin, die hinter Kamps in der Tür zur Küche stand; sie beugte sich vor und kam unangenehm nah, als hörte er schlecht, dabei nahm er sogar das Klickern ihrer billigen Halsketten wahr.

Er winkte ab. »Humbug. Lasst mal.«

Die Frauen warfen einander einen Blick zu.

Auf einmal spürte Kamps das Bedürfnis, sich die Stirn zu wischen. Die Luft hier drin war schwer. Er blickte durch die offene Hintertür auf den Hof, sah dunkle Wolken über den Himmel treiben, Regen bahnte sich an. Hoffentlich saßen alle Katzen im Trockenen.

*

Johannes blieb unter dem Vordach stehen. Eine Frau in einem dünnen Kleid rannte mit eingezogenem Kopf über den Parkplatz, den nassen Saum dunkel an den Oberschenkeln klebend. Immer mehr Leute drängten unter das Dach. Johannes sah zu, wie der Regen vom Sattel seines Fahrrads pladderte.

»Das ist nichts für dich«, hatte der Filialleiter im Büro gesagt, »merkst du selber, oder?«

Johannes hatte geschwiegen. Durch die offene Tür Ela gesehen, wie sie auf dem Fußboden vor einem Regal kniete; ihren langen Zopf mit den pink und türkis gefärbten Strähnen, den sie mal über die eine, mal über die andere Schulter warf, während sie Konservenbüchsen einsortierte.

Er gebe zu, hatte der Filialleiter gesagt, der Job sei anspruchsvoll, gerade für die jungen Leute im Team. Man müsse immer den Überblick behalten. Aber vor allem schnell sein. »Weißt du, die Hektik hier liegt nicht jedem. Damit muss man schon klarkommen. Der Typ dafür sein. Verstehst du?«

»Das war eine ganze Palette.«

»Ja, sicher. Um diese eine Palette geht es auch gar nicht«, der Filialleiter kratzte sich am Kopf. Sie hätten hier, nun ja, eben ein Pensum, das sie schaffen müssten.

Ob er den Akropolis-Grill in der Altstadt kenne, hatte Ela morgens in der Küche gefragt. Sie gehe mit den anderen nach Feierabend hin. Ob er Lust habe, mitzukommen?

»Schau mal her.« Der Filialleiter verschränkte die Finger wie zum Beten. »Alle Teile müssen ineinandergreifen. Das ist so an einem Arbeitsplatz. Wenn ein Teil«, er hakte einen Finger aus, »nicht mitmacht«, er spreizte den Finger ab, »funktioniert es nicht.«

Der Grill, ja klar, hatte Johannes gesagt, und Ela hatte gelächelt. Warm war ihm gewesen, und sein Herz hatte geklopft, während er die Ketchupflaschen ins Regal gestellt hatte, eine nach der anderen. Er hatte sie sorgfältig nach vorn gedreht, damit das Etikett gut lesbar war, hatte aber immer wieder eine Flasche entdeckt, die nicht parallel zu den anderen angeordnet war, aus der Reihe zu tanzen schien. Erst nach einer Ewigkeit hatte er gefunden, die Flaschen stünden endlich perfekt. Es war ein gutes Gefühl gewesen. Nach jedem Regal war es ein gutes Gefühl, egal, wie lange es dauerte. So, wie wenn er zuhause die Motorradjacke in der Badewanne mit Schwamm und Lauge abrieb, unter dem Hahn abspülte und das Leder hinterher trockentupfte, zum Schluss die Jacke mit dem Imprägnierspray besprühte. Nach dem Ketchup wären eigentlich die Gurkengläser dran gewesen. Nach den Gurken hätte er Pause gehabt und aus der Tasse mit dem verblichenen Weihnachtsmann getrunken. Hätte auf seinem Handy gespielt und gewartet. Auf Ela. Und, wenn sie da gewesen wäre, den richtigen Moment abgepasst, um einen Witz zu machen – was mit der Schule, mit Mathe, denn Ela hasste Mathe –; wenn sie dann gelacht hätte, wäre ihr linkes Auge wie immer ein bisschen mehr zugegangen als das rechte, so als sei es verklebt oder einfach nur müde oder faul; ein faules Auge, das fand Johannes sympathisch, und er dachte daran, ihr das mal zu sagen.

Die Kündigung käme dann in ein paar Tagen per Post, sagte der Filialleiter, natürlich würden seine Stunden noch abgerechnet.

Er stand auf und reichte Johannes die Hand. Sie drückten beide kaum zu.

Der Regen ließ allmählich nach und machte Platz für den Geruch von aufgeweichter Erde und nassem Asphalt, der Parkplatz vor dem Supermarkt dampfte. Johannes machte zwei Schritte nach vorne und streckte prüfend die Handflächen aus, spürte Tropfen auf der Haut.

»Ich würd noch abwarten.«

Er drehte sich um. Schräg hinter ihm stand ein Mann und wickelte ein Eis aus einer goldenen Folie. Er biss in das Eis, der Schokoladenüberzug brach mit einem Knacken. Johannes sah eine Lücke hinter den Eckzähnen des Mannes klaffen. Sie musterten einander. Dann fiel es Johannes ein. Es war derselbe Mann, der ihm am Abend des Schützenfests auf die Beine geholfen hatte, nach dem Flammkuchenunfall. Ihm hochgeholfen hatte, ohne zu lachen. Wie damals trug er Stahlkappenschuhe und eine Cordhose, die ausgebeult war und fadendünn an den Knien. In der Gesäßtasche steckte ein Paar schmutzige Handschuhe.

»Hab dich da drin gesehen«, sagte der Mann und knüllte das glänzende Papier zusammen, »deine Arbeit?«

Er hatte einen schleifenden Akzent. Holländisch.

»Nee, nicht meine Arbeit«, Johannes wischte sich die nasse Hand an der Hose ab. »Nicht mehr. Verdient man nicht genug.«

»Hm.« Der Andere lutschte an seinem Eis. »Und jetzt?«

Johannes zuckte mit den Schultern. Er fand es komisch, dass sie miteinander sprachen, als würden sie sich kennen. Komisch von dem Mann. Und komisch von sich selbst. Es gab selten jemanden, bei dem ihm das Reden nicht schwerfiel. Sie standen eine Weile schweigend nebeneinander, wichen aus, wenn Leute aus dem Supermarkt vorbeidrängten oder reinwollten. Die Gesichtsmuskeln des Mannes bewegten sich. Dicke Adern unter der Haut. Rote, blaue. Straßen, Flüsse. Fast eine Landkarte.

»Wo musst du denn jetzt hin?«

»Nach Hause. Ich wohn an der Promenade.«

»Oh. Da wirst du ganz schön nass. Soll ich dich ein Stück mitnehmen?«

Johannes zuckte mit den Schultern, um Zeit zu schinden. Er wollte nicht unhöflich sein. Andererseits wollte er auch nicht zu einem Fremden ins Auto steigen. Beziehungsweise sollte es nicht wollen. Wenn es irgendwas gab, das ihm die Mutter immer wieder eingebläut hatte, dann das, allerdings war er da noch jünger gewesen. Inzwischen sagte sie eher Sachen wie, dass er mal offener werden musste. Nicht immer so verkrampft sein sollte. Außerdem wirkte weder der Mann wie ein Kidnapper, noch sah Johannes aus wie jemand, den man entführte.

Er blickte in den Regen. »Und was ist mit meinem Fahrrad?«

»Kein Problem. Schmeißen wir hinten drauf.«

Der Mann deutete mit dem Eisstumpf zu einem Pritschenwagen, der ein paar Meter entfernt parkte. Die Ladefläche sah voll aus. Gerümpel. Schrott.

»Ziehen Sie um, oder wie?«

Er schüttelte den Kopf. »Ich sammle. Sieht man doch.«

»Das Zeug da?«

»Ja.«

»Und dann?«

»Ich verkauf's.«

»Aber nicht mein Fahrrad.«

»Nee.«

Der Mann hatte sein Eis aufgegessen. Er steckte sich den blanken Stiel in den Mund, kaute ein paar Mal darauf herum, dann spuckte er ihn aus.

»Also?«

Johannes kletterte in den Wagen. Es roch nach kaltem Rauch und alten Polstern. Mit dem Fuß schob er zerknüllte BiFi-Folien und eine Zigarettenschachtel beiseite, ließ den Anschnallgurt einrasten, während der Mann den Motor anließ und den Wagen vom Parkplatz lenkte. Im Rückspiegel sah Johannes sein Fahrrad, das sie mit einem Seil festgezurrt hatten. Johannes spannte sein T-Shirt und rieb sich mit dem Zipfel das Gesicht trocken.

»Erzähl mal was«, sagte der Mann.

Johannes hielt inne. »Wieso?«

»Dafür nimmt man ja Anhalter mit. Damit man sich unterhalten kann.«

»Ich bin aber kein Anhalter!«

Der Mann lachte so laut und blechern, dass Johannes rot wurde.

Sie passierten seine Schule. Der Regen hatte aufgehört, und auf dem Pausenhof übten bereits wieder die Skater mit ihren Brettern. Johannes drückte sich in das Sitzpolster, machte sich klein, sah geradeaus auf die Straße. Das

Klacken des Blinkers setzte ein. Er befeuchtete seine Lippen.

»Zur Promenade geht's aber nach rechts.«

»Klang eben so, als bräuchtest du Geld«, sagte der Mann und ordnete sich links ein.

»Wohin fahren wir denn?«

»Arbeiten. Jetzt schau nicht so. Ich setz dich gleich ab. Muss nur noch schnell was erledigen.« Mit dem Kinn deutete er auf das Handschuhfach. »Hol mal die Glocke raus. Du kannst läuten. Dann wissen die Leute, dass der Schrottsammler da ist.«

Johannes öffnete die Klappe. Ein Stapel Papier glitt auf seinen Schoß, Briefumschläge, Notizzettel; Johannes tastete in dem Fach, bis seine Finger auf etwas metallisch Kühles trafen. Die Glocke war schwer und hatte einen Griff aus Holz. Sie sah aus wie die Glöckchen, mit denen an Weihnachten zur Bescherung geklingelt wurde, nur größer. Johannes stopfte das Papier zurück und drückte das Handschuhfach zu.

»Wenn du mir jetzt noch eine anzündest, bist du eingestellt.« Der Mann grinste.

Johannes erinnerte sich an die Schachtel im Fußraum, hob sie auf und klopfte eine Zigarette heraus. Er klemmte sie sich zwischen die Lippen und kramte sein Feuerzeug aus der Jackentasche, hielt die Spitze der Zigarette in die Flamme. Menthol. Johannes atmete scharf ein. Er reichte dem Mann die Zigarette, sah zu, wie dieser daran sog, den Rauch seitlich aus der Zahnspalte stieß. Sie ließen die Innenstadt hinter sich, den Getränkemarkt und das Möbelcenter, bogen in eine Wohnsiedlung ein. Mietshäuser und Garagenblöcke, ein Spielplatz. Ein Schild auf dem Grashügel in der Mitte des Kreisverkehrs, das einen durchgestrichenen kackenden Hund zeigte.

»Also, pass auf. Das Erste, was du jetzt lernst«, der Mann schob die Zigarettenkippe durch den Fensterschlitz, »Reiche haben nichts zu verschenken. Arme auch nicht. Bloß die in der Mitte freuen sich, wenn der Keller leer wird. Nun läute mal.«

Johannes kurbelte das Fenster auf seiner Seite herunter und streckte den Arm heraus. Wenn ihn jetzt einer sah, der ihn kannte. Aus der Schule. Wenn die Mutter Wind davon bekäme. Er dachte den Gedanken lieber nicht zu Ende und schlug die Glocke in seiner Hand.

»Genau so«, sagte der Mann. »Könnte ich mich dran gewöhnen. An einen Assistenten.«

»Sind Sie sonst immer allein unterwegs?«

»Musst nicht siezen. Ich bin der Harry. Und du?«

»Ich heiß Johannes.«

*

Kamps war gegangen, auch Bärbel hatte sich verabschiedet, pünktlich um eins. Ihre letzte feste Anstellung war über zehn Jahre her, doch an der täglichen Mittagspause hielt sie fest. Glaubte man Kurti, bedeutete es, dass sie sich in den Backshop am Bahnhof setzte und durch Zeitungen blätterte. Jemanden fand, den sie ansprechen konnte und der zu höflich war, um sich wegzusetzen. Dem erzählte

Bärbel dann vom Chef und von den anstrengenden Kunden, wie lange und an welchem Autobahnkreuz sie heute wieder im Stau gestanden hatte und wie sehr sie sich auf den Feierabend freute. Es war ihr kleines Glück, wenn ihr manchmal noch einer die tüchtige Vertrieblerin abnahm, und wenn das geschah, hatte Bärbel abends, zurück im Stübchen, die Spendierhosen an. Damit war allen geholfen.

Vera aß die letzte Portion Pommes und wartete bis Viertel vor zwei, bis es unwahrscheinlich war, dass noch jemand kommen würde. Sie stellte die übriggebliebenen Würstchen in den Kühlschrank, machte Ordnung in der Küche und riss die Fenster auf, damit frische Luft den Hitzemuff verdrängen konnte; es kam ihr vor, als ob inzwischen selbst das Gebäude schwitzte. Anschließend streckte sie sich auf der Eckbank aus und legte sich ein frischgewaschenes Handtuch aufs Gesicht. Ein Trick aus ihrer Kindheit, um schneller schläfrig zu werden, wenn Margot sie hier, zwischen den Gästen und der Musik und dem Geruch der bierfeuchten Sitzpolster, für ein paar Stunden zur Ruhe gelegt hatte. Mit den Fingerkuppen fuhr Vera über die Holzverkleidung der Wand, befühlte die Reihe von Einschnitten, die Margot mit einem Küchenmesser vorgenommen hatte und die Veras Wachstumsschübe in der Horizontalen markierten, mit dazugehörigem Datum. Die letzte Kerbe stammte vom März 1993. Danach hatte Vera nicht mehr auf der Bank schlafen dürfen, hatte stattdessen rauf in ihr Zimmer gehen müssen. Es macht einen schlechten Eindruck, wenn du dich so räkelst, hatte Margot gesagt: Da kommt einer noch auf Gedanken.

Vera atmete gegen den Stoff des Handtuchs, der sich rhythmisch über ihren Nasenlöchern beulte und wieder zurücksank. Nur eine halbe Stunde dösen, Pause machen von allem. Doch es gelang ihr nicht, sie war zu unruhig. Schon wieder oder immer noch. Sie hätte es besser wissen müssen. Hätte letzte Woche, nach dem Radiobericht, erst abwarten sollen. Doch sie war an der Baustelle im Wald gewesen, das Wasser, das Quellwasser, war ihr durch die Finger geronnen, und seitdem quälte sie sich. Ließ sie zu, dass täglich, fast stündlich, genau der Seelenkrempel auftauchte, den sie am wenigsten gebrauchen konnte. Den sie verschnürt und weggepackt geglaubt hatte nach dem Sommer, in dem die Erde unter Villrath bebte und alle Brunnen im Kurpark und in der Altstadt fortan trocken blieben. So weit hatte sie es kommen lassen, dass sie gestern das alte Nixenkleid aus seiner Folie im Schlafzimmerschrank genommen, es zum ersten Mal in Jahren berührt hatte: die Korsage mit Pailletten, die Fischschuppen nachahmten, den Rock aus türkisblauem Tüll. Die Stola aus Satin, auf der noch fast alle der Glassteine aus dem Bastelladen klebten, die Wassertropfen darstellten. Sie hatte das Kleid übergezogen. Das Rascheln des Stoffs, seine Glätte und Kühle hatten ihr Gänsehaut bereitet. Sie hatte sich vor den Spiegel gestellt und versucht, den Reißverschluss in der Taille zu schließen. Nach drei, vier Zentimetern hatte sie aufgegeben.

Wie viel sie einmal vorgehabt hatte, in diesem Kleid, mit dem gerade erst angebrochenen Jahrtausend. Ein Jahr ihre Rolle spielen, Tourismusbotschafterin, Katalogmodell für die Unternehmen der Stadt; »Braut- und Festmoden Katrin Kirsch« und »Feinkost Ebert« hatten damals angefragt. Ihr Plan war gewesen, alle Einnahmen beiseitezulegen. Mit dem Geld in den Salon des Dicken einzusteigen, den Betrieb zu übernehmen, wie es abgemacht gewesen war. Anständig zu wirtschaften. Mit dreißig einen zweiten Salon aufzumachen und mit vierzig vielleicht den dritten, unten in Remagen oder besser oben in Bad Honnef oder Bad Godesberg, bei der *wirklich* lukrativen Kundschaft. Wenn Zeit blieb und sie die Lust dazu hatte, einen Guten finden und heiraten, pipapo. Hast dich gemacht, hätte es geheißen. Hätten die Leute gesagt, die sie jahrelang schief angeguckt hatten wegen ihrer engen Tops und kniehohen Stiefel, wegen der Billard-Clique, mit der sie an den Wochenenden ins »Dreamland« oder ins »Mirage« am Gewerbepark ging. Auch die Eltern ihrer Schulkameradinnen, die gefunden hatten, sie sei schlechter Einfluss, weil sie beim Abschreiben, beim Rauchen, beim Küssen oder Schwänzen erwischt worden war. Die Lehrer, die ihr Jahr um Jahr eine schlechte Prognose gestellt hatten. Alle hätten sie eingesehen, dass sie im Unrecht gewesen waren. Vera hatte auf diesen Moment gewartet und der Moment auf sie. Zwei Herzensverwandte, die die Zeit zweifellos und unausweichlich zusammenbringen würde. Doch dann hatte die Quelle alles mitgenommen in die tiefe Erde und dort unten langsam erstickt: den Salon des Dicken, ihre Träume und, manchmal kam es Vera so vor, auch ihre Willenskraft. Es waren nun siebzehn Jahre, die sie schon auf dem Boden ihrer Möglichkeiten herumkrebste. Anfangs hatte sie noch versucht, in der Umgebung eine neue Stelle als Friseurin zu finden, aber drei Mal die Probezeit nicht überstanden, sich mit den Chefziegen überworfen: »Frau Beutel, wir lächeln hier, wenn wir die Kunden begrüßen.« »Frau Beutel, haben Sie kein Bügeleisen zuhause?« »Frau Beutel, pünktlich kommt von Punkt.« Aus der Not heraus hatte sie das Stübchen an den Abenden wieder geöffnet, vorübergehend, schließlich mittags, selbstverständlich auch nur vorübergehend, ein Schwur an sich selbst, mit jedem Jahr verlängert.

Um sich abzulenken, las Vera sich die Nachrichten auf ihrem Telefon durch, die sie seit letztem Samstag an Ferber, Martin, privat, geschickt hatte. Was nun mit der Quelle geschehe, was es für Villrath bedeutete, was überhaupt los sei, was denn nun, was; ihre Fragen waren ungeduldiger und kürzer geworden mit jedem Mal. Die blauen Häkchen verrieten, dass er sehr wohl alles gelesen hatte. Doch offensichtlich überforderte es ihn, mit ihr über anderes zu kommunizieren als über ihr nächstes Treffen in einem der Zimmer der Rheinperle. Welchen Roten sie trinken wollte. Wer diesmal die Kondome besorgte. Sie tippte auf das Display, vergrößerte sein Profilbild. Er vorm Standesamt mit Eva-Maria, der zweiten Frau Ferber, im letzten Frühjahr. Er trug ein bürgermeisterlich weißes Hemd und Slipper mit Fransen auf der Kappe. Keine Socken. Ein Abziehbild der eigenen besten Jahre. Früher, im »Mirage«, hatte er allerdings noch dichtes Haar gehabt. War ein guter Küsser gewesen, aber ein schlechter Verlierer. Als Gewinner anstrengend. Mehr als ein Jahrzehnt hatten sie danach kaum voneinander Notiz genommen. Hatten halbherzig auf der Straße gegrüßt und nichts dabei gedacht. Bis zum Stadtfest letztes Jahr, karibische Nacht. Vera mit bunten Leggings und Baströckchen, eine Blumengirlande um den Hals. Karibik sei nicht Südsee, da verwechsle sie was, hatte Ferber geklugscheißert, als hätten sie gestern zuletzt gesprochen. Dann hatten sie gestritten. Später geflirtet. Der Mensch war ein Gewohnheitstier. Und Rolf blind oder taub, auf jeden Fall nicht aufmerksam genug, um ihr alles zu verkomplizieren. Vera legte das Handy weg und griff nach den Zigaretten auf dem Tisch. Die Schachtel war leer.

Sie traf vor der Zeit im Rathaus ein, sicherte sich einen guten Platz, vierte Reihe. Der Saal war so voll, dass Vera das Gefühl hatte, keine Luft, sondern den Atem und den Schweiß anderer Menschen einzuatmen. An den weit geöffneten Flügeltüren standen sie bis raus in die Halle, auf der Galerie traten sie einander auf die Füße, und vor der Bühne drängelten wichtigtuerisch einige ihr unbekannte Gestalten, vermutlich Presse. Überall gedämpfte Gespräche. Es knisterte und simmerte. Die Ahnung, dass nicht weniger als eine Sensation verkündet werden würde, hatte zuverlässig auch das letzte Haus, die letzte Familie, den letzten gichtigen Großvater ergriffen und hergelockt. Vera nahm das Infoblatt und fächelte sich Luft zu. Neben ihr kraulte Bärbel Dolces Ohren. Nach ihrer Mittagspause schien sie noch rasch zuhause gewesen zu sein, war zurechtgemacht, dunkelblaue Bluse, die Lippen rot; sie sah aus wie zu der Zeit, als sie täglich mit dem Rollköfferchen in ihren Kombi gestiegen war. Sie war allein. Auf dem Weg hatten sie vor dem 99-Cent-Laden einige Jugendliche mit Bierdosen und Energydrinks sitzen sehen; in ihrer Mitte, bereits mit verschwommenem Blick, Hotte, der von seiner schmalen Stütze den Kram bezahlte, in der Hoffnung, sich Freunde zu machen. Wenigstens dort. Dabei bemühte er sich um die Villrather. Mähte Rasen, half bei Umzügen, hatte aufgehört, sein selbstgebasteltes Tierschutzmagazin in jeden frei zugänglichen Briefkasten zu werfen. Doch er hatte noch immer keinen Fuß in der Tür. Es waren nicht die Lederarmbänder und die Silberperlen im Bart und die T-Shirts mit den Delfinen oder dem Wolf, der vorm Vollmond heulte. Nicht das Unvermögen, Fremden in die Augen zu sehen beim Reden. Nicht die groben Hände mit den kindlich abgekauten Fingernägeln. Es war der ganze, der gesamte Hotte und die ganze, gesamte Hottigkeit.

Ferber ließ auf sich warten. Im Saal kam Unruhe auf. Vera sah auf die Uhr. Drei durch. Bald wäre Feierabend für Johannes im Supermarkt. Wie er am Morgen aufgebrochen war, kaum, dass er seine Spiegeleier heruntergeschlungen hatte, mit untypisch entschlossenem Gesichtsausdruck. Zwischendrin zwanghaft wiederholt hatte, dass er den Lohn für den Motorradführerschein zurücklege. Herrgott, wie oft noch, Vera hatte mit den Augen gerollt. Als sei sie zu geizig, die nötigen Scheine herauszurücken. Ob er vielleicht ihre Kontoauszüge sehen wolle, da habe er aber besser ein Taschentuch parat! Johannes war wortlos aufgestanden und verschwunden. Eine neue, stille Aufmüpfigkeit, die ihr nicht gefiel. Zu der Tüte Haribo, die sie gestern unter seinem Kopfkissen versteckt hatte, hatte er sich selbstverständlich auch nicht geäußert. Dabei hatte sie seine Lieblingssorte gekauft. Warum gab er sich so anstrengend? Noch bis vor kurzem hatte es danach ausgesehen, als käme Johannes ganz nach Peter, seinem Vater. Ruhig und bedächtig. Ein unkompliziertes Kind, das wenig Interesse daran zu haben schien, Veras Geduld auf die Probe zu stellen. Es hatte ihr gut in den Kram gepasst, da sie keinerlei Bedürfnis dazu verspürt hatte, die Glucke zu geben. Regeln aufzustellen und deren Einhaltung zu kontrollieren. Gleichzeitig hatte sie gehofft, dass die Freiheiten, die sie Johannes ließ, die seltenen Geschenke und Ausflüge wettmachen würden. Wer durfte schon zuhause Bier trinken in seinem Alter, wer durfte abends so lange raus? Sie verlangte nicht mal, dass er glänzende Noten mit nach Hause brachte. Er sollte nicht das Gefühl haben, dass das alles im Leben war. Andere wären froh.

Auf dem Fußboden, wenige Meter entfernt, sah Vera etwas blitzen. Ein Eurostück. Sie unterdrückte den Impuls, es aufzuheben und einzustecken. So weit war es noch nicht. Noch nicht. Stattdessen griff sie in ihre Handtasche und nahm die beiden Fläschchen Jägermeister heraus. Stieß mit Bärbel an, das unverkennbare Klacken ließ einige Köpfe in der Reihe vor ihnen neugierig herumfahren, darunter die Engelhardt. Sie machte kleine, harte Augen. Das Gerücht, dass Vera, dass überhaupt alle, die ins Stübchen gingen, »ein Problem« hätten, kam sicherlich von ihr. Was ein Schwachsinn. Vera hatte Alkoholiker gekannt, echte. Leute, die schon nach dem Aufstehen das billigste, härteste Zeug tranken, ohne jede Spur von Genuss, um überhaupt durch den Tag zu kommen. Oder solche, die Sekt- und Whiskyflaschen in den unterschiedlichsten Läden, zu unterschiedlichsten Zeiten, immer zusammen mit einer Glückwunschkarte kauften, um bloß unverdächtig zu bleiben. Das hatte sie nicht nötig. So war sie nicht. Sie trank, worauf sie Lust hatte, wann sie Lust hatte. Trank zum *Spaß*. Aber das begriff so ein missgünstiges Schrapnell wie die Engelhardt natürlich nicht.

Endlich schob sich Ferber durch die Menge nach vorne, ein Blatt Papier in der Hand, und bestieg die Bühne.

»Liebe Bürgerinnen, liebe Bürger, liebe Freunde«, begann er, »ich freue mich, dass Sie so zahlreich erschienen sind.« Er blickte in den Saal, lauschte auf das Scharren der Füße, den ein oder anderen Räusperer. Wartete, bis es ganz still geworden war, und faltete seinen Stichwortzettel auseinander. »Das Versiegen der Marienquelle hat diese Stadt vor siebzehn Jahren katastrophal getroffen. Wir wissen heute, dass der Quellverlauf durch die damaligen seismologischen Aktivitäten …«, er machte eine bedeutungsvolle Pause, mutmaßlich, um die Fremdwörter wirken zu lassen, »… durch die seismologischen Aktivitäten in abgelegenere Gesteinsschichten umgelenkt worden sein muss. Lange haben wir gekämpft, um den Kurbetrieb aufrechtzuerhalten. Leider ist uns das nicht gelungen. Umso mehr freut es mich, Ihnen heute bestätigen zu können, dass seit vergangenem Samstag durch einen glücklichen Zufall wieder mineralhaltiges Wasser auf Villrather Gebiet fließt, im Wald an der Bahntrasse.«

Jemand klatschte zaghaft, beinahe wie zum Test, das Geräusch gab ein einsames, noch ungläubiges Echo in der Halle. Nach und nach fielen andere ein, auch Ferber klemmte sein Papier unter den Ellbogen und applaudierte ermunternd. Schließlich klatschte der ganze Saal, sodass Vera den Jägermeister in einem Zug leeren und unbemerkt aufstoßen konnte.

»Es gibt weitere gute Nachrichten«, fuhr Ferber fort, als erneut Ruhe eingekehrt war. »Wir von der Stadt stehen nach dieser kurzen Zeit bereits in Verhandlungen mit der Bahn. Unser Ziel ist nämlich nichts weniger, als die neue Quelle und die Stelle, an der sie aufgetreten ist, nutzbar zu machen. Das heißt in Villrath hoffentlich wieder den Zustand zu etablieren, an den wir uns alle so gut erinnern, und so schnell wie möglich wieder eine touristische Infrastruktur auf die Beine zu stellen.«

Erneut legte er eine Kunstpause ein, Vera spürte das Blut in ihren Fingerspitzen pochen. Leute setzten sich aufgeregt zurecht. Stühle knarzten.

Ferber holte Luft. »Nun. Ich will nicht lange um den heißen Brei herumreden. Es sieht danach aus, als erhielte Villrath nach langer Zeit seine verdiente zweite Chance!«

Ein gemeinschaftlicher Ächzer vibrierte durch den ganzen Saal, der auch die Säulen und die Wände und die Decke zu ergreifen und beherzt aufatmen zu lassen schien. Wieder Applaus, diesmal brandete er heftiger auf, hektische Gespräche brachen los. In der ersten Reihe sah Vera

Minigolf-Hans, der aufgeregt den Kopf mit seinem Klärchen zusammensteckte. Daneben Kurti, der sich, die Henkel seiner Tüten in den Fäusten, die Lippen leckte. Nur die Engelhardt blickte kuhäugig drein. Keine Überraschung bei einer, die zum Lachen in den Keller ging. Verhinderte Nonne. Wie die mit ihrem traurigen Männchen überhaupt Kinder zustande gebracht hatte. Wohl unbefleckte Empfängnis. Vermutlich hatte sie bislang keine anderen Pläne mehr gehabt, als möglichst bald in den Himmel zu kommen; da waren Neuigkeiten, gleich welcher Art, natürlich irritierend.

Neben Vera seufzte Bärbel tief. »Schicksal«, sagte sie. »Ich wusste es, einmal wird doch alles gut.«

Garantiert kramte sie in Gedanken bereits ihre Karten und Pendel hervor, mit denen sie sich in den fetten, oder eher in den flüssigen Jahren, nebenher ihre Panzerketten aus 585er-Gold verdient hatte, die später ins Pfandhaus gewandert waren. Fünfzig Mark und aufwärts pro Sitzung, die Scheine hatten locker gesessen, vor allem bei den älteren, weiblichen Kurgästen; Bärbel hatte bloß die Hand ausstrecken müssen. Und sie hatte ja Recht. Jeder war auf seine Kosten gekommen, warum sollte es nicht wieder so sein? Vera stellte sich ein selbst unter der Woche vollbesetztes Stübchen vor. Dachte an die Cocktails, die sie wieder auf die Getränkekarte nehmen könnte: Amarula-Rula und Leichtmatrose, Grüne Witwe, Nektarini und Baby Blue, Pumuckl, Vampir, Notaufnahme. Kleiner Kojak, ihre Eigenkreation, zu der Kurti sie angestiftet hatte. Aber das wäre erst der Anfang. Die Zimmer im ersten Stock des Hauses, von denen bislang nur Rolf eines bewohnte, könnten zur Frühstückspension taugen, Prädikat gut und günstig, sofern sie rechtzeitig ein paar Aufhübschungsmaßnahmen in die Wege leitete. Sie dachte an Urlaub, den sie seit Jahren nicht gemacht hatte. An ein anständiges Auto. An kleine Annehmlichkeiten für Johannes, für sich selbst und an weniger Sorgen über die Zukunft. Näher käme sie ihrem Pflichtteil vom Glück in diesem Leben nicht mehr. Doch das Warten, das Ausharren wäre nicht umsonst gewesen. Dafür nahm man Durststrecken schließlich in Kauf. Dass sie endeten. Das Gute zurückkehrte. Man vergessen konnte, wie klein und ekelerregend unbedeutend alles dazwischen gewesen war.

Ihr war warm.

Ferber auf der Bühne klopfte aufs Mikrofon. »Darf ich noch einmal um Aufmerksamkeit bitten, wir sind noch nicht fertig.« Niemand im Publikum schenkte ihm Beachtung. Ferber klopfte erneut. »Ruhe bitte!«, rief er, Vera hörte eine leise Kränkung in seiner Stimme. Schließlich konnte er fortfahren.

»Ich denke, es liegt auf der Hand, dass wir unser Vorhaben nicht über Nacht bewältigen können. Der Gesetzgeber verlangt zwar jetzt von der Bahn, ihre Trasse aus Gründen der Sicherheit etwa einen Kilometer zu verlegen. Damit die Quelle wieder nutzbar wird, muss der Streckenverlauf allerdings erheblich mehr zu unseren Gunsten angepasst werden, einmal komplett um den Wald herum. An den Zusatzkosten müssen wir uns in dem Fall finanziell beteiligen, das ist uns unmissverständlich kommuniziert worden.«

Enttäuschtes Raunen. Ferber hob beschwichtigend die Hände.

»Sie geben uns drei Monate Zeit, um zu entscheiden, ob wir auf diese Abmachung eingehen oder nicht. Ich fürchte, das ist bereits als sehr kulant zu bezeichnen. Deswegen muss unser vorrangiges Ziel jetzt sein, Investoren auf uns aufmerksam zu machen. Und Villrath eine Präsenz auf Höhe der Zeit zu geben. Wir müssen uns vernetzen. Eine funktionierende Infrastruktur und ein interessantes Angebot schaffen. Dafür müssen wir die Ärmel hochkrempeln. Jeder Einzelne in Villrath, der wieder touristische Dienstleistungen anbieten möchte, sollte geeignete Maßnahmen wählen, abhängig von seinen finanziellen Mitteln. Wir müssen eben …«

»Aus Scheiße Gold machen, ja?« Kurti.

Er hatte seine Tüten auf dem Boden abgestellt, machte den Hals lang und reckte seinen quadratischen Schädel aus der Menge, die Arme vor der Brust verschränkt.

Ferber lächelte milde wie über ein Kind, das bei den Erwachsenen dazwischengeplappert hatte. »Wenn du das sagst. Aber sieh mal, es geht natürlich nicht ohne eure Beteiligung. Denn für jeden von uns liegt Potenzial in diesem Wasser. Die Zukunft unserer Stadt liegt in diesem Wasser. Ich denke, hier sind wir uns einig.«

»Ah ja? Und was ist mit dem Umweltcamp? Die müssen endlich abhauen! Hast du mal gesehen, was die gerade am Waldparkplatz gemacht haben? Barrikaden aufgestellt, vor der Zufahrt zur Baustelle. Solche Klötzer!« Kurti hielt die Hände einen Meter auseinander. »Da können wir uns bemühen, bis wir schwarz sind. Solange die hier sind, kehrt keine Ruhe ein.«

Viele im Publikum nickten. Ferber stach mit dem Zeigefinger in die Luft. »Dem Umweltcamp geht es um den Erhalt des Waldes in dem Teil, durch den die Zugtrasse ursprünglich verlaufen sollte. Denkt mal mit: Das Problem löst sich von ganz allein, sobald wir die Bahn dazu bekommen, ihre Trasse zu verlegen.«

Bärbel schüttelte den Kopf und rückte näher an Vera. »Das sind spirituell sehr aufgeschlossene junge Leute im Umweltcamp«, flüsterte sie.

»Ja. Spinner eben«, erwiderte Vera.

Bärbel wandte sich leicht schmollend ab.

Klärchen stand nun auf, sie hatte die Hände vor dem Bauch gefaltet. »Bitte, Martin. Sag uns doch einfach: Wann kommen wieder Gäste?«

»Ich verstehe, dass euch das umtreibt, Klara. Mich ja auch. Ich denke, wenn wir erst das nötige Geld zusammengetrieben haben, wenn wir dann mit vereinten Kräften daran arbeiten, uns, wenn ich das mal so salopp formulieren darf, am eigenen Schopf aus dem Sumpf zu ziehen, könnten wir in einem Jahr erste Schritte machen.«

»Wir warten seit fast zwanzig Jahren!«

»Ja, wir sind alle ungeduldig und viele finanziell angeschlagen. Das bedaure ich. Allerdings sollten wir dankbar sein, dass die Quelle überhaupt entdeckt wurde und dass die Messungen ergeben haben, dass das Wasser die Voraussetzungen erfüllt, um als Heilwasser bezeichnet werden zu können. Ich fürchte, es wird nun mal nicht schneller gehen«, sagte Ferber.

Klärchen setzte sich enttäuscht.

Ärgerlich tastete Vera nach dem Jägermeister, erinnerte sich, dass das Fläschchen leer war. Sollten sie hier verarscht werden? Genauso gut hätte Ferber einen Zettel in den Infokasten an der Kirche hängen können: Malocht, kriecht, kreuzbuckelt ihr mal schön weiter, Oberkante Unterlippe. Ihre Nackenmuskeln spannten sich an. Ein Jahr. Noch ein ganzes weiteres Jahr sich krummlegen, bevor es endlich losginge. Das konnte nicht Ferbers Ernst sein. Er wusste doch Bescheid, wusste, wie es um Villrath stand. Wie es um *sie* stand. Dass das Stübchen wie ein alter, siecher Verwandter war, dem es täglich den Puls zu fühlen galt und der ihr über Nacht hops gehen konnte. Und wenn sie es nicht schaffte? Wenn sie in den nächsten Monaten pleiteginge, nicht mehr rechtzeitig auf die Beine käme, wenige Meter vorm Ziel? Nicht schon wieder abgehängt werden. Auf keinen Fall. Noch mal ertrug sie das nicht. Es musste auch für sie eine Lösung geben. Eine Abkürzung. Oder eher: einen Weg zurück. Sie musste sofort damit beginnen, die Weichen zu stellen.

Vera beobachtete, wie Ferber nach der Versammlung aus dem Rathausfoyer nach draußen trat, hier und dort Hände schüttelte, Einladungen zum Grillen abnickte. Erst nach zwanzig Minuten überquerte er den Parkplatz. Obwohl sie gegen die Motorhaube seines Wagens gelehnt stand, hielt er es für erforderlich, so zu tun, als bemerkte er sie erst im letzten Moment. Aber das kannte sie schon.

»'n Abend, Vera.«

»Ferber.«

Er blinzelte, gab den Empfindlichen, weil sie ihn nicht beim Vornamen nannte, obwohl ihn das Burschikose unter anderen Umständen keineswegs störte.

Vera klopfte mit der flachen Hand neben sich aufs Blech.

Er verstand und setzte sich. »Mach hin, bitte. Ich hab noch einen Folgetermin.«

Feiern wahrscheinlich. In der Rheinperle, mit Eva-Maria; echt Wiener Schnitzel und Bratkartoffeln.

»Ich hab mir meine Gedanken gemacht vorhin«, sagte Vera. »Die Stadt braucht Werbung, oder?«

»Das kannst du laut sagen.«

»Dann sind wir uns ja einig, dass Villrath wieder eine Nixe haben sollte.«

»Sicher. Das kam immer gut an. Wir haben tatsächlich schon überlegt, wie wir das zeitgemäß aufziehen und wer in Frage kommt. Nicht ganz einfach, wenn man bedenkt, dass die jüngere Generation nie eine Nixe erlebt hat.«

»Könnt aufhören zu überlegen. Ich mach's.«

»Bitte was?«

»Wieso, ist doch logisch. Ich bin offiziell im Amt.«

»Im Amt?«

»Äff mich nicht nach.« Sie ließ sich von der Motorhaube rutschen und stellte sich vor ihm auf. »Die Nixe repräsentiert Villrath ein ganzes Jahr. Ich hab nicht mal acht Wochen gehabt damals …«

»Das war nun wirklich höhere Gewalt. Man verpasst eben manchmal Chancen im Leben, Vera …«

»Lass mich ausreden. Acht Wochen. Mir stehen also noch zehn Monate zu. Die Sponsorenverträge, die Veranstaltungen, alles.«

»Jetzt komm wieder auf den Teppich. Wie stellst du dir das denn vor nach so langer Zeit? Außerdem, die Villrather Nixe muss jung und ledig sein, das war schon immer so, das ist Tradition.«

»Ledig bin ich immer noch.«

Er runzelte die Stirn, schien endlich zu verstehen, dass es ihr ernst war. Es gefiel ihm nicht. »Da kannst du doch nicht ernsthaft scharf drauf sein. Winken und Lächeln und Bratwurstessen.«

»Wieso nicht? Ich würde dafür doch bezahlt werden. Ich kann's brauchen.«

»Komm mir nicht so. Meinst du, ich verdiene mir eine goldene Nase hier? Das ist ein Ehrenamt, ich arbeite nebenher bei meinem Bruder im Betrieb mit. Jeder ist knapp bei Kasse, wirklich jeder. Damit überzeugst du mich nicht.«

»Die Leute haben mich damals gewählt. Da kann ich sie gern dran erinnern. Willst du's drauf ankommen lassen?«

Ferber kniff die Augen zusammen. »Sag mal. Hast du getrunken?« Er beugte sich vor, seine Nasenflügel verengten sich prüfend.

Vera stieß ihn heftig vor die Brust, sodass er sich am Auto festklammern musste und sie ansah, als sei sie irre geworden.

»Wir machen das«, presste sie hervor. »Sonst … ich kann auch anders. Du weißt, was ich meine.«

Ferber war einen Augenblick lang verwirrt. Dann begriff er.

»Bist du jetzt völlig übergeschnappt? Ich lass mich doch von dir nicht erpressen. Und überhaupt. Warum sollte Eva-Maria ausgerechnet *deinem* Geschwätz glauben?«

»Was meinst du damit?«

Er wirkte ertappt.

»Was du damit meinst, hab ich gefragt!«

Vera sog ihre Unterlippe ein. Sie zitterte. So weit war es jetzt. Kam Ferber deswegen neuerdings angekrochen? Weil er sich sicher fühlte, solange er nur mit einer ins Bett ging, auf deren Wort anscheinend keiner etwas gab? Seit wann wurde sie belächelt? Seit wann zählte sie nicht mehr?

Ferber sah ihr immer noch nicht ins Gesicht.

»Ach. Leck mich doch!«

Vera drehte sich um und stapfte durch den Kies zur Straße, ihre Wangen brannten.

*

»Zuerst musst du in die Gärten gucken«, sagte Harry, »immer in die Gärten.«

Gepflegte Blumenbeete, schlecht. Ein Schuppen, gut. Eine Kinderschaukel, schlecht. Ein Stapel Holz, eine Motorsäge, gut. Handwerker und Bastler müsse man sich merken, die hätten alles übrig, wirklich alles; Heizungskessel, Zylinderköpfe, Waschmaschinenmotoren, alte Bremsscheiben, Ölfässer, Schrauben.

Schrauben?

Ja. Fielen zwar nicht so ins Gewicht, aber »denk dran, umsonst ist umsonst«.

Wenn Harry aus dem Wagen stieg und an einem Haus klingelte, einen Fuß auf dem Treppenabsatz, die Hände in die Seiten gestemmt, war Johannes sich jedes Mal sicher, dass ihm die Tür gleich wieder vor der Nase zugeschlagen würde. Harry wirkte einfach nicht wie der, für den die Leute ihre Einfahrt gekehrt und die Fußmatten mit »Willkommen«-Aufschrift rausgelegt hatten. Trotzdem winkte er Johannes immer schon nach wenigen Augenblicken, reckte grinsend den Daumen in die Höhe: Die Leute schienen tatsächlich froh über die unverhoffte Möglichkeit, ihren Kram loszuwerden. Ein Mann half ihnen, eine Zinkwanne auf die Ladefläche zu stemmen. Eine Oma schenkte ihnen zwei Stück Kuchen zu einer kaputten Eisenpfanne und stellte Alte-Leute-Fragen; ja, sagte Harry, sein Rücken mache das mit, tipptopp. Sie fuhren los, während die Frau vor ihrem Haus stehen blieb und ihnen winkte.

Die habe noch den Heesters und den Carrell im Fernsehen gesehen, sagte Harry. »Wenn ich rede, weißt du. Kommen bei den alten Leuten die Erinnerungen hoch.«

Johannes zuckte mit den Schultern. »Keine Ahnung. Kenn ich nicht.«

»Echt?«

»Echt.«

Harry schüttelte den Kopf. »Es gab eine Zeit, da konntest du in Deutschland nicht den Fernseher einschalten, ohne irgendeinen Holländer zu sehen. Ist wahr.«

»Klar«, Johannes grinste.

»Doch! Auch die Amado, die de Mol. Du glaubst mir wohl nicht?«, Harry stieß ihn in die Seite. »Na ja«, sagte er dann, »ist lange her.«

Es war Abend, bis sie die Ladefläche voll hatten und Richtung Villrath fuhren. Hier, sagte Johannes, und Harry hielt an der Bushaltestelle neben der Grundschule, half ihm, sein Fahrrad vom Wagen zu heben. Johannes stieg aus den Stahlkappenschuhen, die Harry ihm geliehen hatte, zog seine Sneaker an. Harry reichte ihm die Hand. Dass er das Zeug erst auseinandernehmen und sortieren müsse, sagte Harry, ohne Vorsortierung schickten sie einen beim Schrottplatz gleich wieder weg. Er wühlte in seinen Hosentaschen und kramte einen zerknitterten Zwanziger heraus.

»Kleiner Vorschuss. Aber da ist mehr drin. Wart's ab.«

Johannes nahm den Schein, drehte ihn hin und her, eine Frage auf den Lippen.

»Ich weiß«, sagte Harry, »nicht viel. Aber ich verarsch dich nicht.«

»Und«, Johannes zögerte, »und wie viel …?«

»Kommt drauf an, der Preis ändert sich täglich. Warte.« Harry griff hinter die Sonnenblende und reichte Johannes ein Stück Papier, aus einem Rechenheft geschnitten. Es stand nur ein Wort darauf: »Schrott«. Dazu eine Handynummer.

»Ruf an. In drei Tagen oder so.«

Johannes nickte. Er faltete den Schein und den Zettel ganz klein und steckte beides ein.

»Bis dann«, sagte Harry.

Er kurbelte die Fensterscheibe hoch und gab Gas.

Johannes wartete, bis der Wagen das Ortsschild passiert hatte. Er roch an seinem T-Shirt. Regen und Rauch. Er stieg aufs Rad. Als er in die Hauptstraße einbog und den gewohnten Weg nach Hause nahm, fiel ihm zum ersten Mal seit Stunden wieder ein, dass er heute gekündigt worden war. Er hatte keine große Lust, es der Mutter zu sagen. Es tat ihm inzwischen nicht einmal mehr leid. Bloß um – ja. Um Ela. Um das faule Auge. Ihren Geruch, nach apfelgrünem Kaugummi und Mädchen. Die große Kaffeepause am Nachmittag und den Stuhl neben ihr. Er hatte vorgehabt, ihr demnächst seinen Instagram-Account mit der Villrather Streetart zu zeigen. Aber am Montag in der Schule wären sie wieder nur Klassenkameraden.

Johannes passierte die Stadtmauer und den Unteren Markt, überquerte den Kirchplatz, auf dem sich bereits Jugendliche sammelten und im Schneidersitz auf dem Boden saßen, Bierflaschen zwischen sich, die Mädchen mit schwarz angemalten Mündern, passend zu ihren schwarzen Fingernägeln und dem Rest. Sie kamen fast jedes Wochenende. Machten ein, zwei Stunden wichtige Gesichter, besoffen sich und geisterten im Dunkeln über den Friedhof. Satanisten, hatte irgendjemand der Mutter erzählt. Irgendwelche Messen. Aber Johannes wusste, die hörten einfach nur Scheißmusik und knutschten rum. Er beschleunigte und fuhr so dicht an der Gruppe vorbei, dass die außen Sitzenden zusammenzuckten. Ein Junge mit schwarzer Stachelfrisur schrie ihm hinterher. Johannes zeigte ihm den Mittelfinger.

Im Stübchen war die Hölle los. Hotte stand in Socken auf dem Ecktisch, er trug Taubenfedern im Zopf und stampfte zum Takt der Musik. Bärbel und zwei andere Frauen schrien, als er sich sein Unterhemd hochrollte; noch etwas spitzer kreischten sie, als er Dolce aus dem Buggy nahm und den Hund an seinen Achseln schnüffeln ließ. Minigolf-Hans war auch da und noch ein paar vom Schützenverein. Johannes drängelte sich nach hinten bis zum Tresen und öffnete den Kühlschrank auf der Suche nach Cola. Keine da.

Die Mutter war auf einmal neben ihm, legte ihm ein Ende ihrer Federboa um die Schultern. »Ah«, rief sie, kam aus der Balance und stützte sich glucksend auf Rolf, »gibst du dir auch mal die Ehre?«

»Sorry. Musste noch aufräumen helfen«, sagte Johannes.

Sie winkte ab, ach was, nur Spaß. Ihre künstlich gute Laune verhieß nichts Gutes. Früher hatte er, wenn sie Kummer gehabt hatte, abends seine Stofftiere um ihr Bett gereiht, die Hälfte der Tiere mit den Augen zu ihr, damit sie sich nicht allein fühlte, die andere Hälfte zur Schlafzimmertür gewandt, um Wache zu halten. Doch eines Tages hatte sie die Stofftiere zornig in einen Plastiksack gesteckt und auf den Dachboden getragen. Gesagt, dass es nun genug sei mit dem schlechten Gewissen. Ihm war erst viel später aufgegangen, was sie meinte: Es gefiel ihr nicht, dass er ihre Schwäche bemerkte, sie empfand es als Vorwurf. Seitdem war er sparsam geworden mit seinem Trost. Insbesondere seit sie wieder trank, nicht mehr zur ihrer Gruppe ging. Da seien richtige Süchtige, was ein Elend; da gehöre sie nicht hin.

Kurti, zerpflückte Luftschlangen um den Hals, stolperte um den Tresen herum auf Johannes zu und klopfte ihm auf den Rücken.

»Mensch«, sagte er, »weißt du's schon? Villrath wird wieder Kurort. Jetzt geht's aufwärts.« Er deutete vielsagend auf seinen Schnurrbart, dessen Spitzen er nach oben gedreht hatte, dass sie ihm fast in die Augen piekten. »Ich kauf mir Zwergziegen, drei Stück«, flüsterte er Johannes ins Ohr. »Und Hühner und ein Pony. Ich mach einen richtigen Tierpark, mit ordentlich Eintritt. Aber nicht verraten!«

Johannes befreite sich.

Er stieg die Treppe hoch in den zweiten Stock und hängte die Motorradjacke an die Garderobe im Flur. Sein Magen knurrte. In der Wohnküche sprühte er Sahne in eine Schüssel und streute Kakaopulver darüber, verrührte alles und leckte den Schneebesen ab. Mit einem Löffel und der Schüssel ging er in sein Zimmer und setzte sich aufs Bett. Vor dem Fenster wurde es langsam dunkel. Er holte den Zwanzig-Euroschein aus seiner Hosentasche. Ob Harry Wort halten würde? Johannes hielt den Schein ins Licht, drehte ihn um. Eine gebrauchte Maschine, eins fünf. Der Führerschein etwa dasselbe, wenn er nicht zu viele Fahrstunden brauchte. Würde er aber nicht. Ganz bestimmt nicht. Wann er wohl genug Schrott geschleppt haben würde, um wenigstens die Hälfte beisammenzuhaben? Um den Rest könnte er vielleicht den Vater bitten: *Ich will auch sonst gar nichts. Nichts zum Geburtstag oder zu Weihnachten, bis ich fünfundzwanzig bin. Bis ich dreißig bin. Ich versprech's.* Johannes öffnete sein Portemonnaie, sortierte den Schein weg und nahm das alte Passbild des Vaters heraus, das er vor Jahren aus einem Stapel Altpapier gerettet hatte. Die Mutter sagte immer, sie sähen einander ähnlich, bis auf die Sommersprossen. Der Vater hatte richtig viele, nicht nur im Gesicht, sondern am ganzen Körper, sogar am Ellbogen und und hinter den Ohren. Das war lustig. Einmal hatte Johannes die Punkte auf dem Arm des Vaters mit einem Kugelschreiber verbinden dürfen; blaue Zickzacklinien, es hatte ausgesehen wie die Sternenkarte in der Mitte seines Schulatlas, und der Vater war stolz auf ihn gewesen, weil er fast alle Sternbilder auswendig aufsagen konnte. Vielleicht hatten sie deswegen begonnen, die Star-Wars-Filme zu schauen. Häufig hatten sie auf Johannes' Wunsch hin auch Gitarre geübt. Obwohl er es wirklich hatte lernen wollen, war er ein unfassbar schlechter Schüler gewesen, hatte mehr mit seinem Frust gekämpft als mit dem Instrument. Mit seinen Erwartungen. Doch der Vater hatte Geduld gehabt. Gesagt, dass Johannes nicht jetzt schon perfekt sein müsse, weil es sonst doch gar keinen Spaß mache. Und er hatte ihn an sich gedrückt, obwohl er das sonst kaum tat, höchstens mal am Geburtstag. Das Gitarrespielen war etwas Besonderes gewesen.

Zu jedem Lied im Notenbuch hatte der Vater eine Geschichte erzählen können. Nicht wovon es handelte, sondern wann und wo er es zum ersten Mal gehört, zum ersten Mal selbst gespielt hatte. Johannes hatte gespürt, dass er sich Zugang zu etwas verschafft hatte, das der Vater sonst unter Verschluss hielt.

Vor zwei Monaten hatte Johannes ihn zuletzt gesehen, der Vater hatte müde ausgesehen und abwesend gewirkt. Das komme von den Wochenend- und Extraschichten, hatte der Vater gesagt, die mache er jetzt wieder wegen des Zuschlags, die Bahn zahle gut dafür. Seine neue Wohnung in Bad Honnef war größer und gemütlicher als die alte, es gab nun ein Gästezimmer für Johannes und quer über die Straße eine Tankstelle mit Backshop, fast wie das Paradies hier, hatte der Vater gewitzelt und war dann wieder stumm geworden. Mitten in »Die Rückkehr der Jedi-Ritter« hatte er auf »Pause« gedrückt und gefragt, ob Johannes eigentlich oft an früher denke, und dann »Ich schon« gesagt, ohne die Antwort abzuwarten. »Weißt du, so mit Familie …«, der Vater hatte geschnauft, war sich mit der Hand übers Gesicht gefahren und war aufgestanden, ohne den Satz zu beenden. Johannes hatte gewartet, dass er zurückkäme. Hatte den Laptop zehn Minuten später zugeklappt und war in sein Bett im Gästezimmer gekrochen. Der Korb mit der Schmutzwäsche des Vaters hatte dort unter dem Fenster gestanden und eigenartig gerochen; viele Tage und Wochen käsige Einsamkeit. Letztes Jahr hatte es noch eine Frau gegeben, deren Namen er vergessen hatte. Dann waren die zweite Zahnbürste und die Kosmetikartikel aus dem Badezimmer verschwunden, und Johannes hatte sich nicht getraut zu fragen, warum diesmal.

Er nahm sein Handy, wählte die Nummer des Vaters. Wie die letzten Male ging die Mailbox ran.

»Ruf mal zurück, Papa, bitte«, sagte Johannes und trennte die Verbindung.

Er kratzte den letzten Rest Kakaosahne aus der Schüssel und lutschte den Löffel ab, sah aus dem Fenster. Wenn er sich konzentrierte, glaubte er, zwischen dem Lärm aus dem Erdgeschoss das Rattern eines Zugs zu hören, von weit hinter den Feldern.

3.

Acht Tage nach der Entdeckung. Sonntag.

Die Stadt lag überschwemmt, nein, versunken, nur die Kirchturmspitze ragte aus dem Wasser heraus. Am Grund war es schummrig und still. Schlingpflanzen und kleine Fische streiften Veras Haut. Weit über ihr, an der Oberfläche, Sonnenlicht. Nackte Kinderbeine neben den schattigen Rechtecken von Tretbooten.

Keine Luft.

Vera wachte auf, die Bettdecke lag auf ihrem Gesicht. Sie riss sie fort. Neben ihr Rolf. Er schnarchte. Obwohl einen Kopf kleiner als Vera, schaffte er es, fast die gesamte Matratze in Beschlag zu nehmen, ihr nur einen schmalen Streifen am Rand zu lassen. Vera setzte sich aufrecht, zog die Beine an. Ihr Kopf dröhnte. Richtig. Sie hatte am Vorabend alles Mögliche durcheinandergetrunken. Eigentlich nicht ihre Art. Offensichtlich aber doch, zumindest nach einem Vorfall wie dem mit Ferber. Sie blieb eine Weile sitzen, erst dämmrig, allmählich klarer, bis die Kränkung und der Zorn darüber mit voller Kraft zurückkehrten wie

Faustschläge. »Lass dir nichts gefallen«, hatte der Dicke immer gesagt, wenn eine Kundin respektlos geworden war: »Wenn du dir was gefallen lässt, sinkt automatisch der Preis für alles.« Vera fand Zigaretten und ein Feuerzeug auf Rolfs Nachttisch, steckte sich fahrig die Erste des Tages an. Rauchte ein paar Kringel. Konnte es noch. Rolf brummte Unverständliches, der Qualm schien ihn zu stören. Mit einem Seufzer drehte er Vera den Rücken zu. Dass es ihm recht wäre, was Festes aus ihrer Sache zu machen, hatte er ihr gestern Abend ins Ohr geflüstert. Ob sie zumindest Johannes einweihen könnten, damit sie nicht länger über den Flur schleichen müssten wie Diebe in der Nacht? Unter einem Vorwand war Vera von seinem Schoß aufgestanden. Seine Bemühungen nach dem bequemsten Zustand hatten sich spätestens jetzt zu einem lästigen Hintergrundrauschen ausgewachsen. »Etwas Festes«, Gottbewahre. Trocken Brot. Dafür hätte es schon sein müssen wie mit Peter, Johannes' Vater, nur noch einmal wünschte sie sich das.

Sie hatten dieses fast identische Muttermal gehabt; kaffeebraun und an den Rändern ausgefranst, die beiden Punkte sahen einander so ähnlich, dass es lächerlich war. Lächerlich wichtig. Dass solche Muttermale entfernt werden müssten, wegen der Sonne, dem Krebsrisiko, hatte Peter gesagt, und Vera hatte begonnen, über einen Tausch zu fantasieren: Er könnte ihrs haben und sie seins, und ob sie wohl einen Arzt fänden, der es ihnen transplantierte. Falls nicht, könnten sie es einander selbst herausschneiden? Würde das fremde Stück auf der eigenen Haut festwachsen? Die Liebe als ungeschickte Sauerei. Schnell hatten sie das erste Mal im Auto hinter sich gebracht. Runtergekurbelte Scheiben, Strohballengeruch. Das Rauschen eines Düsenjägers und ein Knall, als er die Schallmauer durchbrach und Peter etwas zwischen Veras Beinen suchte, während sie sich gegen den Reflex wehrte, sie zusammenzudrücken. Über ihr, in dem Rechteck Himmel im Fensterrahmen, standen die lila Blüten mannshoher Disteln kopf. Dann tat es weh. Wie wenn einer was in einen reinsteckt, dachte sie, als hätte sie was anderes erwartet. Peter drückte seine frischrasierte Wange an ihre, ganz heiß und feucht rutschte sie auf und ab, sein Haar kitzelte, und er roch gut hinter seinem linken Ohr. Im Winter besuchte sie ihn in seiner winzigen Bude über dem Restaurant »Pizzateca«, sie drehten die Heizkörper auf Anschlag, bis sie in Unterwäsche dasitzen und fernsehen konnten bis zum Morgen; Kung-Fu-Filme, Ballettaufführungen, Teleshopping.

Mit einigen Unterbrechungen hatte es fast zehn Jahre zwischen ihnen gehalten. Aber es war mit jedem schwieriger geworden. Nur Anfänge waren gut, Vera mochte Anfänge. Wer nicht? Die Mitten waren anstrengend. Sie forderten den ganzen Menschen, hundertprozentig, tausendprozentig, eine Rücksichtslosigkeit, eine buchstäbliche Unverschämtheit. Auf Dauer hielt das niemand aus. Blieben nur die Enden, damit wieder etwas Neues beginnen konnte. So war sie nun mal. Sie hatte sich das nicht ausgesucht. »Doch«, hatte Peter gesagt, »das sucht man sich aus.« Sie hatte nicht leiden können, wenn er so von oben herab geredet hatte.

Der Rauch waberte dick und milchig durch Rolfs Zimmer, ihre Zigarette war zum Stummel heruntergebrannt. Vera drückte sie aus. In der Etage über ihr kündigte eine klappende Tür an, dass Johannes aufgestanden und auf seinem Weg ins Badezimmer war. In Gedanken sortierte Vera ihre Aufgaben für den Vormittag: Die beiden Salate anrichten, Hähnchenschenkel und Sauce vorbereiten. Die großen, geriffelten Pommes aus dem Tiefkühler holen. Fünfzehn Portionen ließen sich daraus zubereiten, abzüglich ihrer eigenen und der doppelten für Johannes. Wenn sie anschließend nicht trödelte mit dem Aufräumen und dem Abwasch, wäre sie zur Besuchszeit im Altenheim.

Als sie gegen drei die Eingangshalle betrat, drängten sich dort schon die Heimbewohner und ihre Familienangehörigen, wurden Blumensträuße aus Folien gewickelt. Dazwischen saßen wie immer einige alte Männer und Frauen ganz allein: die Ratlosen. Die, die nie Besuch bekamen, die schon weich im Kopf waren, aber nicht zu weich. Die wussten, dass sie theoretisch noch wen hatten irgendwo da draußen. Für die jeder Fremde mit ein paar Gerbera in der Hand der Sohn sein konnte, die Enkelin, eine Nachbarin von früher. Sonntag bedeutete Ausnahmezustand, das Pflegepersonal zählte die Stunden runter, bis es Abend wurde und wieder Routine einsetzte.

Vera passierte das Büro der Heimleitung. Die Tür stand offen, Eva-Maria saß telefonierend auf ihrem Platz; ein Haarknoten, eilig mit einem Stift zusammengesteckt, eine Strickjacke, die Taschen ausgebeult von Tempotüchern und Hustenbonbons. Der Groll auf Ferber kam zurück. *Lass dir nichts gefallen.* Das durfte sie nicht vergessen, niemals. Veras Schritte wurden langsamer, zögerlicher. Sie konnte sich nicht entscheiden, was tun. Bis sie sich auf einmal selbst beobachtet fühlte. Dort. Vor dem Eingang zur Cafeteria stand eine weißhaarige kleine Frau im Bademantel und bohrte in der Nase, sie starrte Vera unverhohlen an. Warum ließen sie die Verrückten hier bloß immer frei herumlaufen? Die Frau lächelte, als habe sie Veras Gedanken erraten, und streckte ihr die Zunge heraus. Vera presste die Lippen zusammen und sah wieder zu Eva-Maria, die in ihrem Büro konzentriert etwas in einen Kalender notierte. Es war nicht die richtige Gelegenheit, um die Bombe platzen zu lassen, beschloss Vera. Geschweige denn, dass sie Zeit dafür gehabt hätte. Heute war sie sowieso schon spät dran. Sie nahm den Aufzug in den orange gestrichenen zweiten Stock, trank, sobald sich die Fahrstuhltüren geschlossen hatten, einen letzten Schluck aus ihrer Wasserflasche und pumpte sich Mundspray in den Rachen. Oben angekommen lief sie den Gang bis zum Ende hinunter, vorbei an den Kitschbildern an der Wand, Palmenstrand, schneebedeckte Berge. Ein Leuchtturm, das Meer toste. Zimmer 29. Sie blieb stehen, roch an ihrer Bluse. Okay. Sie klopfte.

Er sah fern, eine Heimwerkersendung, auf dem Bildschirm beizte jemand Holz.

Ächzend drehte der Dicke sich um. »Dachte schon, du kommst gar nicht mehr.«

»Wenn ich sag, ich komm, dann komm ich.«

Vera stellte den Frisierkoffer ab, zog den Packen Rätselhefte aus ihrer Handtasche und legte ihn ab. Dann half sie dem Dicken aus dem Sessel. Ein Anlauf. Zwei Anläufe. Auf dem Weg ins Badezimmer stützte er sich schwer auf den Gehstock, es dauerte, bis er schnaufend in den Stuhl vor dem Waschbecken sank. Während sein Atem langsamer wurde, sah er Vera durch den Spiegel an. Legte eine Hand auf seinen Bauch.

»Die untersuchen mich nicht mehr«, sagte er, »angeblich bin ich gesund. Stell dir das mal vor.«

»Das sind gute Nachrichten.« Sie wich seinem Blick aus. »Was ist mit der Diät?«

»Du hast doch Augen im Kopf.«

Es stimmte, er hatte wieder zugenommen. Sein Bauch wurde seit Jahren einfach immer größer, ohne dass ein Arzt sagen konnte, warum. Schilddrüse, hatten sie gedacht. Ein Tumor, hatten sie gedacht. Die Pflegekräfte durchsuchten seine Schubladen, um auszuschließen, dass er Essensreste versteckte, fanden aber nichts. Früher, sagte er, habe er wenigstens was dafür gekonnt. Zucker, Sahne, Butter. Jetzt gönnte ihm der liebe Gott nicht mal mehr das Schwarze unter den Fingernägeln, und er würde trotzdem dicker und dicker. Gedünstetes Gemüse. Für ihn speziell markierte Töpfe und Schüsseln. Als ob es nicht reichte, alt zu sein.

»Das wird sicher noch«, sagte sie.

»Ja. Vielleicht wird's noch«, sein Atem beruhigte sich allmählich, und er lächelte angestrengt, »wenigstens gehen mir die Haare nicht aus.«

Vera nahm den Frisierumhang, legte ihn dem Dicken über die Schultern und riss ein paar Blätter vom Toilettenpapier ab, die sie ihm zwischen Hals und Kragen steckte. Mit der Sprühflasche befeuchtete sie seine Haare. Als sie mit der Schere ansetzen wollte, hob er die Hand.

»Mach mal was Modernes diesmal. Du bist doch auf dem Laufenden. Mach mal was Junges.«

Vera zögerte. Er hatte noch nie verlangt, dass sie etwas anders machte, trug denselben Schnitt, seit sie sich erinnern konnte. Klassisch. Ein Seitenscheitel wie mit dem Lineal gezogen. Den Bart arbeitete er selber vierzehntägig mit der Nagelschere nach.

Ob er sicher sei?

»Natürlich bin ich sicher«, der Dicke zog die Augenbrauen düster zusammen, »du musst in Übung bleiben.«

Möglich, dass sie etwas übertrieben hatte, als sie erzählt hatte, wie viele noch zu ihr zum Haareschneiden kämen. In Wahrheit nur Kurti und Hotte, alle paar Wochen, auch Rolf hatte sich ein-, zweimal auf den alten Friseurstuhl gesetzt, den sie in der Garage verwahrte. Aber alles musste der Dicke nun auch nicht wissen.

»Modern ...«, sagte Vera. »Johannes hat sie jetzt vorne lang und hinten kurz. Im Nacken ausrasiert.«

»Dann los.«

Sie schwiegen, während sie mit dem Schneiden begann und er ihre Bewegungen aufmerksam verfolgte. Aus dem Flur zog der Geruch von Kaffee ins Zimmer. Ein Geschirrwagen wurde vorbeigeschoben.

»Johannes geht's gut?«

»Er arbeitet jetzt.«

»Bei dir?«

»Blödsinn. Ich hab kein Geld für eine Aushilfe. Er räumt Regale ein.«

»Geht's immer noch um die Motorradsache?«

»Was glaubst du denn? Ich kann's ihm nicht finanzieren, das nimmt er mir übel.«

Sei wohl das Alter, brummte der Dicke.

Vera machte wortlos weiter. Dachte an seine Zwillinge, deren Foto drüben auf dem Nachttisch stand und auf dem sie nicht besonders glücklich aussahen. Der Sohn, klein und wanstig, die Fliege zu eng an seinem Hals. Daneben das Mädchen im Abiturballkleid, eckige Schultern, eichhörnchenfarbenes Haar. Locken wie Kate Winslet in Titanic, hatte die Kleine gesagt, an ihren Fingernägeln gekaut und Wodka-Cola genuckelt, während Vera ihr das dünne Schnittlauchhaar eingedreht hatte. Schon bevor die Scheidung durch gewesen war, waren die zwei mit ihrer Mutter weg, zurück nach Bayern; der Dicke bekam hin und wieder Anrufe und Postkarten, über deren Inhalt er schwieg.

Vera ließ sich Zeit. Wusste, dass er nörgeln würde, wenn sie zu langsam war, aber noch mehr, falls ihm das Ergebnis nicht gefiel. Als sie fertig war, neigte der Dicke den Kopf zu allen Seiten, fuhr sich durch die grauen Strähnen, die ihm in die Stirn fielen.

»Werd mich dran gewöhnen.«

»Besser wär's. Ich kann's nicht wieder ankleben.«

»So hab ich das nicht gemeint.« Er schüttelte den Kopf, ließ die Haare wieder zurückrutschen. »Gute Arbeit.«

Schwerfällig drehte er sich um. »Ich wollte dich was fragen.« Er räusperte sich, sah sie ernst, fast grimmig an. »Mein neuer Rollstuhl ist angekommen. Der teure. Mit elektrischer Schiebehilfe. Man muss nur einen Hebel drücken. Also, zwei Hebel. Rechts und links. Aber hier fährt mich keiner, die haben nie Zeit.« Er gab sich Mühe, beiläufig zu klingen. »Wenn du natürlich was vorhast, geh nur …«

Vera schnippte ihm sanft mit dem Finger gegen die Schläfe.

Der Dicke wollte in den Schatten. Sie zog die Bremsen des Rollstuhls fest und setzte sich daneben auf die Bordsteinkante, hakte die Beine unter. Auf einem Rasenstück in der Nähe pickten Tauben träge nach Weggeworfenem. Fette Vögel, die seit Generationen ihre Nistplätze in den Bäumen rund ums Heim hatten und keinen Hunger kannten. Nicht, solange es genug von den Alten gab, die Brotreste vom Frühstückstisch verschwinden ließen.

Wie es inzwischen aussähe in der Altstadt, wollte der Dicke wissen.

»Es geht«, sagte Vera, »leer eben.«

»Und der Salon?«

»Wie immer.«

Der Dicke brummte. Er sah nachdenklich aus. Wehmütig.

»Du hast von dem Wasser gehört, das gefunden wurde?«, fragte sie.

»Ja. Ich lebe hier nicht hinterm Mond. Stimmt es, dass es bald wieder losgehen soll?«

Vera zuckte mit den Schultern. »Die Stadt verhandelt mit der Bahn. Ferber will nächstes Jahr wieder Tourismus in Villrath haben.«

Der Dicke nickte. »Wird auch Zeit. Von den Suffskis allein kannst du nicht leben.«

»Sprich nicht so. Die haben ihre Gründe.«

»Mit Sicherheit.«

Er sah sie an, schien einen Einfall zu haben. »Vielleicht kannst du eine Pension aufmachen. Vier leere Zimmer hast du doch.«

»Drei. Rolf ist auch noch da.«

»Hauptsache, du machst es richtig. Zweite Chancen sind selten. Gibt's eigentlich überhaupt nicht.«

Der Dicke kratzte sich am Kinn. Seine Fingernägel waren brüchig, die Haut der Hände dünn und zerknittert wie Papier; Vera sah, wie sich die Adern dunkel, fast schwarz, darunter abzeichneten. Alte Hände. Der Dicke war ein alter Mann. Achtzig nächstes Jahr. Sie vergaß das nur zu gern. Erinnerte sich lieber an früher: wie er jeder Kundin persönlich den Mantel abgenommen und in der Mittagspause im Brockhaus oder im Konversationslexikon geblättert hatte. An die Goldrandbrille, die ihm ständig über die Nasenwurzel gerutscht war; die Pillendose mit den Tabletten gegen den Blutdruck. Er war ein guter Chef gewesen, sieben Jahre, bis zu ihrem Meisterbrief, den er ihr aus eigener Tasche zahlte. Nachdem die Marienquelle versiegt war, war die Laufkundschaft ausgeblieben. Das hatte ihm das Genick gebrochen. Und dann das Herz. Als er seine Mitarbeiterinnen entlassen musste, hatte er geheult, dass ihm der Rotz bis aufs Revers hing. Nun saß er hier.

»Ich denk manchmal noch dran«, sagte der Dicke auf einmal. »An das Erdbeben damals. So ein Geräusch habe ich seitdem nie wieder gehört. Als ob die Welt untergeht. Und wie der Salon am nächsten Tag aussah. So eine Unordnung, so viel kaputt.«

Vera stand auf, klopfte sich nicht vorhandenen Staub vom Rock. »Lass uns mal wieder reingehen. Ich muss noch ... du weißt schon.«

Er winkte ab, als sie die Hände auf die Griffe des Rollstuhls legen wollte. »Ich bleibe noch eine Weile hier. Es wird schon jemand kommen, um mich wieder reinzubringen. Viel Glück.«

Sie gaben sich die Hand. Der Wind fuhr dem Dicken in die Haare, ließ ein Büschel lebhaft Richtung Himmel stehen.

Eine Pflegekraft begleitete sie auf den Balkon in der vierten Etage. Margot war allein. Sie saß in einem ihrer Trainingsanzüge aus Fleece, die Vera im Schlussverkauf besorgt hatte, in einem Korbstuhl. Neben ihr auf einem Tisch eine Teetasse, ein Teller mit Apfelspalten. Sie schien zu dösen.

»Sie ist friedlich«, erklärte die Pflegerin, »bereits länger durchgehend jetzt. Die Sonne, die Wärme, das tut allen gut.« Sie legte eine Hand auf Veras Arm. »Es ist schön, dass Sie da sind. Wir hatten schon Angst, Sie kommen nicht mehr, nach dem letzten Mal. Aber das ist eben so bei

Demenz. Die Leute stehen unter Dauerstress, weil sie sich nicht zurechtfinden. Das macht aggressiv …«

»Sie müssen mir das nicht zum hundertsten Mal erklären«, schnitt Vera ihr das Wort ab.

»Jedenfalls. Sie dürfen das nicht persönlich nehmen.«

»Ach so. Reißt sie Ihnen auch Haare aus?«, fuhr Vera sie an.

Sie wischte sich über das Gesicht, fühlte einen hauchdünnen Schweißfilm unter den Fingerspitzen. Jetzt schon.

»Entschuldigung. Ich weiß, Sie machen nur Ihre Arbeit.«

Sie ließ die Pflegerin gehen, trat neben Margot und zog sich den zweiten Stuhl heran, ein Meter Distanz. Margot sah auf. Der kritischste Moment. Oft ließ sie sich nicht ansprechen, geschweige denn anfassen; war Vera eine Fremde. Dann ballte Margot die Fäuste, schrie. Vera fragte sich, worauf die Wut ihrer Mutter sich richtete. Vielleicht einfach auf alles. Aufs Ganze. Darin stimmten sie ausnahmsweise überein. Ausgerechnet Eva-Maria hatte einmal geraten, der Schlüssel zu Margot sei »Geduld und noch mal Geduld«. Vera könne noch interessante Seiten an ihrer Mutter kennenlernen, sie dürfe nur nicht vor den weniger erfreulichen davonlaufen.

Laufen.

Davon.

Wohin denn?

Als fehlte ihr bloß die Fantasie.

Heute wirkte Margot allerdings gleichgültig, auf eine angenehme Art. Sie gähnte. Bräunlicher Zahnbelag. Sie tunkte einen Finger in den Tee und steckte ihn in den Mund, um daran zu lutschen, sah kindlich aus und fremd. Wie jedes Mal stellte sich Vera vor, dass ihr Vater gerade erst gegangen war, nachdem er Margot heimlich besucht hatte. Wäre Vera nur wenige Minuten früher dran gewesen, wäre sie ihm noch über den Weg gelaufen, aber immer war er schneller. Listiger alter Fuchs. Der Beikoch des Stübchens, hatte Margot einmal zugegeben, da war Vera elf oder zwölf Jahre alt gewesen. Daraufhin hatte sie ihn nächtelang vor sich gesehen, sein Bild zusammengesetzt an der Schlafzimmerdecke als Leinwand: wache Augen und ein lustiger, gelber Bart. Hände, die rohes Fleisch und riesige Kartoffeln schnitten. Die Haut mit dunklen Punkten an den Stellen, wo sich heiße Ölspritzer eingefressen hatten. Er war rumgekommen, hatte schon überall gekocht, wirklich überall: in eleganten Restaurants und auf Kreuzfahrtschiffen, im Krankenhaus und im Gefängnis, in Kantinen und auf Staatsempfängen. Aber in Villrath hatte es ihm am besten gefallen. War es nicht so oder wenigstens so ähnlich gewesen? Ach, hatte Margot gesagt, der sei so schnell verschwunden gewesen, wie er aufgetaucht war. Sie hatte eben gedacht, mit Mitte vierzig könne ihr kein Unfall mehr passieren.

Vera betrachtete die Blätter in den Baumkronen, die untergehakten Spaziergänger auf den Kieswegen des Parks. Spürte auf einmal, wie müde sie war. Verkatert. Dachte: nur zehn Minuten, und stellte sich eine Sanduhr vor, deren Körner viel zu langsam rieselten. Trotzdem. Sie würde auch dieses Mal durchhalten und sitzen bleiben.

Weil es eine Sache gab, vielleicht die einzige, für die sie Margot dankbar sein musste: dass sie Vera zum 18. das Haus und den Grund und Boden, auf dem es stand, überschrieben hatte. Weil sie nun doch schon alt sei, hatte Margot gesagt. Müsse sie mal ins Pflegeheim, wäre sie nicht gezwungen, das Stübchen zur Deckung der Kosten zu verkaufen, weil es ihr dann nicht mehr gehörte. Sie kenne die wildesten Geschichten über die Raffgier des Sozialamts.

Vera sah ihre Mutter an, ihre Mutter sah in die Teetasse. Im Tee waren jetzt die Antworten, sofern es überhaupt noch Fragen gab. Margot schniefte. Ihre Oberlippe glänzte feucht. Vera nahm die Serviette vom Tablett, um ihrer Mutter über den Mund zu wischen, doch Margot drehte das Gesicht von ihr weg.

*

Ob er am Sonntag zur Kaffeetafel des Pfarrgemeinderats käme, hatte Klärchen beim Bäcker gefragt. Es würde wieder für die Restaurierung des Kreuzwegs gesammelt, sie könnten jeden Cent gebrauchen. Kamps hatte zugestimmt, sich pünktlich auf den Weg ins Pfarrheim gemacht. Jetzt bereute er es, denn er war neben Gerkens' Kurti zu sitzen gekommen. Der stank. Nicht nach Stall, wie es noch erträglich gewesen wäre, sondern schlimmer, nach Mensch. Kamps atmete durch den Mund. Um die Zeit zu vertrödeln, bis das Kuchenbüffet eröffnet würde, ging er seine Liste von Wörtern durch, die man nicht mehr hörte und nicht mehr las: Gastarbeiter. Schupo. Heiermann. Gemächt. Er spielte mit dem Löffel auf seiner Untertasse. Aus der Küche betrat Luise den Raum, ein Tablett mit Bienenstich in den Händen. Kamps war überrascht. Seit wann mischte die hier wieder mit? Die war doch aus dem Pfarrgemeinderat geflogen wegen ihrer herrischen Art. Verflucht noch mal. Hätte er was ahnen müssen? Vielleicht. Bereits während der Bürgerversammlung war Luise ihm von seinem Posten aus irritierend ins Auge gestochen. Weit hinten am Ausgang hatte er gestanden, mit einem Fuß im Flur, als sei er nur zufällig vorbeigekommen, doch ihre rote Strickjacke hatte in der Menge geleuchtet wie ein Flämmchen. Mitten in der Rede des Bürgermeisters hatte sie das Kreuz geschlagen, genau in dem Moment, als auch Kamps vollends überrumpelt gewesen war von den Neuigkeiten. Gedacht hatte: Jetzt schlägt's dreizehn. Doch die Beweislage schien diesmal eindeutig zu sein. Das Villrather Heilwasser, die Marienquelle, war zurückgekehrt. Zeichen und Wunder.

Er verfolgte, wie Luise den Kuchen abstellte und dazu überging, Kaffee auszuschenken. Kamps blickte auf seine leere Tasse, ihm wurde unbehaglich. Er suchte Klärchen.

»Ah, Julius. Schön, dass du gekommen bist«, sagte sie und reichte ihm die Hand.

Er drückte sie unbeholfen. Fühlte ihre harte, schwielige Haut.

»Schau dich um. So voll war es schon lange nicht mehr«, sagte Klärchen stolz, »schätze, Villrath ist außer Rand und Band. Es gibt so viel zu besprechen!«

»Abwarten«, sagte Kamps.

Er wollte ungern zugeben, dass auch ihn die Situation aufwühlte.

Beiläufig hielt er Ausschau nach Luise, doch Klärchen kam ihm sofort auf die Schliche.

»Ja. Sie ist wieder da. Wir brauchen sie einfach. Wegen des Kreuzwegs, weißt du. An jeder Station ist was anderes im Argen, das schön gemacht oder ersetzt werden muss. Bisher könnten wir vielleicht zwei oder drei der Fußfälle restaurieren lassen, aber nicht mehr. Und Luise hat den besten Draht zum Pastor und hat schon Briefe ans Bistum und an die Stadtverwaltung geschrieben.«

»Mit Erfolg?«

Klärchen wog den Kopf hin und her. »Als Gemeinde sind wir anscheinend zu unbedeutend für so einen Geldbetrag vom Bistum. Man hat uns vertröstet. In ein paar Jahren vielleicht. Von der Stadt haben wir noch gar nichts gehört. Aber Luise sagt, sie steigt dem Ferber höchstpersönlich aufs Dach, wenn er sich nicht bald zurückmeldet.«

Kamps nickte: Der nahm sich lieber in Acht.

Luise erreichte die Ecke des Tisches, an der er bis eben gesessen hatte, und füllte seine verlassene Kaffeetasse. Grundgütiger, wie lange gingen sie einander nun schon aus dem Weg, lebten nebeneinanderher, abgesehen vom förmlichen Grüßen oder Bemerkungen über das Wetter, über Krankheiten und Todesfälle bei Hinz und Kunz. Wie lange schon fühlte er, trotz allem, in ihrer Gegenwart stets einen Stich, den Phantomschmerz einer Vertrautheit, flüchtig, aber bis unter die Haarwurzeln spürbar: die Erinnerung an ein Band, das sich in Kindertagen entsponnen hatte, als Luise ihm von ihrer Erscheinung im Kurpark erzählt hatte. Es war das allererste Geheimnis gewesen, das ihm jemand anvertraut hatte, und er erinnerte sich lebhaft an ihre Worte: »Es war so heiß, dass am Ende alle sagten: Das Mädchen hat einen Sonnenstich.« Hätte man ihr damals geglaubt, wäre Villrath heute ein Wallfahrtsort. So aber konnte sich nur unter den Villrathern der Name Marienquelle etablieren. Dabei hatte Kamps gewusst, dass Luise die Wahrheit sprach. Wenn sich die Muttergottes jemandem zeigte, dann ihr.

»Wie auch immer. Wir sind auf einem guten Weg. Das sagen alle.«

»Was?«

»Wegen der Quelle«, sagte Klärchen.

»Ja. Sicher.«

»Wir dürfen uns bloß nicht verrückt machen lassen, sondern müssen Geduld haben. Am Ende sind es doch wir Bürger, die die Stadt wieder auf Vordermann bringen werden. So viel steht fest.«

Stimmte. Natürlich hatten die Ankündigungen Ferbers verlockend geklungen, das fand auch Kamps. Allerdings war es kein Geheimnis, dass der Bürgermeister ein Windbeutel war. Ein Maul wie ein Krokodil, aber nichts dahinter; einer, der sich nur deshalb im Amt hielt, weil es sonst keiner machen wollte. Besorgniserregender noch, fiel Kamps ein: Sollte die Stadtverwaltung die großen Pläne tatsächlich in Angriff nehmen, wäre der bevorstehende Winter mit seinen langen, dunklen Stunden der letzte, in dem sich das Einbrechen und Stehlen ringsum noch einmal so richtig lohnen würde. Es konnte bei näherer Betrachtung eigentlich nur schlimmer werden. In einem Höhepunkt der Kriminalität gipfeln. Vielleicht befanden sie sich aber auch schon mittendrin. Im Anschluss an die Bürgerversammlung hatte Kamps ein Gespräch zwischen Lampen-Klaus und Erika von der Spielhalle belauscht, als diese ihre Jacken von der Garderobe geholt hatten. Es war um eine Plünderung gegangen, die sich erst in der vorigen Nacht zugetragen hatte, in einem der Hinterhöfe der Kirchgasse. »Die müssen Bescheid gewusst haben, dass da noch Zeug war«, hatte Erika gesagt, »anscheinend ein alter Herd, paar Möbel.«

Wer wollte jetzt noch bestreiten, dass das Pack ganz akribisch vorging, bestens informiert war?

»Ist dir nicht gut?«, fragte Klärchen.

»Was? Nein. Alles bestens.«

Kamps ließ sich von ihr ein Stück Kuchen einpacken und steckte einen Schein in die Spendenbüchse für den Kreuzweg. Dann verabschiedete er sich unter dem Vorwand, nach seinen Katzen sehen zu müssen, und trat den Heimweg an.

Das Haus sah groß aus, komfortabel, doch je näher er kam, desto kleiner schien es ihm. Beinahe mickrig. Schutzlos. Bleib da, nimm du's, es wird die Eltern freuen, hatte seine Schwester gesagt, als sie heiratete und ins Ruhrgebiet zog, wo es laut war, eng und schmutzig. Vor allem schmutzig. Er hatte nicht verstehen können, warum sie einen Ort wie diesen Villrath vorzog. Kamps sah auf sein

Haus. Dachte daran, wie gut es immer tat, den sonnenwarmen Backstein zu berühren. Sich zu vergewissern, dass alles war, wo es hingehörte und zusammenhielt. Er war gerade an seinem Gartentor angelangt, als er ihn sah. Ein Zigarettenstummel, wenige Meter von seinem Zaun entfernt im Gras. Kamps berührte ihn mit der Schuhspitze. Er blickte sich um. Die Straße war leer. Er zog sein Taschentuch aus der Hosentasche, bückte sich und hob die Kippe damit auf; presste die Faust zusammen. Bis an den Zaun waren sie also gekommen, im Stockdustern, während er schlief. Gut möglich, dass sie sich unterhalten hatten. Leise nur, eigentlich mehr mit Blicken statt mit Worten. Ein Nicken, ein Kopfschütteln. Schulterzucken. Eine Bewegung mit dem Kinn, hin zu Kamps' Haustür. Es war sinnlos, die Polizei davon zu unterrichten. Dabei war doch das Einzige, das er sich wünschte, ein wenig Frieden. Bis zum – nun, bis zum Schluss. Kamps sah, dass die Katzen bereits ihre Positionen eingenommen hatten. Aber heute würden sie länger auf ihr Futter warten müssen. Auf dem Weg ins Haus warf er den Zigarettenstummel in die Tonne. Sollten sie doch wiederkommen. Sollten sie doch. Im Schlafzimmer griff er in den Korb mit der Wäsche, suchte ein Hemd und eine lange Hose mit möglichst wenigen Knitterfalten heraus. Stieg aus den Klettsandalen in die selten getragenen braunen Schnürer. Überlegte kurz, sich zu kämmen, was ihm dann jedoch übertrieben vorkam. Er war kein kleiner Junge. Er war Mitglied. Eines der ältesten. Fast sechzig Jahre schon dabei, auch wenn er damals bloß auf Drängen seines Vaters beigetreten war, der darauf bestanden hatte, dass Kamps seine Furcht vor dem Umgang mit einer Waffe überwand, »für den nächsten Krieg«.

In Werners Einfahrt stand eine blutige Plastikwanne. Die Pflastersteine ringsum waren dunkel gefärbt und glänzten. Kamps klingelte und trat einen Schritt zurück, wartete auf eine Bewegung hinter dem Bleiglas der Tür.

Der Waffenmeister öffnete. »Julius!«

»Grüß dich, Werner. Störe ich?«

»Nein, natürlich nicht. Komm rein.«

Kamps nickte fragend zur Wanne in der Einfahrt.

»Ein Bock«, sagte Werner stolz. »Aber demnächst geht's endlich wieder auf die Schweine. Im Wald soll schon wieder eine neue Rotte sein.«

»Hm?« Kamps folgte ihm in den Flur, trat sich die Schuhe ab.

»Wildschweine. Dieses Jahr kommst du mit auf den Hochsitz.«

»Ach so«, sagte Kamps, »ja, sicher.«

Der Waffenmeister bat ihn ins Wohnzimmer, Kamps nahm auf der Ledercouch Platz. Leo, Werners stämmiger Jagdhund, erhob sich von seinem Lager und legte den Kopf in Kamps' Schritt, schnüffelte. Kamps schob ihn mit dem Ellbogen zur Seite, bemühte sich, den Hund so wenig wie möglich zu berühren. Die Katzen würden es mit der Angst bekommen, wenn er nach Wolf roch.

»Nun sag mal«, begann Werner, »wie kann ich dir helfen?«

Kamps wischte sich den Ärmel an der Lehne der Couch ab, zögerte.

»Ich … ich möchte mein Gewehr haben, Werner.«

Der Waffenmeister zog die Augenbrauen hoch. »Aha …«

»Ja. Bitte.«

»Julius«, Werner runzelte die Stirn, »du kennst doch die neuen Regeln. Ich darf dir das nicht einfach so geben. Die Gewehre müssen bei mir aufbewahrt werden.« Er seufzte. »Was willst du denn überhaupt damit?«

Kamps strich mit den Händen über den Stoff seiner Hose. Er betrachtete den gläsernen Wohnzimmertisch und die fein geschwungene Etagere mit den Schokoladenröllchen und Keksen. Den großen Fernsehbildschirm. Den Kamin.

»Geld«, sagte er schließlich. »Ich brauche etwas Geld, Werner. Ich fange gerade an, ein paar Dinge aus der Werkstatt und dem Haus zu verkaufen, aber das reicht wahrscheinlich nicht. Das Gewehr hat seinen Wert. Du verstehst sicher …«

»Ach, wenn das so ist, machen wir einfach einen Aushang im Vereinsheim. Das nimmt dir sicher einer von den Brüdern ab.«

»Nein«, sagte Kamps entschieden. »Ich habe schon jemanden, der sich dafür interessiert. Der mir einen guten Preis macht. Ich will es einfach vorher nur noch mal in Ordnung bringen und … bei mir haben eben. Hängen einige Erinnerungen dran.«

Werner schlug ein Bein über das andere und rieb sich den Bart. Er beobachtete Kamps aus halb geschlossenen

Augen. »Du willst aber nicht deine Mitgliedschaft aufheben, Julius? Wir brauchen alte Hasen wie dich.«

»Nein«, antwortete Kamps, »ich bleibe euch erhalten. Uns. Ich muss bloß wieder flüssiger werden. Irgendwann kauf ich mir auch ein neues Gewehr. Ich hab auch schon einen Katalog da. Nur gerade, da ist es … da muss ich eben über die Runden kommen.«

Kamps legte eine Pause ein, um sich auszuruhen. Das viele Sprechen war anstrengend. Er wusste gar nicht, wo er auf die Schnelle so viele Wörter, so viele Schwindeleien hergeholt hatte.

Werner sah nachdenklich aus. War mit seinen Gedanken woanders.

Kamps nutzte den Moment und drückte Leo, der sich neben ihn gesetzt hatte, vorsichtig mit dem Fuß in die Seite, fester, noch ein wenig fester, endlich fühlte der Hund sich gestört und trottete weg.

»Hm«, machte der Waffenmeister, es klang wie ein Husten. »Na schön. Ich habe einen Vorschlag. Wir wollen schon lange ein neues Eingangstor, vor der Einfahrt. Eins mit Ornamenten.«

»Eisen«, schlussfolgerte Kamps.

»Ja, richtig. Das kriegst du doch hin, oder?«

»Ja«, sagte Kamps und überlegte, wann er so etwas zum letzten Mal gemacht hatte.

»Gut. Mach uns einen Freundschaftspreis, und die Sache geht in Ordnung.«

»Ja. Sicher.«

Werner beugte sich vor. »Das muss aber unter uns bleiben, Julius. Ich verlasse mich auf dich. Ich komme sonst in Teufels Küche. Du auch übrigens.«

»Ich weiß«, sagte Kamps.

Sie gaben einander die Hand.

Der Waffenmeister drehte den Schlüssel um und öffnete die Schranktür. Der Geruch von alter Luft, vermischt mit Ballistol. Das Gewehr, das unter dem Schild mit Kamps' Namen hing, schimmerte matt. Werner nahm es und reichte es ihm, Kamps setzte sich und legte es sich auf die Knie. Sein Luftgewehr. Inzwischen schon fast zwanzig Jahre alt. Dass so ein kleines Ding praktisch ungefährlich sei, hatte er früher oft zu Angelika gesagt. Ungefährlich mit Einschränkungen. »So ein Auge«, hatte er erklärt. »Das wäre natürlich hin. Aber da musst du schon was falsch machen: total blöd zielen. Besoffen sein. Oder stolpern.« Man dürfe die Waffe eben auf niemanden direkt richten. Dann würde auch keiner verletzt. Kamps strich über den Lauf. Zur Abschreckung, dachte er. Im Dunkeln, auf die Schnelle, wäre nicht so leicht zu erkennen, dass es nur ein Luftgewehr war. Ein Warnschuss in den Himmel könnte genügen. Warum nicht? Es gab reichlich Verrückte da draußen, die täglich in der Zeitung standen.

Geiselnahme in Arbeitsagentur.

Nachbar im Streit angeschossen.

Erweiterter Selbstmord.

Wenn irgendwer, der es nicht besser verdiente, ihn für einen dieser Sorte hielt, wäre er schon zufrieden. Plünderer. Diebe. Verbrecher. Kamps' Herz klopfte. Und wenn er doch jemanden verletzte? Wenn sich ein Schuss löste, einfach so? Nein. Er musste, er würde hart sein.

»Liegt noch richtig gut in der Hand«, sagte er und sah den Waffenmeister an.

4.

Vierzehn Tage nach der Entdeckung. Samstag.

Unter der Bettdecke war es trübe und heiß. Titten, dachte Johannes. Er befühlte seinen Oberkörper, seine Brust; das Fett, das augenscheinlich nirgends sonst mehr Platz gefunden hatte, um festzuwachsen. Weibertitten. Wenn er die Hände auf sie legte, fühlten sie sich schlaff an, vorne leicht spitz. Rannte er, zitterten sie. Wackelpudding. Darf ich mal anfassen, hatte neulich Leon gejohlt; »wieso?«, hatte Johannes gefragt, »kommst du an keine anderen ran?« Die Retourkutsche hatte am nächsten Tag nach der großen Pause auf seinem Platz gelegen: ein hautfarbener Omabüstenhalter, so groß, dass Kürbisse reinpassten. Johannes hatte ihn genommen und in den Abfalleimer geworfen; hatte Ela schräg gegenüber am Fenster stehen sehen, die Arme vor ihrem kleinen Busen verschränkt. Sie hatte finster ausgesehen. Als könnte sie seinen Ärger, seine Scham verstehen. Gestern hatte sie in der Schule eine Sporttasche dabeigehabt. Hatte Nicki erzählt, dass sie später noch ins Freibad wollte. Die Tasche war zwischen Reißverschluss und Naht ein paar Zentimeter gerissen gewesen, und Johannes hatte ein Stück türkisblauen Badeanzugstoff durch das Loch blitzen sehen. Welche Stelle am Badeanzug das wohl gewesen war. Er hatte so lange hingesehen, bis er Angst bekommen hatte, sein Blick könnte auf dem Badeanzug Spuren hinterlassen. Einen Fleck erzeugen.

Johannes tastete nach seinem Schwanz. Überlegte, sich einen runterzuholen, aber es waren keine Taschentücher mehr da. Er nahm den Umschlag mit der Kündigung vom Supermarkt unter dem Kopfkissen hervor. Tagelang war er gleich nach der Schule an den Briefkasten gegangen, hatte es tatsächlich geschafft, der Mutter zuvorzukommen, und das Kuvert unter seiner Jacke zu verstecken. Hatte nur Ela davon berichtet, das heißt: Er hatte sie wissen lassen, er komme nicht mehr.

Sie hatte die Stirn gerunzelt: Wieso?

Das sei einfach nichts für ihn.

Sie hatte komisch geguckt.

Hielt sie ihn für einen Verlierer? Er hatte ihr von Harry erzählen wollen, alles, aber dann nicht gewusst wie. Schrott sammeln. Er fand ja nichts dabei, aber er gab zu, es klang nicht gut.

Sie hatten sich verabschiedet, dann war sie weggefahren. Lang und dünn wie ein Pfeil hatte sie ausgesehen, als sie sich in die Kurve gelegt hatte und mit einem kleinen Knall vom Bordstein auf die Straße gewechselt war.

Johannes befühlte den Briefumschlag. Er hatte keine Lust, ihn zu öffnen. Keine Lust, die Bestätigung seines

Versagens auf Papier gedruckt zu sehen. Er faltete das Kuvert so klein wie möglich zusammen und warf es in den Mülleimer unter seinem Schreibtisch, sortierte so lange darin herum, bis die Folien der Schokoriegel und die leeren Gummibärchentüten es verdeckten.

Ein Knacken im Haus, ein Knirschen. Das Holz arbeitet, sagte die Mutter dazu. Woran? Als ob das Haus seine eigenen Pläne machte. Aber seit dem Fund der Quelle war in Villrath ja nichts mehr normal. Auf dem Pausenhof hatte er die anderen darüber diskutieren gehört, wessen Eltern im Moment am verrücktesten spielten: Milos Mutter wollte den Campingplatz wiedereröffnen, den sie früher betrieben hatte, und hatte einen Streit mit dem Mann vom Zaun gebrochen, der das entsprechende Stück Land im Moment von ihr pachtete. Raphaels Vater hatte seine Familie dazu verpflichtet, jeden zweiten Abend mit Kerzen Mahnwache an der Quelle zu halten, da er fürchtete, die Bahn könne sie heimlich wieder zuschütten. Isabells Eltern wollten sich trennen, weil, wie sie sagten, jetzt eine gute Gelegenheit sei, das sollte verstehen, wer wollte. Johannes wünschte sich, wie früher, wenn ihm alles zu kompliziert geworden war, einfach wieder zur Oma zu fahren. Als es ihr noch besser gegangen war, hatte er sie nach Schulschluss besucht, hatte den Joghurt essen dürfen, den sie immer von sich schob. Sie hatte auch da schon nicht mehr gesprochen, aber ihn noch angezwinkert, weil das mit dem Joghurt so was wie ein Geheimnis war. An diesen Nachmittagen war alles Verwirrende und Bedrückende weit weggerückt von ihm, hatte für zwei Stunden keine Bedeutung gehabt. Weniger jedenfalls. Seit ein, zwei Jahren erkannte die Oma ihn nur noch selten, und ihre Gesichtszüge wirkten selbst im wachen Zustand wie eingeschlafen, sodass er sich schämte, sie zu betrachten, sich aber auch schämte, wegzusehen. Mit anderen Worten: Er traute sich nicht mehr hin.

Ein letztes Mal schob Johannes die Nase ins Kissen. Dann rappelte er sich hoch, duschte, zog T-Shirt und Bermudas an und nahm die Motorradjacke von der Stuhllehne. Harry würde bald da sein. »Punkt halb zwei, kann mich auf dich verlassen, oder?«, hatte in der Nachricht gestanden. Dass er jetzt wechselnde Schichten im Supermarkt bekommen habe, hatte Johannes der Mutter erzählt, weil sie dort so viel Hilfe brauchten und zufrieden mit ihm seien. Na, ist doch bestens, hatte sie gesagt. Halb war er enttäuscht gewesen, dass sie sich so einfach belügen ließ.

Im Schankraum packte er sich eine Flasche Cola und Salzbrezeln in den Rucksack.

»Arbeite nicht zu hart«, kommentierte die Mutter, die mit Bärbel am Tresen saß.

Es sollte ein Witz sein. Sie versuchte, ihm durch die Haare zu streichen, doch er drehte sich weg; ihre Fahne war heute ausgeprägt.

Die Mutter wirkte gekränkt. »Denk dran. Du und Bärbel, ihr müsst später die Stellung hier halten, du weißt ja, dass ich was vorhabe«, erinnerte sie ihn in einem Tonfall, der den Vorwurf bereits vorwegnahm.

»Ja, ich weiß Bescheid.«

»Ich schick dir ein paar Fotos. Das wird richtig groß, wird dir auch gefallen.«

Aber da glaubte sie selber nicht dran, er konnte es hören.

Auf einmal kam Johannes sich ungerecht vor. Er legte der Mutter einen Arm um ihre Schulter. »Klar. Du machst das schon.«

Sofort wich die Unsicherheit aus ihrem Gesicht, und sie lächelte.

Der Pritschenwagen wartete wie verabredet an der Bushaltestelle am Feuerwehrhaus, der Motor lief.

»Wie siehst du denn aus?«, sagte Harry, als er Johannes die Wagentür zum Einsteigen aufhielt. »So schlecht gelaunt. Vielleicht ist dir einfach zu heiß in dem Ding.«

»Welches Ding?«

»Die Jacke da. Was ist das, Leder? Dir muss doch heiß sein.«

»Geht.«

»Na ja, musst du wissen. Wenn du willst, kann ich mal bei mir nachschauen nach ein paar Teilen für deine Maschine. Können wir bisschen rumschrauben. Das gefällt dir doch bestimmt. An der Maschine schrauben.«

»Ich hab keine. Also, noch nicht.«

»Ah«, sagte Harry langgezogen und grinste, so als wüsste er Bescheid, dabei hatten sie bislang nicht darüber gesprochen.

Das, dachte Johannes, war überhaupt die Sache mit Harry: Er war irgendwie immer einen Schritt voraus.

Nicht nur dass er den Schrott schon am Straßenrand stehen sah, wenn Johannes die Umrisse noch nicht mal vom Gebüsch unterscheiden konnte. Harry sagte, er fühle sogar, in welche Straße er um eine bestimmte Uhrzeit fahren müsse. Er konnte die Leute einschätzen. Ihre Gewohnheiten. Ihren Charakter. Wie dieser Igel in der Geschichte mit dem Hasen: *Ich bin schon da!* Johannes hätte das auch gern gekonnt. Ein paar Augenblicke oder Meter vorausdenken. Erster sein, nicht Letzter. Das wär's.

»Heute ist das Wetter richtig gut«, sagte Harry, »heute machen wir Kohle. Du hast doch Zeit, oder?«

Sie fuhren los. Auf Höhe des Oberen Markts fielen Johannes neue Graffitis auf. Das auf dem Haus, in dem bis vor kurzem das Schuhgeschäft der Schreppmanns gewesen war, war mehr ein verschnörkelter Schriftzug: »Rettet den Villrather Wald!« Das auf der alten Brauerei war größer und bunter, ein richtiges Bild: Sonne, Wolken und ein Regenbogen, auf dem kleine Strichmännchen standen und einander an den Händen hielten. Gerne wäre er ausgestiegen, um ein Foto zu machen, für #villrathstreetart. Aber Harry hatte es sicher eilig. Als sie nach der nächsten Biegung am Haus von Herrn Kamps vorbeifuhren, erwartete Johannes, den alten Mann wie so oft am Zaun stehen zu sehen, als warte er auf Besuch, doch da war niemand; nur eine Katze saß auf dem Gehweg und putzte sich.

*

Vera blies den Zigarettenrauch schräg vorbei an den lila Hortensien, die sie am Morgen so sorgfältig in der Vase arrangiert hatte. Sie hatte den Strauß beim Einkaufen kurz vor der Kasse noch in den Wagen gelegt, entschieden, dass es Zeit war für eine Veränderung im Stübchen. Zuerst hatten die Blumen auf dem Tresen wie ein Irrtum ausgesehen. Hatten den Rest des Raums nicht schöner, sondern schäbiger wirken lassen. Doch sie waren da, das zählte. Sie musste einfach nur oft genug hinsehen, um sich daran zu gewöhnen, dass jetzt alles anders würde. Um es nicht zu vergessen.

Am Telefon vor einigen Tagen hatte Ferber den Abgeklärten gespielt. »Ich hab mir deine Idee noch mal durch den Kopf gehen lassen. Meinetwegen können wir es versuchen mit dir als Nixe.«

»Das ist regelrecht barmherzig von dir.«

Es war eine giftige Pause entstanden. Beide hatten sie überlegt, ob es sich lohnte, ihren Streit vom letzten Mal fortzuführen.

»Nun«, hatte Ferber sich schließlich abgerungen. »Ich versuche, das Ganze in die Wege zu leiten. Einen Termin klarzumachen, bei dem wir die Idee der Öffentlichkeit vorstellen, mal zur Probe. Und du bist dir nach wie vor sicher, dass du das machen willst?«

In seiner Stimme hatte Hoffnung mitgeschwungen. Dass sie zwischenzeitlich kalte Füße bekommen hatte. Sie befürchtete, sich zur Lachnummer zu machen, sodass er wie geplant eine Zwanzigjährige mit Apfeltittchen anheuern konnte. Jeder hatte so seine Träume, in diesen Zeiten zumal.

»Natürlich bin ich mir sicher«, hatte Vera geantwortet. »Melde dich, wenn du Näheres weißt.«

Gestern schließlich hatte ein Pferdeschwanzmädchen im Stübchen gestanden, das Diadem und die passende Schärpe in der Hand. Die aktuelle Praktikantin der Stadtverwaltung. »Der Herr Ferber« hole Vera morgen ab, sechzehn Uhr, zu einem Pressetermin. Vera hatte die Sachen an sich genommen. Sie hatten muffig gerochen, nach Keller, hatten anscheinend in irgendeiner Kiste im Rathaus gelegen. Dennoch hatte sie sie stolz Johannes gezeigt, dazu die alten Zeitungsausschnitte, das Fotoalbum von damals. Hatte ihm alles als eine Art Nebenjob erklärt und gesagt, dass das wichtig sei, um das Stübchen auch nächstes Jahr noch öffnen zu können. Nächstes Jahr, wenn die Touristen wiederkämen. Die Skepsis in seinem Gesicht hatte geschmerzt.

»Also«, begann Bärbel. »Ich hab gestern die sechs Schwerter gezogen.«

»Die was?«

»Die *Tarotkarte* mit den sechs Schwertern. Das bedeutet einen Aufbruch zu neuen Ufern! Und da hab ich die Idee gehabt. Ein Shop. Im Internet. Da verkauf ich das Wasser von der neuen Marienquelle, gefiltert natürlich. Hübsche Flaschen, mit handgeschriebenen Etiketten. So was wollte ich schon immer. Ein eigenes Geschäft!«

Die chronische Müdigkeit in ihren Augen wich kurzzeitig einem Flackern.

»Bärbel«, sagte Vera. »Ich war da oben und hab's probiert. Schmeckt genauso beschissen wie früher …«

»Fanden nicht alle. Die Kurgäste nicht. Ich auch nicht.«

Vera schloss die Augen und rieb sich die Nasenwurzel. Ja, sicher. Es hatte immer schon Leute mit einem Faible für den strengen Geschmack, gerade für das Forsche, Bittere gegeben. Auch der Dicke war morgens mit einem Eimer in den Kurpark aufgebrochen, weil er gefunden hatte, dass Kaffee, mit Quellwasser aufgebrüht, das erste Beste des ganzen Tages war: »So ein Kaffee, der muss einem die Schuhe ausziehen, oder er taugt nichts.« Er hatte sich Tasse um Tasse eingeschenkt, bis die Kanne leer gewesen war und er sich mit einem Taschentuch das Gesicht hatte betupfen müssen. »Herr Wilhelmy«, hatte Vera dann gesagt, »zu viel Koffein ist nicht gut für Sie«, und er hatte geblinzelt wie ein Spitzbube. Oder waren sie da schon beim Du gewesen?

Trotzdem.

»Ich mach das jedenfalls«, sagte Bärbel, »kannst du noch so unken.«

»Tu ich doch gar nicht. Ich freue mich für dich«, sagte Vera und sah Bärbel nicht in die Augen.

Sie drehten das Geschlossen-Schild ins Fenster, nahmen Sekt, Chips, den Hund und stiegen die Treppe hoch. Im Schlafzimmer zog Vera sich um, ihr derzeit bestes Kleid, das kurze Sommergelbe. Um die Hüften den Ledergürtel mit der großen Schnalle und den Fransen, der kaschieren würde, dass sie seit ein paar Jahren in der Mitte auseinanderging. Sie legte die Schärpe um, frisierte sich und stach Haarnadeln durch die Ösen des Diadems, bis nichts mehr ins Rutschen kam. Die Handgriffe saßen noch.

»Siebzehn Jahre«, sagte Bärbel, die sich auf dem Bett ausgestreckt hatte, auf ihrem Bauch fanden sowohl Dolce als auch die Chips Platz. »Damals hatte ich noch das Haus.«

Sie stützte sich auf.

»Weißt du, was ich vermisse? Die Teppiche. Günther und ich hatten so schöne, dicke Teppiche in jedem Zimmer. Perser. Achthundert, tausend Euro wert. Nur zum Drüberlaufen!«

Sie lächelte wehmütig und untersuchte einen Fingernagel.

»Du … kann ich nicht vielleicht mit heute? Ich muss mal wieder raus.«

»Das haben wir doch besprochen«, entgegnete Vera. »Du musst mich hier vertreten. Mit Johannes. Aber er darf nur ein Bier und du auch.«

Bärbel stöhnte, aber verfolgte das Thema nicht weiter, sondern schraubte den Verschluss der Sektflasche auf.

Vera setzte sich ans Tischchen und klappte die Make-up-Palette auf, nahm die alte Aufnahme ihrer Krönungsfeier aus der Schublade und lehnte sie an den Spiegel. Für einen Augenblick bildete sie sich ein, dass das Foto den Raum erhellte: Kleid, Diadem, alles gleißt und funkelt im Blitzlicht der Kamera. Das Mädchen auf dem Bild ist so stark geschminkt, dass ihr Gesicht eine Maske ist, irritierend bleich und nahezu konturlos, ganz wie es Mode ist in den Zeitschriften, die sie um die Jahrtausendwende liest. Sie fühlt sich furchterregend schön, furchterregend stark. Das alles ist ernst jetzt, todernst, denn sie ist kurz davor, eine Tür aufzustoßen in ein Leben, das sie verdient hat. Vielleicht kann sie auch noch über Villrath hinaus als Model arbeiten, wenn sie sich gut anstellt, ihre Figur nicht verliert. Ihre besten Jahre nehmen und herausquetschen, was geht, alles ist möglich.

Wie verdreht es war, dass sie sich anfangs nur aus Scherz zur Wahl hatte aufstellen lassen. Eine Wette unter Kolleginnen im Salon des Dicken. Gemeinsame Vorbereitungen nach Feierabend, Übungen zur Kräftigung der Arme, um den Wappenkrug zu stemmen. Darauf kam es an. Im Festsaal des Kurhauses hatte sie sechs Minuten einundvierzig mit durchweg ausgestrecktem Arm geschafft, das Publikum war beeindruckt gewesen. Neuer Rekord. Sieg mit neun Stimmen Vorsprung. Die Zeit danach war viel zu schnell vergangen. Der Festzug durch die Altstadt, sie in der Mitte wie ein rohes Ei, flankiert von den Vereinspräsidenten und der Musikkapelle der Schützen. Abende im Kurhaus, an denen sie mit Vertretern der Lokalpolitik getanzt hatte. Nicht zu vergessen die Geschenke, Bouquets der Gärtnerei Overbeck, groß wie Wagenräder; Armreifen vom Juwelier Theisen. Essen à la carte im Kurparkrestaurant. Die zwei Indischen Laufenten, die sie im Park hatte aussetzen und für die sie Namen hatte aussuchen dürfen: Donald und Daisy. Die Unternehmen und Betriebe, die ganze Stadt begriff hoffentlich bald, dass es sich diesmal mehr denn je lohnte, in ein Aushängeschild wie die Nixe zu investieren. Doch bis dahin würde sie auf Nummer sicher gehen. Keinen Zweifel daran lassen, dass sie die Rolle so gut draufhatte wie damals, sie nahtlos anknüpfen konnte an das Lob, die Bewunderung. Sie würde lächeln. Und Hände schütteln. Den Krug festhalten. Und wieder lächeln, ihre Sprüchlein aufsagen, sich im allerbesten Licht präsentieren. Das Gesicht von Villraths Zukunft sein. Noch wichtiger vielleicht: Man würde sich an sie erinnern. Sich erinnern, dass sie die ganze Zeit über da gewesen war.

Vera schminkte sich, wählte absichtlich die auffälligsten Farben, die künstlichen Wimpern mit dem Kranz aus Strasssteinen. Die Nixe musste sich nicht verstecken. Die Nixe gefiel sich. Sie betrachtete sich von allen Seiten und bekam Lust, später noch auszugehen, irgendwohin, wo die alten Hits liefen. Alles, was sie mal auf CD besessen hatte in der Zeit, als sie in Freundschaftsbücher unter Hobbys »Party« schrieb. Sie hatte erst vor kurzem erfahren, natürlich von Johannes, dass es Leute gab, die diese Art von Musik »Trash« nannten. Müll. Es hatte sie geärgert.

Ferber saß mit laufendem Motor im Wagen, betrachtete sie von oben bis unten. Sein Gesichtsausdruck verheimlichte nicht, dass er wie gewohnt dem Irrtum aufsaß, seine Meinung täte für sie etwas zur Sache.

»Du bist spät.« Ihr fiel spontan nichts anderes ein, um ihn zu piesacken.

»Ich bin auf die Minute«, erwiderte Ferber schmallippig.

Vera schnallte sich an und hielt inne. Auf der Rückbank des Wagens stapelten sich Wasserkanister. »Wo kommt das her? Von *da oben?*«

»Natürlich nicht. Da ist alles noch voller Schlamm und Kies, wir wollen niemanden umbringen. Das ist Leitungswasser.«

»Und was haben wir damit vor?«

»Ausschenken an alle, war doch immer so. Meine Assistentin, Heidrun, hat den großen Wappenkrug im Keller neben dem Archiv gefunden. Der muss für jetzt reichen. Neue Krüge kann ich noch nicht in Auftrag geben. Um Geld zu verpulvern, müssen wir erst welches einnehmen.«

»Es ist gar nichts da?«

Ferber seufzte. »Ja. Nicht so richtig jedenfalls. Ich hab um Vorschuss gebettelt. Bei der Landesregierung. Aber die sehen nichts, was förderungswürdig ist. Die sagen, wie wir das mit der Bahn lösen, ist unser Problem, dann steigen sie *möglicherweise* ein. Dabei ist das eine Goldgrube da oben im Wald.«

»Wir brauchen aber doch Geld. Finde einen anderen Weg. Du hast es versprochen. Uns allen.«

»Du klingst wie Eva-Maria!« Ferber schlug gereizt nach dem daumengroßen, geschnitzten Christophorus, der an einem Band vom Rückspiegel hing; sein Ellbogen streifte Veras linke Brust. Es brauchte keine Absprache, um für einen unangenehmen Moment in verschiedene Richtungen zu sehen. Das Geräusch des Holzfigürchens, das rhythmisch gegen die Windschutzscheibe klackte.

Ferber räusperte sich. »Wir sind uns einig wegen der *Sache*, oder? Ich kann mich auf dein Wort verlassen?«

»Was willst du denn, soll ich vielleicht auf meine Mutter schwören?«

»Nein. Die lebt doch noch.«

Er zögerte, als hoffte er, dass ihm etwas Besseres einfiele, dann legte er stumm den ersten Gang ein und gab Gas. Am Oberen Markt setzte er den Blinker.

»Wo willst du hin? Fahren wir nicht ins Rathaus?«

»Wir fahren ins Malteserheim. Ist besser für so einen Testlauf.«

»Verarschst du mich?«

Ferber stöhnte. »Wir fangen da an, wo sich überhaupt noch jemand an die Nixe erinnert. Außerdem passt es Eva-Maria heute gut.«

»Das war nicht abgemacht.«

»Abgemacht war, dass wir die Nixe der Öffentlichkeit präsentieren, und genau so wird das heute laufen, die Presse ist bestellt, alles. Von der Sparkasse kommt auch jemand, wegen Sponsoring. Eventuellem Sponsoring. Also versau es nicht. Hey.« Er stieß sie an der Schulter. »Hörst du mir eigentlich zu?«

Die Praktikantin erwartete sie bereits auf dem Parkplatz, ein Klemmbrett in der Hand. Sie klopfte an die Windschutzscheibe, winkte.

»Lena«, sagte Ferber, »ihr kennt euch ja schon. Drinnen treffen wir außerdem unseren Fotografen. Erinnerst du dich noch an Arne? Ihr zwei wart doch mal …«

Vera gab keine Antwort, stieg unwirsch aus und knallte die Wagentür zu. Sie kannte das bereits. Die alten Geschichten blieben einzig an ihr kleben.

Mit der Praktikantin wuchteten sie die Wasserkanister

aus dem Auto und schleppten sie nach und nach die Eingangstreppe hoch, an deren Ende Eva-Maria wartete. Sie hatte sich für den Anlass schick gemacht oder was sie sich darunter vorstellte; eine Holzperlenkette klackte voll Tatendrang gegen ihr Namensschild. Wie immer roch sie nach Desinfektionsspray und Maggiwürze.

»Martin, endlich. Die Presse wartet schon, die sind auf der Terrasse, beim Rauchen. Grüß dich, Vera. Warum hast du denn dein Kleid nicht an? Das war doch so ein Blaugrünes, mit Pailletten, toll war das …«

»Das ist bei der Schneiderin«, ging Ferber dazwischen und gestikulierte etwas in Veras Richtung, was so viel heißen sollte wie: Jetzt nicht.

Eva-Maria trat zu ihm, nahm die Finger zum Aufzählen zur Hilfe. »Also, es sind da: der Feltinger vom Sonntagsecho, Breitkopf, Forst und Fischerei, die Bechtermann vom Rheinischen Anzeiger und ein Neuer von Rheinland-Pfalz kompakt, Müller oder Möller.«

Ferber nickte, dann packte er zwei Kanister und trug sie in die Cafeteria, wo Stühle zu einem Kreis arrangiert standen und einige Heimbewohner bereits Platz genommen hatten. Ein Teppich in der Mitte des Raums markierte eine Art Bühne.

Eva-Maria wartete, bis ihr Mann außer Hörweite war, dann legte sie eine Hand auf Veras Arm. Die Handfläche war angenehm weich.

»Ich wollte mich bei dir bedanken«, sagte Eva-Maria. »Er hat sich so gefreut. Er hat diesen Brauch immer gemocht, aber er war unsicher, ob er dich noch mal dafür begeistern kann, nach so vielen Jahren. Ihm bedeutet das so viel. Die Stadt, die Leute, alles eben. Aber ich wusste, dass du das verstehst.«

Vera kniff sich ein Lächeln in die Mundwinkel. So hatte er die Sache also zuhause verkauft. Als seine eigene Idee. Uralte Nummer, aber wirkungsvoll. Sie verfolgte, wie Ferber mit der Praktikantin und Arne die Kanister zu einer ordentlichen Reihe aufstellte, den ersten öffnete und den Wappenkrug auf einem Tisch platzierte, so dass er gut zu sehen war. Nach und nach füllte sich die Cafeteria. Einige Bewohner in Rollstühlen wurden herangeschoben. Angespannt hielt Vera nach dem Dicken Ausschau, doch er war nicht darunter. Wahrscheinlich hatte er die Ankündigung einer Veranstaltung gewohnheitsmäßig ignoriert und das Fernsehprogramm auf seinem Zimmer vorgezogen. Besser so, Vera hatte ihm die Neuigkeiten bislang verschwiegen. Er hätte harmlos klingende, aber messerscharfe Fragen gestellt, bis ihr am Ende herausgerutscht wäre, wie alles zustande gekommen war. Wenigstens konnte sie jetzt Ferbers Version benutzen.

Neben ihr klatschte Eva-Maria in die Hände. »So. Dann wollen wir mal!«

Vera trat auf den Teppich in der Mitte, Ferber empfing sie breit lächelnd und hakte sie unter.

»Ich begrüße Sie alle recht herzlich«, begann er. »Wie Sie wohl wissen, ist nach siebzehn langen Jahren vor kurzem wieder Heilwasser im Wald entdeckt worden. Die Stadtverwaltung hat sich deshalb dazu entschlossen, eine alte, beliebte Tradition, die der Villrather Nixe, wiederzubeleben. Wir freuen uns, dass wir Vera Beutel, die letztmalige Trägerin der Nixenkrone, dafür gewinnen konnten, unsere Stadt und unsere Gastfreundschaft noch mal in dieser Rolle zu repräsentieren.«

Er klatschte in die Hände, vermochte aber nur wenige der alten Frauen und Männer in der Runde zum Mitmachen zu bewegen. Direkt freudig sah auch niemand aus. Vera konnte es ihnen nicht verdenken, mutmaßlich hatte Eva-Maria für den Anlass die Mittagsruhe verkürzt.

»Einige Worte zum Ablauf«, fuhr Ferber fort. »Die Nixe wird nun gemäß Brauch das heilende Wasser ausschenken. Es gibt genug Gläser für alle. Im Anschluss stehen wir gerne für Fragen über die Villrather Quelle und die Pläne der Stadtverwaltung zur Verfügung. Auch für die Vertreter der Presse natürlich.«

Er nickte Vera zu, und sie trat an die Wasserkanister.

*

Die Dauer einer Tour ließe sich ganz einfach bestimmen, sagte Harry: Je leichter der Wagen, desto weiter und länger müsse man noch fahren; fünfundsiebzig Kilo, hundert, hundertzwanzig, er hatte das im Gefühl, erkannte es auch am Geräusch des Motors und daran, wie seine alte Kiste anzöge. Sie waren bereits einige Stunden unterwegs, ein oder zwei große Teile, etwa zwanzig Kilo fehlten noch. Johannes war müde. Seine Arme taten vom Heben und Stemmen weh. Dämmrig lehnte er den Kopf an die Scheibe, zählte in Gedanken Motorradmarken auf,

Aprilia, BMW, Ducati. Harley, Hercules, Honda, Kawasaki.

»Hey. Nicht einpennen«, Harry boxte Johannes gegen die Schulter. »Ob du Hunger hast, hab ich gefragt.«

Der Imbisswagen stand auf der Freifläche neben dem Baumarkt, ein paar Männer in blauen Arbeitshosen standen an Stehtischen und unterhielten sich. Die Bedienung schien sich zu freuen, Harry zu sehen. Sie reichte ihm ihre Hand herunter. Sie war jünger, als der fettbespritzte Kittel sie aussehen ließ, und ihr Pferdeschwanz saß so straff, dass es Johannes an den Schläfen zog. Harry bestellte zweimal Currywurst, extra scharf. Als er zahlen wollte, schüttelte die Imbiss-Frau den Kopf und zwinkerte. Aufs Haus. Harry lächelte Johannes zu, so, als könne er eben auch nichts dafür, dass die Leute ihm ständig irgendwas schenkten. Er stellte die Schalen mit der Wurst auf den Tisch, riss eine Handvoll Servietten aus dem Spender und stopfte sie sich in den Kragen. Legte den Kopf schief, links, rechts, etwas knackte.

»Viel heute«, sagte Harry. »Aber an guten Tagen darf man nicht nachlassen. Wird noch eine lange Nacht für mich, alles zu sortieren und auseinanderzunehmen. Aber bin's ja gewöhnt.«

»Machst du nie so richtig Feierabend?«, fragte Johannes und nahm vorsichtig den Zipfel einer Currywurstscheibe zwischen die Zähne, es brannte.

Harry lachte. »Was soll ich denn deiner Meinung nach machen, im Feierabend?«

»Weiß nicht. Bier trinken. So was.«

»Ich trinke nichts.«

»Nie?«, fragte Johannes, aber das Wort ging in seinem Husten unter, und er versuchte, mit extra viel Spucke zu kauen.

»In Rotterdam …«, sagte Harry unvermittelt, hielt inne, steckte den Zeigefinger in den Mund und pulte in seiner Zahnlücke, bis er ein kleines Stück Wursthaut gefunden hatte und ausspuckte, »… da hab ich bei einem Club eine Zeitlang die Tür gemacht. Edel. Hab mir jeden Abend die Haare mit Wasser nach hinten gekämmt. Die wollten keinen mit Muskeln oder Tattoos, sondern einen, der in einen normalen Anzug passt. Mit den Leuten reden kann. Fremdsprachen auch. An einem Abend ging's trotzdem schief.« Er deutete auf die Lücke in seinem Gebiss. »Engländer. Wollten in Shorts rein.«

»Und deswegen trinkst du nichts mehr?«

»Was? Nee. Nicht deswegen. Nur seitdem.«

»Das ist doch dasselbe«, sagte Johannes.

Harry lachte, seine Zunge war currysaucenrot.

*

»Das hat ja gut geklappt«, Ferber sah zufrieden aus. »Zum Glück hat das Wasser bis zum Ende gereicht. Willst du ein Käsebrötchen?«

Vera schüttelte den Kopf. Sie rieb sich das Handgelenk. Achtundfünfzig Mal hatte sie den Krug angehoben und Wasser in ein Glas laufen lassen; immer plumper war sie geworden, zuletzt waren ein paar Tropfen danebengegangen in den Schoß eines älteren Herrn, der es allerdings nicht bemerkt zu haben schien. Sie füllte sich einen Kaffee an der Maschine ab. Er war wässrig und dünn, beinahe konnte sie den Becherboden erkennen, und sie warf drei Stück Würfelzucker hinterher. Ihr fiel ein, dass sie zuhause etwas für diesen Moment hatte einpacken wollen, nichts Großartiges, nur zwei kleine Proseccos, zum Anstoßen auf den gelungenen Termin. Doch die Sektfläschchen standen nun einsam im Stübchen hinter dem Tresen, falls Bärbel sie nicht entdeckt hatte. Vera nahm einen Schluck Kaffee. Sie spürte Lust auf eine Zigarette und suchte in ihrer Tasche nach der Schachtel und dem Feuerzeug, als sie einen Blick auf sich spürte. Die kleine Frau. Die kleine Frau, die ihr neulich, als sie den Dicken besucht hatte, auf dem Gang die Zunge herausgestreckt hatte. Jemand hatte ihr heute das zerraufte Haar glattgekämmt und seitlich mit einer Spange befestigt. Ein Mann in Ferbers Alter, vermutlich ihr Sohn, saß neben ihr, eine Gabel in der Hand; er fütterte sie mit Torte, doch die Frau schien jeden Bissen lediglich von einer Wange in die andere und zurück zu schieben. Beobachtete weiterhin Vera. Auf einmal hob sie den Zeigefinger, deutete quer durch den Raum. Sagte etwas. Der Mann neben ihr winkte Vera zu. Vera sah in eine andere Richtung und leerte ihren Kaffee in einem Zug. Auf die Terrasse verschwinden, sich eine anstecken und tief durchziehen. Anschließend außen um das Gebäude herumgehen und von vorne wieder rein.

Im Rausgehen erwischte der Sohn der alten Dame sie.

»Tag. Jochen Brandt mein Name.« Er reichte Vera die

Hand, ein Händedruck wie ein Gorilla. Er lächelte. Tadellos überkrontes Gebiss. »Entschuldigen Sie, aber meine Mutter findet Sie anscheinend interessant. Dieses Krönchen und alles. Sie war mal Schützenkönigin, '82 oder '83 wird das gewesen sein, drüben in Unkel.«

»Ah.«

»Wollen Sie sich vielleicht kurz zu uns setzen?«

Jemand fasste Vera von der Seite an den Ellbogen, es war Arne. »Geh mit, ich hab noch nichts Sentimentales im Kasten«, sagte er.

Gereizt warf Vera ihren Kaffeebecher in den nächsten Mülleimer. Sie nahm neben der kleinen Frau Platz, die freudig näher heranrückte und Vera schließlich einen Arm um den Hals legte, sich an sie drückte.

»Manche schließt sie einfach direkt ins Herz, so war sie immer«, kommentierte der Sohn.

»Vera, jetzt lächle doch«, raunzte Arne, der sich mit seiner Kamera vor ihnen in der Hocke platziert hatte.

Hinter ihm schwang die Tür der Cafeteria auf und Eva-Maria kam herein, begleitet von Margot, eingewickelt in ihren Frotteebademantel, in wadenhohen Wollsocken und Lammfellpantoffeln, trotz der Temperaturen.

Das hatte ihr gerade noch gefehlt.

Sie blieben vor Vera stehen. Margot sah beunruhigt aus. Weinerlich.

»Eine kleine Überraschung für dich.«

»Ich kann jetzt nicht, Eva-Maria. Außerdem, meine Mutter ist nicht gerne unter fremden Menschen«, erwiderte Vera harsch.

»Probieren wir es doch einfach. Als Übung«, erwiderte Eva-Maria mit der Selbstzufriedenheit von Menschen, die zu oft damit durchkamen, es nur gut gemeint zu haben. »Wir müssen ihr auch mal die Chance geben, ihre Ängste zu überwinden. Ich komme in zehn Minuten wieder und bringe deine Mutter persönlich wieder nach oben. So lange kann sie doch hier bei euch sitzen.«

»Gute Idee«, schaltete sich Arne ein. »Das gibt noch bessere Bilder!«

»Wer hat dich denn gefragt?«, zischte Vera ihn an.

Schnell war sie auf den Beinen, schob ihren Stuhl etwas zu kraftvoll von sich, der ins Kippeln kam und umfiel. Augenblicklich wurde es leise; sie spürte, wie sich Augenpaare auf sie richteten, eine Welle der Neugier und des Argwohns auf sie zufloss, sie umspülte. Ihr gegenüber legte Eva-Maria Margot beruhigend eine Hand auf die Schulter. Lediglich der Sohn der kleinen Frau lächelte Vera zu. Er schien etwas sagen zu wollen, doch sie packte nach dem Henkel ihrer Handtasche und eilte aus dem Raum.

Sie fand Ferber in Eva-Marias Büro. Eine Packung Kekse ging zwischen den Presseleuten herum. Die Praktikantin reichte Mineralwasser und Orangensaft.

»Da bist du ja.« Ferber deutete Vera an einzutreten, doch sie schüttelte den Kopf.

»Komm bitte. Ist wichtig.«

»Einen Moment«, Ferber lächelte den Anwesenden entschuldigend zu.

»Jetzt bin ich aber gespannt«, sagte er, nachdem sie auf den Flur getreten waren und er die Tür hinter sich geschlossen hatte; die Falte zwischen seinen Augen formte ein steiles V.

»Ich bin fertig hier. Ich gehe.«

»Nein! So haben wir nicht gewettet. Du ziehst das genauso durch wie ich, bis zum Schluss.«

»Ich hab Kopfschmerzen.«

»Na und? Frag Eva-Maria, die gibt dir eine Tablette.«

»Nur eine Pause dann. Halbe Stunde.«

Sie hoffte, dass das zu Fuß von hier bis zur nächsten Tankstelle und zurück reichen würde; sie wusste, dass sie genug Kleingeld dabei hatte für etwas, das allem die Schärfe, die Klarheit nahm.

»Ah, perfekt. Sie beide habe ich gesucht.« Der Sohn der kleinen Frau, er musste ihr gefolgt sein. Er stellte sich zu ihnen, eine Hand leger in der Hosentasche. »Haben Sie einen Augenblick für mich?«

Ferber warf Vera einen Blick zu. »Wenn es schnell geht …«

»Jochen Brandt. Ich bin für die Astra Luxe Hotel Group tätig. Vielleicht kennen Sie uns.« Er kramte in der Jackentasche nach einer Visitenkarte und hielt sie Ferber hin, der sie entgegennahm. »Die Situation ist folgende: Wir suchen Immobilien für Ableger unseres Spa-Konzepts.«

»Sparkonzept«, Ferber runzelte die Stirn.

»Wellness«, berichtigte Vera.

»Korrekt«, Brandt lächelte. »Ich lebe in Frankfurt und habe heute meine Mutter besucht. Ein schöner Zufall, wo Sie doch gerade erst wieder Ihre Heilquelle entdeckt haben und den Tourismus zurückholen wollen, meine ich.«

»Worauf wollen Sie hinaus?«, fragte Ferber.

»Sie haben doch viel Leerstand hier, wenn ich das richtig verstanden habe. Das könnte zu Ihrem Vorteil sein«, sagte Brandt. »Wie gesagt, wir suchen Immobilien. Ganz authentische Immobilien, schöne, alte Bausubstanz, Fachwerk, Weinlaub, Sie verstehen, was ich meine. Und dann noch diese herrliche Landschaft und eine Heilwasserquelle um die Ecke. Das passt, besser könnte man es sich nicht ausdenken. Unser Spa-Konzept verfolgt einen ganzheitlichen Ansatz, nicht nur Massagen und Schönheitsbehandlungen, auch Ayurveda, Meditation, Motivationsseminare. Das können Sie nicht verkaufen in einem modernen Betonklotz. Da braucht man schon ein echtes Hideaway, einen Geheimtipp, nennen Sie es, wie Sie wollen. Das halte ich hier durchaus für möglich. Allerdings, Sie sind erst am Beginn, hier die Infrastruktur wieder in die Gänge zu bringen?«

»Kann man so sagen.«

»Es würde mich sehr interessieren, zu erfahren, welche Maßnahmen dafür in Planung sind. Was halten Sie davon? Ich habe den Abend frei, ich muss erst morgen Nachmittag wieder in Frankfurt sein.«

Ferber, überrascht, machte einen winzigen Schritt zurück, kaum mehr als eine jähe Gewichtsverlagerung. Er kämpfte damit, seine Begeisterung im Zaum zu halten, wollte nicht gleich preisgeben, wie gelegen das alles kam. Eher: wie bitter nötig sie es hatten. Doch das mühsam unterdrückte Grinsen verselbständigte sich schnell, als er Brandt die Hand schüttelte.

»Wenn Sie noch eine Stunde warten können«, sagte Ferber, öffnete die Tür zum Büro und schob Vera hinein. »Wir haben einen Termin.«

*

Sie fanden das allerletzte Stück auf einem Hof unweit der Landstraße.

Da sei so ein uralter Rasenmäher in der Scheune drüben, hatte der Besitzer des Hofs gesagt und mit den Schultern gezuckt; drüben, neben dem Atelier, er sprach das Wort ganz ohne »l« aus: A-te-jee; seine Finger waren so farbverschmiert wie seine Jeans. »Aber macht keinen Krach, bitte.«

»Das war doch kein Bauer«, sagte Johannes, als sie in der Scheune standen. Es war dunkel und muffig, er leuchtete mit der Taschenlampe in die Ecke, in der Harry verschwunden war.

»Komplett mit Motor!«, hörte er Harry triumphieren. »Was hast du gesagt?«

»Dass das kein Bauer war.«

»Nee. Ist ein Künstler.«

»Was macht der hier?«

»Malen. Kunst. Komm, fass an!«

Sie trugen den Rasenmäher über den Hof zur Straße. Es dämmerte bereits. Als sie am Wohnhaus vorbeikamen, schaltete sich eine Laterne ein, hinter der Eingangstür bellte ein Hund. Er klang klein und angriffslustig. Sie hievten den Rasenmäher auf die Ladefläche des Pritschenwagens, Harry sprang hinterher und zerrte das Gerät, so gut es ging, in die letzte freie Nische, verkeilte es zwischen einer Waschmaschinentrommel und einem Ofenrohr. Metall kratzte über Metall; Johannes bekam eine Gänsehaut. Harry justierte mit dem Fuß nach. Dann drehte er sich um.

»Wir haben's! Schluss für heute.«

Johannes stöhnte erleichtert. Er legte den Kopf in den Nacken, befühlte seinen Rücken unter der Motorradjacke, er war schon wieder schweißgebadet.

»Fährst du mich nach Hause?«

»Klar.« Harry kletterte von der Ladefläche. Er kramte ein Päckchen Zigaretten aus der Hosentasche und klopfte zwei heraus. »Aber erst mal rauchen wir. Haben wir uns verdient, oder?«

»Ich rauch eigentlich gar nicht richtig.«

Harry gab ihm Feuer.

»Es ist nur, ich muss bald nach Hause«, sagte Johannes und zog an der Zigarette, der Geschmack von Pfefferminze kribbelte an seinem Gaumen.

»Okay, okay«, sagte Harry, »steig schon mal ein. Ich lass noch einen Gruß von uns da. Das gehört sich so.«

Aus dem Inneren des Wagens sah Johannes, wie er quer über den Hof zurück zum Wohnhaus ging und vor der Tür stehen blieb. Drinnen schlug erneut der Hund an. Harry ging in die Hocke und hob die Fußmatte ein Stück an, nahm etwas aus der Hosentasche und schob es darunter.

Im Stübchen war Licht, ein fremdes, großes Auto parkte vorm Eingang und gab Johannes sofort einen Stich; er schämte sich, dass er in solchen Situationen immer noch gleich an seinen Vater dachte, an einen spontanen Besuch. Dabei fuhr der keine solche Protzkarre. Und besuchte ihn auch nicht, weil er der Mutter aus dem Weg gehen wollte, und ihm vielleicht jetzt auch. Johannes brachte das Fahrrad in die Garage.

Im Schankraum saß die Mutter mit zwei Männern auf der Eckbank. Einer davon war Herr Ferber, der Bürgermeister, den anderen kannte Johannes nicht. Sein Anzug ließ ihn fremd aussehen auf der Sitzbank mit den abgewetzten Rückenschonern. Wie ein Nachrichtensprecher aus dem Fernsehen. Jemand, der seine Hemden in die Reinigung brachte. Eine Nagelschere benutzte. Sich jeden Morgen im Schritt wusch, mit Duschgel, blau wie der Pazifik.

»Warum war Bärbel alleine, als wir gekommen sind?«, fragte die Mutter. »Du solltest mich zusammen mit ihr vertreten. Das war doch abgemacht.«

»Gab so viel zu tun heute«, erklärte Johannes schnell.

Die Mutter blieb angesäuert. Wahrscheinlich hatte Bärbel sich an irgendeinem Vorrat bedient oder war zwischendurch eingeschlafen.

»Sorry«, versuchte er es noch einmal.

»Darüber unterhalten wir uns noch.«

Wie sie vor Publikum immer die Strenge gab.

Er verzog sich. Ließ die Wut erst in seinem Zimmer raus, indem er den Stapel frisch gewaschener Klamotten, den sie ihm hingelegt hatte, mit dem Fuß umstieß. Immer baute sie diese sinnlosen Türme aus seinen Sachen, als wollte sie damit ihren besonderen Eifer beweisen. Er suchte nach den Gummibärchen in seinem Kleiderschrank, aber es waren keine mehr da.

*

Weit hinten im Garten, unter der Nordmanntanne, stellte Kamps die Thermoskanne ins Gras. Ein kleiner grauer Schatten näherte sich und schnupperte daran, verschwand lautlos im Gebüsch. Kamps faltete den Klappstuhl auseinander und setzte sich, das Gewehr auf dem Schoß. Sommer, dachte er und wusste nicht, warum. Vom Gewehr stieg ihm frisch und penetrant der Geruch von Ballistol in die Nase. Auch Patronen hatte er nach Tagen gefunden, im Wohnzimmerschrank. Sie hatten da gelegen, direkt vor ihm, zwischen dem Becher mit den Spielwürfeln und Angelikas Stopfnadeln, wie ein überfälliger Befehl.

Kamps wartete.

Es war jetzt stiller als am Tag, aber nicht viel. Die Tage verabschiedeten sich nicht mehr so wie früher mit dem Geräusch zuklappender Garagentore oder dem Gebell von Hunden, die zur letzten Runde geführt wurden und unterwegs einem Rivalen begegneten. An Abenden wie diesem war früher oft noch jemand an den Zaun gekommen, zum Plauschen. Oder Kamps war auf ein Tresenbier ins Stübchen oder in die Rheinperle. Hatte Angelika anschließend erzählt, wer dort gewesen war, wer abgekämpft ausgesehen hatte oder besser als beim letzten Mal.

Er verlagerte sein Gewicht auf dem Klappstuhl. Blähungen seit Stunden, das Gas zwickte im Darm. Als er es rausließ, tat es weh, roch giftig. Heute hatte er selbst gekocht, Bratkartoffeln mit Speck und Zwiebeln, hatte das Übriggebliebene der Mutterkatze angeboten, die davon aber nichts hatte wissen wollen. Sie ging jetzt wieder auf die Jagd, fast so lange wie vor der Geburt der Jungen. Kamps fiel die Stiege ein, die er den Kleinen an den Schuppen bauen wollte. Das durfte er nicht vergessen.

Das Geräusch eines Zugs, von Süden her. Der Wind stand günstig. Wehte das rhythmische Stolpern der Waggons über die Felder und Hügel, durch den Wald. Wie er als Kind zu diesem Klang eingeschlafen war. Er hatte ihm das wohlige Gefühl gegeben, dass die Welt nicht stillstand, nur weil die Nacht hereingebrochen war. Wie schön das gewesen war: zu wissen, dass alles seinen Lauf nahm, auch ohne ihn. Manchmal hatte er zu dieser späten Stunde seine Mutter noch in der Küche werkeln gehört. Das Brutzeln von Fleisch in der Pfanne, das sie für den folgenden Tag anbriet. Das Klappen der Hintertür, wenn sein Vater endlich Feierabend gemacht hatte und aus der Werkstatt in die Stube gekommen war. Die Auftragsbücher der Schlosserei waren so voll gewesen, dass der Vater der Mutter sogar einen Pelzmantel kaufte, den sie Jahr für Jahr von Oktober bis März zur Kirche trug, bis ihn doch einmal die Motten erwischten. Dass die Eltern so früh gestorben waren, dachte Kamps. Früh und beinahe direkt hintereinander. Doch für die beiden war es gut so gewesen.

Kamps griff nach seinem Hosenbein und zog es ein

wenig in die Höhe. Begutachtete die bräunlichen Flecken um seine Knöchel. Natürlich wusste er, was sie bedeuteten. Schon seine Mutter hatte schwache Venen gehabt; er konnte sich deutlicher, als ihm lieb war, an das Geschwür und später an die offene Wunde an ihrem Bein erinnern, die sich nicht mehr schloss. Er wusste auch, dass er sich vom Arzt Kompressionsstrümpfe verschreiben lassen musste, um dagegen vorzugehen. Doch schien ihm das alles so lächerlich. Nein, dachte er und packte den Stoff der Hose, zog ihn mit einem Ruck wieder herunter: Nein, eigentlich war er bloß feige. Und das war in Ordnung so. Seinen Mut brauchte er für anderes.

Es war nun fast vollständig dunkel. Abendluft, zart und gläsern. Kamps bereitete sich vor. Auf ein Geräusch, das nicht hierhergehörte. Schritte oder ein heimliches Pfeifen. Würden sie von links kommen oder von rechts? Er stellte sie sich mit ungepflegtem Haar und dreckigen Fingernägeln vor. Hager und verschlagen. Oder breitschultrig, bullig, mit Gewichthebermaßen und eingedellten Nasen. So ein Kaliber würde er zumindest beim Anpirschen hören und aus den Schatten heraus, fast gänzlich verborgen in seiner schwarzen Windjacke, mit fester Stimme ansprechen. Kamps räusperte sich, nahm einen Schluck aus der Thermoskanne. Gewiss. Wenn er das Überraschungsmoment nutzte, ihnen sofort mit der Taschenlampe ins Gesicht leuchtete, hätte er Chancen. Das Wichtigste war schließlich, zu verhindern, dass sie seine körperliche Unterlegenheit bemerkten. Sie ihm die Waffe womöglich aus der Hand schlugen.

Er konnte nicht anders, als einen Augenblick lang Bedauern zu fühlen. Er war immer kräftig gewesen, kein Riese, aber kompakt. War der Typ »Terrier« gewesen, wenn es drauf ankam. Ein paar Mal in seinem Leben hatte er sich geprügelt, zugegeben zuletzt in seinen Zwanzigern und aus haarsträubend juvenilen Gründen. Doch alles, was er früher mit Körperkraft hatte regeln können, musste er jetzt über wohlgewählte Worte tun, über Taktik, musste schneller und wendiger denken als sein Gegenüber. Es kostete so viel mehr Energie, als er geahnt hatte. Er hasste das Alter. Er hasste *sein* Alter. Früher waren die Leute mit fünfzig, maximal fünfundsechzig gegangen. Noch früher mit dreißig. Das hatte alles schon seinen Sinn gehabt. Das Abtreten auf dem Höhepunkt, wenn es gerade am besten war. Alles andere war doch nur Warten.

Ein paar Mal nach Angelikas Tod hatte er sich vorgestellt, wie das Ende aussehen könnte. Also, seins. Im Auto. Mit zweihundert gegen einen Baum. Oder friedlicher, mittels Kohlenmonoxidvergiftung. Aber er hielt einfach nichts von Selbstmördern. Gott auch nicht, sowieso nicht. Es musste wohl so sein, dass seine Zeit einfach noch nicht gekommen war. Dass er noch eine Aufgabe vor sich hatte. Diese Aufgabe, das wusste er jetzt, war Villrath, war sein Heim, denn viel anderes war nicht übrig. Nichts.

Kamps schloss die Finger um das Gewehr, dass seine Knöchel weiß hervortraten. Sosehr er sich auch dagegen wehrte: Ihm war flau. Er wünschte sich, die Angst könnte wieder bloß ein Spiel sein. Ein Tanz um flirrende, vibrierende Möglichkeiten. Den hatte er einmal so gut gekonnt. Damals. Mit Luise.

Gerade vierzehn war er gewesen, sie dreizehneinhalb. An der Biegung hatten sie sich getroffen, an der es rechts zum Kirchhof ging und links ins damalige Neubaugebiet, die Stelle, die Kamps passierte, wenn er montags und donnerstags vom Messdienst kam und Luise vom Hauswirtschaftsunterricht, ihre Wege sich wie vorbestimmt kreuzten. Er sah sie immer schon aus der Ferne, eine kleine, gedrungene Gestalt auf dem Fahrrad, sie trat so gemächlich in die Pedale, dass er den Wunsch verspürte, ihr entgegenzulaufen und sie anzuschieben. Doch dann hätte sie kein Ziel mehr gehabt, auf das sie hätte zufahren können, er nicht am vereinbarten Treffpunkt stehen und beobachten können, wie sie ihm entgegenkam, unendlich langsam zwar, aber doch. Luise kam vor ihm zum Stehen. Sie reichten einander die Hand; waren noch nicht übers Händeschütteln hinausgekommen, nicht in der Öffentlichkeit. Kamps klimperte mit den Münzen in seiner Hosentasche. Gleich würde der Eismann auf den Kirchplatz einfahren, Luise sich wie immer eine Kugel Schokoladeneis wünschen und Kamps eine Kugel Vanille. Anschließend würde er Luise nach Hause begleiten, großzügig ihr Fahrrad für sie schieben. Auf Höhe des Friedhofs würde Luise sich bekreuzigen und Kamps drängen, dasselbe zu tun. Darauf freute er sich. Auf ihr Bitten. Wie sie »Man muss den Toten Ehre erweisen« sagen und die braunen Augen aufreißen würde, ihre Pupillen sich vergrößern würden, bis es Kamps schien, als blicke er in zwei tiefe, dunkle Löcher. Einmal war er neben ihr unter einer Leiter durchgegangen, hatte Luises Schrecken genossen, »Kehr es um, Julius!«, wie er gelacht hatte, so lange, bis ihre Angst in Zorn umgeschlagen war und die dunklen Löcher schmale Schlitze geworden waren, ihre Nasenlöcher sich gebläht hatten und sie ihm einen Stoß vor die Brust gegeben, ihn zurückgescheucht hatte, noch einmal rückwärts unter der Leiter durch. Danach hatte sie ihn umarmt, er hatte ihr klopfendes Herz gespürt, ihren Geruch eingesogen. Hatte sie nicht sogar ein wenig erleichtert gekeucht? Kamps hatte sich gefragt, wie weit sie das alles noch würden treiben können. Nicht mehr lange, hatte er gedacht, und er dürfte vielleicht mal an ihre Pflaume fassen.

Das Gewehr kam ins Rutschen, gleich fiel es ihm aus der Hand, Kamps grabschte danach und presste es an sich. Beinahe war er eingenickt. Das durfte nicht noch einmal passieren. Konzentration. Kamps dachte an den Kaffee in der Thermoskanne, der stark war und heiß; daran, dass er immer noch tagsüber schlafen konnte. Nur noch tagsüber schlafen würde, dann, wenn es sicher war. Fast konnte er sich vorstellen, so sitzen zu bleiben, während die Katzen ihre nächtlichen Gänge erledigten und im Morgengrauen wiederkehrten; sitzen zu bleiben bis zum Ende, hier, unter der Nordmanntanne, in der Stille.

Kamps wartete.

5.

Neunzehn Tage nach der Entdeckung. Donnerstag.

Johannes trieb auf dem Rücken. Das Wasser war angenehm kühl, und er ruderte mit den Armen, spreizte die Finger ab. Er begriff, dass er leicht war, leicht sein musste, denn etwas trug ihn. Sollte er still verharren oder versuchen, sich in der Schwerelosigkeit zu bewegen? Wie würde es sein? Ein Kitzeln in seinem Nacken. Er schüttelte es ab, spürte, wie das Wasser zu kleinen, dann immer größeren Wirbeln wurde. Johannes drehte sich auf die Seite, wo er gegen die Mutter stieß, die auf der Bettkante saß und die Lampe angeknipst hatte. Schlaftrunken griff er nach seinem Handy. Zwei Uhr durch. Er sah die Mutter an.

»Wir müssen was besprechen.«

»Jetzt?«

Sie zuckte mit den Schultern und zog die Schublade seines Nachttischs auf, fand die Schachtel Zigaretten unter den leeren Einwickelpapieren, als habe sie schon gewusst, dass sie dort lag.

»Kann ich eine?«

Sie rauchte mit halb geschlossenen Augen, einen selten friedlichen Ausdruck im Gesicht.

Johannes stopfte sich das Kissen in den Rücken und zog die Beine an. »Was gibt's denn?«

»Hm«, machte die Mutter und aschte in den Mülleimer unter seinem Schreibtisch. »Hängst du sehr an unserem Haus?«

»Wie meinst du das?«

»Ich meine, hättest du ein Problem damit, wenn wir umziehen?«

»Wieso? Wohin denn?«

»Das weiß ich noch nicht. Nicht genau. Innerhalb von Villrath, du müsstest nicht die Schule wechseln. Ich dachte an eine kleine Wohnung, vielleicht mit Balkon.«

Johannes kratzte sich am Kinn, fand einen Pickel und nahm die Finger weg. Er war unschlüssig, was die Mutter von ihm wollte. Er hatte nie ernsthaft darüber nachgedacht, woanders zu wohnen. Sie hatte schließlich oft genug betont, dass das Haus ihnen gehörte und dass das besser sei, als Miete zu zahlen; sie hier machen konnten, was sie wollten. Zumindest, was *sie* wollte. Gleichzeitig wusste sie, dass er die Monteure, das ständige Kommen und Gehen, noch nie hatte leiden können. Auch die Gestalten im Schankraum nicht; schon gar nicht, dass die Mutter den größten Teil der Zeit selber eine davon war.

»Was ist mit … deiner Arbeit?«, fragte er. »Dem Stübchen?«

»Ich werde dann eine andere haben. Ich geb das hier

auf. Ganz. Ich verkaufe, und wir fangen noch mal von vorne an. Jedenfalls wünsch ich mir das.«

Sie drückte die Kippe in den Hals einer leeren Colaflasche neben seinem Bett, knabberte an ihrer Lippe. »Also, was sagst du?«

Johannes überlegte. »Ich will ein eigenes Zimmer.«

Die Mutter lachte. »Glaubst du, ich will mir eins mit dir teilen? Guck dich mal um hier«, sie wies auf die Klamottenberge und seine Schulsachen, die verstreut auf dem Boden lagen. Dann wurde sie ernst, nahm seine Hand in ihre und drückte zu. Nur einmal. Aber sehr fest.

»Schlaf jetzt mal. Ist spät.«

Sie schaltete die Lampe aus und ließ ihn allein.

*

Erste Stunde, Erdkunde. Er holte seine Zeitschrift unter dem Tisch hervor. Das Papier fühlte sich gut an. Glatt, sauber. Das Deckblatt noch makellos, frei von Kratzern und Knicken. Der frische, säuerliche Geruch der Tinte. Vor der Schule, in der Bahnhofsbuchhandlung, hatte er sich wie immer eine kleine Tüte geben und die Tüte mit der neuen Ausgabe vorsichtig zwischen die Bücher und Hefte in seinem Rucksack gleiten lassen, das Knistern genossen. Johannes schlug die Zeitschrift auf, fuhr mit dem Finger die Spalten des Inhaltsverzeichnisses nach. Testbericht Kawasaki Ninja H2. Crossplane-Kurbelwelle. Dirt Tracker. Was über das Motorcyclepedia-Museum in Newburgh, New York, mit Eintrittskartenverlosung.

Warum Motorräder, wollte die Mutter immer noch gelegentlich wissen. Warum Motorräder, du bist doch noch nie eins gefahren?

Blättern. Leise. Hin und wieder den Kopf heben und ans Whiteboard am anderen Ende des Raumes schauen.

Jetzt.

Und jetzt.

Die Mutter selbst hatte damals das »Bikers welcome«-Schild ins Fenster geklebt. Sie hatte sich Einnahmen versprochen von den Typen, die sonntagnachmittags in Kolonne rheinauf- oder -abwärts unterwegs waren, und es hatte funktioniert. Für eine Weile waren die Biker regelmäßige Gäste gewesen, jedenfalls bis sie immer öfter Streit untereinander angefangen hatten. Doch zu Johannes waren sie durchgehend nett gewesen. Die meisten schon älter, mit Ziegenbart und Lederklamotten, die knarzten, wenn sie sich bewegten. Johannes hatte hundertmal auf den Maschinen Probe gesessen. »Na, kleiner Mann, wo willst du hin?«, hatten die Männer gesagt und mit den Fingerknöcheln gegen den Rahmen geklopft; Johannes hatte sich an den Lenker geklammert, sich den Fahrtwind vorgestellt und die Sonne im Gesicht, Wassertröpfchen, die aus Pfützen hochspritzten. Er hatte ganz allein die Richtung bestimmt, und niemand hatte ihn einholen können.

»Johannes? Ich hab dich was gefragt«, der Lehrer klang ungeduldig, warf den Schwamm von einer Hand in die andere.

»Entschuldigung … ich hab nicht aufgepasst.«

»Sieht ganz so aus. Dein Pech. Raphael, bist du wenigstens bei uns?«

Johannes zog den Kopf ein.

Der Gong ertönte. Alle klappten die Hefte zusammen und räumten ihre Mäppchen ein, während der Lehrer noch schnell etwas ans Board schrieb, die Hausaufgaben erklärte. Johannes streifte sich den Rucksack über. Jetzt große Pause und danach Englisch, anschließend Sport. Letzte Woche war er hingegangen, sie hatten Fußball gespielt, Johannes im Tor so wie immer, weil die anderen das Spiel sowieso unter sich ausmachten, sein Einsatz war dann kaum nötig. Aber diese Woche käme sicher was anderes dran. Geräteturnen? Das hatten sie schon eine Weile nicht mehr gemacht. Wenn er heute erneut schwänzte, müsste er sich auf dem Nachhauseweg etwas überlegen, das die Mutter auf den Entschuldigungszettel schreiben konnte. Kopfweh. Oder Übelkeit. Kopfweh wäre besser, das hatte er schon länger nicht mehr vorgetäuscht. Als er zur Tür wollte, spürte er eine Hand auf seiner Schulter. Der Lehrer, direkt hinter ihm.

»Johannes, hast du bitte einen Moment?«

Er musste sich auf den Stuhl vorne am Pult setzen. Heftete den Blick auf die Kartenständer schräg vor dem Fenster. Auf einer der Karten war der Nordpol abgebildet. Darüber hatten sie heute gesprochen. Über schmelzende Gletscher und dass es wärmer wurde auf der Welt. Der Lehrer hatte zwischendurch einen Filmausschnitt gezeigt, in dem eine Eisbärenfamilie vorgekommen war, immerhin, daran erinnerte Johannes sich.

»Ich hab schon aufgepasst heute«, sagte er schnell, bevor der Lehrer anfangen konnte, »nur ganz kurz nicht. Ich reiß mich zusammen in Zukunft, Ehrenwort.«

Darauf standen sie. Alle. Keine Rechtfertigungen, keine Ausflüchte, einfach nur Reue und das Versprechen, dass man sich ab sofort Mühe geben würde. Manchmal musste man nach dieser Art von Zugeständnis für den Rest des Schuljahres nur noch pünktlich zu Unterrichtsbeginn da sein. Als einer der Ersten auf seinem Platz sitzen, Rücken gerade, Blick nach vorn, und das Handy die Stunde über im Ranzen lassen. Den meisten Lehrern reichte das für eine Vier, jedenfalls auf dieser Schule, und die Mutter akzeptierte seine Zeugnisse, solange irgendwo eine Zwei oder Drei alles nicht so schlimm aussehen ließ.

Der Lehrer strich sich durch den Bart. Er hatte einen ganz dünnen, löchrigen, der aussah, als hätten Mäuse dran genagt. Haare auf den Fingerknöcheln, schwarz und viel dicker als die im Gesicht.

Er seufzte. »Die Frage ist, wie du dich bessern willst, wenn du nur noch so wenig Zeit dafür hast, Johannes. Dieses Schuljahr ist fast rum, und du hast in allen Tests schlecht abgeschnitten. Und meistens, wenn ich dich was frage, kannst du mir keine Antwort geben. Schaust mich an. Macht dir Erdkunde keinen Spaß?«

Ihnen nie sagen, dass einem ihr Fach egal war. Man nicht wusste, wozu man das später noch brauchte. Auf gar keinen Fall. Da konnte man auch gleich gegen ihr Auto pinkeln.

»Doch. Schon.«

»Im Augenblick müsste ich dir eine Fünf geben«, fuhr der Lehrer fort.

Johannes leckte sich über die Lippen. Eigentlich war er sich sicher gewesen, dass er nicht wackelte. Er hatte sich doch ein paar Mal gemeldet in diesem Halbjahr?

»Ich hab aber diesmal nur in Sport einen blauen Brief gekriegt. Nicht von Ihnen«, fiel ihm ein.

»Ja, das stimmt«, sagte der Lehrer, »ich gebe zu, dass das wohl eine Fehleinschätzung war. Weißt du, ich dachte kurz, da passiert noch was bei dir, dass du dabei bist, die Kurve zu kriegen. Aber jetzt hast du auf einmal wieder so nachgelassen, massiv nachgelassen ...«

Johannes wich seinem Blick aus.

»Kein blauer Brief bedeutet ganz und gar nicht, dass du dich nicht anstrengen musst. Oder dass du am Ende nicht doch noch die Klasse wiederholst. Das müsstest du aber mit einer Fünf in Sport und einer bei mir, und das willst du doch nicht, oder?«

Johannes schüttelte den Kopf.

»Siehst du«, der Lehrer nickte erleichtert.

Der eine Trumpf, den er hatte. Der einzige, aber auch der einzig effektive. Das wussten sie beide. Eine fremde Klasse. Der Neue sein. Alles noch mal von vorn. Sich die Hälfte der Zeit langweilen, die andere Hälfte Panik haben, dass man genau den Stoff nicht raffte, den man schon das erste Mal nicht kapiert hatte. Und wenn doch? Johannes stellte sich die Reaktion der Mutter vor. Wenn sie nur schimpfte. Ihm ein paar Tage lang die Hölle heißmachte.

Wahrscheinlicher war jedoch, dass sie sich selbst die Schuld gäbe und noch tiefer ins Glas schaute.

»Weißt du, ich hab mir was überlegt, Johannes«, sagte der Lehrer, »aber du musst mitmachen. Ich kann dir nichts schenken, okay?«

Wäre er einfach nur streng. Ein Riesenarschloch. Von oben herab, dass man ihn hassen konnte. Das schafften andere Lehrer doch auch.

»Gemeinsam kriegen wir das hin.«

Wir. Für manche Lehrer gab es nichts Abgefahreneres, als jemanden unter ihre Fittiche zu nehmen, das wusste Johannes schon. Ein kleines Charityprojekt, um sich auf die Schulter klopfen zu können, gerade noch rechtzeitig vor den Sommerferien.

»Ich mag dich nämlich.«

Was sollte er schon erwidern?

»Ja. Ja, okay.«

»Also. Pass auf …«

Mürrisch schloss Johannes sein Rad auf. In der Nähe der Fahrradständer drängten sich einige aus seiner Klasse zu einer Traube zusammen. Mia heulte. Hatte es nicht in die Staffel geschafft. Was für eine dumme Gans. Zum Schuljahresende gab es immer das peinliche Sportfest; dafür hatten sie heute trainiert, das heißt, die Lehrerin hatte getestet, wie viele aus der Klasse für eine Teilnahme in Frage kamen. Pro Mannschaft gab es nur begrenzt Plätze für den ganzen Jahrgang. Genauso wie für den Weitsprung, den Hochsprung und den Sprint. Aber den Staffellauf fanden alle am geilsten. Weil die Teams sich witzige Kampfnamen geben durften. Und weil man da angefeuert wurde, mit Brüllen und Klatschen und Plakatehochhalten. Während der Sportstunde, immer, wenn er gerade in der Staffel an der Reihe gewesen war, hatte Johannes sich vorgestellt, wie das wäre: »JO-HANN-ES, JO-HANN-ES!« Brauchte er nicht. Nicht von denen.

Er kam schlechtgelaunt zuhause an. Die Mutter war in der Küche und panierte Schnitzel. Johannes blieb an der Schwelle stehen.

»Da bist du ja. Wie war's in der Schule?« Sie nahm die zweite Schürze vom Haken und hielt sie ihm hin. »Machst du den Gurkensalat bitte, ich bin spät dran heute.«

»Ich …« Johannes zögerte, »ich muss eigentlich gleich wieder weg.«

»Wieso, wohin?«

»Ich treffe jemanden. Von der Schule. Wir machen ein Referat.«

Diesmal fast die Wahrheit. Übernächste Stunde. Was über die blöde Quelle und ihre geologischen Bedingungen. Das passt doch jetzt so gut, hatte der Lehrer gesagt, machst du noch ein paar Fotos, erzählst bisschen was. Vier gewinnt. Nur dass er das Referat alleine machen würde. Und ganz sicher würde er es nicht heute vorbereiten, denn Harry hatte vorhin eine Nachricht geschickt: *Ich komm in 30 Min vorbei will dir was zeigen alles klar.*

Die Mutter runzelte die Stirn. »Willst du nicht vorher was essen?«

»Ich ess heute Abend«, sagte er, schob nach: »Mit dir.«

Sie lächelte. Er hoffte, dass sie ihn jetzt nicht wieder drücken wollte. Er hatte ihr schon mal gesagt, dass er die Umarmerei nicht leiden konnte; so, als wäre jemand gestorben oder kurz davor. Natürlich machte sie es trotzdem. Sie roch. Obendrein trug sie die spießigen Perlohrstecker, wie er jetzt bemerkte.

»Hast du auch noch was vor?«

»Nein, warum?«

Johannes befreite sich aus ihrer Umarmung. Ging es also wieder los mit den Geheimnissen. Er tippte auf den Lutscher im Anzug, den von Samstagabend. Den hatte sie so komisch angesehen. Dabei war das gar nicht ihre Sorte Typ. Oder es war genau ihre Sorte. Das wäre fast schlimmer. Früher oder später würde sie einen Beutel mit Wäsche und einen Schlüssel aus dem Fenster schmeißen. Oder schweigsam nach Hause kommen mit roten Augen, sich Irish Coffee mixen und Johannes eine Packung Vanilleeis hinstellen. Dann drei Tage schlafen. Er stellte sich auf anstrengende Wochen ein.

*

»Ich war da«, sagte Hotte und kreuzte das Besteck auf seinem Teller, »im Wald. Wollte mal sehen, worüber alle sprechen.«

»Und?«

»Wasser. Einfach nur Wasser, und es stinkt.«

»Lass das nicht Bärbel hören. Am besten auch sonst keinen.«

Hotte grinste. Er nahm den übriggebliebenen Wurstzipfel vom Teller und ließ sich von Dolce erst die eine, dann die andere Pfote geben, dann warf er dem Hund das Stückchen hin.

»Die haben die Schläuche entfernt und pumpen jetzt nicht mehr ab, weil das auf Dauer zu teuer ist, sagt Bärbel. Das Wasser fließt einfach in den Wald. Könnte man so lassen, wenn du mich fragst. Sah hübsch aus. Und die Bäume und die Tiere freuen sich auch.«

Er beobachtete, wie Vera seinen Teller abräumte. Schließlich nahm er eine Plastiktüte vom Boden und stellte sie auf dem Tresen ab. »Kann ich bei dir arbeiten? Hier ist so viel Platz.«

»Was denn arbeiten?«

Er kippte die Tüte aus, auf den Tresen fielen kleine Hölzchen, Korken, Knöpfe, Draht, Sicherheitsnadeln und Schnüre, Karabinerhaken, eine Tube Kleber.

»Ich bastle. Glücksbringer. So für an den Schlüssel dran.«

Vera inspizierte die Utensilien. Hotte erriet ihre Gedanken.

»Es bringt kein Glück, wenn es neu ist«, verteidigte er sich ernst. »Und gefunden sein muss es auch, nicht gekauft oder getauscht. Als Erstes mach ich dir einen.«

Er schob die einzelnen Teile mit Konzentration hin und her, begutachtete sie.

»Ich hab mal Goldschmied gelernt«, sagte er, während er mit einer Nadel ein Loch in einen Korken bohrte, die herabfallenden Krümel mit der Hand auffing und an seiner Hose abstreifte.

»Wusste ich nicht.«

»Ja. Weißt vieles nicht. Also, über mich.«

»Du erzählst ja nie was.«

»Falsch. Mich fragt nie einer. Seit drei Jahren bin ich jetzt hier, aber keiner will irgendwas wissen. Ihr Villrather seid ein komischer Haufen.«

»Du musst in die Feuerwehr eintreten. Oder in den Schützenverein.«

Sie sahen einander an und mussten lachen.

»Okay. Dann frag ich dich was. Warum bist du nicht mehr Goldschmied?«

Hotte winkte ab. »Weißt doch, wie das ist. Dies passiert, das passiert.«

»Du hast dich gerade beschwert, dass keiner fragt …«

Hotte legte den Korken weg, der inzwischen in zwei Hälften zerbrochen war. Kämmte sich, halb verlegen, mit den Fingerspitzen durch seinen Bart.

»Na schön. Hab eine Episode gehabt.«

»Was?«

»Heißt so. *Episode.*« Er tippte sich an die Stirn. »Eine mit einem Vogel, hier oben. Aber jetzt nicht mehr. Alle Vögel sind tot.«

Er sagte es, als sei es ein Grund zur Freude, sah aber nicht danach aus.

Vera sperrte das Stübchen hinter Hotte zu, schenkte sich ein Glas Baileys ein und leerte es in der Hoffnung, dass der Alkohol ihren Gedanken den letzten Schubs geben würde, sich zu sortieren. Anschließend putzte sie sich die

Zähne und benutzte Mundwasser. Suchte im Schlafzimmerschrank nach der einzigen weißen Bluse, die sie besaß, zog sie über und knöpfte sie bis zum Hals zu. Legte die Ohrstecker mit den rosa Plastikperlen ab und setzte sie einen Augenblick später wieder ein. Rieb sich die Fingerknöchel. Ruhig Blut. Alles noch einmal von ganz vorne denken.

»Ausgehend von dem, was ich gesehen habe, wären Ihr Haus und Ihr Grundstück tatsächlich Kandidaten für uns, Frau Beutel«, hatte Brandt am Samstagabend gesagt, sie waren erst beim zweiten Bier gewesen. »Wenn Sie erlauben, kann ich einen unabhängigen Gutachter schicken. Dann wissen wir alle recht schnell, was Sache ist.«

»Sie sollten der Dame hier schon eine Zahl nennen«, hatte Ferber sich mit unverhohlener Neugier eingemischt.

Jetzt war sie also eine Dame. Das war schnell gegangen.

Brandt hatte den Kopf hin- und hergewogen. »Lassen Sie es mich so formulieren: Im Schnitt haben wir bisher etwa hundertfünfzigtausend in Objekte investiert, die zu unserem Profil passen.«

Er hatte seine Visitenkarte dagelassen. Als wäre es ihm todernst. Vera hatte in sich hineingelacht. Einige Tage lang, immer wieder, und in den Nächten auch. Was wollte er denn ausgerechnet mit dem *Stübchen?* Doch als sie gestern die Karte an der Pinnwand hängen gesehen hatte, hatte sie plötzlich Panik ergriffen. Sie hatte Brandt angerufen. Er war freundlich gewesen trotz oder vielleicht aufgrund ihrer beschämten Nachfrage, ob sie ihn richtig verstanden hatte.

Sie hatte.

Er war interessiert daran, das Stübchen zu kaufen.

Ob seine Entscheidung von der Erschließung der Quelle, von dem Erfolg von Ferbers Plänen abhinge?

»Wie gesagt, uns geht es ganz stark um den Charakter der Lokalität«, hatte Brandt geantwortet. »Natürlich würden wir es begrüßen, wenn die Stadt wieder zu ihrer alten Blüte fände. Andererseits haben wir bereits einen recht festen Kundenstamm in der Wellnesssparte. Unsere Zielgruppe scheut die Abgeschiedenheit nicht per se, sofern wir ihnen ein authentisches Erlebnis mit sehr gutem Service bieten. Im Südharz haben wir zuletzt einen Bauernhof saniert und umgestaltet, da ist schon alles bis nach Silvester ausgebucht, obwohl es dort nicht mal eine Bushaltestelle und kaum Handyempfang gibt. Also. Sie können von der Ernsthaftigkeit der Angelegenheit für uns ausgehen.«

Vera nahm ihr Handy zur Hand, klickte noch einmal durch die Galerie mit ihrer Recherche, den Screenshots. Auf der Website der Astra Luxe Hotel Group hatte sie Brandts Profil gefunden, mit Auflistung seiner Zuständigkeiten. Auf Facebook war er nicht, doch sie hatte seinen Lebenslauf schlussendlich auf einer Karriereplattform entdeckt. Er schien Wirtschaft und Finanzen in London studiert zu haben; Geld, hatte sie gedacht, er hatte tatsächlich *Geld* studiert. Sie hatte nach der von ihm besuchten Universität gesucht und nach dem Gymnasium, auf dem er das Abitur abgelegt hatte, beide existierten, am Ende hatte sie auch seine früheren Arbeitgeber kontrolliert. Ein kleines Rauschgefühl hatte sich in ihr breitgemacht, das größer wurde mit jeder Information, die sie sammelte. Brandt war kein Hochstapler, kein Aufschneider. Er war echt.

Vera legte das Telefon weg.

Sie entschied sich gegen die Ohrstecker und entfernte sie erneut. Nicht verkleidet aussehen, nicht zu viel preisgeben auf den ersten Blick. Sie brauchte Vorsprung für das, was sie als Nächstes vorhatte. Vorsprung war alles. Sie wusste, wie eine Chance aussah, sich anfühlte, roch, sie hatte zu lange keine mehr gehabt. Ein letztes Mal blickte sie in den Klappspiegel aus ihrer Handtasche. Nie vorschnell handeln, hätte der Dicke gesagt; aber der Dicke war nicht da, und das Letzte, was sie jetzt brauchte, war Vernunft.

Sie legte die Hand auf die Klinke der Eingangstür, sah in das traurige Fenster, auf die Trockenblumen und Werbefotos, von der Sonne fast bis zur Unkenntlichkeit verblichen. Eine Ewigkeit war sie nicht mehr über diese Schwelle gegangen, es wäre ihr vorgekommen wie Verrat. Als sie die Tür aufdrückte, bimmelte ein Glöckchen schrill, empfing sie der altmodische Geruch von Haarspray und heißgelaufenen Trockenhauben. Die Alte stand an einem der Bedienplätze und drehte einer Kundin Lockenwickler aus. Dauerwelle. Der Dicke hatte das nie gemocht. Vera in die Seite geknufft und »eine Runde Blumenkohl« geflüstert, wenn es mal wieder so weit gewesen war.

»Tag, Frau Engelhardt.«

Die Alte nahm die Hände von ihrer Kundin, nein, ließ sie seitlich herunterfallen, sie war sichtlich überrascht, wie Vera mit Genugtuung feststellte. »Frau Beutel?«

»Entschuldigen Sie, dass ich so spontan vorbeikomme, aber haben Sie vielleicht kurzfristig was frei für mich?«

»Jetzt nicht, das sehen Sie, oder?«

»Im Anschluss?«

Die Alte sah brüskiert drein. Natürlich hatte sie heute keinen weiteren Termin mehr; ihre Stammkundschaft, die Villrather Greise, kam bevorzugt morgens, zwischen dem ersten Stuhlgang und dem Mittagsschlaf. Kurz schien die Engelhardt zu überlegen. Möglich, dass sie es sich nicht leisten konnte, eine Kundin abzuweisen. Oder sie war schlichtweg neugierig. Endlich zuckte sie mit den Schultern, deutete Vera an, Platz zu nehmen.

Vera schlug eine der Zeitschriften auf dem Tisch auf und gab vor, zu blättern, während sie sich wie geplant in aller Ruhe umsah. Vier sichtbare Kreuze zählte sie insgesamt, drei aus Holz an der Wand und eines auf der Empfangstheke stehend, schneeweiß und zierlich, Porzellan.

Das Mobiliar hatten sie, wie es schien, zum Großteil dringelassen. Kein Wunder. Die goldenen Spiegel, die lederbezogenen Stühle des Dicken, alles vom Feinsten. Auf den ersten Blick schien der Salon in Ordnung. Doch selbst von hier erkannte Vera die dünne Schicht aus Staub und Schmiere überall dort, wo es sich zu recken oder zu bücken galt. Wie alt mochte die Engelhardt inzwischen sein? Mitte siebzig. Da war eh bald Schluss mit lustig. Sie hatte ihre paar Jährchen hier drin gehabt. Wenn auch völlig unverdient. Der größte Glücksfall ihres piefigen, strunzdummen Lebens, dass der Dicke den Laden hatte aufgeben müssen.

Sie erlaubte sich einen Seitenblick auf die Engelhardt, wie sie an der Kundin hantierte; die Lippen strichdünn, freudlos. Ob die auch mal fünfe grade sein ließ? Wozu sonst rannte sie wöchentlich in den Beichtstuhl. Womöglich nahm sie sonntags zum Kuchen doppelt Sahne. Das durfte wohl ein »Gegrüßet seist du, Maria« wert sein oder was auch immer der Alten weiche Knie machte. Nun. Bald hätte sie reichlich Zeit dafür.

»So«, die Engelhardt hatte abkassiert und begleitete Vera zum vordersten Bedienstuhl, legte ihr von hinten die Hände auf die Schultern. Verströmte den Geruch der braunen Gewürzseife, die bei manchen Leuten auf dem Gästeklo lag. Räusperte sich. »Eine Überraschung. Sie waren, wenn ich mich recht erinnere, noch nie bei uns.«

Uns. Vera fiel das Bild mit dem schwarzen Trauerbändchen ein, das auf dem Empfang neben dem Porzellankreuz stand, Herr Engelhardt griente verunsichert in die Kamera, als habe er zum Zeitpunkt der Aufnahme geahnt, dass er sich auch noch für sein Ableben würde entschuldigen müssen. Unter der Knute bis in alle Ewigkeit.

»Es hat sich einfach nie ergeben.«

Sie lächelten einander durch den Spiegel mit gefletschten Zähnen zu. Die der Engelhardt waren gelb und abgerieben, beinahe viereckig, wie bei Rindern.

»Hm«, brummte die Alte, »was machen wir denn?«

»Spitzen schneiden und färben. Wieder auf blond.«

»Was, das?« Die Engelhardt zog die Augenbrauen hoch. Sie fasste eine Strähne von Veras Haar, seufzte. »Schwierig.«

»Aber Sie kriegen das hin?«

Die Engelhardt runzelte beleidigt die Stirn. »Bitte. Ich mache das ja nicht erst seit gestern.«

Sie schnitt wie ein Rasenmäher. Vera fühlte die Klinge der Schere auf der Kopfhaut, die harten Fingerkuppen.

»Au«, entwich es ihr.

»Sie müssen schon stillhalten.«

Vera krümmte die Zehen.

Wie das Biest über all die Jahre auch nie darauf gekommen war, warum ihre Bude, »Haarmoden Luise«, nicht lief. Der Dicke hatte doch nichts dafür gekonnt, dass die verwöhnten Kurgäste lieber dorthin gegangen waren, wo sie guter Service erwartete, sie sich nur folgerichtig mit den weniger Anspruchsvollen hatte begnügen müssen. Trotzdem hatte sie keine Gelegenheit ausgelassen, den Dicken schlechtzumachen. Ihn und seine Angestellten, die »Flittchen«. Aber als er in Schwierigkeiten gekommen war, waren die Engelhardt und ihr Hündchengatte sich plötzlich nicht zu fein gewesen, ihm, wie sie es bezeichnet hatten, »aus der Patsche« zu helfen. Warum hatten sie auch gerade zur rechten Zeit ein sattes Sümmchen erben müssen. Manche hatten einfach immer mehr Glück als andere.

»So. Ich misch jetzt mal. Rot steht Ihnen auch gar nicht. Ich verspreche aber nichts, bei der Ausgangslage.« Die Alte legte die Schere weg und zog sich Latexhandschuhe über.

»Frau Engelhardt?«

»Ja, bitte?«

»Ich möchte etwas mit Ihnen besprechen.«

»Ach.«

Langsam, Vera zupfte sich ihre Bluse zurecht.

»Sie wissen ja, dass ich früher in diesem Salon gearbeitet habe.«

Sie sprach immer noch gegen den Spiegel.

»Ich kann niemanden einstellen, Frau Beutel, bedaure.«

»Nein, ich will nicht, dass Sie mich einstellen. Ich will, dass Sie mir den Salon verkaufen.«

Die Alte fixierte sie mit stechendem Blick. »Den Salon verkaufen? *Ihnen?*«

»Sie haben mich schon richtig verstanden.«

»Wie kommen Sie denn auf so eine Idee? Das ist ein guter Salon, beste Lage. Ich glaube kaum, dass Sie sich das leisten können, mit Verlaub.«

»Und falls doch?«

»Sie haben nicht so viel Geld.«

»Ich sagte: Falls doch …?«

Die Alte legte den Pinsel weg und verschränkte erwartungsvoll die Hände vor der Brust.

»Ich werde das Stübchen verkaufen«, sagte Vera; etwas kitzelte, ein Schweißtropfen, der ihr vom Nacken den Rücken hinunterkroch. »Eine große Hotelgruppe will ein Wellness-Spa dort einrichten. Sobald ich das Geld habe, würde ich Ihnen gerne ein Angebot machen. Ein gutes Angebot. Ich kann mit mehr als hunderttausend Euro rechnen.«

Das war der Salon zwar nicht wert, im Leben nicht. Doch wenn sie eine Chance haben wollte, musste sie die Alte gierig machen. Gott, Jesus, Geld, so war die Reihenfolge bei der.

Die Engelhardt blinzelte stark. »Ich nehme an, das können Sie mir auf Papier zeigen?«

»Die Unterlagen sind beim Notar«, beeilte Vera sich zu sagen und hoffte, dass es einleuchtend klang.

»Da nützen sie mir nichts. Ohne etwas auf der Hand sehe ich keinen Grund, dieses Gespräch weiterzuführen.« Die Alte schnaufte spöttisch. »Und überhaupt. Warum soll ich ausgerechnet jetzt verkaufen, wo Villrath gerade wieder auf die Beine kommt. Ich denke, Sie sind mit den Nachrichten vertraut.«

Vera presste die Lippen aufeinander.

»Frau Engelhardt, ich habe einen guten Draht zum Bürgermeister. Sie wollen doch den Kreuzweg restauriert haben. Ich könnte mich bei ihm dafür einsetzen.«

Die Engelhardt lehnte sich zurück. Ihr Gesicht war eine undurchdringliche Festung, lediglich ihre Schläfen spannten sich an.

Doch dann schüttelte sie energisch den Kopf. »Glauben Sie vielleicht, ich war untätig bisher? Ich kann Ihnen die Kopien der Briefe zeigen, die ich geschrieben habe. Da ist nichts zu holen.«

»Und wenn ich Ihnen Geld für den Kreuzweg gebe?«

»Wie meinen Sie das?«

»Ich lege was drauf. Die Summe, die Sie für die Restaurierung brauchen.«

Die Alte knabberte an ihrer Unterlippe. Wieder bemühte sie sich nach Kräften darum, sich nichts anmerken zu lassen, doch Vera spürte, dass der Köder ihr Interesse geweckt hatte. Sie ließ sich zurück ins Polster rutschen. Sie nahm sich vor, zum Abendessen Kartoffelgratin zu machen, zum rechten Zeitpunkt dampfend und warm, wenn Johannes nach Hause käme. Johannes liebte Kartoffelgratin.

*

Sie fand den Dicken im Aufenthaltsraum seines Stockwerks, eines der Sudokuhefte im Schoß, die sie beim letzten Besuch mitgebracht hatte.

»Hättest ruhig was sagen können, neulich«, begrüßte er sie. »Das ganze Haus spricht von dir. In der Zeitung bist du auch.«

»Das ist jetzt egal. Komm.«

Sie setzten sich in die Cafeteria. An den Fensterscheiben klebten Sonnenblumen aus Tonpapier. Fast wie damals in Johannes' Kindergarten, dachte Vera: eine schöne, exakt ausgeschnittene Sonnenblume wie aus der Vorlage im Bastelbuch und ringsum dreißig unglückliche Exemplare mit unregelmäßigen Schnittkanten und schief aufgeklebten Blüten, an deren Rändern in der immer gleichen, runden Frauenhandschrift ein Name stand.

Vera sah den Dicken an und reckte das Kinn fragend in Richtung der Bastelarbeiten.

»Bin ich ein Clown?«, fragte er halb beleidigt.

Sie erinnerte sich an die bunten Zettel, die ihr im Flur am Schwarzen Brett aufgefallen waren. Montags, grün, Bastelgruppe. Dienstags, blau, Musizieren. Mittwochs, rot, Gedächtnistraining. Es fiel ihr zugegeben schwer, sich den Dicken in einer Runde zerbrechlicher Alter vorzustellen, ein Stück Knete in der Hand oder Holzblöcke, mit denen man den Takt klopfte. Stattdessen blieb er für sich. Sah fern und dachte an alles, was er gerne essen würde, aber hier nicht kriegte.

Sie vergewisserte sich, dass keine Pflegekraft in der Nähe war, und schob dem Dicken ihren Teller mit dem Rest Kuchen über den Tisch. Der Dicke zog ihn rasch und ohne jedes Geräusch näher und begann zu essen. Hastig, aber ohne sich zu verschlucken. Die Pfleger waren anständig hier, hustete jemand, schauten sie nach.

Vera wartete ab, bis der Kuchen halb verschwunden war. Dann sagte sie es. »Ich kauf den Salon zurück.«

Der Dicke hielt inne, die Gabel schwebte über dem Teller. »Bitte noch mal.«

»Ich kauf den Salon!«

»Das musst du mir genauer erklären.«

Der Dicke hörte aufmerksam zu, während sie von Brandt, der Astra Luxe Hotel Group und ihrem Besuch bei der Alten erzählte. Doch mit jedem Satz zogen sich seine Brauen mehr zusammen.

»Stopp mal«, sagte er mittendrin, »du hast die Engelhardt angelogen?«

»Da, wo es nötig war.«

Der Dicke seufzte. »Hörst du dir eigentlich zu? An deiner Geschichte wackelt alles. Das musst du doch selber sehen. Vielleicht sagt das Gutachten aus, dass das Stübchen eine Bruchbude ist, und was dann?«

»Ich dachte, du freust dich. Du hast dir gewünscht, dass

ich den Salon mal übernehme«, es klang angemessen vorwurfsvoll. »Damals jedenfalls.«

»Stell dich nicht dumm«, fuhr der Dicke sie an, »ich will bloß nicht, dass du dich in etwas verrennst. Schon gar nicht mit der Engelhardt. Schon gar nicht meinetwegen.«

»Nicht deinetwegen. Ich will den Salon für *mich*.«

Sie sah ihn trotzig an.

Schweigen.

Vera biss sich einen Hautfetzen von der Lippe. Dass gerade der Dicke ihr in den Rücken fiel. Wenn sie sich jetzt nicht in Stellung brachte, dann garantiert nie mehr. Warum leuchtete ihm das nicht ein? Sie beobachtete den Dicken, wie er die letzten Kuchenkrümel mit der Fingerspitze auftupfte. Er schien nachzudenken.

»Hm«, machte er schließlich. »Na ja. Trink die Zeit, sonst trinkt sie dich.«

»Was soll das heißen?«

»Ist einfach so ein Spruch. Hab ich mir gerade für dich ausgedacht«, er steckte sich den Finger mit den Kuchenkrümeln in den Mund.

»Sieht gut aus«, sagte er, als sie aufbrachen.

»Was?«

»Das Blonde. Hast du ganz ordentlich hingekriegt. Kleiner Stich ins Orange vielleicht.«

Vera erwiderte nichts, sondern löste die Bremsen seines Rollstuhls. Schob ihn nach draußen, wo sie sich an den Teich setzten und die Seerosen betrachteten, nach Libellen Ausschau hielten. Auf der gegenüberliegenden Seite saß Margot in einem Liegestuhl, eine dünne Decke über die

Beine gebreitet. Sie hob die Hand und winkte; oder nein, das bildete Vera sich nur ein.

*

Johannes wartete auf den Stufen vor der Kirche; es war so heiß, dass er die Motorradjacke ausziehen musste und sie sich über den Arm legte. Er betrachtete seine Beine in den kurzen Hosen; viele Haare, käsige Haut mit ein paar blauen Flecken vom letzten Schrottsammeln. Auf der gegenüberliegenden Straßenseite spielten zwei kleine Jungen mit einem herrenlosen Schreibtischstuhl. Abwechselnd positionierten die Kinder den Stuhl, nahmen Anlauf und ließen sich mit Schwung auf die Sitzfläche plumpsen, quiekten, wenn der Stuhl jedes Mal ein bisschen weiter rollte. Wieder von vorn. Johannes erinnerte sich an die alte Dame mit dem zotteligen Hund, der wie dieser Fernsehhund aussah, Lassie. Vor ein paar Monaten hatte die Frau noch regelmäßig an die Bäume und Zäune Zettel geklebt, auf denen sie die Leute ermahnte, ihre kaputten Möbel nicht auf der Straße stehen zu lassen, wenn sie umzogen. Alles handschriftlich und dann hundertmal kopiert. Inzwischen schien sie es aufgegeben zu haben. War jetzt auch weg. Tot. Oder im Altenheim.

Endlich tauchte Harry auf. Die Ladefläche des Wagens war bereits voll. Viel Eisen, erkannte Johannes, die kleineren Sachen gebündelt. Er öffnete die Beifahrertür und stieg ein.

»Na, merkst du was?«, fragte Harry als Begrüßung.

»Du warst schon unterwegs heute.«

»Ach das. Nee. Hab bloß vorsortiert, für den Schrottplatz. Ich mein was anderes.«

»Keine Ahnung. Sag schon.«

»Stinkt nicht mehr hier drin. Ich hab gesprüht. Sonst nehm ich immer Lavendel, aber diesmal hatten sie nur noch Tropic. Auch nicht schlecht, oder?«

Johannes roch nichts außer Zigarettenqualm, aber er nickte. Er kannte das, von seinem Vater. Der hatte immer zu ganz bestimmten Zeitpunkten auf einmal Duftbäume im Wagen oder Zirbenholzkugeln im Badezimmer gehabt.

»Hast du jetzt eine Freundin?«

»Wieso jetzt? Meinst du, ich hab vorher keine gehabt?«

»Hast du nie erzählt.«

»Klar hab ich eine. In Delft. Süß ist die. Schickt mir immer selbstgemachte Frikadellen, mit der Post. Nur jetzt nicht, da schickt sie Kuchen, dem macht die Hitze nichts.« Harry griff in den Fußraum unter sich und warf Johannes eine Schachtel Zigaretten zu. »Nimm dir, wenn du willst.«

Johannes blies den Rauch aus dem Fenster und beobachtete Harry, dessen Augen wie immer den Fahrbahnrand absuchten.

»Irgendwas ist mit meinem Vater.«

Verdammt. Warum war ihm das herausgerutscht? Das Blut kroch ihm ins Gesicht.

Das Geräusch, wie Harry in den nächsten Gang hochschaltete.

»Warum?«

Johannes atmete aus, dann wieder ein. »Ich weiß nicht. Er geht nicht ans Telefon.«

»Habt ihr euch gestritten?«

»Nein.«

»Vielleicht geht's ihm nicht so gut, und er braucht mal eine Pause.«

»Von *mir?*«

»Weiß nicht. Vielleicht von Menschen so allgemein?«

Darüber musste Johannes nachdenken. Er zog intensiv an der Zigarette, begann fast augenblicklich zu husten, er hatte den Rauch zu hastig inhaliert. Seine Augen brannten. Aber das kam von was anderem. Warum ausgerechnet jetzt und hier? Er wandte das Gesicht ab.

»Heulst du?«

Johannes gab keine Antwort.

»Na«, sagte Harry und legte ihm eine Hand auf den Rücken.

»Lass.«

Harry drosselte das Tempo. Er fuhr rechts ran, dann schaltete er den Motor aus. Es war ganz still. Johannes versuchte, die Nase so leise wie möglich hochzuziehen.

»Hör zu«, sagte Harry, »lass dich nicht für dumm verkaufen. Du brauchst keine Arschlöcher in deinem Leben. Nicht mal deinen Vater. Du kommst auch ohne den klar.«

»Er ist kein Arschloch. Er meldet sich nur nicht.«

»Ah. Und warum geht's dir dann so schlecht?«

Johannes schwieg, betrachtete das Getreidefeld zu seiner Rechten, durch das der Wind seine Wellen trieb. Ein LKW fuhr an ihnen vorbei, auf der Ladefläche des Pritschenwagens erzitterte etwas, es klang nach dem Stapel Radkappen. Johannes bemerkte, wie die Kippe zwischen seinen Fingern langsam herunterbrannte, schließlich warf er sie aus dem Fenster.

»Ich denke immer …:«, er musste tief ein- und ausatmen, damit seine Stimme nicht wegbrach, »dass ich vielleicht was gemacht hab, was ihn geärgert hat.«

»Ich hab meinem Alten mal die Reifen zerstochen …«

»Nicht *so was*.«

»Was dann?«

Wieder fiel Johannes nichts ein.

»Also, so wie ich das sehe, hat er dich nicht verdient«, sagte Harry. »Lauf keinem nach. Lohnt sich nie.«

Er beugte sich vor und öffnete das Handschuhfach, wühlte, bis er etwas fand. Ein kariertes Baumwolltaschentuch.

Er reichte es Johannes. »Ist sauber.«

Johannes schneuzte sich und ballte das Taschentuch zu einer Kugel zusammen.

»Geht's wieder?«

Johannes zuckte mit den Schultern.

»Ich mein's nur gut, weißt du«, sagte Harry.

»Das ist echt kein cooler Spruch.«

»Okay. Stimmt.«

Johannes brachte ein Lächeln zustande. Er stellte sich vor, was sein Vater gerade machte. Und, egal was es wäre, ob sie einander gleich viel vermissten. Es brachte ihn nicht weiter. All diese Gedanken brachten ihn nicht weiter.

»Komm«, sagte Harry, »wir haben noch was vor.«

Der Schrottplatz war riesig. Johannes verstand zum ersten Mal, was »mehrere Fußballfelder groß« bedeuten sollte. Eine Hügellandschaft aus Radkappen, Stoßstangen, Metallfässern, Blech, Blech, noch mehr Blech, und zwischen den Hügeln Männer mit Arbeitshandschuhen und Helmen auf dem Kopf, die anderen Männern irgendetwas zubrüllten. Es war so laut, dass er das Fenster hochkurbelte. Direkt vor ihnen wurden Metalle abgeladen, ein größerer und mehrere kleine Bagger krallten ihre Greifzangen in den Schrott. Weiter hinten gab es eine schiefe Wand aufeinandergestapelter Autowracks.

»Hat sich rumgesprochen, dass heute der Preis gut ist«, murmelte Harry und trommelte ungeduldig mit den Fingern aufs Lenkrad.

Der Händler vor ihnen hatte endlich abgeladen, und sie wurden weitergewunken – »zur Schrottwaage«, sagte Harry und sog scharf die Luft durch die Zähne, er wirkte aufgedreht. Dann waren sie dran. Als Harry sich eine halbe Stunde später die Geldscheine in das Innenfutter seiner Jacke stopfte, sah er Johannes' Blick und grinste.

Harry wohnte am Bahndamm, in der Nähe der Zuckerfabrik, deren Geruch hier in der Luft hing, süß und muffig. Sie bogen in eine Kleingartenanlage ein und hielten vor einem wilden Grundstück, an dessen Ende ein würfelförmiges Häuschen mit Flachdach stand, mehr eine Art Wochenendhaus. Harry parkte, zog den Zündschlüssel ab und drehte ihn in den Händen. Er seufzte. »Also, ich muss dir jetzt mal was sagen. Das mit dem Geld ist so eine

Sache. Sobald es wieder kalt wird, im Herbst, wird es nämlich schwierig mit dem Schrott. Dann kann ich dich nicht so regelmäßig bezahlen. Im Winter gar nicht. Weil ich dann selbst kaum was habe.«

Johannes schluckte. »Feuerst du mich gerade?« Es sollte wie ein Witz klingen, tat es aber nicht.

»Spinnst du?«, Harry knuffte ihm mit gespielter Empörung in die Seite. »Ich hab was anderes als Angebot. Etwas, das du abarbeiten kannst. Komm mit.«

Johannes folgte ihm in den Garten. Der Bereich um das Haus schien so etwas wie eine Art Zwischenlager von Harry zu sein. Bis auf ein paar kreuz und quer laufende Trampelpfade war jeder Quadratmeter vollgestellt, in der Mitte des Grundstücks wuchs ein kleiner Turm aus Metallstücken, der in der Sonne blitzte wie ein Schatz. Sie blieben vor einem Holzschuppen stehen, den Johannes fast nicht gesehen hätte hinter all dem Kram. Harry öffnete die Tür, machte Licht. Er griff nach dem Zipfel einer Plane und zog daran. Die Plane löste sich nur schwer, verhedderte sich an etwas, das an der Seite durch sie hindurchdrückte. So etwas wie ein … Lenker? Harry hob die Plane an und riss sie mit einem Ruck weg.

»Was meinst du? Nett, ja? Hab sie schon Probe gefahren für dich.«

Eine Hercules, das erkannte Johannes auf Anhieb, Ultra 80. Anthrazitfarben. Sie hatte die letzte Lackierung nicht gut angenommen, das sah man sogar im Funzellicht des Schuppens. Auch der Seitendeckel hatte mal einen Bruch erlitten. Sonst schien die Maschine okay. Ein

Oldtimer eben, vielleicht vierzig Jahre alt. Nicht prollig, wenn man so was mochte. Johannes mochte so was.

»Aber, woher …?«

»Der Maler. Von letztens, weißt du noch? Der hatte sie auf dem Hof, ganz trocken eingelagert, aber ist sie nie gefahren. War mir sowieso noch einen Gefallen schuldig.«

Johannes sog hektisch an seiner Unterlippe. Irgendwas war nicht astrein. Irgendwo gab es einen Haken. Und er wusste auch, welchen.

»Das geht nicht, Harry!«

»Wieso?«

»Meine Mutter, Mann! Wie soll ich der das erklären?«

»Ach so. Dann lass die Maschine doch einfach hier. Ich hab Platz. Du kannst kommen, so oft du willst.« Er grinste. »Den Ohrring und die Jacke hast du ja schon.«

»Aber keinen Führerschein.«

Harry tippte sich an die Stirn. »Zum Üben braucht man keinen. Gibt doch genug Feldwege hier.«

Johannes betrachtete das Motorrad, schluckte. »Der hat es dir ganz sicher geschenkt, ja?«

Harry schnaubte. »Sag mal!«

»Ich mein ja nur.«

Harry grub in seiner Hosentasche, etwas klackerte, und er zog den Zündschlüssel am Zeigefinger heraus, hielt ihn Johannes hin. »Also, was jetzt? Deine?«

Johannes' Mund war trocken, sein Herz puckerte. Auf einmal spürte er Panik, die ihm die Kehle zudrückte. Wie in der Schule, wenn das Aufgabenblatt für die Klassenarbeit herumging und er wusste, dass er es ausnahmsweise draufhätte, eine gute Note zu schreiben. Hätte. Warum fand er es immer so schrecklich, so kaum zum Aushalten, wenn etwas zum Greifen nah war? Andererseits, Harry verarschte ihn ganz sicher nicht. Er war der Einzige, der ihm nichts vormachte. Johannes atmete noch einmal tief ein und nahm den Schlüssel entgegen. Er drückte sich an Harry vorbei und traute sich, eine Hand auf den Lenker des Motorrads zu legen; umschloss die Stange mit den Fingern, bis das Metall an der Stelle seine Körperwärme annahm. Und das war eigentlich sofort.

»Danke, Harry. Echt. Das ist Wahnsinn. Einfach Wahnsinn«, sagte Johannes, fast schlüpfte ihm die Stimme weg.

»Ja, alles klar, alles klar«, Harry griff die andere Seite des Lenkers. »Pack mal hinten an. Du drehst jetzt eine Runde.«

Er half beim Anlassen. Die Hercules ächzte übellaunig wie aus dem Schlaf gerissen, lauter als erwartet, einen Moment lang hatte Johannes Schiss vor ihr. War wieder ein kleines Kind, das allen Gegenständen eine heimliche Seele zutraute, sah sich von der Maschine fallen, genervt abgeworfen wie ein unfähiger Reiter. Doch dann beruhigte das Motorrad sich, knatterte gleichmäßig vor sich hin. Johannes setzte sich. Genoss die Vibration, die Kraft unter sich – eine tröstende, schwere, etwas behäbige Kraft, die jetzt auf sein Kommando wartete. Er entschied, bis zu dem Baum dort hinten zu fahren. Erst mal.

»Vorsichtig, okay?«, rief Harry und ließ los.

Johannes drückte das Gas nur ein klein wenig, das Motorrad machte einen Satz nach vorn. Gleichgewicht halten, dachte er, aber der Gedanke kostete zu viel Zeit, er verlor die Balance, sie gerieten ins Torkeln, Johannes bremste heftig ab, stützte sich mit dem rechten Fuß auf der Bordsteinkante ab. In seinem Nacken brach Schweiß aus. Die Hercules vibrierte, aufmerksam. Aus den Augenwinkeln sah er Harry, der die Arme vor der Brust gekreuzt hatte. Noch mal, dachte Johannes. Er war fast da. Er kniff die Augen zu Schlitzen zusammen, klammerte die Hände so fest wie möglich um den Lenker und gab wieder Gas. Diesmal fester. Die Hercules quittierte mit einem Jaulen, und der Schwung, der das Motorrad ergriff, ließ auch Johannes beinahe einen Schrei ausstoßen. Doch sie blieben auf Kurs. Er führte sie beide. Er war hier richtig, und es konnte nichts passieren, solange er die Konzentration nicht verlor. Der Baum kam näher. Johannes kostete eine letzte Sekunde das Tempo aus, den Wind, dann bremste er ab und stellte beide Füße auf den Boden. Er zitterte. Es war so, wie er es sich vorgestellt hatte, nein, besser. Als wäre er ein Stück geflogen. Genau so. Er betrachtete das Samtgrün der Baumrinde, und sein Blick verlor sich in ihren zahllosen Furchen, er fühlte sich wie betrunken. Dass es das gab. Aber er hatte es ja die ganze Zeit über geahnt.

»Weißt du was, ich finde auch noch einen Helm für dich«, sagte Harry, als Johannes mit seinem Handy über zwanzig Fotos von der Maschine gemacht hatte, sie sie wieder in den Schuppen gebracht und die Plane darübergebreitet hatten. »Sicherheit geht vor!« Harry grinste.

Im Haus holte er Limo aus dem Kühlschrank. Es zischte,

als Johannes seine Dose öffnete, ein Tropfen sprühte auf seinen Handrücken; er leckte ihn weg. Harry hatte die Schuhe ausgezogen und die Beine ausgestreckt. Mit den Zehen seines rechten Fußes rollte er langsam den Socken des linken herunter. Jetzt umgekehrt. Dann rieb er seufzend mit den Fußsohlen über den Teppich, rülpste und schloss die Augen. Johannes sah sich um. Außer der Couch, auf der sie saßen, gab es im Raum zwei Regale mit Büchern und CDs, ein Keyboard mit einem Küchenhandtuch als Staubschutz über den Tasten, eine Stehlampe und einen Tisch, auf dem ein kleines Aquarium stand. Die Möbel wirkten alt und waren an einigen Stellen ausgebessert. Aber alles war ordentlich und sauber. Keine Klamotten, die herumlagen. Kein Bonbonpapier. Nicht mal Staubmäuse. Ungefähr so stellte sich wohl die Mutter das Ergebnis vor, wenn sie Johannes bat, sein Zimmer aufzuräumen. Er setzte sich auf der Couch zurecht, Federn piekten in seinen Hintern. Die Risse im Polster der Armlehne waren mit schwarzem Tape überklebt.

Harry wandte sich ihm zu. »Wie findest du das Aquarium? Ist neu.«

»Na ja«, sagte Johannes und zuckte mit den Schultern, »sind halt … Fische.«

»Spannend, oder? Da könnte ich ewig davorsitzen. Die bunten, das sind Guppys. Die schwarzen heißen Black Mollys. Ich hab mir extra Bücher ausgeliehen«, erklärte Harry. »Was die für Pflanzen brauchen und welches Licht.«

Er war offensichtlich stolz.

Johannes nickte und verbiss sich ein Grinsen. Er fand ja

gut, dass Harry nichts darauf gab, was andere dachten. Das war auch der Grund, warum Johannes sich in seiner Gegenwart wohlfühlte. Die Schule war dann weit weg; die Mutter, mit ihrer entweder zu kühlen oder zu sentimentalen Art, die ihm oft das Gefühl gab, auf sie aufpassen und sie beschützen zu müssen. Es war, als hätte er eine Lücke gefunden, in die er passte, in der er niemand sein musste, nicht mal er selbst, wenn ihm nicht danach war. Er freute sich über diese Erkenntnis, über dieses Gefühl, und wie meistens, wenn er sich freute, machte es ihn gleichzeitig verlegen.

»Wo ist denn dein Fernseher?«, fragte er, um etwas zu sagen.

Harry blinzelte, stützte sich auf die Ellbogen. »Hm?«

»Wo dein Fernseher ist.«

»Ich hab keinen.«

»Ach so. Gehst du dann ins Kino?«

»Mit meiner Freundin manchmal. Wenn ich rüberfahr, nach Delft.«

»Aber du hast einen Computer.«

Harry schüttelte den Kopf. »Nur das Handy. Und du?«

»Einen Laptop, mit dem guck ich auch Filme«, sagte Johannes. »Gehört aber zur Hälfte meiner Mutter. Die macht damit ihre Rechnungen und Steuern und so. Machst du keine Steuern?«

Harry lachte. »Das interessiert dich doch nicht im Ernst, oder?«

Johannes zuckte mit den Schultern. »Ich dachte nur, du hättest mehr … ich weiß auch nicht. Mehr Sachen.«

»Wieso denn? Ich brauch nicht mehr. Guck. Die Möbel. Hab ich nicht gekauft. Hab ich getauscht. Oder gefunden. Die Leute schmeißen so viel weg. Zu viel. Aber das ist ja das Gute an meinem Job. Ich räum auf.«

Johannes dachte nach, betrachtete den dünn getretenen Teppichboden. »Aber das wolltest du doch nicht immer machen. Das mit dem Schrott.«

»Das mit dem Schrott«, äffte Harry ihn nach und zog amüsiert die Augenbrauen hoch.

»Na ja. Weil das kein richtiger Beruf ist«, beeilte Johannes sich zu sagen.

Harry schniefte. »Ich verrat dir mal was. Ich hatte gute Noten in der Schule. Richtig gut. Mathe, Physik, die Naturwissenschaften so allgemein. Fast überall Eins. Aber ich hatte keine Lust mehr. Und in der Schule hatten sie keine Lust mehr auf mich. Das war das Beste, was mir passieren konnte. Weil, seitdem hab ich nie wieder was gemacht, was mir keinen Spaß gemacht hat. Kann natürlich sein, dass *das* kein richtiger Beruf ist.« Er lehnte sich vor. »Und du? Was willst du später machen?«

Stille, bis auf das Blubbern des Aquariums.

Johannes sah auf seine Füße.

Machen, er, später.

Eigentlich wusste er nur eins: dass er nicht in Villrath bleiben wollte. Höchstens, wenn es sich überhaupt nicht vermeiden ließe, er keinen Ausbildungsplatz weiter weg bekäme, in Bonn oder Köln oder Aachen. Aber dafür hätte er allmählich wissen müssen, was er lernen wollte. Er hatte noch nicht mal nach einem Praktikumsplatz für das nächste Schuljahr gesucht, obwohl die Lehrerin die Klasse jetzt quasi wöchentlich daran erinnerte. Diese beschissene Übung, die sie dazu gemacht hatten. Ein Blatt Papier hatten sie nehmen und ihren Namen in die Mitte und ringsherum ihre Talente und Interessen schreiben sollen, um dann mit verschiedenen Farben zu markieren, welche gut zueinanderpassten. Nur zu, hatte die Lehrerin sie ermuntert, es gäbe kein Richtig oder Falsch. Johannes hatte vor dem leeren Blatt gesessen. Die anderen beim eifrigen Kritzeln beobachtet, sich nicht getraut. Er war sich sicher gewesen, dass es sehr wohl falsche Antworten gab.

Die Lehrerin hatte zu ihm herübergeäugt, war schließlich an seinen Tisch gekommen.

Dass ihm nichts einfiele, hatte er gesagt.

»Johannes, das ist doch nicht so schwer, sogar meine Fünftklässler können das.«

Ein paar in der Klasse hatten gekichert.

»Scheint ja eine schwere Frage zu sein«, sagte Harry in Johannes' Gedanken hinein.

»Nein. Ich hab bloß überlegt, wie ich es beschreiben soll.« Johannes sammelte sich. »Also, ich kauf immer so eine Zeitschrift. Da sind Testberichte drin und so Geschichten über Leute, die mit dem Motorrad durch Amerika fahren oder Asien. Das würd ich auch gern machen. Da so drüber berichten und Fotos dazu machen.«

»Ich glaub, das heißt Reporter.«

»Kann sein«, Johannes trank die Limo aus und drückte die Dose in der Mitte zusammen, »aber das wird eh nichts.«

»Warum?«

»Ich bin nicht gut in Deutsch. Ich mach immer Fehler.«

»Macht's dir denn Spaß?«

»Wenn man permanent so viele Fehler hat, macht's einem auch keinen Spaß«, sagte Johannes und stellte seine Dose mürrisch auf den Boden.

»Na ja, dann wirst du eben Fotograf. Damit kann man viel Geld verdienen. Wenn man Prominente fotografiert. Wenn die beim Einkaufen sind oder im Fitnessstudio.«

»Können wir über was anderes reden?«

»Ach, mach dir keine Sorgen. Das wird schon alles.« Harry ließ sich noch ein Stück tiefer in die Couch sinken und legte den Kopf zur Seite, bis es knackte. Reckte die Arme, es knackte wieder.

Ob das stimmte, was Harry gerade gesagt hatte, überlegte Johannes. Immerhin hatte er jetzt ein Motorrad, was ihm vor ein paar Stunden noch unmöglich erschienen war. Hieß das nicht auch, dass noch ganz andere Dinge wahr werden konnten? Dinge, die ihm immer nur von außerhalb seiner Reichweite zugewunken hatten. Vielleicht waren sie noch nicht in greifbarer Nähe. Aber ihre Umrisse. Die waren da, oder?

Draußen klopfte es. Dreimal kurz, einmal lang.

»Aha«, Harry stand auf und ging in den Flur.

Die Tür wurde geöffnet, und Johannes hörte ihn mit jemandem reden. Als er zurück ins Wohnzimmer kam, begleiteten ihn zwei Männer; der eine war kahl und in Harrys Alter, Schnurrbart und schwarze, dichte Augenbrauen; der andere nur wenig älter als Johannes. Er trug ein weißes T-Shirt, das über der Brust und dem Bizeps spannte, und sah aus wie eine Fleischwurst. Der Typ glotzte.

»Du«, sagte Harry zu Johannes, »die Jungs brauchen ein paar Ersatzteile, das dauert jetzt. Vielleicht kommst du ein andermal wieder. Wir hören uns, okay?«

»Okay«, Johannes nickte. Die Mutter würde ohnehin schon warten.

Harry brachte ihn bis nach draußen und reichte ihm die Hand, steckte ihm zum Abschied eine Zigarette hinters Ohr und drückte sie fest. Der Drachenkopfohrring wackelte.

Johannes hob sein Fahrrad vom Pritschenwagen. Es mussten fünf oder sechs Kilometer von hier bis rein in die Stadt sein. Er legte den Kopf in den Nacken und sah in den Himmel. Es würde wohl nicht regnen. Er drehte sich zum Haus um. Durchs Fenster konnte er Harry sehen, der in der Mitte des Wohnzimmers stand und gestikulierte. Jemand lachte, der Stimme nach zu urteilen die Fleischwurst. Johannes dachte an seine Hercules, die drüben unter der Plane im Schuppen stand, fühlte, wie sich wieder Stolz in ihm ausbreitete, ihm warm bis in die Fingerspitzen wurde. Er bewegte die Schultern, die Motorradjacke gab ein Quietschen von sich. Heute saß sie zum ersten Mal perfekt.

6.

Dreiundzwanzig Tage nach der Entdeckung. Montag.

Am Morgen des Gutachtertermins regnete es. Vera hielt die Augen geschlossen und hörte den gleichmäßigen Tropfen zu, stellte sich vor, wie der Staub auf der Straße in Schlieren in die Gullys kroch. Ein Traktor tuckerte in Richtung der Felder. In drei Monaten wären schon wieder die Zuckerrüben dran. Dann Erntedank, noch mehr Regen, Raureif, Frost. Mit dem ersten Advent wäre das Jahr praktisch vorbei, und dahinter wartete das neue, blank und glänzend wie eine Münze. Das Geräusch des zufallenden Garagentors zwängte sich unsanft in ihre Gedanken, es war Johannes, der zur Schule aufbrach. Neben Vera bewegte sich Rolf unter der Decke und tappte vertrauensselig nach ihrem Körper, wurde wach. Er stopfte sich das Kissen in den Nacken und beobachtete sie dabei, wie sie ihre Sachen aufsammelte. Es ärgerte sie, dass sie nicht unbemerkt hatte verschwinden können.

»Musst du nicht zur Arbeit?«

»Hab frei heute«, Rolf gähnte. »Du, ich brauch neue Handtücher.«

»Ich hab zu tun. Du weißt, wo sie sind.«

Vera zog sich den Bademantel über und trat auf den Flur. Ihr erster Weg führte sie zum Briefkasten. Sie nahm das Lokalblatt und eine rechteckige Pappschachtel heraus. »Buchhaltung für das Friseurhandwerk«, online bestellt. Das Buch roch neu. Ein wenig abweisend und streng, wie eine echte Aufgabe eben. Vera fragte sich, wie viel sie wohl zwischenzeitlich vergessen hatte. In der Meisterschule war vor allem der kaufmännische Teil ihre Schwachstelle gewesen. Alles, was mit Zahlen und Buchführung zu tun hatte. Sie hatte nicht verstanden, warum es so sehr darauf ankam; hatte sich selbst versprochen, für diese Tätigkeiten eines Tages jemanden einzustellen. Die Prüfung hatte sie zwar mit Ach und Krach bestanden. Doch sie musste so früh wie möglich damit beginnen, sich nicht nur wieder auf den Stand von damals, sondern auf den neuesten Stand zu bringen. Eine halbe Stunde jeden Abend. Textmarker und Klebezettel. Ein gutes Maß Disziplin, das sie sich irgendwie aus den Rippen schneiden würde.

Unter der heißen, harten Brause entspannte sie sich; ließ sich von dem Strahl den Rücken massieren. Am Vorabend hatte sie über mehrere Stunden das Haus gesaugt und gewischt, so sauber wie derzeit war es hier lange nicht mehr gewesen. Auch den Mäusedreck im Keller hatte sie, damit der Gutachter nicht hineinträte, mit einem Messer weggekratzt. Am Ende kam es nämlich auf Kleinigkeiten an.

Aufs Bauchgefühl. Mit so was kannte sie sich aus. Vera schloss die Augen. Spürte genau hin, wie Hautschüppchen um Hautschüppchen sich löste, bis sie sich fühlte wie frisch gepellt. Doch als sie den Hahn zudrehte und über den Rand der Wanne stieg, fuhr ihr etwas ins Kreuz. Einen Augenblick lang war ihr schwindlig, sie atmete flach, hielt sich an der Handtuchstange fest. Streifte sich, noch nicht trittsicher, den Bademantel über und schleppte sich in die Küche. Unter der Spüle bei den Lappen und Schwämmen fand sie die Reserveflasche Feigling. Sie schenkte sich ein. Überlegte, »Hexenschuss« zu googeln. Schluckte stattdessen zwei Aspirin und richtete sich her, es half gegen die Nervosität; gegen den Drang, sich ein weiteres Glas zu genehmigen. Es ging nicht an, dass sie verdächtig roch bei einem Termin wie diesem. Energisch putzte sie sich die Zähne. Als sie hörte, wie draußen endlich ein Wagen vorfuhr, war sie zwei Schnäpse im Minus.

»Guten Tag. Seidel. Ich bin hier für das Immobiliengutachten.«

Der Mann trug eine kompakte Digitalkamera an einem Bändchen am Handgelenk. Glattrasiert, scharf gebügelte Hemdsärmel, proper wie aus dem Otto-Katalog. Ein Langweiler. Gutes Zeichen. Die machten ordentliche Arbeit, denen konnte man vertrauen.

»Fangen wir doch gleich an«, sagte er. »Mit dem Grundstück am besten, dann in den Keller. Von da können wir uns Etage für Etage hocharbeiten.«

Zweieinhalb Stunden später setzten sie sich an den Tisch. Seidel befeuchtete den Zeigefinger und blätterte einige Seiten in seinem Block zurück. Nochmals fasste er die Eckdaten des Hauses und des Grundstücks zusammen, zitierte aus den Dokumenten, die Vera in der letzten Woche aus Margots alten Ordnern zusammengesucht und in Kopie geschickt hatte. Er wiederholte, welche Schäden es gab und wo Reparaturen nötig schienen. Verglich seine Notizen mit den Fotos auf seiner Kamera.

»Das sollte jetzt alles sein. Oder fällt Ihnen noch etwas ein? Haben wir etwas übersehen?«

»Glaube nicht.« Vera lächelte zuversichtlich.

Das wackelige Geländer im Treppenhaus schien er nicht bemerkt zu haben. Der Boden hatte nirgends geklebt. Die Wasserflecken im Keller, eine Fußnote eventuell, nicht mehr, da war sie sicher. Alles in bester Ordnung. Sie lehnte sich zurück, drehte ihre Tasse auf dem Unterteller. Gespannt.

»Sie sehen aus, als hätten Sie eine Frage, Frau Beutel.«

Wollte er sie zappeln lassen, oder kam er wirklich nicht drauf?

»Sie verraten mir doch sicher noch das Ergebnis von Ihrer Begutachtung?«

Seidel kratzte sich an der Schläfe. »Zum jetzigen Zeitpunkt möchte ich mich ungern dazu äußern. Das fiele fast in den Bereich des Spekulativen. So arbeite ich nicht. Das Gutachten entsteht auf Basis eines speziellen Berechnungsmodells, in das ich alle Daten einspeise. Aber machen Sie sich keine Sorgen, die Methode ist objektiv. Geprüft und zugelassen.«

Vera runzelte die Stirn. Berechnungsmodell. Das gefiel ihr nicht. Es klang wie eines dieser Wörter, hinter dem sich Leute gerne versteckten.

»Wenn Sie mir nur eine ungefähre Zahl nennen könnten, damit wäre mir sehr geholfen. Dass ich schon mal weiß, womit ich es zu tun habe. Sie haben doch sicher so eine Art … Gefühl.«

Seidel legte den Stift ab und faltete die Hände. »Mit Gefühl hat das wenig zu tun. Eher mit Erfahrung. Ich habe bereits einige Immobilien in der Gegend betreut. Sie weichen sicher nicht großartig vom Villrather Durchschnitt ab. Das muss für heute als Information reichen, in Ordnung?«

Durchschnitt. Von Villrath. Sollte sie das etwa beruhigen? Doch das Gespräch schien an seinem Ende angelangt; energischer als nötig klappte Seidel seine Mappe zusammen und fummelte seinen Kuli zurück in die Hemdtasche.

Er erhob sich von seinem Stuhl. »Gehen Sie davon aus, dass das Gutachten etwa nächste Woche in Ihrem Briefkasten sein wird.«

Eine Woche noch. Warum brauchte sein Scheißcomputer so lange?

Höflich grüßte Seidel ein letztes Mal, ehe er ins Auto stieg. Vera erwiderte mit einem Nicken. Seidel fuhr ab, und sie lächelte so lange, wie sie glaubte, dass sie noch in seinem Rückspiegel zu sehen war, dann drehte sie sich um und trat gegen einen der Pflanzkübel im Eingang. Er fiel um, zerbrach aber nicht, was ihre Wut nur befeuerte.

»Schlecht gelaufen?« Hinter ihr stand auf einmal Rolf auf der Treppe. Seine verfluchte Anschleicherei immer.

»Geht dich nichts an!«

Er blickte düster, aber machte kehrt, was Vera bedauerte; sie war in der Laune für Streit. Ihr Blick fiel auf den Jägermeister hinterm Tresen. Eine Erlaubnis, eine Aufforderung. Beides. Es war ohnehin zu spät, um noch mit den Mittagsvorbereitungen anzufangen. Ihr kam die Idee, sich gleich auch den Rest des Tages frei zu geben. Hotte und Bärbel und Kurti, auch Rolf, sofern er überhaupt Lust verspürte, konnten ihren Abend woanders ausklingen lassen. Stattdessen könnte sie austrinken, die Rollos runterlassen und sich vor den Fernseher legen. Den Gutachter zum Teufel wünschen und dann vergessen. Sie fühlte, wie eine alte Kraftlosigkeit von ihr Besitz ergriff. Ein Sog, zu kapitulieren, sich ins Nichts fallenzulassen und sehr weit unten anzukommen, so weit, dass ein Wiederhochkommen ausgeschlossen war, sie sich also nichts, gar nichts würde vorwerfen müssen. Aber wer so dachte, hatte es auch nicht besser verdient.

Vera setzte die Flasche zurück auf den Tresen.

Noch mal rechtzeitig, kurz vorm Jammertal, abgebogen. Wenn sie so was wie ein Talent hatte, dann dieses, das hatte auch der Dicke immer gesagt. Sie durfte sich nicht kleinmachen lassen, schon gar nicht von sich selbst.

Ihr Telefon klingelte, es war Ferber.

»Hör mal, es gibt Neues«, schoss er los, ohne Begrüßung.

»Brandt hat intern Rücksprache gehalten, die können sich vorstellen, die Ausbezahlung der Bahn mitzufinanzieren, wenn die Stadt ihnen das Kurhaus inklusive Park überlässt und sie dort was auch immer umsetzen können! Ein Tagungshotel, wenn ich das richtig verstanden habe.«

»Okay«, erwiderte Vera zögerlich; es klang wie eine gute Nachricht, doch da schien noch mehr zu kommen.

»Wenn wir dann noch ein, zwei weitere mittelgroße Investoren finden, könnte es klappen mit dem ganzen Plan für Villrath«, fuhr Ferber fort. »Nur der Stadtrat, der ist die Hürde. Die entscheiden letztlich darüber, ob wir das Kurhaus hergeben; ich kann das Angebot nur vorlegen.«

»Was soll der Stadtrat dagegen haben?«

»Du bist ein Stück Holz manchmal. Hier geht's um Gefühle. Kann ja sein, dass du und ich nicht an der Bruchbude hängen, aber viele andere schon. Die Älteren vor allem. Das ist ein Stück Villrather Geschichte. Der Stadtrat wird sich in der Bevölkerung umhören und das bei der Abstimmung berücksichtigen. Es scheint, als läge unsere Zukunft damit größtenteils in den Händen der Senioren.« Er verschnaufte kurz. »Also, was ich eigentlich sagen will: Wir müssen Stimmung machen bei denen. Stell dich schon mal drauf ein, dass das neulich nicht dein letzter Altenheimbesuch war.«

Vera stöhnte.

»Was?«, schnappte Ferber in einem Ton, der verriet, dass er auf diese Reaktion nur gewartet hatte. »Ist dir das nicht glamourös genug? Ich darf dich erinnern, die ganze Geschichte war *deine* Idee!«

»Ja, komplett. Seltsam nur, dass du Eva-Maria was anderes erzählt hast.«

»Lass sie da raus.«

Wie er tat, als läge ihm auf einmal großartig was an seiner Ehe. Vera konnte sich gerade noch verkneifen, darauf einzugehen. Sie mussten zusammenarbeiten. Dass es hier bald wieder losging, war für ihre eigene Zukunft genauso wichtig wie für die der Stadt, ohne Laufkundschaft würde der Salon, ihr Salon, das ganze Geld, das sie investieren müsste, nicht reinholen, egal, wie sehr sie sich reinkniete. Mit einer Sache hatte Ferber allerdings recht: Sie hatte weiß Gott Besseres im Sinn, als in den kommenden Monaten von einem Seniorennachmittag zum nächsten zu tingeln. So hatte sie sich das nicht vorgestellt. Nach Extrataschengeld klang es auch nicht.

»Ich hab eine Lösung, was die Alten angeht.«

»Ach ja?«

»Luise Engelhardt.«

»Die Friseuse? Hör mir auf. Die schreibt mir Briefe wegen dem blöden Kreuzweg.«

»Mag sein. Aber sie kennt jeden. Holen wir sie mit ins Boot. Sie kann mehr ausrichten als ich.«

»Spinnst du?«

»Du hast es doch gerade selbst gesagt. Dass die Senioren dahinterstehen müssen. Lass die Engelhardt Werbung machen für die Sache. Dann zieht der Pfarrgemeinderat mit und dann noch mehr. Die fallen um wie Dominos, wirst sehen.«

»Dir ist klar, dass die nicht richtig tickt? Warum soll die

uns überhaupt in der Sache helfen, da steckt nichts drin für sie.«

»Warte doch ab. Ich schmier ihr Honig ums Maul. Was kann es denn schaden?«

Ferber atmete genervt in den Hörer. Allmählich schien ihm zu dämmern, dass sie es so oder so versuchen würde. »In Gottes Namen.«

Ja. In dessen Namen ganz sicher.

Sie beendeten das Gespräch, und Vera streckte sich auf der Eckbank aus, zündete sich eine Zigarette an. Dass das mit der Engelhardt funktionieren würde, lag auf der Hand, geltungssüchtig genug war die Alte. Für das Gefühl, möglicherweise das Zünglein an der Waage zu sein, waren schon ganz andere von ihrem hohen Ross heruntergekommen. Sollte sie sich ruhig wichtig fühlen, geschmeichelt sein. Hauptsache, sie vergaß das Kaufangebot für den Salon nicht.

Vera nestelte den Zettel mit der Bilanz, die sie gemeinsam mit dem Dicken am Telefon aufgesetzt hatte, aus der Hosentasche. Wenn sie die Zahlen und einzelnen Posten studierte, rieselte es ihr den Rücken runter, auf so eine Art, für die es kein Wort gab, für die erst eins erfunden werden musste. Sie faltete das Blatt auseinander. Die heruntergewirtschaftete Einrichtung würde sie zunächst behalten, behalten müssen, schon um die Spende für den Kreuzweg zu ermöglichen. Sie müsste sich um Wasser und Strom kümmern, um die Versicherungen, die Pflegeprodukte. Dazu einige Monatsmieten zurücklegen, sobald Johannes und sie eine neue Wohnung gefunden hatten. Sie und der

Dicke waren bei zwanzig-, dreißigtausend an Startkapital gelandet. Das erste Jahr würde sie Gas geben, acht bis achtzehn Uhr. Zunächst niemanden anheuern, sondern alles selber machen, Kunde nach Kunde, schnell, aber zuverlässig. Einmal in der Woche ein Schild raushängen, Kindertag, ein Glas Gummibärchen vorn an der Kasse. Hochzeits-Spezial im Mai. Sobald der Kurbetrieb einsetzte, wäre sie hervorragend eingearbeitet. Könnte erweitern auf Wellness, Kopf- und Handmassagen, Aromatherapie an gepflegten Rentnerinnen. Ein ganz und gar zivilisierter Arbeitsalltag.

Sie stellte sich den Gutachter Seidel in seinem Büro vor. Moderner Schreibtisch, Rollcontainer, Taschenrechner und Kugelschreiber auf Kante geordnet. Wie es sein musste, Geld zu haben. Genug Geld, um jemanden zu bestechen. Ihn so zu schmieren, dass es ihm aus allen Löchern wieder rauskäme.

Vera drückte die Zigarette aus und zündete sich die nächste an.

Eine Woche noch.

*

Wenn er merke, dass Johannes von Wikipedia abgeschrieben habe, werde er das auf keinen Fall akzeptieren, hatte der Lehrer gesagt und ihm mit ernster Miene eine Literaturliste überreicht. Auch das noch. Johannes legte die drei Bücher auf den Tisch, sah der Schulbibliothekarin zu, wie sie etwas in ihren Computer tippte. Die Frau war alt und unglaublich behäbig, mit den drei Kissen zwischen Lehne und Rücken wirkte es, als stünde sie niemals auf, als schliefe sie nachts auf ihrem Stuhl. Als sei sie dort geboren, vor hundert Jahren oder mehr.

Sie gab Johannes seinen Ausweis zurück. »Viel Erfolg.«

Er schien auszusehen, als ob er das gebrauchen konnte, und so war es ja auch.

Er setzte sich in den Aufenthaltsraum und reihte die Bücher vor sich auf. Sie sahen langweilig aus. Er klappte das dickste ganz hinten auf. Zweihundertzwanzig Seiten. Wo sollte er da anfangen? Er sah auf die Uhr über dem Eingang der Aula. In einer Stunde war er mit Harry zum Sammeln verabredet. Johannes nahm sein Handy und ging noch einmal die Fotos durch, die er von der Hercules gemacht hatte, spürte das Bedürfnis, sich zu vergewissern, dass er sich das Ganze nicht bloß eingebildet oder falsch verstanden hatte. Er tippte auf die Bilder und vergrößerte sie, eins nach dem anderen, schloss sie wieder, beruhigt. Dachte: eine Hercules. Ein Motorrad. Nicht das Beste, Neueste, Schönste auf dem Markt. Aber seins. *Seins.* Es würde natürlich nicht ewig bei Harry stehen können. Oder vielleicht schon. Aber das wollte Johannes nicht. Irgendwann würde er es mit nach Hause nehmen, sich was einfallen lassen, wenn die Mutter fragte. Geschenkt bekommen. Warum nicht? Vom großen Bruder eines Freundes, der jetzt ein neues hatte. Wie wollte sie ihm beweisen, dass er log? Sobald die Maschine erst einmal zuhause in der Garage stünde, waren die Chancen gut, dass die Mutter nachgab, er sich in der Fahrschule anmelden dürfte. Oder es wäre gar nicht so kompliziert. Seit sie den Plan mit dem Friseursalon hatte, war sie besser drauf, lief im Tänzelschritt. Hatte rosa Flecken im Gesicht und krakelte Zettel voll und vergaß sie an unmöglichen Orten. Trotzdem würde er noch warten. Die gute Laune der Mutter müsste sich als dauerhaft erweisen. Zum Beispiel bis zum Herbst. Nachdem das neue Schuljahr begonnen hätte. Allerdings musste er dafür erst das alte bestehen.

Johannes trommelte mit den Fingerspitzen auf einen Buchdeckel. Vielleicht erst mal das Inhaltsverzeichnis, die Kapitelüberschriften ansehen, ein wenig blättern. Er las: Wie und wo Quellen entstanden. Warum ihr Wasser so gesund war, wegen der Mineralien, und dass Menschen, die einen Mineralienmangel hatten, Halluzinationen bekommen konnten. Er brach ab.

Ela.

Sie schien durch den Nebeneingang reingekommen zu sein, stand am Schwarzen Brett und befestigte dort einen Flyer. Wenn er jetzt winkte, würde sie ihn bemerken, könnte er ihr was sagen. Genauso gut konnte er sich klein machen, sich verstecken. Ihm fiele auf die Schnelle sowieso nichts ein. Seit er nicht mehr im Supermarkt arbeitete, hatten sie sich nicht mehr unterhalten.

Er musste eine unachtsame Bewegung gemacht haben. Das Buch, das er vor sich platziert hatte, rutschte über die Tischkante und fiel mit einem Knall zu Boden. Ela blickte auf und sah in seine Richtung.

»Hey«, rief sie.

»Hey.«

Sie kam auf ihn zu. Als er sich nicht rührte, bückte sie sich, hob das heruntergefallene Buch auf und legte es zurück auf den Tisch.

»Strafarbeit?«

»Referat. Erdkunde«, antwortete Johannes. »Und du?«

Ela zuckte mit den Schultern. »Nachsitzen. Wegen letzter Woche, als ich geschwänzt habe.«

»Warst du nicht krank?«

»Nee«, sagte sie unbekümmert, fast fröhlich, als ob es klar Wichtigeres gab als Schule.

Gab es ja auch.

Ela sah auf die Uhr. »Ich muss los. Wenn ich zu spät komme, gibt's noch mal eine halbe Stunde.« Sie tippte auf das Buch, das sie vom Boden aufgehoben hatte. »Viel Spaß.«

Kurz kam es Johannes vor, als ob sie ihm mit dem faulen Auge zublinzelte.

Der Wagen stand vor dem Schultor auf einem der Lehrerparkplätze, als Johannes das Hauptgebäude verließ. Harry lehnte an der Fahrertür, die Hände unter die Achseln geklemmt. Als Johannes winkte, zog er die Mundwinkel hoch und bleckte die Zähne. Sogar auf die Entfernung konnte man sehen, wie braun sie waren. Johannes fragte sich, wie es sein konnte, dass man so clever war wie Harry, aber nicht wusste, wie man eine Zahnbürste benutzte.

»Na, viel gelernt heute?«

Johannes verzog das Gesicht. »Du klingst wie meine Mutter.«

Harry nahm ihm den Rucksack ab. »Meine Güte. Was hast du da drin? Steine?«

»Bücher. Für ein Referat. Sonst fall ich durch. Diesmal echt.«

»Fände deine Mutter bestimmt nicht so toll.«

»Hör bloß auf.«

Johannes stieg in den Wagen und schnallte sich an. »Können wir … können wir an der Quelle vorbeifahren? Da, wo die Baustelle im Wald ist? Ich muss da fotografieren. Ich mach auch schnell.«

»Hm. Liegt nicht gerade auf dem Weg«, sagte Harry und wackelte nachdenklich mit dem Kopf. Dann streckte er die Hand aus und strubbelte Johannes durchs Haar. »Na gut. Für dich.«

Vom Waldparkplatz aus machten sie sich auf den Weg. Es war angenehm schattig und kühl unter den Bäumen. Am liebsten hätte Johannes sich zwischen ihnen, wo das Moos dick und feucht wuchs, flach ausgestreckt. So wie früher, wenn er zum Spielen hergekommen war. Er hatte immer etwas gefunden. Aus einem Nest gefallene Vogeleier. Stöckchen, Steine und Laub, aus denen sich ein wackliges Haus für seine Playmobilfiguren bauen ließ. Es war schön im Wald. Man hatte seine Ruhe. Das hatte er ganz vergessen.

»Schau mal«, sagte Harry, er wies auf ein Schild, das jemand an einen Stamm gelehnt hatte, »Villrather Quelle« stand darauf, darunter ein Pfeil in die Richtung, in die sie unterwegs waren.

Das Wasser kam ihnen entgegen. Im Sonnenlicht blitzende Rinnsale, die seitlich des Pfads flossen, breit genug, dass man hätte Papierschiffchen hineinsetzen und auf Fahrt schicken können. Wo Wildschweine die Erde aufgewühlt hatten, hatten sich Pfützen gebildet, um die Insekten schwirrten. Das Gras wuchs höher und dichter an diesen Stellen, auch das Unkraut, bildete Miniaturwälder. Johannes fragte sich, wohin das Wasser floss. Ob es immer so war, dass Wasser den nächsten Bach fand und der Bach den nächsten Fluss und der Fluss das Meer. Er wusste nicht einmal, welches Meer von Villrath aus das nächste war. Ob Nord- oder Ostsee. Er hätte wirklich besser aufpassen sollen in Erdkunde.

Sie gelangten an die Baustelle. Es roch komisch. Faul, bitter. Zunächst sah Johannes nur eine Menge Baumstümpfe. In der Mitte ein provisorisches Wegenetz aus Brettern und darunter Schlamm, viel davon. Die Bretter liefen vor einem Loch zusammen.

»Warte«, hörte er Harry hinter sich, doch es gefiel Johannes, dass ausnahmsweise er das Tempo vorgab, und er legte noch einen Schritt zu.

Erst vor dem Loch machte er Halt. Wasser quoll und gluckerte aus der Vertiefung, ein Tümpel, der an den Rändern ausfranste und im Schlamm versickerte, ihn ringsum zu Blasen aufwarf. Johannes wippte auf dem Brett unter seinen Füßen hin und her, der Untergrund schmatzte und quietschte. Gab es die Quelle also wirklich. Er stellte fest, dass es ihn bis zu diesem Zeitpunkt nicht überrascht hätte, wäre alles doch nur erfunden gewesen. Oder jedenfalls halb. Wie eine Fata Morgana, nicht echt, aber da. Etwas, das ein paar sahen und ein paar eben nicht, wohl je nachdem, wie dringend man es nötig hatte.

»Dann mal los«, sagte Harry.

Johannes nahm sein Telefon und fotografierte Loch, Schlamm, Schläuche, Bretter. Versuchte sich vorzustellen, wie es jemand machen würde, der sich ganz ernsthaft dafür interessierte. Worauf dieser Jemand achten würde. Er hielt sein Handy dicht über das Wasser und zoomte in die unruhige Oberfläche hinein.

»Na? Traust du dich, da reinzugreifen?«, sagte Harry; er hatte sich Johannes gegenübergehockt und den Ärmel seines Hemdes hochgekrempelt, hielt die Hand über der Quelle ausgestreckt.

Johannes verzog den Mund. »Das ist dreckig.«

»Ach, komm. Auf drei?«

Es war schwer, Harry etwas abzuschlagen. Johannes ging in die Knie, schob den rechten Ärmel seiner Jacke ebenfalls nach oben.

»Eins, zwei, drei.«

Sie tauchten die Arme bis zu den Ellbogen ein, das Wasser schloss sich darum wie ein Schlund. Es war wärmer als gedacht und unruhig, in Bewegung. Als gäbe es eine Strömung dort unten. Johannes öffnete seine Faust und spreizte die Finger ab. Wie tief dieses Loch war. Er hatte erwartet, auf einen Widerstand zu stoßen, auf Erde oder Stein, doch da war nichts. Ob ein Mensch da aufrecht stehend hineinpassen würde?

Etwas berührte seinen Daumen, kitzelte ihn. Er riss den Arm in die Höhe, fiel nach hinten.

Harry lachte.

»Ha, ha«, sagte Johannes. »Ich weiß genau, dass du das warst.«

»Möglich. Aber … wenn nicht?«

Johannes rollte mit den Augen und schüttelte seinen Arm, die Tröpfchen spritzten.

Einige hundert Meter entfernt, am Waldrand, bewegte sich etwas. Eine kleine Person trat aus dem Schatten der Bäume. Bärbel. Sie schleppte den Hundebuggy umständlich hinter sich her, doch statt Dolce befand sich etwas anderes darin. Müll? Flaschen? Bärbel war so beschäftigt damit, nicht auf der glitschigen Erde auszurutschen, dass sie Harry und Johannes anscheinend noch nicht bemerkt hatte.

»Komm, wir gehen!«, sagte Johannes.

»Hast du genug Fotos?«, wollte Harry wissen.

»Denke schon. Glaube, du bist auch auf einem mit drauf«, Johannes grinste.

»He. Auf keinen Fall. Lösch das.« Harry sah böse aus.

»Ich stell das nicht online oder so.«

»Egal. Löschen.«

Johannes suchte das Foto und gehorchte. »Okay, ist weg. Versprochen.«

Harry brummte nur.

Sie machten sich auf den Rückweg. Er beobachtete Harry, der einige Meter vor ihm ging, die Hände in den Hosentaschen. Der Tonfall, mit dem er das Löschen des Bildes gefordert hatte, war neu gewesen und hatte Johannes nicht gefallen. So launisch kannte er Harry gar nicht.

Es verursachte ihm ein Ziehen im Magen, wenn er daran dachte, dass die Hercules immer noch bei Harry stand, dass dieser ganz allein entscheiden würde, wann sie vollends in Johannes' Besitz überging, da er sie ja noch abarbeiten sollte. Hoffentlich würde er nicht noch mal etwas falsch machen, das Harry verärgerte.

Plötzlich blieb Harry stehen. Johannes wäre fast gegen ihn geprallt.

»Du. Entschuldige, wegen eben. War einfach so ein Reflex von mir. Eine Zeitlang war ich viel auf Demos, das brennt sich ein.« Harry legte einen Arm um Johannes. »Fahren wir jetzt los, arbeiten?«

Sie kamen auf dem Parkplatz an, der sich in der Zwischenzeit gefüllt hatte. Zwei weitere Autos standen dort und zwei, vier, sechs Motorräder, pechschwarz und glänzend. Johannes musste sich zusammenreißen, dass sein Mund nicht aufklappte. Eine Gruppe Biker stand um die Maschinen herum, sie schienen gerade erst angekommen zu sein, hatten die Helme abgenommen und unterhielten sich. Harry tippte sich im Vorbeigehen mit zwei Fingern an die Schläfe. Die Biker erwiderten seinen Gruß.

»Kennst du die?«, flüsterte Johannes.

Harry grinste bloß. »Nö, wieso. Jetzt geh schon.«

»Zu denen?«

»Wieso, ihr seid doch so was wie Kollegen. Ich warte am Wagen.«

»Nee.«

»Wie du meinst«, sagte Harry und ließ ihn stehen.

Johannes überlegte, ob er hinterherrennen sollte, aber

das hätte ihn blöd aussehen lassen. Die Gruppe beobachtete ihn eh schon viel zu interessiert. Wahrscheinlich war es seine Jacke. Er beschloss, dass er anfangen würde, sich wie der Johannes zu benehmen, der sie verdient hatte.

Sie schoben die Sonnenbrillen auf die Stirn, als er auf sie zustapfte.

»Hallo«, sagte Johannes und drehte den Kopf so, dass sein Ohrring besser zur Geltung kam.

»Hallo«, sagte ein Dünner mit Bart, der in der Gruppe ganz außen stand.

»Sind Sie für die Quelle hier?«, fragte Johannes und dachte: gute Einleitung.

»Kommt drauf an. Kannst du's empfehlen?«

Er zögerte, es verunsicherte ihn, dass sie nach seiner Meinung fragten.

»Kommt auch drauf an.«

Der Dünne lachte. »Na, kurz gucken schadet nicht. Eine Frage noch: Wo kann man denn später hier ein Bier kriegen in der Nähe?«

»Unten. In Villrath.«

»Ja. Wo da?«

»Meine Mutter hat … also, es gibt da so eine Kneipe an der Promenade. Das Stübchen.«

»Was hast du denn für eine?«, fragte der Dünne mit Bart und sah Johannes von oben bis unten an.

»Was?«

»Mutter«, sagte ein anderer hinter ihm und grunzte.

Der Dünne verdrehte die Augen. *»Maschine.«*

Johannes reckte sich.

»Eine Hercules.«

Der Dünne nickte. »Hatte auch mal so eine. Von meinem Opa noch. Mit der kannst du alles machen, wenn du gut auf sie aufpasst.«

Er lächelte.

Johannes lächelte zurück.

7.

Vierundzwanzig Tage nach der Entdeckung. Dienstag.

»Ich möchte mich beschweren«, sagte Kamps, »über den Villrather Friedhof.«

»Aha. Augenblick, ich verbinde Sie.«

Es knackte in der Leitung. Dann folgte Klaviermusik vom Band. Kamps nahm den Bleistift, setzte die Spitze aufs Papier und malte einen Kreis, dann eine wellenförmige Linie, dann wieder einen Kreis, eine Katze. Die Katze lief auf den größeren der Kreise zu. Der Eingang zu einer Höhle. Warm, gemütlich. Kamps drückte den Stift auf, zog eine Linie, füllte den Kreis nach und nach mit breiten Strichen von rechts oben nach links unten, aber als er fertig war, war die Höhle nur ein schwarzes Loch. Kamps knickte die untere Hälfte des Blattes nach hinten, sodass wieder nur die Liste zu sehen war. Abermals knackte es, das Klavierstück wurde unterbrochen. Eine Frau nahm ab und meldete sich mit ihrem Namen.

»Kamps. Ich rufe an wegen dem Friedhof, in Villrath.«

»Was ist denn mit dem Friedhof, Herr Kamps?«

»Der ist eine Müllhalde.«

»Wie kommen Sie darauf?«

»Weil ich's mit eigenen Augen gesehen habe.«

Es kam ihm vor, als unterdrückte sie ein Seufzen. »Herr Kamps, ich kann mal nachsehen, wann die nächste Entsorgung geplant ist, bitte bleiben Sie dran«, sagte sie.

Er hörte das Klicken einer Computertastatur.

»Herr Kamps?«

Hergottnochmal, er wusste selbst, wie er hieß!

»Die nächste Entsorgung findet statt am vierten Oktober.«

»Das sind noch Monate. Das geht nicht. Das muss früher gemacht werden.«

»Leider nicht möglich, Herr Kamps.«

»Ich schicke Ihnen meine Liste. Die ist relativ aktuell.«

»Das mag sein, Herr Kamps, aber vor Oktober können wir nichts machen.«

»Wenn Sie meine Liste einfach weitergeben an jemanden, der zuständig ist.«

»Es tut mir leid, aber so gehen wir nicht vor. Sie müssen sich schon bis zum Herbst gedulden.« Sie klang jetzt weniger freundlich.

»Ich schicke sie Ihnen, mit der Post. Ich mach ein Einschreiben.«

»Wenn Sie meinen.« Sehr kühl nun.

»Danke. Wiederhören.«

Er kochte. Diese Respektlosigkeit. Dieses unverhohlene Desinteresse an den Bedürfnissen eines Bürgers. Er hatte es ja gleich gewusst. Unvoreingenommen und geduldig war er gewesen, und das war der Dank. Was war denn bisher geschehen von dem, was Ferber bei der Versammlung großspurig versprochen hatte? Vor ein paar Tagen, im Stübchen, hatte Vera versucht, ihn zu beschwichtigen. Die Stadt herrichten dauere eben seine Zeit. Sie seien ja dran. *Sie.* Damit meinte sie sich und den Bürgermeister, mit dem steckte sie neuerdings unter einer Decke. Sie hatte Kamps das Foto in der Lokalzeitung gezeigt: Aufrecht und lächelnd hatte sie da neben dem Filou posiert, den Krug mit dem Stadtwappen vor der Brust. Sie war so offensichtlich stolz auf ihre neue, alte Aufgabe gewesen, dass er sich einen Kommentar verkniffen hatte. Dabei war offensichtlich, dass damit nur die Bevölkerung ruhiggestellt, mit Sentimentalitäten davon abgelenkt werden sollte, dass nichts Wesentliches in die Gänge kam. Zumindest ein paar Müllpicker hätten sie schließlich seit der Bürgerversammlung schicken können, fürs Gröbste, um ihren guten Willen zu demonstrieren und um den Villrathern ein Beispiel zu sein. Besser noch ein paar kräftige Männer, die, sauber und einheitlich gekleidet – am besten in Schwarz oder Blau –, nach Einbruch der Dunkelheit Kontrollgänge machten, damit bestimmte Individuen erst gar nicht auf abwegige Gedanken kamen. Es brauchte doch keine Gewalt. Es brauchte Präsenz! Die Demonstration von Ordnung und einer gewissen Rechtschaffenheit. Aber wie es aussah, musste er selbst dafür sorgen. Alles wie gehabt.

Kamps riss ein Kleenex aus der Box, machte es unter dem Wasserhahn nass und wischte sich das Gesicht. Sich hinlegen. Ein, zwei Stunden nur sich hinlegen, die Wut wegschlafen, neue Kräfte sammeln. Die Nacht hatte er bis halb drei unter der Tanne verbracht. Hatte dagesessen und Bonbons gelutscht und versucht, die Augen offen zu halten, bis es angefangen hatte zu regnen. Im Regen würden sie wohl nicht kommen, hatte er gedacht, und dass er eigentlich zurück ins Haus kehren könnte. Im Regen kämen die nicht. Und wenn doch? Schnell war seine Jacke durchnässt gewesen. Niesen hatte er müssen. Hatte überlegt, sich den großen Schirm aus dem Flur zu holen, aber dann nicht gewusst, wie der stabil zu befestigen gewesen wäre am Stuhl. Hatte noch gedacht, dass er starkes Klebeband besorgen müsste bei der nächsten Gelegenheit. War doch ins Bett, kaum dass er die nassen Sachen abgelegt hatte, und doch bald wieder aufgestanden. Die Katzen hatten versorgt werden müssen.

Kamps legte sich eine Hand in den Rücken und drückte nacheinander die schmerzhaften Punkte. Langes und häufiges Sitzen sei bei dem Zustand seiner Bandscheiben zu vermeiden, hatte der Doktor beim letzten Besuch gesagt. Aber dieser hatte ihm auch geraten, nicht schwer zu heben, dabei hatte Angelika es in ihrem letzten Jahr ohne Hilfe nicht mehr aus dem Bett oder wieder hinein geschafft. Ein Pflegedienst, hatte sie angedeutet, wenn Kamps schon gegen Mittag nach den Paracetamol gegriffen hatte. Ein Pflegedienst? Wegen der Sperenzchen mit dem Rücken? Er hatte sich nicht anmerken lassen, wie gekränkt er gewesen war; hatte gewusst, dass sie es gut meinte. Anders der Schwager, der ihn beiseitegenommen und gefragt hatte, warum er sich das antue: vierundzwanzig Stunden mehr oder minder auf Abruf sein. Dazu der Haushalt. Kamps müsse letztlich sowieso über ein Hospiz für Angelika nachdenken. Oder wenigstens über eine Krankenschwester aus Polen. Dann habe Kamps auch wieder mehr Zeit für die Werkstatt. Seine Hobbys. Dasselbe riet ihm später einer der Schützenbrüder, genauso unaufgefordert. Anscheinend fiel er aus der Rolle, obwohl er nur seine Ehe, seine Christenpflicht ernst nahm.

Gegen Abend wachte er wieder auf. Er stieg aus dem Bett, fuhr in die Pantoffeln und ging ans offene Fenster, sah die Straße hinauf. Die Straße hinunter. Die Mauern des verlassenen Hofs gegenüber leuchteten orangerot im Tiefstand der Sonne; irgendwo weiter weg warf jemand ein Garagentor zu. Sobald das Licht weg war, würde er seinen Posten beziehen müssen. Doch er hatte noch zu tun bis dahin. Aufgaben, die er seit Tagen vernachlässigte. Regelrechter Schlendrian. Den wollte er nicht einreißen lassen. Kamps räumte die schmutzige Wäsche in die Maschine und saugte das Erdgeschoss und das obere Stockwerk, spülte im Bad den Grauschleier winziger Barthaare aus dem Becken. Nachdem er die Katzen gefüttert und die Schüsselchen gesäubert hatte, ging er in die Werkstatt, nach den Kleinen sehen. Sie liefen ihm entgegen, wanden sich aber, sobald er die Hand nach ihnen ausstreckte und versuchte, eines hochzuheben. Die Mutter hatte sie gerade recht erzogen. Nicht zu zutraulich. Er stellte fest, dass zwei der Kätzchen fehlten. Vielleicht waren sie draußen auf ihrer ersten Pirsch.

In der Küche nahm er das zweite Schnitzel, das er sich vom Mittag aufbewahrt hatte, aus dem Kühlschrank, erwärmte es im Backofen. Öffnete eine Dose Erbsen, lud alles auf den Teller und aß im Wohnzimmer, vor dem Fernseher. Zum Nachtisch Kekse, vier Stück, die restlichen wickelte er in Alufolie und stellte sie zusammen mit der Thermoskanne bereit für später. Um zehn setzte er sich in den Klappstuhl. Kamps streckte die Füße aus und lauschte dem Knistern in den Büschen, rechts, zum Nachbargarten hin; das Geräusch eines kleinen Körpers, der sich durch trockene, verzweigte Hölzchen zwängte. Kamps hatte zwei Neuankömmlinge gezählt beim morgendlichen Füttern: eine alte Schwarzweiße mit Senkrücken, an der auch sonst alles Richtung Erde zu fliehen schien, und eine dünne Getigerte mit weißem Brustfell. Voll mit Kletten. Wenn sie ihn erst näher heranließ, würde er sie ihr abschneiden. Das Knistern wurde lauter, ein Schatten, der mit einem Satz im Garten war, leichtfüßig, sich auf die Hinterbeine setzte und verharrte, den Schwanz spielen ließ. Keine seiner Katzen, das sah Kamps sofort. Dieser dicke Kopf, für den die Ohren fast zu klein schienen. Das grüne Halsband. Es war Luises Kater.

Kamps stampfte mit dem Fuß auf.

Der Kater blieb sitzen.

»Hau ab! Geh nach Hause!«

Der Kater knabberte sich kurz an der Schulter, dann sah er wieder geradeaus. Beinahe provozierend. Wie gesund und kräftig und selbstbewusst der wirkte, dachte Kamps. Tatsache, der hielt das hier für sein Revier. Wenn bloß keins der Kätzchen in der Nähe war. Kamps stand auf und machte einige Schritte auf den Kater zu, doch dieser wich behände aus. Kamps hob einen kleinen Stein vom Boden auf und warf, traf den Kater an der Flanke, der überrascht zur Seite sprang, sich dann wieder setzte. Ein größerer Stein. Dasselbe. Kamps spürte, wie ihm heiß wurde. Er musste die Kätzchen beschützen. Er hatte ihrer Mutter ein Heim und Futter gegeben, deshalb waren sie hier geboren, deshalb war er verantwortlich für sie. Er musste die Kätzchen beschützen. Kamps' Finger spannten sich fest um den Schaft des Gewehrs. Der Kater beobachtete ihn. Das Biest aus dem Konzept bringen, dachte Kamps. Da, die Zaunlatten. Der Knall wäre so laut, dass der Kater sich vor Schreck bepinkeln würde, bevor er floh, und hoffentlich nie wiederkäme. Und wenn jemand aus der Siedlung den Schuss hörte? Aus Sorge die Polizei rief? Nein. Das durfte ihn jetzt nicht kümmern. Auf seinem Grundstück konnte er schließlich immer noch tun und lassen, was er wollte. Kamps legte an. Ganz ruhig, dachte er. Er hatte seit Jahren nicht mehr ohne Auflage geschossen, versuchte sich zu erinnern, versuchte Auge, Herzschlag und Hand in Einklang zu bringen.

Er zielte.

Die vierte Latte von links.

Ausatmen. Einatmen. Ausatmen.

Er drückte ab.

Der Rückstoß ließ Kamps einen Schritt nach hinten machen, der Kater kreischte und schleuderte zur Seite. Nein, dachte Kamps. Das durfte nicht sein, das hatte er nicht gewollt. Seine Ohren rauschten. Er trat näher. Das Tier bewegte sich nicht, atmete aber flach, schien benommen. Kamps sah ein Loch im Kiefer, aus dem es stark blutete. Als er sich bückte, rammte der Kater ihm die Krallen ins Fleisch. Kam heftig zitternd auf die Beine, stellte die Nackenhaare auf. Sein Fauchen war mehr ein Knacken, weit hinten in der Kehle, es schien aus einer anderen Welt zu kommen. Er setzte zum Sprung an, stieß sich ab und landete unter der Hecke. Dann war er weg. Kamps sah auf die Stelle, an der der Kater in den Blättern verschwunden war. Mit dem zertrümmerten Kiefer würde er nicht mehr fressen können und verhungern, falls er nicht zuvor verblutete. Kamps zog die Nase hoch, wischte sich die Feuchtigkeit aus dem Gesicht. Seine Finger waren kalt.

Nun. Er musste Anstand zeigen, Luise Bescheid geben. Sich entschuldigen und sagen, dass es ein Unfall gewesen sei. Wenn er sofort losginge, wäre er in wenigen Minuten drüben bei ihr, hätte es in einer halben Stunde hinter sich. Vielleicht könnte er noch einige Blumen aus dem Beet schneiden und bündeln, um seiner Entschuldigung Nachdruck zu verleihen. Doch er kannte Luise, und Schmerz machte doppelt rachsüchtig. In ein paar Tagen wüsste vielleicht die ganze Stadt, dass er in seinem Garten schoss. Auf Katzen. Jemand würde den Tierschutzverein alarmieren. Er sah Fremde mit Schutzhandschuhen in seinem Flur herumpoltern. Netzkescher und Trageboxen mit Gittern. Kamps brach der Schweiß aus. Er musste in dieser Sache auf Nummer sicher gehen. Besah man es sich näher, hatte er doch die Situation richtig eingeschätzt. Die Kätzchen gerettet. Alles erforderte seinen Preis.

Kamps drehte sich um und ging langsam zurück zur Vordertreppe. Er würde den Vorfall vergessen und zur Tagesordnung übergehen. Die Erinnerung war ein Muskel, der sich nicht in Bewegung setzte, ohne dass er den Befehl dazu erhielt. Nur so erreichte man überhaupt das Alter. Wer nicht selbst entschied, was im Gedächtnis oben schwamm und was unten, blieb zwischendurch doch auf der Strecke. Im Haus zog Kamps die Schuhe aus, massierte sich die Zehen und setzte anschließend in der Küche einen Topf mit Teewasser auf den Herd. Eine kleine Pause, bevor er sich wieder nach draußen setzen würde. Die hatte er sich verdient.

*

»Oberkörper haben wir«, sagte Frau Kowacz und nahm das Maßband herunter. »Wenn Sie für den Rest hier auf den Stuhl steigen könnten?«

Vera raffte den langen Rock des Nixenkleids, versuchte, flach zu atmen. Das Kleid spannte um Taille und Hüften. Die Schneiderin hatte es zuvor bereits an den kritischen Stellen aufgetrennt, eigentlich, hatte sie gesagt, sei das gar nicht zufriedenstellend möglich, ein zu enges Kleid weiter zu machen: »Der ganze Charme eines Kleidungsstücks geht dann verloren …« Aber sie würde es selbstverständlich versuchen.

»Das kriegen Sie doch schnell und günstig hin, Frau

Kowacz, oder?«, sagte Ferber, der mit verschränkten Armen am Tresen lehnte und jeden Handgriff der Schneiderin beobachtete.

Vera verdrehte die Augen.

»Was?«, grunzte Ferber sie an. »Ich muss das aus eigener Tasche vorstrecken, bis wir die Finanzen geklärt haben.«

»Dann kümmere dich um einen Sponsor. Was ist aus dem Typ von der Sparkasse geworden?«

»Die wollen nicht. Nur wenn wir Soziales machen. Charity.«

»Machen wir doch. Für Villrath.«

»Ich hab mein Bestes versucht, glaub mir. Aber ich kann den Vorstand nicht noch öfter anrufen, ich mach mich lächerlich. Die werden von selber ankommen. Ich hoff's jedenfalls. Gib der Sache Zeit, bis du präsenter in der Region geworden bist.« Er griff in seine Hosentasche. Nahm ein Stück Papier heraus und hielt es Vera hin. »Hier, ich hab's nicht vergessen. Hab versucht, mich kurz zu fassen. Also, falls du immer noch der Meinung bist, dass du was zum Spicken brauchst für das Interview …«

»Ich will nur vorbereitet sein«, erwiderte Vera ungehalten.

Es war wichtig, dass sie heute Abend im Koblenzer Rundfunkstudio kundig klang. Die richtigen Zahlen und Begriffe benutzte, nicht ins Stottern kam – eben auf keinen Fall wie ein Hohlkopf wirkte. Schon gar nicht neben Ferber. Rasch nahm sie den Zettel an sich, versteckte ihn in ihrer Faust; es war ihr peinlich vor Frau Kowacz, die stumm, aber sicher nicht taub, in der Zwischenzeit an ihr weitergearbeitet hatte.

Johannes schlurfte die Treppe herunter. Grußlos ging er zur Vitrine und nahm sich mit einer Serviette das letzte Schnitzel vom Mittag heraus. Vera stieg vom Stuhl, nahm die Schürze vom Haken und warf sie Johannes entgegen, der das Knäuel wenig enthusiastisch auffing.

»Jetzt schau nicht so. Es sind nur ein paar Stunden.«

»›Wir an Rhein und Mosel‹, zwanzig dreißig, Spezialausgabe«, mischte sich Ferber ein. »Ist live, du schaltest doch ein?«

Johannes erwiderte nichts, sondern band sich widerwillig die Schürze um. Er bekam die Schleife am Rücken nicht zu, die Bänder waren zu kurz.

»Wäscheklammer«, sagte er missmutig und streckte die Hand aus.

Vera öffnete die Schublade und reichte sie ihm.

»Kann ich das Trinkgeld behalten?«, fragte er.

»Meinetwegen.«

Er setzte sich demonstrativ gelangweilt. Bevor er sich wegdrehen konnte, gelang es Vera, ihm einen Kuss auf den Hinterkopf zu drücken, eine Nase voll von ihm zu nehmen. Etwas war anders. Mit einem Mal fand sie, dass er nach Mann roch, süßlich und herb und ein wenig bitter. Erwachsen wurde, hinter ihrem Rücken. Oder eben genau nicht hinter ihrem Rücken. Sie war unschlüssig, was ihr als der größere Verrat vorkam. Ob Johannes sich noch daran erinnern konnte, wie sie früher zum McDrive gefahren waren und schon im Auto, auf dem Parkplatz, alles aus den Tüten geholt und aufgegessen hatten? Wie sie dann noch ein zweites Mal durch die Bestellgasse gefahren waren, für Eis, und die Waffeln auf dem Weg nach Hause hin- und hergetauscht hatten? Damals hatte das gereicht, um ein gutes Team zu sein. Freunde fast. Sie fühlte sich alt, übers Ohr gehauen von der Zeit.

Hinter ihr klapperte Ferber ungeduldig mit seinen Autoschlüsseln.

Die Engelhardt schloss die Haustür hinter sich, zog den Handtaschenhenkel über den Ellenbogen und schritt durch ihren Vorgarten in Richtung Straße. Sie trug einen altmodischen Hut mit einer wippenden Feder an der Seite. Gepuderte Haut und dunklen, hart gezogenen Lippenstift. Ferber beobachtete sie durch die Windschutzscheibe.

»Ganz schön aufgedonnert«, bemerkte er. »Du hast ihr aber schon gesagt, dass das nur ein Termin beim Radio ist?«

»Halt die Klappe, die hört dich noch!«

»'n Abend.« Die Alte stieg ein, setzte sich auf der Rückbank zurecht, der Geruch von Kölnisch Wasser und Hefeteig breitete sich im Wageninneren aus und kitzelte Vera in der Nase.

»Wie schön, dass Sie Zeit gefunden haben, uns zu begleiten. Ich bin Martin Ferber, der Bürgermeister.«

»Luise Engelhardt. Und ich kenne Sie.«

»Fein. Sagen Sie ruhig Martin.«

»Ich bleibe beim Sie, wenn Sie nichts dagegen haben.«

»Nein. Selbstverständlich«, erwiderte Ferber beleidigt und drehte mit einem Seitenblick zu Vera den Lautstärkeknopf des Radios hoch.

*

»Mach mal noch eins, Hannes«, orderte Kurti und schob sein leeres Glas über den Tresen.

»*Johannes.*«

»Nee. Johannes ist Hannes«, entschied Kurti und klopfte sich aufs Handgelenk, wo bei anderen Leuten die Uhr saß, »wir haben doch keine Zeit!« Er lachte über seinen Witz, hörte genauso abrupt wieder auf. »Wann kommt das denn jetzt?«, fragte er zum tausendsten Mal.

»Gleich. In fünf Minuten.«

Bärbel blickte besorgt zum Radio. »Hast du auch den richtigen Sender drin?«

»Ja, okay? Ist drin, seit einer halben Stunde schon.«

Johannes ließ sich auf seinen Hocker an der kurzen Seite des Tresens fallen.

Er war jetzt schon erschöpft von dem Gefasel, dabei hatte er das Stübchen erst vor eineinhalb Stunden geöffnet. Am liebsten hätte er sich auf sein Zimmer verzogen und Bärbel den Tresen überlassen, aber das war nicht drin nach dem letztem Mal. Außerdem wollte er die Sendung selbst hören, beziehungsweise er wollte gewappnet sein, falls ihn jemand in der Schule darauf ansprach.

»Hannes, mein Bier«, leierte Kurti.

Johannes zapfte ein frisches Glas, gab acht mit der Blume, bekam sie perfekt zustande, verdammt, ein zum Heulen schönes Bier, befand Kurti. Er hielt es ins Licht, präsentierte es Bärbel und Hotte, die beiden nickten: so schön, klasse gemacht. Johannes wünschte sich ausnahmsweise, dass Rolf hinunterkäme, damit sie einen anderen totquatschten.

»So, Ruhe jetzt«, Bärbel patschte mit ihrer Hand auf den Tisch. »›Wir an Rhein und Mosel‹. Das ist es.« Sie drehte am Regler für die Lautstärke, rechtzeitig zur Anfangsmelodie.

»Fast fünfzig Jahre lang war die Stadt Villrath durch ihr Heilwasser bekannt als Kurort. Auch der Villrather Wald ist lange Zeit ein beliebtes Naherholungsgebiet der Region gewesen, bis zu Beginn der Zweitausender ein Erdbeben die sogenannte Marienquelle im Stadtzentrum versiegen ließ«, leitete die Sprecherin die Sendung ein. »Siebzehn wirtschaftlich schwierige Jahre später förderte ein Zufallsfund kürzlich wieder Heilwasser zutage. In der heutigen Sonderausgabe von ›Wir an Rhein und Mosel‹ möchte ich mit drei engagierten Villrathern darüber sprechen, was diese Entdeckung bedeutet und wie eine Stadt neues, altes Potenzial wiederzubeleben gedenkt. Ich begrüße Martin Ferber, den Villrather Bürgermeister, sowie Vera Beutel und Luise Engelhardt.«

»*Die?* Die ist auch dabei?« Bärbel setzte ein dummes Gesicht auf.

»Pscht«, machte Hotte streng.

Ferber war dran, mit Zahlen: wie viele Übernachtungen

von außerhalb in Villaths bestem Jahr, 1989, gezählt worden waren; wie viele Arbeitsplätze direkt und indirekt mit dem Tourismus verbunden gewesen waren, Bauprojekte, die die Stadtverwaltung für die Neunziger und ganz besonders die Nullerjahre geplant hatte, die dann jedoch nicht hatten verwirklicht werden können.

»Die alten Kamellen«, brummte Kurti.

Der Bürgermeister schloss mit seinem Bericht in der Gegenwart. Leerstand, Wegfall von Jobs, Ausblutung, allmähliche Überalterung der Bevölkerung und so fort.

»Dazu hätte ich auch was sagen können«, fand Kurti.

»Jetzt lass, wir wollen zuhören«, ging ihm Hotte dazwischen.

»Herr Ferber. Die Sache mit der sogenannten Überalterung kann man auch anders sehen.« Die Stimme, die sich einmischte, knarzte vor Stolz. Die Engelhardt. »Es ist kein Zufall, dass in Villrath so viele alte Menschen leben«, fuhr sie fort. »Meine Generation wurde nicht nur mit dem Marienwasser getauft; es stand über Jahrzehnte kostenlos für jeden zur Verfügung; wir haben es für alles benutzt, trinken, kochen, waschen. Wir Villrather Kinder sind mehrmals am Tag mit dem Eimer losgelaufen. Ein Jungbrunnen, haben wir in der Familie immer gesagt.«

Kurti brach in Gelächter aus und schlug sich auf die Schenkel. »Die Schrulle!«

»Recht hat sie doch«, fuhr Bärbel ihn an, »das Wasser hatte Heilkräfte.«

»Besitzt denn die wiederentdeckte Quelle überhaupt verwertbares Potenzial?«, wollte die Radiosprecherin wissen.

»Es sind erfolgreiche Messungen durchgeführt worden«, antwortete Ferber maschinengewehrartig. »Die Analysen zeigen, dass der Mineraliengehalt ähnlich hoch ist wie an der alten Austrittstelle. Das Wasser eignet sich also in der Tat für Kurbehandlungen.«

»Nur die Stadt selbst eignet sich sozusagen noch nicht, wenn ich das richtig verstanden habe. Für den Kurtourismus?«

»Das ist korrekt. Das ist jetzt unsere Aufgabe. Vielleicht die größte, vor der wir hier je gestanden haben«, sagte Ferber.

»Heul doch«, Hotte verzog den Mund.

»Frau Beutel, an dieser Stelle kommen Sie ins Spiel. Sie haben gemeinsam mit der Stadt die Tradition der Villrather Nixe wiederauferstehen lassen, da Sie dieses Amt zuletzt innehatten. Was macht so eine Nixe?«

»Als Nixe repräsentiere ich die Villrather Gastfreundschaft«, war jetzt die Stimme der Mutter zu hören. »Um im Tourismus wieder wettbewerbsfähig zu werden, braucht die Stadt Geld. Daher müssen wir Investoren auf uns aufmerksam machen …«

Sie sprach noch eine Weile weiter, doch Johannes vergaß, auf den Inhalt zu achten. Sie klang komisch, wie ein Leierkasten.

»Frau Engelhardt«, sagte die Sprecherin, »und was konkret erhoffen Sie sich als Gewerbetreibende von den bevorstehenden Monaten?«

»Ich? Nichts. Ich werde meinen Salon ja demnächst in andere Hände abgeben«, es war hörbar, dass sie lächelte.

»Vielleicht sollten Sie diese Frage besser meiner Betriebsnachfolgerin stellen, Frau Beutel hier.«

Bärbel stellte ihr Bierglas so ruckartig ab, dass der Schaum überschwappte und ihre Hand heruntertroff. »Ist das ein Witz?«

Die drei sahen Johannes an.

8.

Fünfundzwanzig Tage nach der Entdeckung. Mittwoch.

Vera wurde wach. Dem Stand der Sonne nach zu urteilen, war es früher Nachmittag. Rolfs Seite des Bettes war leer. Respekt. Anscheinend hatte er es geschafft, pünktlich aufzustehen und zur Arbeit zu fahren, nachdem sie um kurz vor drei in der Nacht noch auf die Idee mit Tequila, Salz und Zitrone gekommen waren. Scheiß drauf, hatte sie gedacht. Jetzt war ihre Zunge wie mit Schmierseife überzogen, der Schädel dick. Besser, sie wartete noch eine Weile mit dem Frühstück. Vera fand die Pantoffeln unter dem Bettgestell, pickte ihre Kleider auf, die verstreut im Zimmer lagen. Versuchte, den Vorabend Revue passieren zu lassen, sich an Einzelheiten zu erinnern: ihr Gedruckse im Rundfunkstudio, nachdem die Engelhardt die Bombe hatte platzen lassen. Ferber, der geglotzt hatte wie ein Rindviech. Der Anruf des Dicken, als sie schon wieder im Auto gesessen hatten. Er hatte die Sendung in seinem Heimzimmer verfolgt, hatte ihr gratuliert, dass die Alte es anscheinend ernst meinte, wenn sie es so öffentlich herausposaunte. In Villrath angekommen, hatte Ferber erst die Engelhardt, dann Vera abgesetzt, sich bärbeißig verabschiedet, wohl weil er nicht eingeweiht gewesen war in die Wendung, die sein sorgfältig angeleierter Termin genommen hatte. Nervös war sie ins Stübchen, in einen leeren Schankraum gestolpert; leer bis auf Johannes, weil Kurti, Hotte und Bärbel nach Hause gegangen waren. Ungewöhnlich früh und ohne ihr etwas ausrichten zu lassen, weder Gratulation noch Grüße. Sie konnte sich denken, wo der Hund begraben lag. Aber sollte sie sich vielleicht dafür entschuldigen, dass sie bislang nichts verraten hatte? Dass sie niemanden neidisch hatte machen wollen, weil es so etwas wie eine Perspektive gab bei ihr, endlich mal?

Schön. Sie hatte ihre Pläne auch für sich behalten, weil sie es nun mal so wollte. Hatte sich vor der Art Fragen gefürchtet, wie der Dicke sie anfangs gestellt hatte. Nichts erklären wollen. Sie wusste, sobald man anfing, sich für etwas zu rechtfertigen, gehörte es einem schon nicht mehr ganz, verlor man nach und nach die Kontrolle darüber. Erst jetzt dämmerte ihr, was die Engelhardt gestern mit ihrem Überraschungsangriff bezweckt hatte: Die Alte hatte ihr auf den Zahn fühlen wollen. Um sicherzustellen, dass auch wirklich Hand und Fuß an der Sache war; mit dem Ergebnis, dass Vera live im Radio den Kauf des Salons angekündigt hatte. Gerissen war das Biest, das musste man ihr lassen. Und ganz Villrath wusste nun Bescheid.

Am Waschbecken trank Vera große, eiskalte Schlucke aus dem Hahn, suchte in Rolfs Kommodenschubladen nach Aspirin, Ibuprofen. Nichts. Ferber hatte zumindest immer einen kleinen Vorrat gehabt, in der Jackentasche oder im Handschuhfach. Einmal sogar einen Joint, mit dem waren sie in den Kurpark gegangen, hinters Gebüsch. Hatten sich einen Spaß daraus gemacht, die Kaninchen zu erschrecken. Sie hatte ein paar Mal versucht, auch Rolf zu Blödsinn zu überreden, ohne Erfolg.

Vera öffnete das Fenster und lehnte sich weit hinaus, die frische Luft war angenehm. Unter ihr lag die Promenade grau und leer. Sie stellte sich vor, wie im nächsten Sommer Kurgäste dort unten entlangmarschieren würden, eine plappernde Prozession auf dem Weg in den Wald zur Quelle, ihre Willkommenskrüge vor sich hertragend wie heilige Reliquien. Wenn bloß die Engelhardt die Alten und die Alten den Stadtrat davon überzeugen konnten, dass das Kurhaus so schnell wie möglich verkauft werden musste. Wenn bloß im Gutachten für das Stübchen eine Summe stünde, die den Salon und den Kreuzweg abdeckte. Sie wollte das Fenster schließen, als sie ganz in der Nähe so etwas wie ein Weinen, ein Jammern wahrnahm. Ein Kind. Oder ein Tier? Das Jammern wurde spitzer, klang schmerzerfüllt. Nichts zu sehen. Doch das Geschrei schien von schräg unten, direkt aus ihrem Hof zu kommen.

Sie fand den Kater der Engelhardt in einem Spalt zwischen Mülltonne und Hauswand; erkannte ihn an seinem grünen Halsband. Er schien mehr tot als lebendig. Vera packte ihn am Nacken, zerrte ihn hervor, er stieß einen schrillen Protestschrei aus, aber ließ es geschehen. Sein

Kiefer, der seltsam lose am Kopf befestigt schien, verteilte blutige Schmiere auf dem Ärmel ihres Bademantels. Durch ein pfenniggroßes Loch waren sein blasses Zahnfleisch und die spitzen Zähnchen zu sehen. Vera drückte das Tier fest an sich und trat zurück ins Haus, ließ Wasser in eine Schale laufen. Doch der Kater schaffte es nicht, aus eigener Kraft zu trinken. Sie benetzte ihren Zeigefinger. Er leckte die Tropfen ab, nach wenigen Augenblicken erschöpft. In dem Zustand konnte sie ihn unmöglich nach Hause bringen, die Engelhardt erlitte einen Herzinfarkt. Oder, schlimmer, nähme das Ganze als eine Art böses Omen, verquer, wie sie war. Was wohl mit dem Kater passiert war? Nach einem Zusammenprall mit einem Auto sah es nicht aus. Maden waren keine in der Wunde, allzu lange konnte er also noch nicht in dem Zustand sein. Grund zur Hoffnung, dass der Tierarzt den Burschen richten konnte. Eiter absaugen, die Wunde mit Nadel und Faden flicken, ein Antibiotikum spritzen. Was übrig bliebe, wäre nicht mehr schön, ein zerdelltes, vernarbtes Ungeheuer, weit unten in der Villrather Katzenhierarchie. Aber wenigstens am Leben. Der Kater maunzte gequält, erriet ihre Gedanken. Dass er ihr bloß nicht aus Trotz noch ins Gras biss. Vera tauchte erneut den Finger ins Wasser, doch er war zu schwach für einen neuen Versuch. Sie googelte nach der Nummer der nächsten Tierarztpraxis. Diese öffnete wieder um fünfzehn Uhr. Es war zu hoffen, dass die Engelhardt sich an der Rechnung beteiligen würde.

Ein Klopfen an der Vordertür.

»Geschlossen!«

»Ich bin's, Hotte.«

»Auch für dich!«

»Aber wir müssen reden, wegen gestern.«

Vera breitete ein Küchenhandtuch auf dem Boden aus und legte den Kater darauf, dann stampfte sie zur Tür und schloss auf. Hotte stand da, in Unterhemd und Filzslippern, er stützte sich auf Dolces Buggy.

»Siehst schlecht aus«, sagte Vera.

»Konnte nicht schlafen. Wegen eurer Sendung da.« Er klang vorwurfsvoll und sah auch verdammt so aus.

»Ich hätte es euch schon zur rechten Zeit erzählt.«

»Kann man hinterher immer sagen.«

»Ich weiß. Tut mir leid.«

Hotte brummte. Er drückte sich an Vera vorbei, stellte den Buggy ab und ließ sich mit einem Seufzer am Tresen nieder. »Mach mir erst mal ein Bier.«

Sie zapfte, stellte ihm das Glas vor die Nase. Der Engelhardt-Kater begann wieder zu japsen.

Hotte reckte sich über den Tresen und begutachtete das Bündel auf dem Handtuch. »Hast'n dir da eingetreten? Sieht ja schlimm aus.«

»Egal jetzt.«

Hotte nahm Dolce aus dem Buggy und drückte ihm einen Kuss auf den Kopf, vergrub die Nase im Fell. Dann ließ er ihn vorsichtig zu Boden, wo der Hund ziellos hin und her wackelte, am Kater schnüffelte.

»Also, Johannes hat gesagt, es stimmt, dass du den Salon von der Engelhardt übernimmst. Dass du mit der was abgemacht hast. Und Bärbel meint, du machst dann hier bestimmt Schicht im Schacht … aber das ist Quatsch, oder?«

Er blickte an ihr vorbei, mit einem Ausdruck, der Vera verriet, dass er die Antwort sehr wohl kannte.

»Hotte …«

Er nickte tonnenschwer, hob immer noch nicht den Blick. »Gut. Aber Bärbel und ich – wir sind doch irgendwie zuhause hier, nicht? Ich hab mir gedacht, dass du doch das Stübchen an uns verpachten könntest. Wir würden es schon am Laufen halten. Nächstes Jahr soll's doch losgehen mit den Touris.«

Vera seufzte. »Ich kann nichts verpachten, Hotte. Ich hab einen Käufer. Für das Stübchen, für das ganze Haus, für alles.«

Er blickte tranig in sein Bier. »Es ist eben … wo soll ich dann hin?«

In andere Kneipen, wollte sie antworten. Nur, dass Hotte noch mal an einem fremden Tresen in Villrath andockte, war zu Recht schwer vorstellbar. Stammgast werden war Arbeit wie jede Karriere. Aber was erwartete er denn von ihr?

Dolce auf dem Boden umkreiste den Kater. Er knurrte.

»Hol den mal da weg«, sagte Vera zu Hotte, doch im selben Moment schnappte der Hund bereits nach dem Bauch des Katers und verbiss sich darin.

Dieser zerfledderte Bursche. Bäumte sich tatsächlich auf. Mit einem Resthass, aufgespart für Momente wie diesen, wenn nichts mehr zählte, also alles. Japsend schlug er Dolce die Krallen ins Gesicht, blieb in dessen zähem, alten

Fleisch stecken. Der Hund antwortete in ohrenbetäubender Frequenz, ein Schrei, als bohre sich eine Nadel in den Gehörgang. Hotte sprang polternd auf, Vera hievte sich auf den Tresen, schwang die Beine über die Platte. Gemeinsam griffen sie in das Knäuel, vier Hände, acht Beine und zwei Schnauzen, Kater und Hund keiften und röchelten und spuckten, Vera spürte Zähne ihre Haut ritzen, spürte heißen Glibber und Speichel; sie packte zu, etwas knirschte widerwärtig und fürchterlich endgültig. Endlich pressten sich Hottes Finger zwischen Dolces Kiefer und zwangen sie auseinander, mit einem Ruck riss er ihm das Maul auf, winzige Tröpfchen Blut spritzten in alle Richtungen, der Engelhardt-Kater knallte zu Boden. Ein tiefer Riss klaffte in seinem Bauch. Das Fell hing in Fetzen rings um die Stelle, Darm wand und schlang sich feucht glänzend heraus. Vera wurde schlecht. Drüben stand Hotte mit Dolce im Arm. Er starrte entgeistert. Aus dem linken Auge des Hundes troff graue Suppe. Hotte brauchte ein, zwei Sekunden, bis er begriff. Dann brüllte er.

*

Es war ruhig gewesen in der Nacht, nichts Verdächtiges, doch Ruhe konnte natürlich trügerisch sein. Um nicht zu sagen: alarmierend. Volle Absicht, um ihn in Sicherheit zu wiegen. Wer auch immer dahintersteckte, testete ihn aus, hoffte, dass Kamps sich früher oder später zurückzöge. Aber darauf hatte er eine Antwort parat. Mit Erfolg hatte er sich zusammengerissen und die Wache bis halb sechs in der Frühe durchgehalten. Dann seinen Rundgang gemacht, die Katzen gefüttert und sie gezählt: neunundzwanzig. Beim zweiten Mal, zur Kontrolle: einunddreißig. Auch gut. Er gähnte und spülte die Futterschüsselchen sorgfältig eins nach dem anderen, sortierte sie zum Abtropfen ins Gestell. Ließ das warme Wasser noch einige Sekunden lang über seine Hände laufen. Es tat gut. Seit kurzem bildete er sich ein, dass seine Fingerspitzen taub wurden, aber das Gefühl dauerte immer nur ein paar Augenblicke und verflüchtigte sich so schnell, wie es gekommen war. Ähnlich ging es ihm manchmal, wenn er aß und sich konzentrieren musste, um etwas zu schmecken. Als testete sein Körper, welche Funktionen schon einmal eingespart werden konnten. Kamps sah auf seine Nägel. Sie hatten graue Ränder. Das war ihm früher nicht passiert. Er suchte nach der Nagelbürste, erinnerte sich daran, dass sie, zusammen mit den anderen Putzutensilien für das Grab, im Handwagen lag. Er musste eine zweite kaufen. Er stellte das Wasser ab.

Im Wohnzimmer setzte aus dem Fernseher die Titelmelodie des Frühstücksfernsehens ein. Angelika hatte das immer sehen wollen, wegen des Boulevardteils mit den Promis. Hatte angefangen, sich für Schauspielerinnen und Kronprinzen zu interessieren, die englische Hochzeit geguckt, Kamps hatte nicht dazwischenreden dürfen. Das war, als fast keiner mehr zu Besuch kam, sie alles Neue aus Villrath nur noch aus dem Lokalblatt erfuhr, wenn überhaupt; sie den Kopf waagerecht hielt und Hilfe brauchte mit der Schnabeltasse. Sie sei nicht böse, hatte sie gesagt: »Die Leute haben ihre eigenen Probleme. Es mag nicht jeder so was sehen.« Kamps hatte sie wütend in den Rollstuhl gesetzt und die Decke über ihren Beinen festgestopft, hatte Angelika die Hauptstraße hoch- und runtergefahren, gedacht: Jetzt müssen sie schon die Jalousien runterlassen.

Er legte sich hin. Träumte von einer Hand, die sein Gesicht berührte. Auf seiner Stirn liegen blieb, wie um nach seiner Temperatur zu fühlen. Wie wohl ihm augenblicklich wurde. Als er aufwachte, fühlte er sich frisch.

Jemand lachte. Eine hohe Stimme, eine, die er nicht kannte. Kamps trat ans Küchenfenster. Sein Tor zur Straße hin stand offen. In seinem Garten saßen zwei junge Frauen. Beide hatten sie bunte Haare, die eine sogar Metallknöpfe im Gesicht und einen Ring durch die Nase. Sie hatte eins der Kätzchen auf dem Schoß. Kamps stolperte in den Flur und riss die Haustür auf.

»Was machen Sie da?« Seine Stimme überschlug sich krächzend.

»Entschuldigung!« Die ohne Metall. »Wir spielen nur.«

Sie wurde rot. Immerhin. Die andere dagegen ließ sich nicht stören, fing ein anderes Kätzchen ab, das gerade zum Sprung über ihre ausgestreckten Beine ansetzte. Als sei Kamps überhaupt nicht da. Als habe sie persönlich etwas mit seinen Katzen zu schaffen.

»Runter von meinem Grundstück, bevor ich die Polizei rufe!«

Die Mädchen sahen sich an.

»Entschuldigung. Wir haben nicht nachgedacht. Wir haben einfach die Katzen hier herumlaufen sehen … Sind das alles Ihre? Sind Sie vom Tierschutzverein?«

»Das geht Sie gar nichts an.«

»Wir wollten wirklich nur mit denen spielen.«

Endlich bequemten sie sich dazu, aufzustehen.

Kamps sah von einer zur anderen. »Also, das geht jedenfalls nicht. Einfach so bei fremden Leuten reinmarschieren.«

Einen Moment standen sie einfach da, die Mädchen im Garten, er auf dem Treppenabsatz, die Türklinke in der Hand. Die ohne Metall kratzte sich verlegen am Ellbogen.

»Ja, okay. Tut uns leid. Aber … kann ich vielleicht mal bei Ihnen aufs Klo? Es wäre echt dringend.«

Kamps schnaufte.

Sie war von hier, gebürtig sogar, sie sagte, dass sie Ela heiße und auf die Schule im Fliederweg ginge. Die andere stellte sich als Teddy vor, ein Händedruck wie ein Mann. Sie studierte etwas, das sie Englisch aussprach und das Kamps weder verstand noch hätte wiederholen können. Im Moment, erzählte Teddy, wohne sie im Umweltcamp im Wald.

»Da oben«, sagte Kamps, während er Kaffee aufsetzte, »haben Sie da denn Wasser und Strom?«

Teddy schüttelte den Kopf. »Nein. Aber das ist nicht schlimm, wir kommen schon klar.«

Er grunzte verständnislos. Nahm Tassen und Untertassen aus dem Schrank, das Milchkännchen und die Zuckerdose; öffnete die Tüte mit der Nussmischung und leerte ihren Inhalt auf eins der guten Tellerchen, die er zu Weihnachten benutzte.

»In letzter Zeit gibt's hier viel Geschmiere«, sagte Kamps, als alles auf dem Tisch stand. »So bunte Bilder, mein ich. Vor allem in der Altstadt. Hier gehen Gerüchte, Sie hätten was damit zu tun. Stimmt das?«

»Ja«, antwortete Teddy schlicht.

»Ich hab jeden gekannt, der früher in Villrath ein Geschäft hatte. Denen hätte nicht gefallen, was Sie machen.«

»Aber die Leute haben ihre Läden ja aufgegeben. Wir schaden niemandem.«

»Geht ums Prinzip«, sagte Kamps und goss ihnen Kaffee ein.

»Sie müssen das mehr als Protestkunst sehen.«

»Als was?«

»Protest. Dagegen, dass die Bahn ihre Trasse durch den Wald baut.«

»Die haben doch aufgehört. Wegen der Quelle.«

»Vorläufig nur. Die können jederzeit wieder anfangen. Noch sind wir nicht am Ziel.«

»Sie müssen doch auch dafür sein, dass der Wald erhalten bleibt«, mischte sich Ela ein und sah Kamps kritisch an. »Dafür, dass die Natur nicht zerstört wird.«

Kamps machte eine flatternde Handbewegung. »Das ist nun wirklich nicht meine größte Sorge. Sondern dass man sich für die Stadt schämen muss. Dass man sich hier nicht mehr sicher fühlen kann. Wissen Sie, die Diebstähle, den Müll und alles, das hat es früher nicht gegeben.« Er wurde lauter. »Gucken Sie sich mal den Friedhof an. Da wird nichts gemacht, man wird als Bürger alleingelassen und sogar noch verhöhnt!«

Er stieß die Luft aus den Nasenlöchern. Endlich saß da einmal jemand, der ihm zuhörte. Ihm wurde warm, das kam vom Zorn, der sich bereitwillig hatte entfachen lassen; das Glutnest in seiner Brust, das auf einen Moment wie diesen gewartet hatte. Kamps nahm sich eine Handvoll Nüsse und biss krachend darauf. Für eine Weile war nur das Mahlen seiner Zähne zu hören. Dass die da immer zu wenige Mandeln reintaten, dachte er; das war auch so eine Art Betrug. Er sah dem Kätzchen zu, mit dem Teddy vorhin im Garten gespielt hatte und das es sich jetzt in der Altpapierkiste neben dem Geschirrschrank gemütlich gemacht hatte, döste. Manchmal wünschte er sich, auch ihn würden die Dinge nichts angehen.

Teddy sah Ela an und machte eine Bewegung mit dem Kinn, formte lautlos ein paar Worte mit den Lippen. Die Mädchen steckten die Köpfe zusammen, verschwanden hinter einem Vorhang aus struppigem, buntem Haar. Sie wisperten. Endlich schienen sie sich, auf was auch immer, geeinigt zu haben.

»Wie fänden Sie das, uns ein paar Fragen zu beantworten? Zu Villrath und wie Sie hier so leben«, fragte Ela.

»Wieso das?«

»Für den Blog«, sagte Teddy, »den vom Camp. Da dokumentieren wir, was wir machen. Das mit den Graffitis, die Mahnwachen und so. Eigentlich alles, was um den Wald und die Bahntrasse so passiert.«

»Was für ein Block?«

»Das ist im Internet. So eine Art Tagebuch. Das ist öffentlich, jeder kann es lesen.«

»Ich hab kein Internet.«

»Brauchen Sie nicht dafür.«

»Und wozu soll das gut sein?«

Teddy setzte die Ellbogen auf dem Tisch ab. »Na, eine Hand wäscht die andere. Die Leute hier mögen uns nicht, die verstehen nicht, was wir machen. Was uns helfen würde, wäre ein Fürsprecher aus der Bevölkerung. Wenn Sie das übernehmen, finden wir sicher auch noch Platz, dass Sie die Missstände ansprechen können, die Sie so wütend machen.«

Kamps überlegte. Gegen den Baustopp an der Quelle hatte er nichts. Auch nichts *dafür*, da die Beseitigung der desolaten Zustände in Villrath in jedem Fall Vorrang hatte. Doch er hatte wohl kaum Zeit, um auf eine bessere Option zu warten, und der Tauschhandel erschien ihm fair. Vielleicht konnten die jungen Leute tatsächlich etwas ausrichten, stark, laut, agil wie sie waren und dadurch so gut zu allem passten, was er im Herzen fühlte. Kamps dachte an die Kopien all der Briefe im Keller, die er an den Bürgermeister geschickt hatte. Er würde sich nicht lumpen lassen. Die besten Argumente hervorholen und noch einmal zuspitzen. Das hatte dieser Ferberbube davon.

»Gut«, sagte er. »Ich werde mir dazu Gedanken machen. Kommen Sie heute Abend noch mal wieder, wenn es nicht so heiß ist. Ich bin etwas müde.«

Teddy nickte. Sie deutete auf das Kätzchen in der Kiste. »Darf ich ihn mitnehmen, nur für ein paar Stunden? Ich bringe ihn auch wieder zurück.«

»Ist eine sie.«

»Darf ich?«

Kamps lehnte sich zurück. »Wie viele sind Sie eigentlich, da in Ihrem Waldlager? Ich brauch Hilfe auf dem Friedhof.«

»Wir sind dreißig, ungefähr.«

»Und Sie haben auch ein paar kräftige Männer dabei?«

»Ja, schon.«

Kamps sah vom Kätzchen zu Teddy und wieder zurück. »Kommen Sie mit denen vorbei, um sieben. Die Kleine bringen Sie dann wieder mit. In Ordnung?«

Er begleitete die beiden bis zur Straße, verabschiedete sich. Setzte sich in den Garten, drehte das Gesicht zur Sonne und schloss die Augen. Das Licht leckte wohlig und warm über seine Lider. Nach wenigen Augenblicken vernahm er eilige Schritte auf dem Gehweg. Hatte er doch gewusst, dass das Kätzchen nicht von fremden Händen fortgetragen werden wollte; dass es jammerte, kratzte und biss. Es war einfach noch zu klein. Hier war nun einmal sein Zuhause, waren seine Geschwister, war Kamps. Er hatte es gut gemeint mit dieser Teddy, doch am Ende entschieden die Katzen eben selbst. Kamps öffnete die Augen.

»Tag, Julius.« Luise stand vor dem Tor, mit hochgezogenen Schultern. »Entschuldige, dass ich ohne Einladung komme, aber … ist Mäxchen bei dir?«

»Wer?« Kamps, der sich mit einem Satz von seinem Klappstuhl erhoben hatte, konnte ihr nicht ganz folgen.

»Mäxchen. Mein Kater. Der ist weg, und ich dachte, er ist vielleicht hier«, sagte sie heiser.

»Ach so«, sagte Kamps und schluckte, »nein.«

Luise nickte. Es musste sie Überwindung gekostet haben, zu ihm zu kommen. Wie sie dastand, wirkte sie wie zerbrochen. So hatte er sie noch nie gesehen, und er spürte, wie seine Feindseligkeit heftig mit seinen Gewissensbissen rang. Kamps entschied, dass es jetzt die beste Strategie war, den Versöhnlichen zu geben. Sicher war sicher.

»Warum kommst du nicht rein?«

Sie wirkte überrascht, doch kam seiner Aufforderung nach. Schnell räumte Kamps die benutzten Tassen vom Küchentisch, setzte frischen Kaffee auf und schob Luise seinen Stuhl zurecht, setzte sich selbst auf den von Angelika. Mit einem Ächzen nahm Luise Platz. Ja, nun, begann sie. Ihr Kater sei seit einigen Tagen nicht nach Hause gekommen. Nun weinte sie doch, es war ihr anzusehen, dass sie sich dafür schämte. Kamps nickte verständnisvoll, griff nach den Kleenex und reichte ihr eins.

»Dass ich ausgerechnet in deiner Küche lande«, sagte Luise kopfschüttelnd, tupfte sich die Augen und lächelte mit hartem Mund.

»Sagen wir, es ist von Katzenliebhaber zu Katzenliebhaber«, entgegnete Kamps.

Sie nickte. Das schien ihr einzuleuchten.

Er schlug vor, was er sich in der Zwischenzeit ausgedacht hatte: riet, Schälchen mit Milch an den Lieblingsplätzen des Katers zu verteilen, zusammen mit einem Stück Stoff oder etwas anderem, das nach Luises Haus roch. Wenn er einen vertrauten Geruch witterte, zeigte er sich womöglich.

»Denn Katzen verstecken sich, wenn sie verletzt sind«, schloss er.

»Du glaubst, dass er verletzt ist?« Sie sah ihn schockiert an.

»Nun«, beeilte er sich zu sagen, »wir werden sehen. Lass uns die Stellen zusammen absuchen. Irgendwo wird er schon auf dich warten.«

»Danke«, Luise schnäuzte sich.

»Lass es uns jetzt machen«, sagte Kamps, »ich habe gerade etwas Zeit.«

Während sie im Flur wartete, ging er ins Bad und setzte sich auf den Toilettendeckel, rieb seine Fingerkuppen über die Hose, bis sie heiß waren und prickelten.

*

Der Engelhardt-Kater hatte den Nachmittag in der Garage verbracht, weit weg von allen Augen und Ohren. Genug Zeit eigentlich, dass sich die Sache von selbst erledigte. Doch als Vera nachsehen ging, quälte er sich immer noch mit dem letzten Fitzel Leben herum, das einfach nicht erlöschen wollte. Eine Stunde später, als der letzte Mittagsgast sich verabschiedet hatte, entschied Vera sich für eine der gusseisernen Pfannen, die hinter dem Tresen als Dekoration hingen, noch von Margot dort platziert. Sie musste die Pfanne mit beiden Händen festhalten, so schwer war sie, sie wickelte ein Stück ihres Ärmels um den Holzgriff, damit er ihr nicht aus den Fingern rutschte. Zurück in der Garage setzte sie einen Fuß auf den Körper des Engelhardt-Katers, damit er stillhielt. Seine Augen verfolgten Vera mit seltsamer Fokussiertheit. Er wusste Bescheid. Armer Teufel. Na. Nicht mehr lang. Vera hob die Pfanne an und schlug sie auf den Kopf des Katers. Es krachte und splitterte heftiger als erwartet, wie ein trockenes Stück Holz, der Kater schrie, die Pfoten zuckten; sie konnte einen Teil des Gehirns sehen, wie frisches Kalbsbries. Immer noch war er nicht tot. Vera holte erneut aus, diesmal sah sie nicht hin, diesmal würde sie es schaffen, es musste doch jetzt endlich so weit sein. Mit aller Kraft. Die Pfanne schlug hart auf, da war nur noch wenig Widerstand, nur so viel wie von einer dünnen Teppichfalte. Vera zog die Pfanne weg. Der Kopf des Katers war flach und eingedrückt, das Hirn hatte sich verteilt, Stücke klebten am Saum von Veras Hose und auf dem rechten Schuh. Die Augen des Katers, eher was davon übrig war, waren milchig und starr wie Glas. Es war vorbei.

Erschöpft setzte Vera sich und zündete sich eine Zigarette an. Auf einmal vermisste sie Hotte. Aber Hotte war nicht da. War nach der Beißerei panisch mit Dolce aufgebrochen. Mit feuchten Augen. Vera überlegte, was jetzt zu tun war. Was jetzt *schlau* war. Den Kater loswerden, damit die Engelhardt keinen Wind von der Sache bekam, so weit, so gut. Aber ihn in die Mülltonne im Hof zu werfen, behagte Vera nicht. Er musste ganz weg, verschwinden, als sei er überhaupt nie da gewesen. Sie suchte im Haus, kehrte mit Peters altem Bundeswehrrucksack und einer großen Plastiktüte zurück, ordnete die Tüte, Öffnung nach vorne, auf dem Boden an und schob den Kater mit dem Spaten hinein, half mit dem Fuß nach. Anschließend stopfte sie das Bündel in den Rucksack und warf es auf die Rückbank ihres Autos.

Sie fuhr im Halbkreis um den Wald herum, bis zu dessen südwestlichem Rand auf der gegenüberliegenden Seite der Stadt. Spaziergänger mit Hunden kamen ihr entgegen, als sie aus dem Auto stieg, darunter Werner, der Waffenmeister des Schützenvereins. Er grüßte. Sein riesiger Hund preschte vor und schnüffelte aufgeregt an Veras Rucksack. Schinkenbrote, sagte sie und hoffte, dass es überzeugend klang. Sie verließ den befestigten Weg und tauchte wahllos, irgendwo, in den Wald ein. Ging, bis der Weg hinter ihr nicht mehr zu erkennen war. Mit einem Stöhnen streifte sie den Rucksack ab, nahm die Plastiktüte heraus und warf sie unter den nächsten Baum.

*

Sie begannen in der Ladenpassage.

»Hier liegt das Mäxchen manchmal unter den Müllcontainern, wenn ihm die Sonne zu prall ist«, sagte Luise.

Sie legte den Fetzen eines Küchenhandtuchs aus, das sie in postkartengroße Stücke geschnitten hatte. Darauf stellte sie ein Plastikschälchen und goss Milch hinein.

»Ein gedeckter Tisch«, kommentierte Kamps, und Luise sah zufrieden aus.

Eine weitere Tränke richteten sie im Hinterhof der Postfiliale ein, die beiden nächsten Stellen im Kurpark. Sahen sie jemand Bekanntes, grüßten sie und gingen rasch weiter. So arbeiteten sie sich durch die Altstadt, dann hinaus, bis in den Vorgarten von Gerkens' Kurti, dessen Esel ans Gatter herantrabten und nach wenigen Augenblicken empört schrien. Wie ihr Besitzer hassten sie Besuch, der mit leeren Händen kam.

Luises Gesicht war gerötet, eine Haarsträhne klebte quer über ihrer Stirn, sie massierte sich den Rücken. »Julius, bitte, mach du, ich komm da heute nicht mehr runter.«

Kamps ignorierte das Ziehen in seinen Bandscheiben, ging in die Knie und richtete das letzte Schälchen unterm Schlehdorn her. Luise half ihm hoch, sie setzten sich zum Verschnaufen auf das wacklige Bänkchen.

Ob er schon an der neuen Quelle gewesen sei.

Kamps schüttelte den Kopf.

»Gibt auch noch nicht viel zu sehen. Aber ich habe das Wasser probiert.«

»Und?«

»Schwer zu sagen. Unter uns, ich glaube, ich kann mich an den Geschmack nicht mehr erinnern«, sie lachte, »das ist das Alter.«

Sie schwiegen einige Augenblicke.

»Du willst gar nichts über mein Interview beim Radio wissen«, sagte Luise auf einmal.

»Ich höre kaum Radio.«

»Ich war bei ›Wir an Rhein und Mosel‹, mit Martin Ferber und der Tochter von der alten Beutel. Die jetzt wieder die Nixe macht.«

»Ferber. Der gefällt mir nicht.«

»Wem sagst du das.«

»Was wolltest du da?«

»Nicht ich. Die wollten was von *mir*. Ich soll helfen, die Senioren in Villrath davon zu überzeugen, dass es wichtig ist, dass der Kurbetrieb wieder losgeht.«

»Und was hast du davon?«

Luise lächelte. »Es ist eine Überraschung. Sie hat mit dem Kreuzweg zu tun. Warte nur.«

Das Spielchen schien ihr zu gefallen. Wieder ganz die Alte.

Kamps sah auf die Uhr. Kurz nach sechs. Sein Magen knurrte. Entgegen seinen Plänen war er nicht im Stübchen gewesen, um sich sein Essen abzuholen.

Luise sah ihn an. »Danke, für heute.«

Kamps brachte ein, wie er an ihrer Reaktion bemerkte, überzeugendes Lächeln zustande.

*

Johannes gähnte, endlich; im Unterricht hatte er es sich den ganzen Vormittag über verkniffen; bloß keine weitere negative Aufmerksamkeit auf sich ziehen, nicht zu diesem Zeitpunkt im Schuljahr. Er sackte in den Sitz und schloss die Augen. Vielleicht konnte er, unbemerkt von Harry, die Fahrt verdösen.

»Ey. Pennst du?«

»Nee«, murmelte Johannes und setzte sich widerwillig aufrecht.

Harry fummelte am Radio herum, schon wieder aufgekratzt von irgendetwas, was Johannes verborgen blieb.

»Wusstest du, dass Briten die beste Musik machen? Viel besser als die Amerikaner.« Er wählte sich durch die einzelnen Sender. »Wir Holländer sind eigentlich auch nicht schlecht. Aber Welthits, na ja. Vielleicht ›You‹. Das ist so ein Lovesong.«

»Aha.«

»Tolles Lied. Deswegen hab ich mir damals das Keyboard gekauft. Das war viel billiger als ein Klavier. Obwohl ein Keyboard viel mehr kann. Mach mal auf hier.«

Harry hielt ihm eine BiFi hin, Johannes pulte die Folie ab und reichte Harry das Würstchen, der es sich seitlich zwischen die Lippen klemmte und ein Auge zusammenkniff. Er sah Johannes an.

»Wer bin ich?«

»Keine Ahnung. Sieht doof aus.«

»Gib dir mal Mühe – wer bin ich?«

Johannes dachte nach, dann fiel es ihm ein: »Popeye!«

Harry nickte zufrieden, nahm die BiFi in die Hand und streckte die Wurst weit nach vorn, bis sie die Frontscheibe berührte.

»Wer bin ich jetzt?«

»Weiß nicht.«

»Doch.«

»Mann, Harry, echt nicht.«

»E. T.«

»Was?«

Harry grunzte. »Das ist ein Klassiker. E. T. nach Hause telefonieren. Guckst du keine Filme?«

Er biss die BiFi in der Mitte durch und schob sich beide Enden in die Nasenlöcher.

»Wer bin ich jetzt?«

Doch er wartete Johannes' Antwort nicht ab.

»Ein Idiot!«, rief Harry, nahm die Wurstenden aus den Nasenlöchern und warf sie Johannes auf den Schoß.

»Du bist eklig.«

Harry gluckste.

Johannes sammelte schweigend die Wurststücke auf und stopfte sie in die Mülltüte im Fußraum. Langsam verschlechterte sich seine Laune. Er hatte heute ohnehin keine große Lust gehabt zu arbeiten, hatte noch Muskelkater vom letzten Mal. Aber er hatte an die Hercules denken müssen. Seit der Begegnung mit den Bikern noch öfter als zuvor, wenn das möglich war. Er wollte sie so gerne wieder anfassen, sie fahren. Sie endlich beherrschen lernen. Wobei, das Wort gefiel ihm nicht. Es klang brutal. Es war doch ganz anders: Er wollte sich Stück für Stück an sie gewöhnen, bis sie wie ein Teil von ihm wäre.

»Du, können wir später noch zu dir fahren?«

»Klar. Aber erst besuchen wir ein paar Freunde.«

»Die, die neulich bei dir waren?«

»Hm?« Harry setzte den Blinker und sah über die Schulter. »Ach so. Ja. Das sind auch Freunde von mir. Aber die kommen zu mir, nicht ich zu denen. Ich mein andere Freunde.«

Er bog von der Landstraße in einen der Forstwege ab.

Auf einer Bank am Waldparkplatz saß ein kleiner Mann mit schulterlangen, roten Haaren; Mitte, Ende zwanzig vielleicht. Er hielt sich kerzengerade, die Beine übereinandergeschlagen. Er wirkte wie jemand, der selbstsicher mit dem Bus oder der Bahn schwarzfuhr, sich wahrscheinlich sogar ärgerte, wenn er nicht kontrolliert wurde. Es verunsicherte Johannes.

Der Mann stand auf.

»Endlich. Wir haben dich schon vermisst«, er klopfte Harry auf die Schulter. »Ich hab noch deine Platte von neulich.«

»Behalt sie«, sagte Harry, und zeigte auf Johannes. »Das ist ein Freund von mir. Wollte sich das gerne mal ansehen bei euch.«

Johannes warf ihm einen Blick zu, den Harry überging.

Der Rothaarige reichte Johannes die Hand. »Schön. Ich bin Chili.«

»Johannes.«

»Bist du von hier?«

»Ja. Aus Villrath.«

Der andere stieß einen Pfiff durch die Zähne. »Das ist ja ganz groß im Kommen.«

Du mich auch, dachte Johannes und zog seine Hand weg.

Hinter Chili und Harry stapfte er über einen ausgetretenen Pfad tiefer in den Wald. Sie kamen an einem Holzregal voller Bücher vorbei, verhängt mit einem durchsichtigen Regenschutz, auf dem mit Edding »Offene Bibliothek« gekritzelt stand. Die Klänge einer Gitarre waren zu hören. Ein Hund bellte, dann fiel ein weiterer ein.

Die Lichtung ähnelte einem Campingplatz. Etwa fünfzehn Zelte in allen Farben kauerten in dichten Grüppchen beieinander wie Pilze. Vor den meisten standen Plastiktische voller Geschirr und Aschenbecher. Im Gras drumherum starre Placken von Kerzenwachs. Während Chili seinen Blick im Gehen kein einziges Mal senkte, das Tempo sogar noch beschleunigte, mussten Harry und Johannes achtgeben, nicht über die vielen aus dem Boden ragenden Heringe zu stolpern. Sie bückten sich unter einer Wäscheleine durch. Zwei junge Männer standen um einen Eimer Wasser und putzten sich die Zähne. Es roch nach Essen, Sägespänen und Plumpsklo. Kurz glaubte Johannes, unter den Leuten einige Gesichter wiederzuerkennen, aber er war sich nicht sicher. Sie erreichten eine flachgetrampelte Fläche zwischen im Kreis stehenden Wohnwagen. In der Mitte saßen etwa zwanzig Leute in Chilis Alter um eine kalte Feuerstelle. Zwei Hunde begrüßten Chili, einer sprang aufgeregt an Harry hoch.

»Erkennst du mich wieder«, stellte er fest und nahm den Kopf des Tiers zwischen seine Hände.

»Dich vergisst man nicht«, sagte Chili und brachte Harry zum Lachen.

Eine Frau stand von der Feuerstelle auf und kam auf sie zu. Sie hatte lila gefärbtes Haar und so viele Piercings, dass ihr Gesicht blitzte und funkelte. Eine kleine Katze lag in ihrem Arm, entspannt und friedlich, so dass Johannes sie fast für ein Plüschtier gehalten hätte. Vielleicht waren das, von Chili abgesehen, ganz nette Leute hier.

Die Frau sah Harry an. »Ich hab Geld«, sagte sie ohne einleitende Worte.

»Machen wir später«, Harry winkte ab. »Erzählt erst mal, was so los ist.«

»Dies, das«, antwortete die Frau, ohne die Miene zu verziehen, und kraulte die Katze; sie schien misstrauisch.

Chili rollte mit den Augen. »*Dies, das.* Warum hast du so einen Stock im Arsch? Die Barrikade war doch in der Zeitung.« Er wandte sich zu Harry und Johannes. »Habt ihr davon gehört? Da, wo die Scheißer ihre Autos abstellen. Die von der Baustelle. Wir haben die ganze Nacht Holz geschleppt, aber hat sich gelohnt.«

Die Frau verpasste ihm einen Stoß. »Mann, Chili!«, zischte sie. »Halt dein Maul! *Ihn da«,* sie warf einen Blick auf Johannes, »kennen wir nicht.«

»Ich bring nur Freunde«, sagte Harry auf einmal und sah die Frau an. »Oder bist du was anderes von mir gewöhnt?«

Er klang fast beleidigt. Die Frau sah zwischen ihm, Chili und Johannes hin und her. Schließlich nickte sie.

»Okay.« Sie reichte Johannes die Hand. »Ich bin Teddy.«

Harry und Chili schienen in einem der Wohnwagen verschwunden zu sein. Johannes setzte sich an die Feuerstelle. In der Nähe übten zwei Frauen eine Choreographie.

Um ihre Knöchel trugen sie Bänder mit kleinen Glöckchen, sie stampften einen komplizierten Rhythmus, fassten sich an den Händen. Ein Mann machte mit. Er trug einen Haarreif mit blinkenden Hasenohren und einen Rucksack, an dem rechts und links kleine Lautsprecher befestigt waren, die er nun einschaltete. Ratternder Techno, der wie selbst zusammengebastelt klang. Die Frauen lachten. Jemand buhte und warf einen kleinen Ast in seine Richtung. Doch der Mann zuckte und zappelte wie angespornt weiter.

Johannes fragte sich, warum er bislang nie hier gewesen war. Er der Mutter geglaubt hatte, dass im Umweltcamp nur Leute seien, mit denen er nichts zu schaffen haben wollte, weil sie Ärger machten. Er fand die Leute hier schrullig, aber okay. Immerhin hatte er zum ersten Mal seit langem das Gefühl, dass er eine Gruppe nicht störte.

Ein Gong erklang.

»Hunger?«, fragte ein Mädchen, das ein paar Meter neben Johannes im Staub saß. »Ach so, du bist neu. Warte mal.« Sie kroch in ein nahes Zelt und kam mit einer Schüssel zurück. »Kannst sie auswaschen gehen«, sie deutete auf eine Regentonne in der Nähe, »Besteck gibt's im Küchenzelt.«

Die Suppe schmeckte gut. Das Mädchen hielt Johannes ein Stück Brot hin, und er riss die Hälfte ab, steckte sich die weichen, warmen Fetzen in den Mund. Jemand hatte die Gitarre wieder hervorgeholt. Während Johannes aß, hörte er den Gesprächen zu, die sich um den Küchenplan drehten und um irgendwas mit Farben oder Farbeimern.

Das Mädchen zu seiner Rechten holte ein zerknittertes Blatt Papier aus der Hosentasche, faltete es auf und legte es sich auf die Knie. Das Bild war mit Buntstiften gemalt. Es zeigte einen Wald, einen Fuchs, ein Reh, Vögel, in der Mitte eine Art blauen Teich oder besser die Villrather Quelle, wie Johannes begriff.

»Schau mal«, das Mädchen wandte sich einer weiteren Frau zu. »Glaubst du, das kann man auf mehrere Meter vergrößern?«

»Hm. Viele Details.«

»Ist das schlecht?«

»Nee. Aber da malst du ja ewig dran.«

»Ja, und?«

»Ich wohn da«, sagte Johannes mitten in die Unterhaltung der beiden hinein und stellte seinen leeren Teller auf dem Boden ab. »In Villrath. Und ich kenn eure Bilder.«

Die beiden fuhren herum. Das Mädchen sah ihm prüfend in die Augen.

»Echt jetzt«, schob Johannes nach, suchte nach seinem Handy. Er öffnete die App und suchte nach #villrathstreetart. »Hier. Die sind von euch, oder?«

Sie beugten sich über den Bildschirm.

»*Du* bist das? Wir haben uns schon gefragt, wer das sammelt. Davon müssen wir Teddy erzählen.« Das Mädchen lächelte ihn anerkennend an und reichte ihm die Hand. »Lu.«

»Fine«, sagte ihre Freundin.

»Johannes.«

Fine stand auf und kam mit drei Flaschen Bier zurück,

die Johannes nacheinander mit seinem Feuerzeug öffnete. Sie stießen an. Einer der Hunde kam näher und begann, mit spitzer Zunge die Reste der Suppe aus Johannes' Schüssel zu lecken.

»Kann ich euch mal was fragen? Ich mag eure Bilder, aber ich versteh das auch irgendwie nicht ganz«, sagte Johannes. »Die Bahn baut ja nicht mehr da, wo die Quelle ist. Wogegen protestiert ihr dann?«

»Die Bahn! Und du traust denen, oder was«, sagte Lu. »Villrath ist doch pleite. Das kam im Radio. Wenn keiner die Bahn ausbezahlt, fangen die eiskalt wieder an. Unsere Arbeit geht jetzt eigentlich erst richtig los. Nicht nur für den Wald, auch für die Quelle. Das kann ein ganz besonderer Lebensraum für viele Tiere sein. Insekten, seltene Frösche. Kannst du nachlesen. Das Camp hat einen Blog, da steht das alles.«

»Aber warum seid ihr hier?«, fragte Johannes. »Warum interessiert euch das alles überhaupt?«

»Wir kennen uns von der Uni, wir sind in Chilis Tutorium. Das hier gehört zu einem unserer Semesterprojekte, sozusagen.«

Hinter ihnen öffnete sich die Tür eines Wohnwagens, Harry und Chili stiegen das kleine Holztreppchen herunter. Chili hielt einen Joint zwischen den Fingern. Er deutete Lu und Fine an, zu rücken, und setzte sich auf den frei gewordenen Platz.

»Habt ihr euch schon kennengelernt?«, fragte er.

»Ja. Das ist Joe«, sagte Fine. »Also, Johannes. Aber ich finde, Joe passt besser, weil …«

»Über die Namen hier entscheidest du aber nicht«, sagte Chili trocken.

Dann hielt er Johannes überraschend den Joint hin. Johannes nahm ihn, aus Trotz, und zog, der Rauch brannte und kitzelte am Gaumen, war stark und beißend. Er nahm noch einen Zug, behielt ihn lange in der Lunge und wartete, bis sich eine erste, warme Taubheit von seinem Kiefer übers Gesicht ausbreitete; reichte den Joint an Lu weiter und sah zu, wie er dann von Fine aus die Runde machte.

»Okay«, hörte er Harry hinter sich zu Chili sagen, »wie besprochen. Ihr ruft mich an. Und vergiss nicht Teddys Anteil.«

Die beiden klopften einander zum Abschied auf die Schultern.

»Johannes!«

Er drehte sich in die Richtung, aus der die Stimme gekommen war, die seinen Namen gerufen hatte. Ela, neben dem Küchenzelt, sie winkte. Sie schien sich zu freuen, ihn zu sehen. Schnell lehnte sie ihr Rad an den nächsten Baum und war mit ein paar Schritten bei ihm.

»Was machst du denn hier?«

Ja. Was machte er denn hier? Johannes zuckte verlegen mit den Schultern. »Bin zu Besuch?«

Harry wandte sich zu Johannes und blinzelte. »Was ist, wollen wir los? Du hast doch bestimmt noch was vor.«

Mit der Hercules fahren. Überhaupt erst mal einen guten Start mit ihr hinlegen. Wenn ihm das gelänge, könnte er bald auf einem der Feldwege hinter Harrys Haus üben. Längere Distanzen probieren. Vor Ungeduld kribbelte es ihn überall. Ausgerechnet jetzt. Wo Ela aufgetaucht war. Er hätte so gerne noch länger mit ihr gesprochen. Sie gefragt, wie das Nachsitzen neulich gewesen war. Aber vielleicht wäre ihr es unangenehm vor den anderen?

»Sorry. Ich …«, sagte er. »Also, ich muss noch was erledigen.«

»Ach. Schade. Du hättest mitkommen können. Wir haben für später noch was geplant, da können wir jeden gebrauchen.«

»Nachbarschaftshilfe«, ergänzte Chili von hinten, der zweifellos davon ausging, dass keine Unterhaltung ohne ihn auskam.

»Du kommst aber mal wieder, oder?«, fragte Ela.

Johannes nickte und lächelte.

*

Sein Abendessen und das der Katzen hatte er gerade so hinter sich gebracht, war noch beim Abwasch, als sie vorfuhren in einem schlammbespritzten Multivan und einem Fiat Panda. Doch richtige Männer waren das nicht, die da ausstiegen, stellte Kamps missmutig vom Küchenfenster aus fest. Eher in die Länge gezogene Jungs. Um das zu kaschieren, trugen sie dichte Bärte, welche Kamps an den Schnauzer erinnerten, den er sich selbst in dem Alter hatte stehen lassen, da er noch mit Ende zwanzig für Angelikas jüngeren Bruder gehalten worden war. Andererseits war er damals schon verheiratet gewesen und hatte einen eigenen Betrieb mit zwei Mitarbeitern geführt. Bevor er dreißig war, waren beide Eltern tot – die Jungen, die vor ihm standen, liehen sich doch von ihren noch Geld. Nun. Wenigstens sahen die Kerls sportlich aus und stellten sich höflich vor.

Teddy trat Kamps ins Sichtfeld. »Sind Sie bereit für das Interview?«

»Später«, sagte er, »erst die Arbeit.«

Teddy murrte nicht. Sie setzte das Kätzchen auf der Erde ab und scheuchte es zu seinen Geschwistern. Es schüttelte sich und lief ein wenig steif los, wie Kamps feststellte. Das kam davon, wenn man so ein Tier stundenlang auf dem Arm herumtrug. Aber er sagte nichts. Er mochte Teddy.

Sie hatten den Friedhof praktisch für sich alleine und kamen gut voran. Womöglich hatte er die Jungs unterschätzt. Nachdem Kamps ein, zwei erklärende Sätze gesagt hatte, hatten sie bloß genickt und sich sofort an die Arbeit gemacht. Er hatte sich darauf vorbereitet, den Vorgang zu überwachen und falls nötig zu dirigieren, doch jetzt schien es, als brauchte er lediglich auf der Bank zu sitzen und abzuwarten. Er entspannte sich. Es wäre angenehm gewesen, die Füße auf dem Handwagen abzustellen, aber er wollte nicht die braunen Verfärbungen der Haut unter dem Hosensaum sehen müssen. Unweit lachte jemand. Ela und Teddy, mit Schweiß auf der Stirn, aber bester Laune. Kamps hatte sie zuhause bei den Katzen lassen wollen, ihnen zwei Korbstühle aus der Garage geholt, weil es für ihn nicht in Frage kam, die Frauen schwere

Elektrogeräte und weiß der Teufel was noch schleppen zu lassen. Doch sie hatten abgelehnt und sich mit Müllsäcken aus Kamps' Küche ausgestattet, klaubten nun eifrig die kleineren Teile, Draht, Plastikeimer, Flaschen mit bloßen Händen auf. Auch die Männer schwächelten nicht. Stattdessen klatschten sie einander ab, wenn sie von der Straße zurückkamen, wie bei einem Fußballspiel. Einer hatte tatsächlich den kaputten Röhrenfernseher aus dem Gebüsch neben der Aufbahrungshalle gezerrt, stemmte ihn jetzt hoch und beugte im Gehen tief die Knie. Nach wenigen Metern setzte er ab, um sein nassgeschwitztes T-Shirt über den Kopf zu streifen. Die Tätowierungen auf seiner Brust glänzten. Diese Mode wollte Kamps nicht verstehen. Zu seiner Schulzeit hatte es eine Phase gegeben, in der die Mädchen sich die Initialen ihres Freundes mit Messer und Tinte in den Arm ritzten. Die hatten geglaubt, damit sei etwas für die Ewigkeit gültig gemacht. Dabei wusste man so jung nichts von Gültigkeit, geschweige denn von Endgültigkeit. Man tat gut daran, das den Alten zu überlassen.

Kamps reckte sich, um Angelikas Grab besser sehen zu können. Vor drei Tagen war er zuletzt hier gewesen, doch es kam ihm vor, als sei der helle Stein bereits wieder mit Schlieren und Staub überzogen. Das Unkraut wucherte trotzig, er hatte es nicht vollständig entfernt, hatte abbrechen müssen, weil ihm Knie und Rücken geschmerzt hatten wie lange nicht mehr, ihm schwarz vor Augen geworden war. Die Nachtwachen zehrten. Anfangs hatte er geglaubt, dass er die vier, fünf Stunden Schlaf, mit denen er seit Jahren auskam, genauso gut tagsüber nachholen konnte, doch das hatte sich als Irrtum herausgestellt. Er ging auf die achtzig zu – wem wollte er etwas vormachen. Doch aufgeben, klein beigeben kam nicht in Frage. Sein nächster Brief an die Stadtverwaltung hätte es in sich. Er würde darauf hinweisen, dass die geplanten Aufräumarbeiten anscheinend von älteren Villrather Bürgern durchgeführt werden mussten. Dabei das Wort »Quelle« unterbringen, so oft wie möglich. Die Dinge kämen noch in Gang, dachte Kamps, jetzt erst recht. Er rieb seine Knöchel.

Eine knappe Stunde später waren sie fertig. So ordentlich war der Friedhof, wenn man vom Unkraut und der schlecht zurückgestutzten Hecke absah, seit Jahren nicht gewesen. Kamps war zufrieden. Er schüttelte den jungen Leuten nacheinander die Hand und bedankte sich.

»Jetzt brauchen Sie wohl was zu trinken, nicht?«

Die Männer und die beiden Frauen trotteten ihm hinterher; zuhause, im Garten, setzten sie sich wie eine Schulklasse im Halbkreis ins Gras, und Kamps schämte sich sofort, dass der Rasen nicht frisch gemäht war. Die Katzen hatten sich weitgehend aufs Nachbargrundstück oder gleich ins Haus zurückgezogen, so viel Trubel waren sie nicht gewöhnt. Er auch nicht. In der Küche stellte Kamps Gläser auf ein Tablett. Elf, zwölf, der Platz reichte kaum. Das Tablett kam oben auf den Servierwagen, die Flaschen nach ganz unten. Drei oder besser vier? Kamps konnte sich nicht daran erinnern, wann er zuletzt so viele Gäste gehabt hatte. Er rumpelte den Servierwagen über die Schwelle der Terrassentür, Teddy sprang auf, um ihm zu helfen.

Er habe leider nur Sprudel.

»Kein Problem.«

Routiniert begann sie auszuschenken. Kamps musste lächeln. Teddy goss auch ihm ein Glas Wasser ein. Er nahm es entgegen und setzte sich in seinen Klappstuhl unter der Tanne. Ela stand auf.

»Herr Kamps. Wir würden jetzt gerne ein paar Fotos und das Interview machen, wenn Sie nichts dagegen haben.«

Kamps nickte.

»Also«, sagte sie und nahm einen Block und einen Kugelschreiber aus ihrer Umhängetasche, »für die Fotos brauchen wir eine ganz typische Situation. Am besten so, als wären wir gar nicht hier.«

»Schön«, erwiderte Kamps, »dann bleib ich hier sitzen.«

9.

Siebenundzwanzig Tage nach der Entdeckung. Freitag.

Die Mittagszeit war gut gelaufen, sehr gut sogar. Seit ›Wir an Rhein und Mosel‹ ließen sich alte Bekannte im Stübchen blicken. Erika vom City Play war da gewesen. Klärchen und Hans. Lampen-Klaus. Sogar die Schreppmann, obwohl das Stübchen nicht ihre Art von Lokal war. Vera war zufrieden. Und wenn es nur die Neugier war, die ihr das Volk zur Tür reinspülte – wegen ihr durfte es so weitergehen. Gegen halb drei hievte Bärbel den Buggy mit Dolce über die Stufe am Eingang. Als wäre sie nie weg gewesen, als hätte Vera nicht eine Nachricht nach der anderen getippt und um ein Lebenszeichen gebeten. Bärbel nahm wortlos am Tresen Platz. Vera zapfte ihr ein Bier. Als Bärbel nicht zugriff, schob sie das Glas näher. Noch näher, nun stand es scharf an der Kante. Dolce schnupperte daran. Bärbel seufzte auf einmal tief, wie aus einem Schlaf erwacht.

Sie sah Vera böse an. »Du hättest es uns sagen können, das mit dem Salon und der Engelhardt!«

»Tut mir leid. Es ging alles sehr schnell.«

Bärbel zog die Nase hoch. »Ja, ja. Es ist, wie es ist.«

Sie drückte den Hund an sich. Ihre Haut war noch fahler als sonst. Das Kinn spitz. Als habe sie seit Tagen nichts Anständiges gegessen.

Vera nahm das letzte Paar Wiener Würstchen aus dem Kühlschrank und reichte sie ihr. Bärbel griff danach und biss ab, lutschte am Fleisch herum und spuckte es schließlich in ein Taschentuch, bis die ganze Wurst als Brei hineingewandert war. Sie hielt das Taschentuch Dolce hin, der begann, den Inhalt aufzulecken. Die Operationsnarbe drückte seine Augenhöhle in einer Art Dauerblinzeln zusammen, als wollte er sagen, halb so wild. Aber Vera wusste, dass das nicht stimmte. Jedenfalls nicht für Bärbel.

Ihr fiel ein, dass es noch jemanden gab, der Hunger haben musste. Sie kratzte den letzten Rest Nudelsalat aus der Schüssel auf einen Teller, fand noch ein frisches Besteckpaar.

»Ich bin gleich wieder da«, sagte sie; Bärbel antwortete nicht.

Mit dem Teller stieg Vera in die erste Etage und klopfte an Hottes Tür, links neben der von Rolf. Nichts regte sich. Wahrscheinlich wollte er niemanden sehen. Als er mit seinen Tüten vor der Tür gestanden hatte, in denen sich Klamotten beulten, obenauf eine hastig hinterhergeworfene Zahnbürste, hatte er nicht großartig fragen müssen. Vera hatte ihm von selbst angeboten, bei ihr unterzukommen, vorübergehend, bis zuhause wieder alles im Lot wäre. Das wird wieder, hatte er gesagt, sich aber vorsichtshalber von Vera zwanzig Euro geliehen. Gefragt, ob der Blumenladen am Bahnhof was tauge. Ganz alte Schule. Vera platzierte den Teller vor seiner Tür, legte das Besteck in eine Serviette gewickelt daneben. Sie sah auf die Uhr. Sie musste los, wenn sie pünktlich im Rathaus sein wollte. Ferber wollte heute die Sache mit Brandt und dem Verkauf des Kurhauses intern vorstellen und hatte sich Rückendeckung erbeten.

Sie kehrte zurück ins Erdgeschoss, wo Bärbel immer noch in derselben Haltung wie vor einigen Minuten saß, lediglich das Bierglas war zur Hälfte leer.

»Komm, trink aus. Ich hab noch was vor.«

»Mitten am Tag Termine, so läuft das jetzt bei dir«, kommentierte Bärbel, halb auf Streit gebürstet, halb resigniert.

Doch sie leerte ihr Glas, packte Dolce ein und verschwand ohne weitere Abschiedsworte durch die Tür.

*

Kamps hatte die Rollos im Schlafzimmer heruntergelassen, sich zum Mittagsschlaf gelegt. Sein Körper schmerzte, inzwischen ein Dauerzustand. Doch es war zu ertragen. Schmerz war immer zu ertragen, dafür hatte Gott ihn gemacht. Kamps zog die Knie an und machte sich klein. In Gedanken sortierte er, welche Aufgaben im Haus und im Garten er später noch erledigen wollte. Er wurde schläfrig. Doch auf einmal war da ein Geräusch, das ihn störte. Ein dumpfes Klopfen, regelmäßig wie das Tropfen eines Wasserhahns. Kamps öffnete die Augen. Luises Kater. Er hatte sich auf dem Haufen getragener Kleidung in der Zimmerecke zusammengerollt und schlug mit dem Schwanz auf und ab. Er war so groß wie der Ziegenbock von Gerkens' Kurti, und sein Blick erfüllte den Raum mit einem samtgrünen Schimmer. Kamps machte die Augen wieder fest zu und verharrte reglos, während sich die Haare an seinen Unterarmen aufstellten. Nach einer Weile erstarb das Klopfen.

*

Ferbers Büro befand sich im dritten Stock des Rathauses; Holzvertäfelung, ein alter Kupferstich von Villrath, dicker Teppich. Durch die Fensterfront fiel der Blick auf das Kurhaus und den Park oder was davon übrig war. Vera mochte das Zimmer nicht. Als Nixe hatte sie sich hier ins goldene Buch der Stadt eintragen dürfen. Eintragen müssen. Hatte die Unterschriften ihrer Vorgängerinnen studiert und sich für ihre eigene geschämt, steil nach rechts geneigte Blockbuchstaben. Der teure Füller hatte getropft.

Ferber saß am kürzeren Ende des Konferenztisches. An den Seiten seine Assistentin Heidrun und ein Mann und eine Frau aus der Verwaltung. Zwei Tischventilatoren summten. Vera schüttelte reihum Hände und setzte sich.

»Gut. Wir sind vollzählig. Dann lasst uns mal anfangen.«

Ferber blätterte in einigen Ausdrucken, er nahm ein Blatt aus dem Stapel. »Wir haben jetzt tatsächlich einen Sponsor für die Nixe.« Er blinzelte Vera zu. »Feinkost Ebert. Die wollen den Villrather Quelltropfen wieder auflegen, mit neuer Rezeptur. Und jetzt kommt das Beste, sie übernehmen die Rechnung für dein Kleid. Kann ich einen Haken drunter setzen, oder?«

Heidrun hob die Hand.

Mein Gott, wie in der Schule.

»Wenn ich was sagen darf. Ist es sinnvoll, die Villrather Nixe für Hochprozentiges werben zu lassen? Ich denke an die Jugendlichen.«

Ferber überspielte den Dämpfer. »Unter anderen Umständen wäre das ein Einwand, den ich zur Diskussion stellen würde. Bloß, wählerisch können wir zum jetzigen Zeitpunkt nicht sein. Aber fragen wir doch Vera. Bist du einverstanden?«

Vera hob die Schultern. »Von mir aus.«

Sie überlegte, ob sich bei der Gelegenheit ein paar Kisten extra raushandeln ließen für das Stübchen, wenn sie schon als Litfaßsäule für so eine Brühe wie den Quelltropfen herumlaufen würde.

»Schön. Da kommen dann demnächst noch ein paar Werbeaufnahmen auf dich zu. Keine Sorge, nichts Schlüpfriges«, Ferber lachte und fand sich gut.

Die Tür öffnete sich. Die Engelhardt, Klärchen und Hans betraten den Raum, gefolgt von Ferbers Sekretärin, die hinter ihnen gestikulierte, einen leicht verzweifelten Ausdruck im Gesicht.

»Entschuldigen Sie die Verspätung, das Rathaus ist groß«, sagte die Engelhardt, »wir haben uns ein wenig verlaufen.« Sie lächelte süffisant. Es tat ihr überhaupt nicht leid, im Gegenteil, sie genoss den Auftritt.

»Tag, Frau Engelhardt«, sagte Ferber und setzte sich gerade hin. »Dies ist eine interne Sitzung. Sie können gern zur Bürgersprechstunde wiederkommen, draußen gibt es ein Infoblatt mit den Zeiten.«

»Da hören Sie's«, sagte Ferbers Sekretärin gereizt in Richtung der Alten.

Die Engelhardt lächelte. »Ich bin sicher, meine Anwesenheit und die der Pfarrgemeinderatsmitglieder wird hier niemanden stören. Davon abgesehen, dass Heidrun davon sprach, dass heute über die Maßnahmen für die Quelle beratschlagt werden soll. Dafür brauchen Sie mich doch, wenn ich nicht irre? Als Sprachrohr für die Senioren?«

Ferber sah Heidrun von der Seite an, sie wurde rot unter ihrer frisch gelegten Dauerwelle. Währenddessen nahmen die drei auf den noch freien Stühlen am anderen Ende des Konferenztisches Platz; die Engelhardt am Kopfende, gegenüber von Ferber.

»Fahren Sie nur fort«, sagte sie und nickte ihm zu.

Ferber ließ seinen Kugelschreiber klicken, räusperte sich. »Nun, wo Sie schon einmal hier sind …«

Die Alte lehnte sich zufrieden zurück, spielte an dem silbernen Kreuz um ihren Hals.

»Also, Punkt zwei. Zum Stand der Verhandlungen zwischen der Stadt und der Bahn.« Ferber sah in den Raum. »Die Bahn prüft nach wie vor die Möglichkeit einer erweiterten Umlegung der ursprünglichen Strecke, so unkompliziert und kostengünstig wie möglich. Sie kommen uns hier sogar entgegen und haben die Forderung einer Kostenteilung, je zur Hälfte, gestellt. Wir sprechen hier aber immer noch von mehreren hunderttausend Euro. Und: Die Frist läuft bald ab. Eigentlich warten sie nur auf eine Reaktion von uns. Andernfalls bauen sie die für sie praktischste Variante, die aber nach wie vor den Wald durchschneiden und das Gebiet für uns unbrauchbar machen würde. Wir müssen ihnen die Zusage für das Angebot geben, und zwar bald. Hätten wir mehr Zeit, würde ich einen Entwicklungsplan erarbeiten lassen und das in Ruhe mit dem Stadtrat diskutieren, aber ein Aufschub ist ausgeschlossen.«

Seine Stirn glänzte. Er nahm einen Schluck aus seinem Wasserglas.

»Kann denn die Landesregierung nicht was machen?«, fragte Heidrun.

»Das ist das richtige Stichwort. Leider. Weißt du, so wichtig, wie die Quelle für uns auch sein mag, sie ist keine … wie heißt das, Kulturstätte oder so. Das Land würde uns möglicherweise finanziell beispringen, wenn sie schon vollständig erschlossen wäre und sich das Anlaufen des Kurbetriebs abzeichnete. Das müssen wir hinnehmen. Daher ja unsere Suche nach Investoren …«

»Astra Luxe hat Interesse, das ist eine Hotelgruppe«, sagte Vera ungeduldig von ihrer Seite des Tisches, um sein Gerede abzukürzen. »Aus Frankfurt.«

»Kannst du nicht warten?«, fuhr Ferber sie an, mit einem Ton, der verriet, dass er ihr am liebsten einen Schienbeintritt verpasst hätte. »Also«, machte er weiter, behielt sie misstrauisch im Blick. »Vera hat recht. Es gibt einen Investor, der sich für Immobilien in Villrath und ganz besonders für das Kurhaus samt Park interessiert. Die Astra Luxe Hotel Group. Die Verkaufssumme der Kuranlage würde die Kosten für die Umlegung der Zugtrasse zu einem großen Teil decken, Stand jetzt. Die Hürde, die wir nehmen müssten, ist die Zustimmung des Stadtrats, letztlich also die der Bevölkerung.«

»Das Kurhaus«, sagte Heidrun, »unser Kurhaus? Nein, also, Martin. Das geht doch nicht.« Sie sah in die Runde, ihre beiden Kollegen nickten zustimmend.

Ferber faltete die Hände. »Eben das meine ich. Ich kann verstehen, dass das ein emotionales Thema ist. Dennoch glaube ich: Der Zustand der Stadt und diese recht einmalige Chance fordern uns zum Handeln auf. Uns läuft die Zeit weg.«

»Was passiert denn dann genau mit dem Kurhaus?«, mischte sich die Frau aus der Verwaltung ein.

»Soll ein Hotel werden. Was nebenbei hervorragend zu unseren Plänen passt, das seht ihr hoffentlich selbst.«

»Mein Mann und ich haben im Kurhaus geheiratet«, sagte Heidrun kummervoll, »als damals noch die Außenstelle vom Standesamt drin war.«

»Findest du den Zustand des Hauses jetzt besser?«, fragte Ferber. »Es ist doch vielmehr eine Möglichkeit, es zu bewahren. Ich kann mir kaum vorstellen, dass die Hotelgruppe an der Fassade etwas macht außer Schönheitsarbeiten.«

Vera unterdrückte ein Gähnen. Warum machte er es so kompliziert? Er benötigte wohl kaum die Zustimmung seiner Mitarbeiter, um eine Abstimmung im Stadtrat zu beantragen. Doch vermutlich scheute er sich davor, sich unbeliebt zu machen, wollte als Held aller aus dieser Geschichte hervorgehen.

Sie betrachtete ihre Fingerkuppen, die Nagelhaut, vom Spülwasser ausgetrocknet und rissig. Wenn sie erst den Salon hätte, würde sie noch mehr mit Wasser hantieren, würde das Problem schlimmer werden. Aber dann würde es sie weniger stören. Sie hätte auch gar keine Zeit dafür. Ein Teil von ihr konnte es kaum erwarten, ein Mensch mit wenig Zeit zu sein. Terminkalender, Kaffeetasse. Mehr wollte sie doch gar nicht. Nur alles, was sie verpasst hatte.

»Was sagen Sie dazu, Frau Engelhardt?« Heidrun erneut. »Unser Kurhaus! Bricht Ihnen das nicht das Herz?«

Quenglerin. Vera rollte mit den Augen.

»Sie meinen, weil ich die Älteste im Raum bin?« Die Engelhardt blickte amüsiert drein.

Heidrun wurde rot.

»Ich kann Sie verstehen«, fuhr die Engelhardt fort, »doch ich gebe Herrn Ferber Recht. Das Kurhaus sieht erbärmlich aus. Obwohl uns die Instandhaltung jedes Jahr eine Stange Geld kostet, soweit ich weiß, und wofür? Es gibt andere Projekte in der Stadt, die genauso wichtig sind, aber wegen des Kurhauses immer wieder verschoben werden.«

»Der Kreuzweg«, ergänzte Klärchen eifrig, es war ihre erste Wortmeldung, und sie schien selbst überrascht, vergewisserte sich mit einem Seitenblick auf die Engelhardt, dass sie das Richtige gesagt hatte.

»Der Kreuzweg«, bestätigte die Alte, »aber nicht nur. Das Pfarrheim braucht ebenfalls eine Renovierung. Und wir planen, einen Besinnungsgarten anzulegen. Wir haben noch viel mehr Ideen gesammelt. Die Liste liegt schon vorne, Herr Ferber, bei Ihrer Sekretärin.«

Es war still.

Ferber hustete, drehte seinen Stift zwischen den Fingern. »Nun ja. Das besprechen wir vielleicht ein andermal«, sagte er schließlich und drehte sich zu Heidrun. »Wegen der Sache mit dem Kurhaus. Ich brauche euch. Es wird viel Arbeit auf uns zukommen. Das schaffe ich nicht ohne das ganze Team.«

Schleimer.

»Aber ich bin doch nicht die Einzige, die so denkt. Ganz bestimmt nicht«, entgegnete Heidrun, doch sie war angezählt, das hatte sie nun auch begriffen.

»Dafür bin ich ja da«, sagte die Engelhardt von drüben. »Der Pfarrgemeinderat und ich werden die Lage den Alteingesessenen erklären, so gut wir können. Wir haben auch Pastor Wittich auf unserer Seite, dafür habe ich gesorgt. Er wird das Thema in seine kommenden Predigten aufnehmen.«

Heidrun sah ihre beiden Verwaltungskollegen an. Die beiden schienen in den letzten Minuten eingeknickt zu sein.

Vera stöhnte und lehnte sich über den Tisch. »Es ist doch ganz einfach. Willst du die Quelle in Villrath haben oder nicht?«

Heidrun wirkte überrascht, aufgrund des unvermittelten Duzens. Gut.

»Natürlich«, verteidigte sie sich, »wollen wir doch alle.«

»Angelegenheit geklärt«, schloss Vera und sah Ferber an, damit er wieder übernehmen konnte.

Er lächelte schief.

»Ich finde trotzdem, dass das ein Schnellschuss ist«, setzte Heidrun noch einmal nach.

»Vielleicht reden wir noch mal unter vier Augen«, bot Ferber an. »Ich möchte dem Stadtrat den Vorschlag jedenfalls demnächst vorlegen. Zum letzten Punkt auf meiner Liste …« Als Überleitung kramte er wieder in seinen Papieren. Kratzte sich an der Brust. »Das Stadtfest. Ich halte es für sinnvoll, die Veranstaltung auf das Thema Quelle und unsere Investorensuche auszurichten. Daher möchte ich Astra Luxe und ihren Vertreter, Herrn Brandt, miteinbeziehen und das Vorhaben schon mal der Bevölkerung vorstellen. Ganz unverbindlich, zwangloser Rahmen.«

»Unverbindlich«, wiederholte Heidrun grimmig. »Du willst eine Werbeveranstaltung daraus machen.« Sie schüttelte den Kopf.

»Wo und wie?«, fragte die Engelhardt über den Tisch.

»Wo und wie es stattfindet? So wie immer, im Kurpark, Sie haben doch bereits einigen Stadtfesten beigewohnt«, antwortete Ferber.

Die Engelhardt überlegte. »Warum nicht gleich im Wald, an der Quelle? Ich bin sicher, Pastor Wittich wird den Dankgottesdienst mit Freude unter freien Himmel verlegen.«

Ferber schüttelte energisch den Kopf. »Nein. Die Planungen für das Fest sind praktisch abgeschlossen. Das ist logistisch nun wirklich nicht mehr möglich.«

»Warum nicht?«, warf Vera ein.

Ferber quittierte ihren Einwurf mit einem tödlichen Blick, doch sie machte weiter.

»Einen besseren Ort als an der Quelle gibt es nicht, nicht in diesem Jahr. Und mit dem Gottesdienst kriegen wir auch die Alten, die würden sonst von der Kirche direkt nach Hause gehen, wie immer.«

Die Engelhardt sah sie skeptisch an.

»Die Senioren«, verbesserte sich Vera halbherzig.

»Der Kurpark ist doch wirklich nicht besonders repräsentativ für unsere Zwecke, Herr Ferber«, fuhr die Engelhardt fort, »vielleicht muss an der Quelle etwas improvisiert werden, aber damit haben wir in Villrath ausreichend Erfahrung, meine ich. Ich würde wirklich sehr, sehr dahinterstehen.«

Ferber sah mit Angriffslust vom einen zum anderen. »Und wer regelt das so kurzfristig mit der Bahn? Dem Zeltverleih, der Musik, den Getränken?«

»Ein fähiger Bürgermeister«, sagte die Engelhardt sanft aus ihrer Ecke und faltete die Hände auf dem Tisch.

*

Aufgaben. Sie existierten, jeden Tag neu, wenn man nur danach suchte. Kamps hatte in der Werkstatt gearbeitet, Ordnungsboxen umetikettiert, ein wackliges Regal repariert. Anschließend die Flecken an seinen Beinen betrachtet und auf ihnen herumgedrückt. Der Traum mit dem Kater hatte ihm noch kurz nach dem Aufstehen im Nacken gesessen, doch er hatte sich in der Zwischenzeit beruhigen können. Rechtschaffene Menschen beschäftigten sich eben viel zu oft mit eingebildeten Verfehlungen, das war die ganze Krux. Kamps ging durch den Garten, öffnete das Tor, verschloss es wieder, rüttelte daran. Sah die Straße hinauf, die Straße hinunter. Niemand. Wie sehr er sich wünschte, mal wieder am Gartenzaun zu plauschen. Nebensächlichkeiten auszutauschen. Die vergangenen Wochen waren anstrengend gewesen, die *Zeiten* waren anstrengend, und er sehnte sich nach so etwas wie Unverfänglichkeit. Sorglosigkeit. Wünschte sich an einen Ort, an dem es das noch gab. Er betrachtete zwei seiner Katzen, die auf der Mauer des Nachbargrundstücks dösten. Nun. Es half ja nichts. Er wusste, es war allmählich an der Zeit, sich die Sache im Wald endlich selbst anzusehen. Sich eine Meinung zu bilden. Auch wenn es ihm nicht gefiel, war es seine Pflicht, sofern er über die Zukunft Villraths mitbestimmen wollte. Und er war es leid, es noch länger hinauszuzögern.

Der Weg war anspruchsvoller, als er ihn in Erinnerung hatte. Angelika und er waren selten im Wald spazieren gegangen, zu viele Touristen; später war sich nur noch schlampig um die Wanderwege gekümmert worden, war es beschwerlich geworden. Zu seiner Überraschung leiteten ihn an den Bäumen befestigte Fähnchen und Wimpel. Etwa alle zweihundert Meter passierte er ein Häuflein künstlicher Blumen und batteriebetriebener Kerzen, an denen Zettel klebten. Er bückte sich, um einen zu lesen. *Baustopp für immer.* Auf einem anderen stand *Kein Kommerz mit der Natur.* Er nahm sich vor, das nächste Mal einen Stift mitzunehmen. Seine Forderungen fänden hier auch noch Platz. Er überlegte sich griffige Formulierungen, während er weiterging. Kaum gelangte er an den Waldparkplatz, roch er das Wasser bereits, wie ein Tier, der Gedanke sagte ihm zu. Ein Sinn, auf den er sich anscheinend noch verlassen konnte. Er stieg bergauf. Am Wegesrand fielen ihm schmutzige Bächlein auf. Die Vorboten der Quelle, als streckte sie die Arme nach ihm aus.

Eine Viertelstunde später trat er auf die Fläche. Platt, alles abgeholzt. Hässlich, eine Mondlandschaft. Unter seinen Schuhen quietschte feuchte Erde. Er blickte nach unten, sah Rinnsale, feingeädert, dann immer breiter werdend, je näher er seinem Ziel kam. Seine Füße wurden allmählich nass. Und zuhause stand ein neues Paar Gummistiefel. Er ächzte. Schließlich war er da. Aha. Ein Loch, in dem es milchig blubberte. Und das sollte Villrath wieder auf die Beine bringen? Wie um diesen Vorsatz zu unterstreichen, hatte jemand unweit Liegestühle aufgestellt, die tief in den Matsch eingesunken waren. Auch ein kleiner Campingtisch mit bereits vollem Aschenbecher stand bereit. Kamps setzte sich. Die Quelle gurgelte aufgeregt, als spürte sie seine Anwesenheit. Als behagte es ihr nicht, begutachtet zu werden, da ihre Existenz am seidenen Faden hing. Hätte sie sich eben nicht derart lange verstecken sollen. Der Stadt, den Bürgern wäre einiges erspart geblieben.

Kamps kratzte sich am Unterarm, fühlte einen bevorstehenden Sonnenbrand. Dennoch wollte er ein wenig dösen; die müden Glieder ausruhen. Er schloss die Augen.

Die Quelle schmatzte.

Kamps suchte sich eine bequemere Position.

Die Quelle gab weiter Laute von sich.

Er öffnete die Augen.

Dass sie unbedingt *davon* anfangen musste!

Er versuchte sich zu sammeln, doch es war zu spät. Seit Luise bei ihm am Gartenzaun erschienen war und nach ihrem Kater gefragt hatte, er sie in sein Haus gebeten hatte, war es schon zu spät gewesen. Er hatte zugelassen, dass ein Notriegel seines Gedächtnisses nachgab, und die Erinnerung an den Tag vor sechzig Jahren schwemmte nun ungehindert bis in den letzten Winkel seines Bewusstseins.

»Wer um Mitternacht aus der Marienquelle trinkt, bleibt für immer gesund«, hatte Luise gesagt und seine Hand genommen, sie fest und schmerzhaft gedrückt.

Ob sie auch ganz sicher sei.

Natürlich. Ihre Großmutter hatte es ihr verraten.

Wer noch davon wisse?

Luise hatte aufgezählt: Kurti, Hans, Egon, Joachim. Und Angelika, weil Kurti den Mund nicht hatte halten können. Treffpunkt an der Kirche, halb zwölf. Kamps solle sein Bett herrichten, dass es aussähe, als schliefe er; sich aus dem Haus stehlen, wenn es so weit sei. Er habe doch keine Angst? Etwa vor Wassergeistern?

Er hatte den Kopf geschüttelt, Quatsch, die alten Geschichten, davon stimme nichts.

Luise hatte den Mund geöffnet, um zu widersprechen, doch er war ihr zuvorgekommen: Halb zwölf an der Kirche. Er werde da sein.

Er hatte versucht, sie zu küssen, war davon ausgegangen, dass er sich das verdient hatte mit seiner Zusage, doch Luise hatte ihm ihre trockene Wange hingedreht wie jedes Mal.

Die Quelle zischte befriedigt, ging dann wieder zu einem lauernden Vibrieren über. Sie forderte mehr, Kamps wischte sich Schweiß von der Stirn.

Von der Kirche zum Kurpark waren sie schweigend gelaufen, hintereinander, Luise an der Spitze, danach Kamps, Kurti, Hans, Egon, Joachim. Zuletzt Angelika. Die Einzige im Bund ohne richtige Schuhe, sondern mit Männerholzpantoffeln. Meine Güte, hatte er gedacht, was die auf dem Pflaster für einen Lärm machte mit ihren Kindersärgen. Was hatte die auch für große Füße.

Luise war stehengeblieben, hatte mit dem Finger auf Angelika gezeigt. »Willst du ganz Villrath aufwecken? Zieh die Klötzer aus.«

»Es ist kalt«, hatte Angelika entgegnet.

»Du ziehst jetzt die Schuhe aus! Oder wir lassen dich zurück.«

Kamps zuckte zusammen, als eine Wespe ihm zu nahe kam. Er schlug nach ihr. Die Quelle gluckerte, duldete keine Ablenkung.

Weiter.

»Wir müssen uns vorher die Hände reichen. Dann warten wir ganz still, bis es auch wirklich Mitternacht ist, und trinken!«

Sie hatten sich im Kreis um den Brunnen gesetzt, Luise hatte ihre Hand in Kamps' rechte geschoben, Angelika die ihre in seine linke. Ein Geruch nach warmer Kuhmilch war von ihrem Körper ausgegangen, er hatte sie sich vorgestellt im elterlichen Stall: wie sie melkte und Kälber fütterte, morgens um vier, wenn er noch schlief. Sein Blick war auf ihre nackten Füße gefallen. Eine Erkältung würde sie sich holen.

»Was ist eigentlich, wenn Gott für uns nicht bestimmt hat, dass wir für immer gesund bleiben?«, hatte Angelika in das feierliche Schweigen gefragt.

»Wir hatten abgemacht, dass wir still sind«, hatte Luise gezischt.

»Aber Pastor Krumscheidt sagt doch, Gott entscheidet alles für uns, und wir müssen uns seinem Willen beugen.«

»Das ist nicht ganz falsch«, war Kamps Angelika beigesprungen.

»Meine Großmutter lügt nicht«, hatte Luise sich verteidigt, »es ist alles wahr!«

Sie hatte weinerlich ausgesehen. Zitternde Unterlippe.

Wie immer hatte es ihr geradezu körperliche Qual bereitet, auf Widerstand zu stoßen. Kamps hatte Kurti, Hans, Egon, Joachim beobachtet; doch von dort war keine Unterstützung zu erwarten gewesen. Es war ihm vorgekommen, als hätten sie Angst.

Luise hatte den Finger an die Lippen gelegt. Da. Der erste Glockenschlag. »Es ist so weit.« Sie hatte Kamps und Angelika einen strafenden Blick zugeworfen. »Ihr zwei geht zuletzt.«

Luise hatte begonnen; die Hände zu einer Schale geformt, hatte sich über den Brunnen gebeugt und getrunken. Nach ihr die Jungen. Kurti hatte sich vor Aufregung verschluckt. Schließlich war Kamps an der Reihe gewesen. Seine Hände. Seine Hände unter dem Hahn des Brunnens. Kalt. Das Wasser hatte seine Haut in Sekunden betäubt.

»Trink. Du musst«, hatte Luise gesagt.

Seine Hände vor dem Mund, das Wasser in der Kuhle seiner Finger. Doch er hatte sich nicht durchringen können, jedenfalls nicht gleich. Hatte eine Starrheit gespürt gegen Luises Art, mit ihm zu sprechen.

»Vielleicht will er jetzt doch nicht mehr. Du kannst ihn nicht zwingen.«

Angelika.

Luise war ein Schrei entfahren. »Du machst alles kaputt!«

Sie war Angelika angesprungen wie ein gereiztes Tier, hatte einen Stein vom Boden aufgehoben und ihn mit voller Kraft gegen Angelikas Stirn geschlagen. Luises Gesicht, eine Fratze, wutverdunkelt, grausam. Kamps hatte sich nicht erinnern können, sie oder einen anderen Menschen jemals so gesehen zu haben.

»Hör auf!«

Er hatte sie von Angelika gezerrt, ihren kleinen, harten, bis in den letzten Muskel angespannten Körper ins Gras geschleudert. Als Luise sich wieder aufgerappelt hatte, hatte niemand einen Ton gesagt; lediglich ihr Keuchen und Angelikas Wimmern waren zu hören gewesen. Angelikas Schläfe hatte geblutet. Kamps hatte seine Jacke ausgezogen und sie ihr um die Schultern gelegt.

»Das wirst du bereuen, Julius«, hatte Luise gesagt.

»Komm«, Kamps hatte Angelika seine Hand hingehalten, und dann waren sie gegangen.

Die Quelle lachte.

Er sprang vom Stuhl auf, der Stuhl fiel um, Kamps beeilte sich, auf dem weichen Untergrund fortzukommen; zog die Knie im Storchenschritt an, eins, zwei, eins, zwei, erst unter dem Schatten der Bäume fühlte er sich wieder sicher. Er hätte nicht herkommen sollen. Tief drin hatte er gewusst, dass er nicht hätte herkommen sollen. Noch tiefer drin hatte ihn etwas angetrieben, genau das zu tun, war er dumm genug gewesen, eine Antwort finden zu wollen, die er sich seit Jahrzehnten nicht geben konnte, die ihm stets zwischen den Fingern hindurchglitt.

Er sei nicht schuld an ihrer Krankheit, hatte Angelika immer wieder gesagt. Und es habe gewiss nichts mit der

Quelle zu tun. Er solle aufhören, sich in diesen Unsinn hineinzusteigern. Regelrecht böse war sie geworden, wenn er die Sprache darauf gebracht hatte. Einige wenige Male hatte sie es milde versucht. »Jeder Mensch trägt eine ganz eigene Frage in sich«, hatte sie gesagt. »Manche kostet es ihr ganzes Glück, dem letzten Moment nachzujagen, in dem es diese Frage noch nicht gab.« Ein Appell, nach vorne zu schauen, nicht zurück. Doch er dachte ja gar nicht daran, Binsenweisheiten zu befolgen. Er war überwältigt vom Gefühl, von einer Art Doppelgänger beraubt worden zu sein, der das Leben lebte, das er, Kamps, führen könnte.

Wenn er Angelika damals den Vortritt gelassen hätte am Brunnen. Oder selbst rascher getrunken hätte, sodass sie nicht auf die Idee gekommen wäre, ihn für sein Zaudern in Schutz zu nehmen. Luise, Kurti und die anderen hatten keinen Krebs bekommen. Lebten alle noch. Dass er selbst, bislang jedenfalls, ebenfalls gesund geblieben war, Angelikas Sterben hatte miterleben müssen, empfand er als zusätzliche Strafe. Als damals das Erdbeben die Quelle versiegen ließ, hatte er für einen Augenblick gehofft, das Schicksal würde sich noch einmal wenden. Eine Anmaßung. Alles war nur schlimmer geworden, für Angelika, für ihn, für die ganze Stadt. Jetzt, wo das Wasser wieder da war, wusste er nicht, was denken, was tun. Nur eines: dass er sich von Luise fernhalten musste, wenn ihm sein Seelenfrieden lieb war.

Kamps verschnaufte erschöpft. Er entschied sich für die etwa eine Dreiviertelstunde längere, aber leichter zu bewältigende Route zurück in die Stadt. Abendstimmung. Vögel. Rote Sonne, die zwischen den Stämmen der Bäume hervorblitzte, dann und wann in seine Augen stach. Nach etwa zwei Kilometern spürte er seine Blase. Nicht das auch noch. Er hasste es, seinem Bedürfnis im Freien nachzukommen. Es war unanständig, unhygienisch, unbequem. Doch er musste den Druck mit jedem Schritt dringender loswerden. Kamps kletterte über die Böschung und begab sich in den Wald. Eine ganze Minute ging er, bis es sich sicher anfühlte, die Hose zu öffnen, man ihn von keinem Punkt des Weges aus würde erkennen können. Kamps erleichterte sich an einen Baumstamm. Sein Blick folgte seinem Bächlein über Moos, Laub und Zweige, es versickerte neben einer Plastiktüte, aus der etwas herausschaute. Etwas Steifes. Etwas, das einmal lebendig gewesen war. Eine Pfote. Eine Katzenpfote. Kamps zog den Reißverschluss zu. Er nahm einen Ast und stocherte in der Tüte. Der Ast verhakte sich, etwas machte leise pling. Der Ast steckte unter einem Halsband. Grünes Leder, eine Marke mit Adresse. Mäxchen, mit zu Brei geschlagenem Kopf. Kamps ließ den Ast fallen. Jemand hatte hier tatsächlich Luises Kater abgelegt, nachdem er ihn derart zugerichtet hatte. Weit übler als Kamps selbst mit seinem Luftgewehr. Ob es die schwarz gekleideten Jugendlichen gewesen waren, die ab und zu auf dem Kirchhof herumlungerten? Eine Art Opfer. Kamps lief es seltsam den Rücken hinunter. Doch er straffte sich schnell. Der Kater war tot, endgültig, damit war die ganze elende Episode aus der Welt. Luise würde nie etwas erfahren. Und es geschah ihr recht. Das empfand er noch als weit bedeutungsvoller. Kamps gab dem Klumpen einen Tritt. Auf dem Weg nach Hause überlegte er, was er den Katzen zum Abendbrot vorsetzen konnte.

10.

Dreiunddreißig Tage nach der Entdeckung. Donnerstag.

Johannes lag im Bett, hörte, wie Rolf ein Stockwerk tiefer den Flur betrat und ins Gäste-WC ging. Zum Scheißen, jede Wette. Ging er nur zum Pinkeln, hatte er einen anderen Schritt, hastiger; dieser hier war gemütlich, geradezu vorfreudig. Rolf. Johannes hatte sich seinen Nachnamen immer noch nicht merken können. Aber laut der Mutter wäre er ihn sowieso bald los, spätestens wenn das Haus verkauft war und das – wie sagte sie jetzt immer – »neue Leben« losging. Hoffentlich würden sie nur ein paar Straßen weiter ziehen. Er hatte keine Lust auf einen noch längeren Schulweg. Einen längeren Weg zu Harry. Oder zum Umweltcamp.

Ela.

Johannes hatte den Eindruck, dass sie kurz davor waren, so etwas wie Freunde zu sein. In der Schule hatte sie kürzlich sogar nach seiner Nummer gefragt. Vorgeschlagen, dass sie mal zusammen mit dem Rad zum Camp und wieder zurückfahren könnten; vor allem zurück, sie dürfe im Dunkeln eigentlich nicht mehr alleine unterwegs sein. Er hatte zugesehen, wie sie die vertraute Zahlenfolge – die Nummer, unter der man *ihn* erreichte, und nur ihn allein – abgespeichert hatte. Dann hatte sie ihm ihre geschickt. Auf ihrem Profilbild bei WhatsApp machte sie eine Kaugummiblase, das faule Auge war ein winziges bisschen mehr geschlossen als das andere, es fiel nur auf, wenn man ganz genau hinsah. Er würde ihr bald eine Nachricht schreiben und sich mit ihr verabreden. Aber erst musste er was erledigen.

Johannes schloss seine Zimmertür, drehte den Schlüssel um. Es blieben nur noch wenige Stunden, um endlich das Referat vorzubereiten. Genauer neun Stunden und achtundvierzig Minuten. Gestern hatte er sich bereits kurz an die Bücher aus der Schulbibliothek gesetzt und ein paar Absätze mit Bleistift unterstrichelt. Doch er hatte sich nicht konzentrieren können, da noch ausreichend Zeit gewesen war, zu viel Zeit, erst heute war er endlich in die nötige Panik verfallen. Er riss eine Tafel Schokolade auf, steckte sich das erste Stück in den Mund und setzte sich an seinen Schreibtisch. Wo war er stehengeblieben? Er schlug eins der markierten Kapitel auf. Die geologischen Voraussetzungen von Quellen. Quellen als Teil von Ökosystemen. Wieder fragte er sich, warum es so viele Seiten für den Quark brauchte. Die Mutter sagte immer, wer etwas nicht in wenigen Worten erklären konnte, hatte es nicht verstanden. Dass das Camp einen eigenen Blog hätte, hatte Lu doch gesagt. Vielleicht fassten die sich dort kürzer, umso schneller wäre er fertig. Hoffnungsvoll schaltete Johannes den Laptop ein, ging online. Tippte »Umweltcamp« und »Villrath« in die Suchleiste. Es gab einen eindeutigen Treffer. Er scrollte sich durch die Startseite, durch die Unterseiten. Er hatte Glück. Es gab einen Beitrag über die Quelle und den Wald. Dort wurde zwar vor allem erklärt, warum die Bahn sich aus der ganzen Geschichte raushalten sollte. Aber darum ging es doch gerade. Hieß es in der Schule nicht immer, dass sie ein Thema nicht wiederkäuen, sondern ihre eigene Sichtweise einbeziehen sollten? Er gehörte jetzt ja praktisch zum Camp dazu. Und schärfere Fotos von der Quelle als die, die er mit seinem Handy gemacht hatte, hatten sie auch auf dem Blog. Einfach abzuspeichern. Johannes begann, sich Stichworte in ein Word-Dokument zu notieren, gab acht, nicht zu viel Copy-Paste zu nutzen, es sollte immer noch nach ihm klingen. Er kam schnell voran. Er sah auf die Uhr. 0:03 Uhr. Wenn er bei dem Tempo blieb, hätte er vor dem Einschlafen noch Zeit für ein Motorradvideo auf YouTube.

*

Er beeilte sich, mit allem: dem Ankommen, dem Fahrradabschließen, dem Kopieren, dem Treppensteigen; schaffte es vor allen anderen ins Klassenzimmer. Nur der Lehrer war schon da und richtete Laptop und Beamer ein, lächelte zur Begrüßung. Johannes legte den Rucksack ab und schälte sich mit Bedauern aus der Motorradjacke; am liebsten hätte er sie anbehalten. Für einen Moment schloss er die Augen. So früh, vor der ersten Stunde, roch der Raum ganz leer und harmlos, nach warm gelaufenem Staubsauger. Johannes setzte sich auf seinen Platz, nahm den Stapel Handouts und legte ihn vor sich auf den Tisch. Er strich über das oberste Blatt Papier. In Gedanken probte er den Anfang: »Die Quelle im Villrather Wald. Eine Chance für Natur und Mensch.« Die Zischlaute mit den Vorderzähnen rausschubsen, sodass sie in einem steilen Bogen von den Lippen sprangen.

Ela kam als eine der Letzten; biss ein Stück aus dem Kirschplunder, den sie immer als Frühstück kaufte, schob die Tüte unter die Bank und setzte sich. Der Lehrer wartete, bis alle Kopfhörer aus den Ohren verschwunden und alle Telefone weggepackt waren, kein Stuhl mehr gerückt wurde. Er schloss die Tür und begrüßte die Klasse. Sagte, die heutige sei eine besondere Stunde, da Johannes in der zweiten Hälfte ein selbst erarbeitetes Thema vorstellen würde. Alle fixierten Johannes. Sie wussten sofort, worum es ging. Ein Arschrettungsreferat, alles oder nichts. Die Spannung im Raum verdickte sich augenblicklich. Wenig tat so gut, wie jemandem bei etwas zuzusehen, vor dem man selber Schiss hatte. Trotz allem, drüben nickte Ela ihm zu. Johannes lächelte zurück. Er war bereit. Zwanzig Minuten noch. Er spannte seine Rückenmuskeln an. Drehte am Ohrring, dachte an die Hercules. Er musste vorbeifahren. Unbedingt. Nicht dass er noch irgendwas verlernte. Oder die Maschine sich nicht mehr, nun ja, an ihn erinnerte. Sie tat ihm leid. Hatte eine richtige Abdeckung verdient, nicht die hässliche Plastikfolie, unter der sie gerade stand. Er sah aus dem Fenster. Am Himmel sammelten sich düstere Wolken. Johannes stellte sich vor, das Fenster zu kippen und die warme, saure Vorgewitterluft einzusaugen, die er so mochte. Mit dem Zeigefinger pulte er an dem Loch, das er über Monate hinweg mit dem Zirkel in die Tischkante gebohrt hatte, immer, wenn er die Motorradzeitschrift mal nicht dabeigehabt hatte und ihm langweilig gewesen war.

Dann war es so weit.

»Johannes. Willst du jetzt übernehmen?« Der Lehrer winkte ihn nach vorne.

Johannes ließ den Stapel mit den Handouts durch die Bankreihen gehen, kam ans Pult und steckte seinen USB-Stick in den Lehrerlaptop. Er fand den Referatsordner und öffnete das erste Foto. Dann setzte er sich. Alle sahen ihn an. Übel. Wie Lehrer damit klarkamen? Hatten so viele deshalb diese Ticks, Ohrläppchenkratzen, Nasehochziehen, Fetzen von den Lippen knabbern?

Johannes räusperte sich. »Die Quelle im Villrather Wald. Eine Chance für Natur und Mensch.«

Das Ende der Stunde kam viel zu schnell; die letzten drei Minuten musste er durch den Vortrag rasen. Aber egal, er schaffte das Ende fast zeitgleich mit der Klingel. Einige klopften anerkennend mit den Fingerknöcheln auf die Tischplatten, die Ersten, Ungeduldigen sprangen schon auf, um den Raum zu verlassen. Johannes lehnte sich zurück, beobachtete seine Klassenkameraden beim Einpacken ihres Krams. Guter Überblick von hier. Man sah, wer heimlich unterm Tisch gegessen und gekrümelt hatte. Wo Zettelnachrichten beim Empfänger angekommen und hastig in kleine Fetzen zerrissen auf dem Boden gelandet waren.

»Johannes. Einen Augenblick noch.«

Der Lehrer setzte sich neben ihn, streckte die Beine aus und verschränkte die Finger in Gebetshaltung unter dem Brustkorb. Er wirkte nachdenklich. Unschlüssig. Er wartete, bis alle den Raum verlassen hatten, und räusperte sich.

»Das war ja ein ganz interessantes Referat, was du da gemacht hast.«

Johannes sog die Luft ein. Klar war das ein interessantes Referat gewesen. Wenn man wie er ein ganzes Jahr in Erdkunde schlecht gewesen war, wusste man auch, wenn man was gut gemacht hatte. Sein Magen knurrte. Er dachte an Elas Kirschplunder. Er würde sich auch einen kaufen gehen, wenn das hier vorbei war.

»Sag mal, war es dir wichtig, dem Ganzen so eine … politische Dimension zu geben?«, fragte der Lehrer.

»Wieso politisch?«

»Ach komm, stell dich nicht dumm. Was du über den Umweltschutz gesagt hast und die Bahn und kapitalistische Interessen.«

»Das ist nicht politisch«, sagte Johannes, »das stimmt alles so.«

Der Lehrer seufzte. »Ich frage mal anders: Hast du die Bücher benutzt, die ich dir empfohlen habe?«

»Klar.«

»Kam mir nicht so vor.«

»Ich hab die Bücher benutzt und dann noch im Internet nachgeschaut. Aber nicht bei Wikipedia.« Johannes grub die Fingernägel in den Handballen. »Ich hab nicht beschissen.«

»Ja. Sicher. Du hast dir viel Mühe gegeben, das ist mir bewusst. Du hast allerdings nicht so viel über Geologie gesprochen, wie ich mir das gewünscht hätte. Wie es eigentlich für dieses Fach nötig ist. Das ist nah an Themaverfehlung.«

Sag's halt, dachte Johannes. Dass ich weiter bin. Oder dass ich hängenbleibe. Egal. Sag schon.

Der Lehrer rieb sich das Kinn, dann hob er die Hände, wie im Western, wie um zu zeigen, dass er unbewaffnet war. Oder dass er mit der Sache nichts mehr zu tun haben wollte.

»Na schön. Für dich geht's ja hier um einiges. Mit dem Referat kommst du gesamt auf eine Vier, damit kannst du leben, oder?«

»Das heißt, ich muss nicht wiederholen?«

»Das ist richtig. Du musst nicht wiederholen, und das freut mich, Johannes. Das freut mich wirklich sehr.«

»Ja. Mich auch. Danke«, Johannes griff nach seinem Rucksack.

»Ich bin noch nicht fertig. Bitte hör zu. Ich finde, du solltest dir überlegen, mit wem du deine Freizeit verbringst. Es ist nicht alles legal, was deine Freunde da machen. Das Umweltcamp. Ich kenne ein paar der Bilder, die du benutzt hast, aus der Zeitung.«

»Keine Ahnung«, Johannes schulterte seinen Rucksack. »Ich müsste langsam los, wir haben jetzt Englisch.«

Der Lehrer seufzte wieder. »Gut, Johannes. Schon gut. Aber mach keinen Quatsch. Versprochen?«

Johannes nickte. Erst auf dem Gang spürte er, wie schnell sein Herz klopfte, und er zog den Reißverschluss der Motorradjacke hoch bis zum Kinn, um zu fühlen, wie das Leder sich warm und eng um ihn legte, ein Kokon. Er würde versetzt werden. Mit allen anderen. Mit Ela. Zehnte Klasse.

Sie stand an der Treppe, ihre Hände beulten die Taschen ihrer Jeansjacke aus.

»Ich hab dich schon gesucht. Dein Referat, das hast du alles von unserem Blog, oder?«

Johannes blieb stehen, als sei er gegen eine Wand gerannt. Scheiße. Daran hatte er nicht gedacht. War doch klar, dass sie den kannte. Würde sie ihn verpfeifen? Beim Lehrer oder beim Camp? Oder nichts dergleichen, aber schlecht von ihm denken, weil er abgeschrieben hatte?

Ela machte einen Schritt auf ihn zu und umarmte ihn. Drückte richtig fest. »Danke«, sagte sie. »Das war mutig. Aber da stehen eben die wichtigen Sachen. Die, die stimmen.« Sie stieß ihm anerkennend den Ellbogen in die Seite. »Kommst du eigentlich zum Sportfest? Ich laufe jetzt doch in der Staffel mit. Bin nachgerückt, weil Kati sich den Fuß verstaucht hat.«

»Ja«, sagte Johannes schnell. »Klar, wusste ich. Bin dabei.«

Der Pritschenwagen stand da. Gut. Johannes lehnte sein Fahrrad an den Zaun und stapfte durch das wadenhohe Gras des Gartens bis zur Tür von Harrys Häuschen. Erst jetzt fiel ihm auf, dass es weder Namensschild noch Klingel gab. Johannes klopfte, wartete. Nichts. Er trat ans Fenster und legte die Hände an die Scheibe. Auf dem Tisch in der Mitte des Wohnzimmers standen ein Aschenbecher und eine Dose Fischfutter mit rotem Rabattaufkleber. Das Aquarium leuchtete grün in der Ecke. Er ging zum Schuppen, die Tür war nur angelehnt. Die Hercules stand noch genau so, wie er sie beim letzten Mal abgestellt hatte. Er steckte eine Hand unter die Plane und berührte die Maschine, streichelte sie.

»Da bist du ja.« Harry stand auf einmal hinter ihm. Er sah zerknautscht aus, rieb sich die Augen. »Dachte schon, du hast mich vergessen.«

»Nee, musste nur bis zu großen Pause warten, bis ich loskonnte.«

»Na gut, Hauptsache, du bist jetzt da. Ich hab nämlich was für dich.«

Er zwängte sich an Johannes vorbei und begann, in einer Ecke des Schuppens zu kramen. Seine Bewegungen, sein Gang wirkten anders als sonst. Harry kam zurück. Tatsächlich, er humpelte, doch bevor Johannes etwas sagen konnte – sollte er überhaupt eine Bemerkung machen? –, hielt ihm Harry etwas entgegen. Einen Motorradhelm. Schwarz, leicht verschrammt, ein gelber Schriftzug, die Buchstaben neigten sich steil zur Seite: SPEED. Johannes probierte den Helm an. Es war ungemütlich darunter, aber daran würde er sich hoffentlich gewöhnen. Er bewegte den Kopf hin und her, der Helm neigte sich mit.

Harry brummte. »Bisschen groß. Na ja, fürs Erste. Oder?«

Der Sattel der Maschine glühte Johannes am Hintern. Als er zuletzt geübt hatte, hatte er noch zwei Versuche gebraucht, um die Hercules in Gang zu bringen. Heute gelang ihm der Start auf Anhieb. Zuversichtlich gab Johannes Gas. Er fuhr die Straße hinunter bis zum Kreisverkehr, hielt sich rechts, schlug einen halb zugewachsenen Wirtschaftsweg ein, die Rispen der Gräser klatschten gegen seine Waden; er passierte ein Gehöft, ein Hund sprang wütend gegen das Tor und verbellte ihn. Jetzt ging es einen Hügel hoch. Johannes fuhr noch ein bisschen schneller. Dreckklumpen und kleine Steinchen flogen auf, prallten gegen das Leder seiner Jacke. Schneller, dachte Johannes, unerreichbar, ich bin unerreichbar, für alle. SPEED. Am höchsten Punkt drosselte er das Tempo, brachte die Hercules zum Stehen und stellte einen Fuß auf den Boden. Von hier oben waren die Schrebergärten gut zu überblicken. Er sah eine Voliere mit Fasanen. Sonnenblumen hinterm Zaun. Eine Wimpelkette in Deutschlandfarben spannte sich träge über eine Terrasse.

Er hatte es geschafft, versetzt zu werden. Der Stolz darüber kam jetzt erst so richtig bei ihm an. Er hatte es hingekriegt, obwohl er es nicht verdient hatte, aber gleichzeitig eben doch. Ela hätte ihn sonst kaum mutig genannt. Vielleicht war das so bei ihm. Dass sein Mut einer war, den er selbst erst auf den zweiten Blick erkannte. Johannes spürte das inzwischen vertraute Vibrieren des Motorrads dicht an seinem Körper. Ruhe breitete sich in ihm aus. Er stellte sich vor, einmal mit Ela auf der Hercules zu fahren. Er könnte sie vom Camp nach Hause bringen. Er würde einen zweiten Helm organisieren, bestimmt konnte Harry helfen. Er wendete das Motorrad, fuhr den Weg zurück; am Kreisel brachte ihn kurz ein Auto ins Schwitzen, das schneller war als erwartet, doch Johannes schaffte es, sich vorbeizumogeln. Da, Harry, am Straßenrand. Er streckte die Hand aus, zum Abklatschen; Johannes schlug ein, als er auf Harrys Höhe war, dann bremste er ab.

»Du lachst ja«, sagte Harry, es schien ihn zu freuen.

Drinnen setzte sich Johannes auf das Sofa, linke Seite, wie beim letzten Mal. Sein Platz. Harry kam mit einer Limo aus der Küche zurück und stellte sie Johannes hin. Dann nahm er das Fischfutter vom Tisch, begann, Krümel ins Aquarium zu schütten. Er war ungewöhnlich still.

»Warst du heute noch gar nicht draußen?«, fragte Johannes zögerlich. »Ich meine, mit dem Wagen?«

»Hast du dir schon gedacht, hm?«

»Du parkst weiter hinten im Garten, wenn du vom Sammeln kommst.«

»Stimmt.« Harry seufzte und klopfte sich aufs Bein. »Hier. Kaputt. Hab nicht aufgepasst.« Er rollte das Hosenbein hoch. Das rechte Knie war rot und dick.

»Und jetzt?«

»Na, was wohl.« Harry blickte verächtlich drein. »Muss ich Pause machen.«

»Warst du damit beim Arzt?«

»Ich brauch keinen Arzt. Das geht von allein wieder weg, wenn ich das Bein zwei, drei Wochen lang hochlege. Hab Erfahrung damit.«

Johannes erwiderte nichts. Kniff die Lippen zusammen.

»Was?«, fragte Harry.

»Dann hast du erst mal keine Arbeit für mich. Also … wegen meinem Motorrad und so.«

»Nicht optimal, was?« Harry kratzte sich. »Gibt aber vielleicht eine Lösung.«

»Was denn?«

»Na«, sagte Harry. »Wenn du mir bei der anderen Sache helfen könntest. Du weißt, welche ich meine?«

Johannes nickte.

»Müsstest nur abliefern und dir das Geld geben lassen«, erklärte Harry. »Ich schick dich auch nur dahin, wo ich feste Preise habe.«

»Traust du's mir denn zu?«

»Wieso denn nicht?«, fragte Harry. »Bisschen was schenk ich dir auch. Für zuhause. Oder für deine Freunde. Kannst mir glauben, ich kenn deine Schule.«

»Nee. Besser nicht. An meiner Schule gibt das Ärger.«

Harry lachte. »Mensch, das ist doch kein Heroin. Bloß Lachkraut. Und gutes. Wirst dich gar nicht anstrengen müssen, wenn sich das erst in deiner Klasse herumgesprochen hat.«

Johannes trank seine Limo. Dachte nach. Er wollte nicht in Schwierigkeiten geraten, nicht jetzt, wo er gerade die Versetzung geschafft hatte. Aber gegen die Hercules hatten seine Bedenken keine Chance. Die Maschine, seine

Maschine, fühlte sich richtiger an als alles. Wenn es half, sie schneller abzuarbeiten, dann war es eben so. Er bekäme das irgendwie hin. Er wollte das irgendwie hinbekommen. Andere hatten Ferienjobs, er das.

Johannes stellte die Limo ab. »Okay.«

*

Kamps verbrachte den Nachmittag auf der Terrasse und reinigte penibel das Gewehr, kleine, immer noch kleinere Arbeitsschritte. Es fühlte sich gut an. Es war sinnvoll und nützlich. Hin und wieder blickte er von seiner Beschäftigung auf, um den Kätzchen beim Raufen zuzusehen. Sie waren nun richtige Halbstarke. Die Kühnsten schlichen sich mitunter an und zwickten ihn in die Knöchel, warfen im Haus kleine Gegenstände von Schränken und Tischen, rissen die Troddeln des Sofas in Fetzen. Es machte ihn stolz, wie prächtig sie sich entwickelten. Die Mutterkatze, die ahnte, dass ihre Jungen sich bald von ihr lösen würden, strich um Aufmerksamkeit buhlend um Kamps' Beine. Er nahm sie auf den Schoß, wo sie sich zu einer halb so großen Ausgabe ihrer selbst zusammenfaltete und zu schnurren begann. Er strich durch das knisternde Fell, befühlte den heißen, vibrierenden Körper. Kurz wünschte er sich, auch die anderen Katzen wären anhänglicher, wenigstens ein bisschen. Er lehnte sich zur Seite, zog das rechte Hosenbein hoch und besah die Flecken an seinem Bein. Sie hatten sich nicht verändert. Waren jedenfalls nicht noch dunkler oder größer geworden. Das war nicht schlecht. Vielleicht würde es so bleiben. Einfach stoppen. Er wusste, dass das unwahrscheinlich war, aber unwahrscheinlich bedeutete auch ein klein wenig wahrscheinlich. Die Hoffnung nicht fahren lassen, Gottvertrauen behalten, das war das Wichtigste. Kamps lehnte sich zurück und legte der Katze vorsichtig die Hand auf den Kopf, ließ sich von den Tasthaaren die Handfläche kitzeln. Die Katze schüttelte sich. Kamps bemerkte, wie eine Gänsehaut seinen Unterarm bis zur Schulter emporlief. Ein Schweißausbruch unter den Achseln, warme Feuchte. Und er dachte an Angelika und wie ungerecht es war, dass man im Leben immer wusste, wann man etwas zum ersten Mal tat, aber fast nie beim letzten.

Hals, Schultern und Brüste hatte er ihr damals mit dem feuchten Waschlappen abgerieben, so wie jeden Morgen. Fast schmerzhaft hatte es plötzlich in seiner Leiste pulsiert, als habe ihn ein Insekt gestochen. Schnell, ungeschickt, hatte Kamps sich weggedreht, der sich keilförmig dehnende Stoff seiner Unterhose hatte Angelika gestreift. Dabei konnte das doch gar nicht sein. Seit Angelika für die letzten Wochen aus der Klinik nach Hause gekommen war, hatte Kamps nachts, manchmal auch tagsüber, die Schenkel zusammengekniffen, immer wieder, hatte dort unten alles unter Kontrolle geglaubt und sich wieder im Spiegel ansehen können, ohne Ekel vor Gefühlen, mit denen er Angelika nicht mehr belästigen wollte. Nun das. Sein Körper demütigte ihn. Demütigte Angelika. Vor Scham wäre Kamps am liebsten aus dem Badezimmer gestürzt. Doch Angelika hatte nichts gesagt. Hatte nicht einmal den Kopf in seine Richtung gedreht, sondern zögernd nach ihm getastet, ihre Finger unter den Gummibund seiner Unterhose gezwängt. Ihre Stirn glänzte. Kamps' auch. Sie fand, wonach sie suchte, und schloss ihre kleine, schmale Hand zur Faust, rieb ihn ohne Eile, und das passte, denn er brauchte lange. Danach war ihm schwindlig, und er musste sich auf den Plüschläufer setzen, um sich mit Blättern vom Toilettenpapier sauber zu tupfen. Jetzt, endlich, wandte Angelika sich ihm zu. Sie lächelte wie über einen errungenen Sieg. Wahrscheinlich lächelte er auch.

Die Mutterkatze auf seinem Schoß spannte die Muskeln an, hob den Kopf. Fast meinte Kamps zu beobachten, dass sie die Ohren spitzte wie ein treuer Hund. Was hörte sie?

»Herr Kamps?«

Das war doch, wie hieß sie gleich wieder. Die Kleine. Ela. Sie öffnete das Törchen, hinter ihr traten zwei Männer in den Garten, deren Gesichter Kamps nicht zuordnen konnte, Fremde. Einem von ihnen hing eine Kamera um den Hals.

»Herr Kamps?«, rief Ela noch einmal in den Garten, und Kamps nahm rasch die Katze vom Schoß und stand als Antwort von seinem Stuhl auf.

»Da drüben.« Ela winkte den beiden Männern, dann streckte sie den Zeigefinger aus. »Das ist er.«

Die drei kamen näher. Die Mutterkatze huschte unter die Eingangstreppe.

Kamps stemmte die Fäuste in die Seiten und sah von einem zum anderen. »Kann ich helfen?«

Der Mann ohne Kamera, ein Pausbäckiger mit stramm sitzendem Hemd, machte einen Schritt nach vorne und streckte die Hand aus, sagte: Wollenweber, und dass es ihm leidtäte, Kamps so zu überfallen. Er sei Redakteur beim Rheinischen Anzeiger, die Geschichte habe ihn beeindruckt, neugierig gemacht, deswegen sei er hier.

»Welche Geschichte?« Kamps runzelte die Stirn.

»Na, die auf dem Blog des Umweltcamps. Die von Ihnen. Wie Sie sich wehren gegen die Zustände in Villrath. Großartig.«

Kamps wollte etwas erwidern, doch der Mann schielte auf das Gewehr auf der Terrasse, plapperte munter weiter. »Ist das Ihres da drüben? Ist das geladen? Fühlen Sie sich bedroht?«

»Bedroht«, wiederholte Kamps und hatte das Bedürfnis, das Wort in seine Einzelteile zu zerbeißen und dem Kerl vor die Füße zu spucken. Er war nicht bedroht. Er war *bewaffnet*.

»Wollen wir vielleicht für einen Moment reingehen, Herr Kamps? Wir würden Ihnen gerne noch einige Fragen stellen. Also, wenn das in Ordnung für Sie ist.«

»Nicht reingehen«, sagte der andere Mann mit Kamera. »Erst die Bilder, ist noch genug Licht da.«

»Ich hab das alles schon mal erzählt«, sagte Kamps und nickte in Richtung Ela, »der jungen Dame hier.«

»Ja, aber das ist was anderes. Wir brauchen das exklusiver. Dafür wird das auch richtig groß, Herr Kamps. Der

Aufmacher für den Lokalteil. Damit können Sie richtig Druck ausüben auf die Stadtverwaltung. Negative Presse ist das Schlimmste.«

Kamps sah zur Treppe, unter der der Schwanz der Mutterkatze ein Stückchen hervorlugte.

»Ich mach uns erst mal Kaffee«, sagte er.

*

Im Stockwerk tiefer klappte eine Tür. Es musste Hotte sein, da Rolf auf Arbeit war. Vera hörte, wie er ins Gästebad ging. Hoffentlich um zu duschen; die Handtücher, die sie ihm hingehängt hatte, waren über Tage verdächtig trocken geblieben. Gestern, als er am Campingtisch im Hof gesessen hatte mit seinem Bastelkram, hatte sie es geschafft, einen Blick in sein Zimmer zu werfen; hatte leere Rotweinflaschen neben dem Bett gesehen, drei Stück, die Anzahl, die im Vorratsraum fehlte. So ging das nicht weiter. Doch sie hatte nicht die Nerven dafür. Nicht jetzt. Vor ihr auf dem Tisch der Wohnküche lag der Umschlag, den sie vorhin aus dem Briefkasten geholt hatte. Er war weiß, hatte DIN-A4-Größe und auf der Rückseite den blassblauen Abdruck eines Stempels. Des Stempels vom Gutachterbüro. Vera setzte sich einen starken Kaffee auf und legte ihre Zigaretten und das Feuerzeug auf den Tisch, verschob sie so, dass sie parallel lagen. Sie hatte auf einmal das Bedürfnis nach Ordnung, nach Übersicht. Wünschte sich, Johannes wäre hier, doch als sie vorhin geklopft hatte, war sein Zimmer leer gewesen. Anscheinend war er von der Schule gleich weiter zum Supermarkt gefahren; sie konnte sich seine Schichten immer noch nicht merken. Vera nahm ein Messer aus der Küchenschublade und öffnete damit den Umschlag, zog die Klinge langsam und sauber durch das Papier. Sie legte das Messer beiseite. Ihre Hand zitterte. Erst noch eine Zigarette, zur Beruhigung. Mehr als hunderttausend hatte sie der Engelhardt für den Salon versprochen, plus der Spende für den Kreuzweg, die sich die Alte garantiert nicht dürftig ausmalte. Also noch mal zehntausend obendrauf. Sie wollte nicht daran denken, was wäre, wenn der Dicke nun doch recht hatte. Sie sich verrannt, sich alles nur schöngeredet hatte. Es musste jetzt einfach passen. Vera nahm die Blätter aus dem Umschlag, überflog das oben liegende Anschreiben, es war kurz und allgemein gehalten und endete mit der Aufforderung, bei offenen Fragen Kontakt mit dem Büro aufzunehmen. Mit freundlichen Grüßen. Die Folgeseite bestand aus einer Tabelle. Veras Blick flackerte über die Zeilen, über Verhältnisse und Merkmale und ihnen zugeordnete Zahlen, die in der Summe den Wert des Stübchens ergaben. Unten rechts stand das Endergebnis gedruckt.

Geschätzter Wert: 74 000 Euro.

Vera sog an ihrer Zigarette. Sie spürte, wie sich etwas von ihrer Seele löste, schmerzhaft, wie ein Pflaster, das zu langsam abgezogen wurde. Nun wusste sie Bescheid. Das Haus war nichts wert, nicht genug jedenfalls, was in ihrer Situation dasselbe war. Doch, sie hätte es ahnen können. Ein Blinder sah, dass hier alles aus dem letzten Loch pfiff, nur noch vom Trotz des hundertjährigen Gebälks zusammengehalten wurde. Dennoch hatte sie es versucht, so wie immer. Hatte nach einem Strohhalm gegriffen, und der war abgeknickt. Auch so wie immer. Jedes Leben bestand aus einer einzigen Geschichte, die sich alle paar Jahre oder Jahrzehnte wiederholte. Ihre war wollen und nicht kriegen. Nichts Besonderes. Sie würde sich bei der Engelhardt entschuldigen müssen. Dann beim Dicken und später bei Johannes. Ein Wort, ein Gespräch, letztlich die Erkenntnis, dass es weitergehen musste. Doch sie spürte, wie sich etwas in ihr gegen alle rationalen Gedanken aufbäumte. Weil sie eine Idiotin war. Eine, die gerade genug Verstand mitbekommen hatte, um sich die eigene Existenz unerträglich zu machen. Die weder dazulernte noch die Kraft zum Aufgeben hatte. Vielleicht könnte sie sich später mit Rolf in kurzzeitige Bewusstlosigkeit trinken. Einige Dinge würden immer funktionieren, wenigstens diese Gewissheit hielt all ihren Zweifeln stand. Aber alle Dinge, die für sie immer funktionierten, waren solche, die andere Leute zum Naserümpfen brachten, weil dahinter keine Leistung steckte. Sie konnte es drehen und wenden, wie sie wollte. Sie hatte versagt. Auch diese Chance verpasst. Dabei hatte sie zu keinem Zeitpunkt gewusst, wie die Spielregeln waren, was sie hätte besser machen können. Fahrig klaubte Vera die Papiere zusammen und versuchte, sie gewaltsam zurück in den Umschlag zu stopfen. Es gelang ihr nicht, etwas störte da drin. Sie tastete. Ein weiteres Blatt Papier, das sie anscheinend übersehen hatte. Sie zog es heraus. Nochmals Zeilen und Zahlenkolonnen und Posten. Wozu?

Sie begriff erst allmählich: Dieses Blatt befasste sich mit dem Grundstück. Auch das hatte der Gutachter bewertet, sie hatte es zwischenzeitlich völlig vergessen. Ihr Blick flog zur unteren rechten Ecke des Papiers.

Geschätzter Wert: 102 000 Euro.

Vera kratzte mit dem Fingernagel über die Summe, so als könnte es sich um eine Täuschung, Schmutz, jedenfalls um etwas Fehlerhaftes handeln, doch die Ziffern blieben stehen. In der vorletzten Zeile wurden alle Werte zusammengefasst. Gesamtergebnis des Gutachtens: 176 000 Euro. Darunter ein allerletzter Satz: »Die räumliche Möglichkeit für einen oder mehrere Anbauten ist zum jetzigen Zeitpunkt objektiv gegeben.« Vera drückte die Kippe aus, zündete sich sofort die nächste an. Das Gefühl, als müsste ihr Kopf jeden Moment platzen. Sie sortierte die Informationen noch einmal langsam, ganz langsam, bis sie sicher war, es wirklich verstanden zu haben: Das Haus und das Grundstück ergaben die Summe, die sie brauchte für den Salon, für den Kreuzweg, für alles. Sie ging zur Spüle, drehte den Wasserhahn auf. Sie trank, bis ihre Kehle sich taub anfühlte, schaufelte sich noch eine Handvoll Wasser ins Gesicht.

176 000 Euro.

Sie wählte Brandts Nummer, eine Frau meldete sich. »Herr Brandt ist leider auf einem Termin. Kann ich etwas weitergeben?«

»Es geht um das Gutachten«, antwortete Vera. »Für mein Haus und mein Grundstück. Beutel mein Name.«

»Ach, Sie sind das. Villrath, richtig? Wir haben heute

unsere Ausfertigung des Gutachtens erhalten. Allerdings muss dieses noch von uns geprüft werden. Herr Brandt setzt sich mit Ihnen in Verbindung.«

»Geprüft werden? Was meinen Sie?«

»Ob die vorgeschlagene Kaufsumme für uns in Frage kommt. Ganz normales Prozedere.«

»Oh. Sicher«, beeilte sich Vera zu erwidern.

»Kann ich sonst noch etwas für Sie tun, Frau Beutel?«

»Nein. Danke.«

Sie legten auf. Vera biss an ihrem Daumennagel. Es stimmte, Brandt hatte davon gesprochen, die Sache intern abstimmen zu müssen. Trotzdem. Prüfen war kein Wort, mit dem sie Angenehmes verband, es war noch nie gut für sie ausgegangen, schon in der Schule. Es bedeutete, dass sie für die andere Seite nicht mehr als eine Bittstellerin war. Andererseits, sie kannte jetzt den Wert ihres Besitzes, hatte es schwarz auf weiß. Falls die Hotelgruppe versuchen würde, sie runterzuhandeln oder anders zu bescheißen … der Fingernagel gab unter dem Druck ihrer Schneidezähne nach und brach. Sie biss ihn vollständig ab und spuckte ihn aus. Könnte sie notfalls einen anderen Käufer finden? Einen der Investoren, die Ferber noch an Land ziehen wollte? Sie musste achtgeben, auf alle möglichen Türen, die sich jetzt parallel öffnen könnten. Und darauf, die Engelhardt weiter bei Laune zu halten. Das war das Wichtigste. Sie würde die Papiere noch heute kopieren und der Alten in den Briefkasten stecken. Als Beweis. Mit schönem Gruß. Vera strich über die Blätter des Gutachtens, steckte sie dann vorsichtig, ohne Knick, zurück in den Umschlag. Sie ging nach unten in die Küche des Stübchens, um eine Mittagsration Hähnchenschenkel aus dem Tiefkühler zu holen.

Es lief gut, Hauptstoßzeit zwischen zwölf und halb zwei, wie früher. Wieder ein paar neue, alte Gesichter; Schackenroth von der Autobahnmeisterei und Tante Jansen, dem vor Urzeiten der Schallplattenladen am Unteren Markt gehört hatte und der sich schon damals nicht mehr daran erinnerte, wie er zu diesem Spitznamen gekommen war. Zum ersten Mal waren auch zwei Frauen aus dem Café Tango da gewesen, die eine schwarzhaarig, Extensions bis zur Hüfte, die andere mit Tricolor-Strähnchen. Es hatte Vera daran erinnert, dass sie ihre fachlichen Lücken füllen musste, bevor der Salon so richtig anlief. Der Dicke schied zum Üben moderner Färbetechniken aus. Bärbel vielleicht. Die Anzahl der Punkte auf ihrer To-do-Liste stieg und stieg, sie musste beginnen, Markierungen zu verwenden: ein roter Punkt für das, was bald angegangen werden musste, ein gelber oder grüner für alles, was erst geregelt werden konnte, sobald das Geld da war. Auch musste sie ihre Abneigung gegen »Buchhaltung für das Friseurhandwerk« überwinden; ihre Furcht vor den Rechenbeispielen, die sie nach den ersten drei Seiten erschlagen hatten. Heute Abend, wenn alles im Stübchen erledigt war. Heute Abend definitiv.

Aus einem Gefühl der Unruhe heraus wählte Vera Ferbers Nummer.

»Wenn man vom Teufel spricht«, sagte er. »Ich bin gerade an der Quelle, mit Heidrun. Bitte sag, du rufst an, um uns die Idee auszureden, das Stadtfest hier zu veranstalten.« Er klang gequält.

»Ich ruf an wegen dem Sponsoring für die Nixe. Gibt's was Neues?«

»Wieso, du bekommst Feinkost Ebert als Partner, hatten wir doch besprochen. Die zahlen anständig.«

»Davon hab ich noch nichts gesehen. Du musst einen Vertrag mit denen aufsetzen.«

»Ja, kommt doch. Immer mit der Ruhe. Gratulation übrigens.«

»Was meinst du?«

»Na, dass das Gutachten jetzt fertig ist.«

»Woher weißt du das?«

»Ich habe heute mit Brandt gemailt, da hat er eine Andeutung gemacht, dass das bei ihnen schon in der Bearbeitung ist. Keine Sorge, er hat nichts über den Inhalt verraten.«

Wie er es offensichtlich genoss, seine Nase in ihre Angelegenheiten stecken zu können.

»Aber sag mal … wie viel konntest du rausschlagen?«, fragte er unschuldig.

Sie lachte ihn aus.

»Komm schon. Mir kannst du's doch sagen. Oder hast du Angst, dass demnächst Hinz und Kunz bei dir die Hand aufhalten kommen?«

Sie konnte hören, dass er es ihr heimlich wünschte.

»Kümm're dich um deinen eigenen Kram.«

»Na gut, wenn du so ein Geheimnis draus machen willst …«

»Bring das mit Ebert in die Gänge, bitte. Und ich bekomm auch noch ein Gehalt für den Nachmittag im Altenheim.«

»Honorar, meinst du eher.«

»Vergiss es nicht.«

»Du kriegst auch den Hals nicht voll.«

Sie unterdrückte das Verlangen, die Verbindung einfach zu trennen. Fragte stattdessen, ob sie sonst noch etwas zu besprechen hätten.

»Nee. Obwohl. Doch. Ebert hat Villrather Quelltropfen geschickt, hundert Stück. Das steht schon ein paar Tage im Rathaus rum. Ich lass dir das Zeug liefern.«

»Gut. Ich bin hier. Bis bald.«

Die Praktikantin traf gegen fünf ein, etwa zeitgleich mit Johannes. Gemeinsam räumten sie die Kartons mit dem Schnaps hinter die Theke, Vera nahm einige der Fläschchen heraus.

»Auch?«, sagte sie und sah die Praktikantin an.

Diese schüttelte den Kopf. »Ich muss noch fahren.«

Brav. Wahrscheinlich hatte sie lauter Einser an der Uni in einem sterbenslangweiligen Fach. Was man wohl studieren musste, um einen Sommer lang bei Ferber im Rathaus zu landen und Botengänge für ihn zu erledigen?

»Ich nehm einen«, sagte Johannes hinter Vera.

»Du darfst noch nichts Hartes.«

»Wieso, ich bin unter Aufsicht«, sagte er ungerührt, öffnete einen Quelltropfen und trank einen Schluck.

Seine Rotzigkeit sollte sie provozieren, doch sie ließ sich nichts anmerken.

Nachdem die Praktikantin sich verabschiedet hatte, bat Vera ihn, noch einen Augenblick sitzen zu bleiben. Immer noch würgte er an dem Schnaps. Geschah ihm recht. Ihr schmeckte er auch nicht, doch sie hatte nichts zu beweisen und konnte den Rest in den Ausguss kippen.

»Ich hab gute Nachrichten. Das Gutachten ist gekommen.«

»Für unser Haus?«

»Für unser Haus und das Grundstück. Es sieht gut aus. Jetzt müssen sie nur noch kaufen. Aber werden sie schon.«

»Freust du dich?«

»Machst du Witze?«

»Okay. Cool.«

Johannes trank den Schnaps aus und schraubte das Fläschchen ordentlich zu. Das Thema schien für ihn erledigt. Es störte Vera. Aber sie begriff etwas, das sie schon länger hätte begreifen können. Der Salon war *ihr* Traum. Ihrer ganz allein. Für Johannes sprang bislang nichts dabei heraus. Nun. Sie hatte eben nicht vorschnell Hoffnungen in ihm wecken wollen. In der Vergangenheit war sie nicht unbedingt die Zuverlässigste gewesen; immer hatte es ihr im entscheidenden Moment an Geld gemangelt, wenn es um versprochene Geschenke gegangen war. Manchmal auch an Erinnerungsvermögen. Doch damit war jetzt Schluss.

Vera beugte sich über den Tresen. »Das mit deinem Motorradführerschein. Das übernehme ich. Wenn ich das Geld erst habe, melden wir dich sofort in der Fahrschule an. Ehrenwort.«

Johannes sah aus, als versuchte sie, ihn auf den Arm zu nehmen. Gleichzeitig war da auch Neugier in seinen Augen, gut getarnt, aber nicht völlig.

»Wann?«

»Vielleicht dieses Jahr noch. Wir müssen noch ein bisschen Geduld haben.«

»Geduld ist nicht deine Stärke, Mama.«

Mama. Das hatte er schon eine Weile nicht mehr gesagt.

»Stimmt. Aber deine doch. Komm schon.«

»Pffft.« Er griff sich Erdnüsse aus der Schale und steckte sie in den Mund, kaute nachdenklich. Schließlich lächelte er.

Es war sechs, als Kurti eintraf, kurz darauf Bärbel mit Dolce. Sie war in grellen Farben geschminkt und lachte spitz und hoch. Es ging ihr schlechter. Fast zeitgleich kam Rolf von der Arbeit; in den Querfalten seiner Stirn hatten sich über den Tag Schweiß und Schmutz gesammelt und bildeten graue Linien. Er sah müde aus, strich Vera zur Begrüßung flüchtig über den Rücken. Hatte sich diese kleinen Gesten angewöhnt, wie aus Trotz. Sie schuldete ihm immer noch eine Klärung ihrer Verhältnisse, seiner Meinung nach. Vera zapfte ein Bier und drückte es ihm in die Hand.

Kaum hatte Rolf sich gesetzt, rückte Bärbel ihm auf die Pelle. »Siehst kaputt aus. Soll ich dich mal schön massieren?«

Er warf Vera einen Blick zu, als benötigte er ihre Erlaubnis. Mein Gott, warum stellte er sich so an? Kurti beobachtete missmutig, wie Bärbel anfing, Rolfs Nacken zu kneten. Wahrscheinlich fand er, dass, wenn überhaupt, er zuerst an der Reihe gewesen wäre.

Er kippte seinen Quelltropfen in einem Zug und verzog das Gesicht noch mehr. »Der alte war besser.«

Jede Wette, dass er seine Meinung änderte, sobald er erfuhr, dass der Schnaps umsonst war, solange der Kistenvorrat reichte.

Die Stimmung blieb dröge. Vera holte Klopapiernachschub aus dem Vorratsraum und machte sich in den Toiletten an die Arbeit, füllte auch die Seifenspender auf, wischte die Waschbecken, klopfte Staub von den künstlichen Blumen. In einem Jahr um diese Zeit, wenn Astra Luxe eingezogen war, stünden hier frische, vielleicht Orchideen; würde Meeresrauschen oder Meditationsmusik aus kleinen versteckten Lautsprechern gespielt. Ginge eine Reinigungskraft täglich mit einem Mopp über die Fliesen. Sie fragte sich, ob sie vor dem Verkauf alles auf Vordermann bringen und blitzeblank hinterlassen musste. Würden die nicht sowieso renovieren?

Bärbel und Rolf hatten sich in ihrer Abwesenheit zwei weitere Bier gezapft.

»Ich sehe, ich werde hier nicht gebraucht.«

»Kann man so sagen«, entgegnete Bärbel und legte den Kopf an Rolfs Schulter, der es ohne sichtbare Reaktion geschehen ließ.

Die Tür klappte. Hotte, einen Strauß roter Rosen in der Hand. Talent für die allerschlechtesten Zeitpunkte.

»Bärbel«, sagte er und blieb in der Mitte des Raums stehen, die Blumen wie einen Schild vor sich.

»Hau bloß ab, du.«

»Bärbel, es tut mir leid. Ich hätte besser auf den Hund aufpassen sollen. Komm, ich mach's wieder gut. Gehen wir nach Hause. Ich mach Spagetti.«

Bärbel polterte von ihrem Hocker. Sie riss Hotte den Strauß aus der Hand und warf ihn auf den Boden.

»Ich will dich nicht mehr sehen!«, keifte sie. »Ich lass das Schloss auswechseln! Gleich morgen lass ich das Schloss an unserer Tür auswechseln!« Sie schluchzte.

»Lass uns wenigstens eine Runde mit Dolce gehen«, bat Hotte sanft.

»Bild dir nicht ein, dass du den Hund je wieder anfasst!« Bärbels Stimme war so schrill, dass sie abbrach.

Sie begann zu husten. Hotte wartete stoisch, bis sie damit fertig war. Doch Vera konnte sehen, dass sich in dieser kurzen Pause in Bärbel schon etwas Neues zusammenbraute. Sie Anlauf nahm für einen besonders schweren Hieb.

»Und damit du's weißt …«, zischte Bärbel, »ich hab sowieso schon jemand anderen. Ihn!«

Sie zeigte auf Rolf, der zusammenzuckte und entschuldigend die Hände hob. Hotte sah reichlich irritiert zwischen ihm und Vera hin und her, doch Bärbel nahm jetzt Rolfs Gesicht zwischen die Hände und drückte ihm einen Kuss auf den Mund. Rolf sprang auf und schob sie von sich weg.

Er schnaufte, sah von einem zum andern. »Ich hab Feierabend«, schrie er. Er riss seine wenigen Sachen an sich und verschwand über die Treppe in die obere Etage.

Hotte sammelte schweigend die Rosen auf, bündelte sie und legte sie Vera auf den Tresen. Seine Unterlippe zitterte. Dann steckte er die Hände in die Hosentaschen und ging. Bärbel sah ihm nach. Sie weinte. Sie nahm Dolce aus dem Buggy und presste ihn an sich.

11.

Einundvierzig Tage nach der Entdeckung. Freitag.

Kamps hörte die Klappe des Briefkastens, zog sich rasch etwas über und ging nach draußen, um nachzusehen. Eine Zeitung. Hoppla, Rheinischer Anzeiger, den hatte er doch gar nicht abonniert. Dann erinnerte er sich: Es musste die Ausgabe sein, die der feiste Redakteur ihm hatte zukommen lassen wollen. Die Ausgabe mit dem Bericht über *ihn*. Kamps blätterte eifrig bis zum Lokalteil. »Der Ordnungshüter«. Das klang gut. Das klang nach ihm. Das musste es sein. Doch den Mann auf dem Bild hätte er beinahe nicht erkannt. Kamps erschrak davor, wie er im Klappstuhl saß, mit krummem Rücken, den Hintern tief im Leinstoff hängend; nasser Sack, hätte Angelika gescherzt. Sein Kinn war schludrig rasiert. Immerhin: Das Gewehr hielt er im korrekten Griff. Kamps las den Artikel, blieb an einer Stelle hängen. »Der Witwer gibt den zahlreichen herrenlosen Katzen Villraths ein Zuhause. Die Tiere fühlen sich offensichtlich wohl bei ihm.« Das war gut, Kamps lächelte. Den Katzen ging es prächtig, das war wichtig, und da stand es, schwarz auf weiß.

Er las weiter.

Dass er sich aus gegebenem Anlass für die Sicherheit in Villrath einsetze, im Alleingang.

Stimmte.

Er jedem Bürger nur raten könne, dasselbe zu tun, Hab und Gut zu beschützen.

Richtig.

Die Stadtverwaltung ihre Pflichten vernachlässige und es so nicht weitergehen dürfe.

Auf den Punkt.

Herrlich, das alles einmal gedruckt zu sehen. Eine echte Zeitung!

Er frühstückte ausgiebig. Es schmeckte ihm. Dann klingelte es an der Tür.

»Guten Morgen, Herr Kamps. Martin Ferber, ich bin Bürgermeister von Villrath.«

»Ich weiß, wer Sie sind«, sagte Kamps.

Er nahm die ausgestreckte Hand, Ferber drückte beherzt und unangenehm vital zu.

In der Küche scheuchte Kamps eine Katze vom Tisch und deutete dem Bürgermeister an, sich zu setzen. »Wollen Sie Kaffee? Hab aber nur Filterkaffee.« Er wusste nicht, was ein Bürgermeister gewöhnt war.

»Bestens«, strahlte Ferber.

Wie falsch der grinste, wie programmiert.

»Was kann ich für Sie tun?«, fragte Kamps und setzte sich ihm gegenüber.

»Nun«, Ferber faltete die Hände, »ich lese morgens gern Zeitung, wie jeder. Man möchte informiert bleiben, nicht wahr.«

Kamps schloss für eine Sekunde die Augen. Meine Güte. Der hielt ihn für grenzdebil. Woran lag es? An den Katzen? Am zerknitterten Hemd? In seinem Haus konnte er ja wohl immer noch tun und lassen, was er wollte. Kein Respekt. Der Herr sollte sich mal warm anziehen.

»Ich vermute, Sie meinen den Artikel im Rheinischen Anzeiger heute.«

»Der Artikel, ja. Richtig. Ich bin froh, dass Sie es selbst ansprechen. Wissen Sie, ich bin bestürzt über Ihre Situation. Dass Sie gewisse, nun ja, Umstände in der Stadt so belasten und Sie sich nicht ausreichend unterstützt fühlen.«

»Dem ist auch so.«

»Ich war, nichts für ungut, allerdings doch etwas verwundert darüber, dass ich davon aus der Zeitung erfahren muss. Wir haben doch eine Bürgersprechstunde. Und einen Sorgenkasten im Rathaus. Das sind nur zwei Wege, die Sie hätten wählen können und die in jedem Fall die besseren gewesen wären.«

»Inwiefern besser? Für Sie?«

Ferber lachte. »I wo. Für alle in dieser Stadt. Wir müssen doch jetzt zusammenhalten in Villrath, es warten neue Herausforderungen auf uns.«

»Ich hab einen Ordner im Keller. Da drin hab ich Kopien aller Briefe gesammelt, die ich an die Stadtverwaltung geschrieben habe. Die können wir durchsehen, ich hoffe, Sie haben Zeit mitgebracht.«

Die Drohung wirkte. Wenig schien so furchterregend zu sein, wie eine Stunde – gottbewahre, vielleicht sogar länger – mit einem alten Menschen über irgendwelche Schriftstücke gebeugt zu verbringen.

»Das ist nicht nötig, Herr Kamps. Ich glaube Ihnen. Und ich möchte mich in aller Form dafür entschuldigen, wenn Ihre Schreiben durch die Auslastung der Stadtverwaltung bislang kein Gehör gefunden haben.«

Bislang. Jetzt wurde es interessant.

»Wäre es zu viel verlangt, wenn ich Sie bitte, in Zukunft mit Ihren Beschwerden nicht mehr zur Presse zu gehen, sondern direkt zu mir und meinen Mitarbeitern zu kommen?«

»Das würde ich gerne. Aber diese Auslastung, von der Sie sprachen …«, gab Kamps den Naiven, »… das wird ja sicherlich dauern, bis etwas in die Gänge kommt, so beschäftigt, wie Sie sind.«

Ferber wich aus. »Villrath wird aufgeräumt, Herr Kamps. Darauf können Sie sich verlassen. Doch bevor wir die finanziellen Mittel dafür finden können, brauchen wir mehr denn je die Rückendeckung der Bevölkerung und die des Stadtrats.«

Kamps nickte.

»Sehen Sie«, fuhr der Bürgermeister in beinahe vergnügtem Ton fort, »wir bräuchten, wenn überhaupt, dann *positive* Berichterstattung.«

»Lügen ist meine Sache nicht.«

»Wer spricht denn von Lügen?« Er ruderte zurück. »Wie gesagt, wenn Sie lediglich Ihre Nöte zuerst mit mir diskutieren – und schon gar nicht auf Fotos mit einem Gewehr posieren –, damit wäre ich schon zufrieden.«

»Was bekomme ich dafür?«

Ferber war überrascht. »Bitte?«

»Was ich dafür bekomme.«

Jetzt musste sich der Bürgermeister sichtlich zusammenreißen. Wobei er seine Sache ganz ordentlich machte, immer noch lächelte. Kamps war beeindruckt.

»Ich wäre Ihnen außerordentlich verbunden. Das zum einen. Zum anderen könnten Sie sich sicher sein, dazu beigetragen zu haben, dass sich die Verhältnisse in Villrath auf absehbare Zeit verbessern. Deutlich verbessern.«

»Verhältnisse«, wiederholte Kamps, dem es langsam zu bunt wurde. »Ich sag Ihnen mal was über die Verhältnisse. Hier wird seit Jahren eingebrochen und geklaut, was nicht niet- und nagelfest ist. Vielleicht nicht in Ihrem Viertel, aber hier schon. Den Müll sammle ich notfalls selber auf, mit bloßen Händen. Aber die Plünderungen, das ist *Ihre* Aufgabe, Herr Bürgermeister.« Er schob den Stuhl zurück und machte sich daran, den Kaffee endlich aufzugießen. Er hatte zu viel Pulver genommen, schwarz und bitter wie die Nacht würde der werden. Wäre höchstens mit einem guten Schluck Milch zu retten. Doch Kamps war nicht in Gastgeberlaune. Oh nein. Er stellte die randvollen Tassen auf den Tisch, dass es knallte, Kaffee schwappte über.

»Ich hab gute Verbindungen zum Umweltcamp«, sagte er schließlich und stützte sich auf die Tischplatte. »Denen kann ich noch viele Male erzählen, was mich ärgert. Die haben einen Block, da steht das dann.«

»Das Camp wird nicht mehr lange existieren, Herr Kamps, so viel kann ich Ihnen versprechen.«

Donnerwetter. Das klang nun eindeutig bissig.

»Ich bin sicher, ich finde die Telefonnummer vom Rheinischen Anzeiger noch. Oder die von einer anderen Zeitung. Gibt ja reichlich.«

»Wollen Sie wirklich gegen mich in den Krieg ziehen?« Ferber hob kritisch eine Augenbraue. Wie im Film. Geck.

»Was für Wörter Sie benutzen …« Kamps schnaubte und trank einen Schluck Kaffee.

Jesus. Tüchtig verdorben hatte er den. Doch das war nur zu seinem Vorteil, beschäftigte ihn, ließ Augenblicke verstreichen. Jetzt kam es darauf an. Wer hatte den längeren Atem. Er nippte am Kaffee. Ferber wirkte nachdenklich. Möglich, dass er sich ausmalte, wie so ein Krieg gegen Kamps wohl aussähe. Wie alle Kriege, hässlich. Verluste auf beiden Seiten. Und wie das ihn wohl dastehen ließe, den Bürgermeister, den Mann, der Villrath in eine neue Zukunft führen wollte. Ein guter Ruf ist Goldes wert. Ein Spruch, so alt wie wahr. Kamps sah Ferber beim Abwägen zu. Sein Eindruck verfestigte sich: Solide Nerven waren die Sache des Bürgermeisters nicht. Typ »geringster Widerstand«. Doch umso mehr brauchte man Menschen, die *für* einen arbeiteten. Eine optimale Druckverteilung ermöglichten.

Endlich stöhnte Ferber auf. »Also schön. Seit einiger Zeit steht der Einsatz eines privaten Sicherheitsdienstes bei uns zur Debatte. Aber ich kann Ihnen da nichts versprechen, Herr Kamps. Nur dass ich mich dafür starkmachen werde. So was ist teuer.«

Kamps nickte verständnisvoll. »Das weiß ich zu schätzen.« Er schob Ferber die zweite Tasse zu. »Sie werden mich hoffentlich über die Entwicklung auf dem Laufenden halten.«

*

Nur ein Stück Papier, so ein Zeugnis, dachte Johannes wie jedes Jahr. Trotzdem überflog er es misstrauisch, als die Klassenlehrerin es vor ihn auf den Tisch legte, suchte nach der Erdkunde-Vier, ob sie auch wirklich da wäre. Sie war, gestochen scharf. Eine Gnadenvier auch in Sport, die Lehrerin hatte ihn erneut durchgewunken, weil er in jeder Stunde beim Auf- und Abbau der Geräte geholfen und die anderen dabei angeleitet hatte, die sich teils mit Absicht zu blöd dabei anstellten. Er hatte es geschafft. Endgültig geschafft. Zehn Euro für jede Zwei, hatte die Mutter gesagt. Also: zehn Euro. Mathe war mal wieder die Rettung. Johannes strich über sein Zeugnis, dachte, seltsam, wie häufig erst was Gutes passierte und dann noch etwas Gutes. Als wäre man auf einmal für ein Abo angemeldet. Dabei wäre es viel sinnvoller, dass die guten Sachen sich regelmäßig mit den schlechten abwechselten. Stattdessen kriegte man alles auf einmal. Wie bei einem Spielautomaten, an dem man den Jackpot knackte und die Münzen durch den Schlitz rasselten. Dann hatte man besser eine Tüte dabei.

Er sah auf die Uhr. Noch zwanzig Minuten. Die Lehrerin sprach über die bevorstehenden Ferien. Dass sich jeder über den Sommer Gedanken über das Betriebspraktikum im nächsten Schuljahr machen solle. Sie fragte reihum, wer schon eins in Aussicht hätte. Raphael. Gordon. Nicki. Isabell, Mia und Pascal. Ela meldete sich: was mit Webdesign.

»Johannes, und du?« Die Lehrerin sah ihn aufmunternd an.

»Bei einer Zeitschrift. Einer Motorradzeitschrift«, antwortete er.

»Oh. Das ist ja mal was ganz anderes«, sagte die Lehrerin freundlich und machte weiter mit dem Nächsten.

Nach Schulschluss strömte die eine Hälfte seiner Klassenkameraden nach Hause oder direkt in den Urlaub, die andere machte sich auf den Weg zum Sportfest. Er auch, obwohl er sich keinen hassenswerteren Ort auf der Welt vorstellen konnte als den Sportplatz, nicht mal den Zahnarzt. Auf dem Sportplatz musste er an Wettkämpfen teilnehmen, bei denen alle anderen zeigten, wie schnell und ausdauernd sie rennen, wie weit sie springen und werfen konnten, während er nur bewies, was ihm alles nicht gelang. Dort war er gezwungen, Klamotten zu tragen, die, egal wie weit und schlabberig er sie wählte, immer noch zu viel von ihm zeigten. Dort liefen die Sportlehrer zur Höchstform auf, dachten sich verschärfte Regeln für jedes Spiel aus. Und dort wurde ihm im Sommer, vor allem beim Dauerlauf, regelmäßig schwarz vor Augen, sodass er sich zum Ausruhen an den Rand setzen musste zu den

Mädchen, die wegen ihrer Periode befreit waren. Der Sportplatz war so was wie Johannes' persönliche Hölle.

Nur heute. Heute nicht.

Die Tribüne füllte sich bereits, als er ankam und sein Rad abstellte. Ein paar Schüler aus den unteren Stufen verkauften Lose für die Tombola, daneben hatte die Stadtverwaltung einen Infostand über die Quelle im Wald aufgebaut. Ein paar Meter weiter gab es Getränke und warmes Essen. Johannes holte sich Cola und eine Schale Pommes, quetschte sich zwischen die Lehrer und Mitschüler und Mütter und Väter und Geschwister. Fast zwei Stunden langweilte er sich, bis die fünften, sechsten, siebten und achten Klassen mit ihren Wettkämpfen und anderlei sportlichen Darbietungen durch waren. Dann wurde er allmählich aufgeregt. Unauffällig tastete er immer wieder nach dem Plastiktütchen in seiner Jackentasche, das er von Harry bekommen hatte. Vielleicht gelänge es ihm im Laufe des Nachmittags, es an jemanden loszuwerden. Verschenken, hatte Harry gesagt. »Zum Ausprobieren. Ist wie Werbung.« Endlich stellte sich unten seine Jahrgangsstaffel auf, als eine der Letzten betrat Ela die Bahn, puffte Paula in die Seite, machte ein paar nicht ganz ernst gemeinte Dehnübungen. Ihre Staffel war »Die Speedy Gonzalez Super 6«, sie traten an gegen das Team »Turbopizza«. Ela entdeckte Johannes und winkte, er lächelte breit und ziemlich sicher bescheuert, aber Hauptsache, sie konnte es von da unten sehen. Der Startschuss. Die ersten beiden Läufer wetzten los, ihre Mannschaften hüpften und schrien. Ela war im dritten Durchgang dran. Die Läuferin vor ihr, Nicki, verfehlte den Staffelstab aus Toms Hand, er fiel zu Boden, ein Raunen auf der Tribüne, Nicki bückte sich nach dem Stab und rannte nach endlosen Sekunden weiter. Auf der Bahn daneben überholte Raphael. Jetzt war Ela dran. Sie war echt schnell. Nicht ganz so schnell wie die vierten, fünften oder sechsten Läufer sein würden, klar, denn das waren die Sprint-Asse, die kamen ganz zum Schluss, aber trotzdem. Ela riss die langen, dünnen Beine nach vorne, sprang mehr, als dass sie lief. Johannes ließ sie nicht aus den Augen. Gleich war sie drüben. Schade, dass er sich nicht traute, ihren Namen zu brüllen. Ela erreichte die andere Seite, gab den Stab weiter, ließ sich auf die Aschebahn fallen. Es würde knapp werden. Aber jetzt war Moritz an der Reihe und danach Milo, beide machten Leichtathletik in ihrer Freizeit, in ihrer *Freizeit*, Johannes wusste schon, warum er mit ihnen nichts mehr gemeinsam hatte. Aber sie holten doch nicht mehr auf. Team »Turbopizza« gewann. Unten auf der Bahn umarmte Ela die heulende Nicki, strich ihr über den Rücken.

Der Direktor hatte das Mikrofon genommen und sagte irgendwas über das Fest und das vergangene Schuljahr, über die neue Wissenschafts-AG, die einen Preis bei einem Wettbewerb bekommen hatte, und so fort. Johannes kletterte von der Tribüne, quetschte sich zwischen Ellbogen und Hüften und Bäuchen durch. Er hatte genau verfolgt, wie Ela vom Platz gegangen war, hatte sie nur einen Moment aus den Augen verloren. Sie würde nicht einfach so nach Hause gehen, ohne wenigstens ein paar Worte mit ihm zu wechseln? Johannes bahnte sich seinen

Weg zum Ausgang. Auf dem Parkplatz, hinter der letzten Autoreihe, entdeckte er sie endlich, sie stand mit einigen anderen aus der Klasse im Halbkreis; Johannes erkannte Raphael, Robin, Milo; an der Krümmung der Rücken, an der ganzen Art zu stehen war abzulesen, dass ein Joint die Runde machte. Seltsam, dass Harry Bescheid über etwas gewusst hatte, das bislang an Johannes vorbeigegangen war: nämlich dass Gras ein Ding an seiner Schule war. Zumal in seiner Klasse. Egal. Er fühlte sich ein bisschen komisch mit dem Tütchen in seiner Jacke und war erleichtert, dass er es jetzt jedenfalls nicht umsonst mitgenommen hatte. Ela bemerkte ihn als Erste, sie lächelte und hob die Hand. Die anderen drehten sich um. Johannes wurde warm. Er lief schneller, trat fest auf bei jedem Schritt. Raphael, Robin und Milo glotzten.

»Hi«, sagte Johannes. »Du«, er wandte sich zu Ela, versuchte, es beiläufig aussehen zu lassen. »Bist super gewesen heute. Schade, das mit Nicki. Ihr hättet gewinnen sollen.«

»Passiert«, antwortete Ela achselzuckend, sie schien das Ganze schon vergessen zu haben.

Es gefiel ihm, wie so vieles an ihr.

Ela bekam den Joint von Milo, zog daran, dann hielt sie ihn Johannes unter die Nase. »Du auch?«

Er nahm ihn an, konnte die anderen ja schlecht neugierig auf sein Zeug machen, wenn er jetzt aussetzte. Außerdem gab es ihm die Chance, das Thema anzusprechen. Er wusste auch schon, wie. Beziehungsweise: wie Harry es machen würde.

Er zog und spielte einen Hustenreiz vor. »Habt ihr nichts Besseres?«

»Hä?«, sagte Raphael.

Johannes holte das Tütchen hervor. »Also ich schon.«

Wie ihnen die Augen rausfielen. Ein Moment, an den er sich noch lange erinnern würde.

»Wo hast du das her?«, fragte Milo.

»Ich glaube, ich weiß, woher«, sagte Ela und blinzelte Johannes an. »Ihr könnt ihm vertrauen, das ist gut.«

Johannes nickte. Er beobachtete die anderen. Bemerkten sie, wie gespielt seine Gelassenheit war? Aber er schien Glück zu haben. Entweder waren sie schon zu dicht oder so gierig, dass es ihnen nicht auffiel. Er legte das Tütchen in Raphaels Hand, der es langsam, fast in Zeitlupe, einsteckte.

»Ist geschenkt. Wenn ihr mehr wollt, ich kann's besorgen.«

Raphael, Milo und Robin sahen einander an, halb kapierten sie es immer noch nicht.

»Na dann. Viel Spaß.«

»Warte mal.« Raphael machte einen Schritt auf Johannes zu. »Wir gehen nachher noch zu mir. Pizza bestellen, dies das. Kommst du mit?«

»Auf einmal, oder was?«, sagte Johannes spöttisch, im selben Moment hätte er sich am liebsten die Zunge abgebissen.

Die anderen sahen ihn überrascht an. Aber jetzt war es raus. Und außerdem. Außerdem hatte er recht.

»Nee, also danke, aber ich hab noch zu tun.«

Allein ging er zum Fahrradständer und schloss sein Rad auf. Richtig wohl fühlte er sich nicht. Aber auch nicht schlecht. Wahrscheinlich hatte er sich gerade vermasselt, jemals wieder echten Anschluss zu finden in der Klasse, aber einen winzigen Reststolz hatte er auch noch. Harry hätte es richtig gefunden.

Er wollte aufsteigen, als Ela bei den Fahrrädern auftauchte.

»Du, hör mal«, sagte sie. »Ich weiß, dass die dich nicht so nett behandelt haben in letzter Zeit. Ich bin nur mit denen befreundet wegen der Sportsache …, weil wir doch in einem Team waren und so. Aber ich versteh, wenn du keine Lust auf die hast. Bist du jetzt auch sauer auf mich?«

Johannes lächelte. »Nein.«

»Okay. Wollte nur sicher sein. Sehen wir uns im Camp? Ich muss erst nach Hause, mich umziehen, aber dann wollte ich zu Chili und den anderen fahren. So in zwei, drei Stunden.«

»Klingt gut. Aber ich kann erst später, muss noch was erledigen.«

»Cool. Lu und Fine mochten dich auch echt gern.«

Auch. Sie hatte »auch« gesagt, er hatte es genau gehört, und zum ersten Mal schwand bei ihm die Nervosität, die er immer verspürte, wenn Ela in der Nähe war. Wie es wäre, den Sommer im Camp zu verbringen. Die letzten großen Ferien über war er immer zuhause gewesen, hatte nachts am Computer gespielt oder Videos geschaut und bis in den Nachmittag geschlafen, war nur zum Essen und Duschen aus seinem Zimmer gekommen. Hatte sich gesagt, dass es nichts Besseres gab, als sechs Wochen lang Ruhe zu haben vor den Lehrern, den anderen. Aber manchmal war er auch neidisch gewesen. Dass da draußen alles ohne ihn passierte. Im Camp dagegen hatte es sich beinahe einfach angefühlt, er zu sein. Beinahe so wie mit Harry. Und was sollte die Mutter schon sagen, solange er sich zwischendurch zuhause blicken ließ?

»Bis später«, sagte er zu Ela und machte sich auf den Heimweg.

*

Der Bürgermeister war noch keine zehn Minuten gegangen, als Kamps' Telefon klingelte.

»Julius, das war keine gute Idee«, meldete sich Werner knapp, ohne Begrüßung.

»Was denn?«

»Ich meine die Zeitung von heute. Den Rheinischen Anzeiger.«

»Was ist damit?«

»Das Gewehr!«, spuckte der Waffenmeister aus. »Du kannst dich doch nicht auf diese Art damit fotografieren lassen, bist du übergeschnappt? Weißt du, was das für ein Licht auf uns wirft? Was dann wieder geredet wird über Schützenvereine?«

Kamps presste die Lippen aufeinander. »Wieso, das Gewehr gehört mir doch«, sagte er leise.

»Ich hab's dir unter der Hand gegeben, das sollte gar nicht bei dir sein. Hier haben schon zwei Brüder auf der

Matte gestanden und gefragt, was das soll, seit wann einzelne Mitglieder ihr Gewehr mit nach Hause nehmen dürfen. Zumal … *inaktive.*« Werner sprach das letzte Wort mit Missfallen aus.

»Ich bringe es dir zurück«, seufzte Kamps.

»Selbstverständlich bringst du es zurück. Und zwar sofort.«

»Dein Ton ist unangebracht.«

»Ich kann noch ganz andere Töne auflegen, Julius.«

»Was willst du machen, mich aus dem Verein schmeißen?«

»Das garantiere ich dir.«

Kamps überlegte kurz. »Ja. Dann mach«, sagte er milde und legte auf; blieb im Flur stehen, bis er sich wieder gefangen hatte.

Sein Blick fiel auf die gerahmte Fotografie, die am selben Fleck hing seit einem halben Jahrhundert. Rechts und links ragten in die Aufnahme die Gewehrläufe der Schützenbrüder hinein, die das Spalier gebildet hatten, als er und Angelika aus der Kirche in die Sonne getreten waren. Das Bild hatten sie beide immer lieber gemocht als jenes, das sie später an diesem Tag im Fotostudio hatten machen lassen und das irgendwo in einem Karton im Keller lag. Nun. Alles geht einmal zu Ende, dachte Kamps, wiederholte es laut auf dem Weg ins Wohnzimmer: Alles geht einmal zu Ende, nichts ist sicherer als das. Immerhin, an dem Gewehr konnte er sich nun ganz allein erfreuen.

Auf einmal hatte er große Lust, den Kätzchen zuzusehen. Er sammelte sie nach und nach ein und setzte sich mit der ganzen Bagage auf die Couch, ließ sie auf sich herumturnen. Es wurde jetzt doch Zeit, dass er sich einmal ins Auto setzte und zum Tiermarkt fuhr, ihnen Spielzeug besorgte. Bald. Eins der Kätzchen hatte es sich neben ihm auf einem Kissen bequem gemacht. Er schob es ein wenig beiseite, nur so viel, dass sein Kopf Platz fände, dann legte er sich daneben und betrachtete den kleinen felligen Bauch neben seiner Wange, der sich beruhigend auf und nieder senkte. Es dauerte nicht lange, und Kamps dämmerte ein.

*

Vera stellte den Eimer mit der Lauge und den Mopp neben Hottes Zimmer ab und klopfte. Ein Malheur, hatte er gesagt. Sie fragte nicht, wollte nicht wissen, welches. Der ganze Mann ein einziges Malheur, seit der Sache mit den Rosen und Bärbel. Sie wartete. Die Tür öffnete sich einen Spalt, gerade so viel, dass Hotte das Putzzeug an sich raffen konnte. Die Tür wurde sofort wieder zugezogen.

»Muss was in die Waschmaschine?«

Sie horchte. Keine Antwort.

»Gern geschehen«, sagte sie mürrisch.

Allmählich war sie doch genug strapaziert worden. Sie würde Hotte in Ordnung bringen lassen, was auch immer er in der Nacht auf seinem Zimmer verbrochen hatte; verbrochen, erbrochen, alles dasselbe. Ihm dann ein Ultimatum stellen. Trinken nur noch unter Aufsicht. Und sowieso: nur noch ein, zwei Tage. Dann müsste er woanders unterkommen. Es musste doch irgendjemanden geben, der mehr in der Pflicht stand als sie. Lustlos wälzte sie in der Küche die Schnitzel in der Panade. Seit jeden Mittag mehr Leute vorbeischauten, musste sie immer früher anfangen mit den Vorbereitungen. Johannes hätte ihr zur Hand gehen können, doch er war auf dem Sportfest zum Schuljahresausklang, als Zuschauer natürlich; vorhin hatte sie die erbetene Nachricht von ihm erhalten: Zeugnis o. k. Sie hatte ein paar Sätze getippt, dass sie stolz sei, dass er das gut gemacht habe. Hatte nach dem passenden Emoji gesucht: das Kussgesicht, das Gesicht mit dem Narrenhut und der Tröte, die applaudierenden Hände, das Peace-Zeichen. Hatte sich nicht entscheiden können und ihre halbfertige Antwort im Entwürfe-Ordner abgespeichert bei den anderen.

Ihr Telefon vibrierte auf der Arbeitsplatte. »Brandt« stand auf dem Display. Rasch wischte Vera sich die Hände an der Schürze ab.

»Frau Beutel? Jochen Brandt hier. Wie geht es Ihnen?«

»Gut«, ihre Stimme war plötzlich die einer alten Frau.

Sie räusperte sich. Presste ihren Rücken an den Küchenschrank. Wie rasend ihr Herz klopfte. Als ginge es um ihr Leben. Aber ging es ja auch.

»Ich habe erfreuliche Nachrichten. Der vom Büro Seidel geschätzte Wert aus dem Gutachten bewegt sich im Rahmen unseres Budgets für dieses Hotelkonzept. Das bedeutet, wir möchten Sie nun gerne einmal zu uns einladen, um die nächsten Schritte persönlich zu besprechen und dann bei nächster Gelegenheit eine eigene Begehung des Hauses und des Grundstücks vornehmen, um einen besseren Eindruck zu bekommen. Anschließend werden wir Ihnen die endgültige Kaufsumme vorschlagen und, wenn Sie zustimmen, einen Vertrag aufsetzen, über den Sie natürlich gerne einen Anwalt schauen lassen können. Meine Assistentin wird sich bei Ihnen melden, um einen Termin in unserer Zentrale in Frankfurt vorzuschlagen. Sind Sie einverstanden?«

Wie selbstverständlich er das sagte, als sei sie regelmäßig in der Weltgeschichte unterwegs.

Sie dachte an ein gläsernes Eckbüro. An einen Konferenzraum mit einem mehrere Meter langen Tisch und einen Teller mit Keksen, Sektflöten.

»Frau Beutel?«

»Ja. Entschuldigung. Selbstverständlich. Ich freue mich.«

»Schön.«

»Eine Frage habe ich noch!«

»Ja?«

»Sie wissen, dass der Stadtrat noch über das Kurhaus und den Park entscheiden muss?«

»Ja, darüber habe ich mit Herrn Ferber gesprochen.«

»Falls der Stadtrat gegen den Verkauf ist … also, macht das für Sie einen Unterschied in Bezug auf mich? Bitte, ich muss das wissen.«

Brandt lachte freundlich. »Im Moment gehen wir ja davon aus, das Gebäude samt Park erwerben zu können. Und dadurch auch den Tourismus in Villrath zu fördern. Aber ich kann Sie beruhigen, uns ist die Sache mit Ihrem Stübchen ernst. Auch ohne die Kuranlage. Wir kalkulieren unsere Käufe sehr gut. Habe ich Ihre Frage damit beantwortet?«

Vera schluckte. »Ja. Danke.«

»Nichts zu danken. Übrigens werden wir uns vorher noch einmal sehen. Auf dem Stadtfest.« Seine Stimme hatte einen verschwörerischen Unterton.

Richtig, Ferber wollte Brandt und die Hotelgruppe dort öffentlich vorstellen.

»Ich freue mich«, sagte sie.

»Ebenso. Bis dann.«

Sie legte auf und wählte hektisch die Nummer des Dicken. Die Verbindung baute sich auf, und es klingelte. Eine kleine Ewigkeit. Zum Kuckuck, wie oft hatte sie ihm eingebläut, das Handy bei sich zu tragen. Kurz bevor sie glaubte, dass sich gleich die Mailbox einschaltete, klickte es, eine Frauenstimme meldete sich.

»Schwester Claudia hier.«

»Hallo … ich möchte mit Herrn Wilhelmy sprechen. Das ist sein Handy. Wo ist er?«

»Ach. Sind Sie die Tochter?«

»Ja.«

»Herr Wilhelmy ist leider gestern gestürzt, er ist in St. Katharina. Das Handy haben wir anscheinend vergessen einzupacken, es musste alles schnell gehen.«

Vera setzte sich, ihre Glieder fühlten sich auf einmal an wie aus Blei. »Wie geht es ihm?«

»Den Umständen entsprechend, würde ich sagen.«

Dusselige Gans. Jedem Menschen ging es den Umständen entsprechend, immer.

»Kann er besucht werden?«

»Soweit ich weiß, ja.«

»Gut.«

Vera legte auf. Sie saß eine Weile und betrachtete ihre Hände im Schoß. Ihre Füße, die Küchenfliesen. Sah eine Assel, die sich in eine Fuge drückte. Ruhig jetzt. Besucht werden konnten nur Lebendige. Was der Dicke wohl brauchte im Krankenhaus? Wenn sie schon das Handy vergessen hatten, hatte er wohl kaum seine Rätselhefte dabei, das Aftershave. Vera ließ die Schnitzel liegen. Sie schlüpfte aus dem Kittel, nahm ihre Handtasche und die Jacke vom Haken.

Die Mittagszeit im Krankenhaus war gerade vorbei. Die Tür zum Zimmer des Dicken war offen, sie konnte ihn sehen: allein, vor einem leergegessenen Tablett, ein Kissen im Rücken. Auf der Stirn ein Pflaster. Er hatte das Bett nahe am Klo.

»Was machst du denn hier?«, blaffte er, als Vera den Raum betrat.

Sie reichte ihm wortlos die Tüte mit den Sachen, die sie in der Drogerie und am Bahnhofskiosk für ihn gekauft hatte. Er nahm sie. Kramte und fischte die Tafel Schokolade heraus. Grunzte.

»Die nehmen sie mir weg. Die sind hier auch nicht anders als im Heim.«

»Dann finden sie sie besser nicht.«

Sie brachen einen Riegel nach dem anderen ab, aßen und sagten kein Wort. Als sie fertig waren, knüllte Vera das

Silberpapier zusammen und warf es nach dem Dicken. Die Kugel prallte von seiner Brust ab und kullerte in seinen Schoß. Er befühlte sie mit nachdenklichem Blick. Täuschungsmanöver. Einen Augenblick später kam die Kugel zurück, traf Vera an der Schulter und plumpste zu Boden.

Der Dicke grinste. »'tschuldige für die Begrüßung. Ich bin gerade nicht in Bestform.«

»Offensichtlich.«

»Wie sehen meine Haare aus?«

»Großartig.«

»Du mich auch«, er nahm Veras Hand und drückte sie.

»Was ist überhaupt passiert?«, fragte sie.

Der Dicke stöhnte. »Ich bin hingefallen. Im Bad.«

»Und?«

»Nichts und. Platzwunde hier oben. Bin eigentlich nur noch zur Beobachtung hier. Aber du weißt ja … der Arzt will sich noch mal meinen Bauch ansehen. Die sind wie verrückt nach meinem Bauch.«

Er lachte gluckernd.

»Ich hab einen verdammten Schreck bekommen, als ich davon gehört habe«, sagte Vera. »Warum hast du mir nichts gesagt?«

»Musst du denn alles wissen?«

»So was schon.«

»Ach«, der Dicke winkte ab.

»Das ist nicht fair. Außerdem, wen hast du denn noch? Kein Schwein. Keins!«

Der Dicke runzelte die Stirn, wirkte kleinlaut. »Ist ja gut.«

Vera sah woandershin. Draußen auf der Fensterbank hüpften nervös einige Spatzen. Auf dem Gang schrie jemand, eine dürre Stimme, die abbrach wie ein trockener Zweig, aus dem Nebenzimmer tönte der Fernseher durch die Wand. Sie schluckte ihren Zorn weg.

»Ich muss dir auch was erzählen. Die Hotelgruppe hat angerufen. Sie finden das Gutachten in Ordnung und wollen kaufen. Es geht bald los. Ich fahre sogar zu denen nach Frankfurt.«

Die Hand des Dicken, die ihre immer noch umfasst hielt, spannte sich an; ein Zucken schien durch seinen Körper zu gehen, sie spürte es wie einen leichten elektrischen Schlag. Er schloss die Augen.

»Gut«, sagte er, »das sind schöne Nachrichten. Und die Engelhardt? Steht sie noch zu ihrem Wort?«

»Warum sollte sie nicht? Ich hab sie doch heiß gemacht mit dem Kreuzweg.«

Der Dicke lächelte. Doch schnell wurde er wieder ernst. »Vera …«

Sein Ton gefiel ihr nicht. Etwas war los. Er schien zu überlegen, wie er es sagen sollte. Der Arzt, das Krankenhaus. Sie hatten doch was gefunden. Waren alle Werte noch mal durchgegangen, hatten einen Experten kommen lassen und schließlich doch noch was gefunden. Es war endgültig. Er würde sterben. Nicht in zehn Jahren, nicht in fünf Jahren. Bald.

»Kann ich dich um was bitten?«, machte der Dicke endlich weiter. »Wenn dir der Salon dann gehört … holst du mich ab und zu? Ich würde gerne da sitzen und dir bei der Arbeit zusehen. Ich wäre leise. Praktisch gar nicht da.«

Er kniff die Lippen zusammen, guckte Vera endlich an; sie fühlte, wie ihre Nackenmuskeln sich entspannten.

Sie nickte. »Schätze, einer muss mich wohl beraten.«

Sie grinsten einander an, und er drückte ihr einen Kuss auf den Handrücken. Es klopfte an der Tür, ein Krankenpfleger kam, um das Tablett abzuräumen. Sie verabschiedeten sich.

»Halt mich auf dem Laufenden«, rief der Dicke ihr hinterher.

»Darauf kannst du Gift nehmen.«

Zurück auf dem Flur stand Vera einen Augenblick reglos da. Spürte, wie ihre Faust sich um den Riemen ihrer Handtasche schloss, bis die Knöchel weiß wurden. Endlich kramte sie die Thermosflasche hervor und trank vom Gin mit Apfelsaft. Dass ihr das auch nicht früher eingefallen war. Der billigste Trick von allen, und ausgerechnet sie war erst heute, zwischen Tür und Angel, darauf gekommen. So eine Thermoskanne würde auch unverdächtig im Salon stehen können. Im Vorbeigehen grüßte ein anderer Krankenpfleger sie freundlich, nein, nicht sie, sondern eine unauffällige, im Gehen Kaffee trinkende Frau, eine mit geregeltem Familienleben und sauber geführtem Terminplan. Sie fühlte sich gut und wartete auf den Fahrstuhl ins Erdgeschoss.

Die Türen öffneten sich.

»Ach. Tag, Frau Beutel.«

Vera machte unwillkürlich einen Schritt nach hinten.

Die Engelhardt. Sie hielt eine Packung Pralinen und einen Blumenstrauß vor der Brust; jetzt machte sie eine Hand frei und reichte sie Vera zum Schütteln.

»Das ist ja ein Zufall. Ich hoffe, es ist nichts mit Ihrer Familie?«

»Nein. Bei Ihnen?«

Die Alte verließ den Lift.

»Niemand Verwandtes. Ich bin im Pfarrgemeinderat für die Krankenbesuche zuständig. Heute ist es Frau Dehmer. Aus der Weidenstraße. Lungenentzündung, leider ernst in ihrem Alter, ich habe auf ihren Wunsch die Bibel dabei.«

Sie musterte Vera eingehend, hinter ihr schlossen sich die Türen des Fahrstuhls.

»Frau Beutel. Haben Sie mir nichts zu sagen? Neuigkeiten von Ihrem Notar? Das dauert jetzt schon ganz schön lange mit Ihrem Papierkram. Bevor ich da etwas gesehen habe, trete ich den Salon ganz sicher nicht an Sie ab. Vorher denke ich nicht mal dran.«

Sie klang forsch wie eh und je, doch Vera hatte den Eindruck, dass sich seit ihrer letzten Begegnung etwas verändert hatte. Die Engelhardt sah mitgenommen aus, ihren Augen fehlte die Angriffslust. Der Kater. Das musste der Grund sein. Die Engelhardt hatte den Körper wohl kaum im Wald entdeckt, dafür trieb sie sich nicht genug herum. Doch inzwischen war ausreichend Zeit vergangen, dass sie hatte begreifen können, dass das Tier wohl nicht wiederkommen würde. Die Gelegenheit war gut. Vielleicht war die Alte weich, durchlässig.

»Das Immobiliengutachten habe ich Ihnen kopiert und in den Briefkasten geworfen, neulich erst.«

»Das meine ich nicht! Ich will einen Beweis, dass Sie das Geld wirklich *haben*. Mir reicht auch ein Kontoauszug. Hauptsache, ich sehe, dass Sie die Wahrheit sprechen.«

Verflucht. Die war nach wie vor auf der Hut. Aber allmählich ging sie Vera auf die Nerven.

»Ich verhandle gerade über die Kaufsumme. Mehr kann ich im Moment nicht sagen. Rufen Sie doch selber bei Astra Luxe in Frankfurt an und lassen sich bestätigen, dass alles so ist, wie ich sage«, erwiderte sie und sah kühl auf die Alte herunter. »Soll ich Ihnen die Nummer geben?«

Die Engelhardt blickte irritiert drein.

Vorsicht jetzt. Vielleicht doch ein klein wenig zurückrudern. Vera überwand sich und streckte eine Hand aus, legte sie auf den Arm der Alten. »Sie können mir vertrauen, Frau Engelhardt. Allein schon, weil Sie nicht nur für mich wichtig sind, sondern für ganz Villrath.«

Die Alte sah ihr fest in die Augen. »Das ist mir bewusst. Ich mache keine halben Sachen. Den Pfarrgemeinderat haben Sie bereits auf Ihrer Seite. Was den Rest betrifft, die Senioren, darum kümmere ich mich. Ich habe gute Verbindungen, auch in die Altenheime. Ich plane nächste Woche eine Infoveranstaltung bei den Maltesern.«

»Gut. Dann hören wir voneinander.«

»Das hoffe ich.«

Vera sah der Engelhardt nach, wie sie wendigen Schrittes die Eingangstür zur Station betrat. Dann drückte sie erneut den Fahrstuhlknopf.

Im Stübchen traf sie auf Hotte, der endlich aus seinem Zimmer heruntergekommen war. Er saß am Tresen, sah unfassbar mitgenommen aus, wenn das in seiner Kategorie überhaupt eine gültige Beschreibung war. Augen wie zwei Krater und nichts, was noch durchschien, alles stumpf. Seine Haut war so trocken, dass es ihm ins Bier rieselte.

»Musst auch mal Wasser trinken, zwischendurch.«

Hotte schnaufte böse. »Villrather Heilwasser, gut für Körper und Seele?«

»Ich meinte normales, aus der Leitung.«

»Ja, ich weiß, hab ich nur so gesagt.«

»Ja. Ich weiß. Ich auch. Entschuldige.«

Hotte leerte sein Glas in einem letzten Zug und legte einen zerknitterten Schein auf den Tresen. »Da, für die Rosen und alles. Mehr hab ich nicht.«

»Schon gut. Was hast du jetzt vor?«

»Mein Cousin. In Andernach. Der hat einen feinen Hobbykeller. Da komm ich erst mal unter.«

»Und Bärbel?«

Hotte zuckte mit den Schultern. »Geht mich nichts an. Wir sind durch.«

»Das glaub ich nicht.«

»Zum Glauben gehst du besser in die Kirche.« Er lächelte, patschte mit der Hand auf den Tresen. »So. Na dann. Mach's gut. War immer nett bei dir.«

»Du kommst doch wieder?«

Hotte kratzte sich verlegen am Kopf. »Ach. Vielleicht muss ich den ganzen Scheiß einfach mal hinter mir lassen. Ich hab ja eine Menge versaut. Weißt du gar nichts von.

Weiß keiner. Jetzt mach ich Tabula rasa. Nur den Kleinen, den werd ich vermissen. Da ist ein Mensch dran verloren gegangen an unserem Dolce, sagt jeder.«

Vera schüttelte den Kopf. »Ich rede noch mal mit Bärbel.«

»Lass gut sein. Bitte. Wenn du was für mich tun willst, sprich nicht mit ihr. Ich hab meine Chance gehabt, und sie hat ihre Chance gehabt, und das ist das. Grüß deinen Jungen von mir.« Hotte stand auf. »Ach so.«

Er wühlte in seiner Hosentasche und legte etwas Rasselndes auf den Tresen. Es waren mehrere an einer Schnur aufgefädelte Kronkorken, getrennt durch kleine, harte Kügelchen, die wie geschmolzenes und anschließend in Form gebrachtes Plastik aussahen. Am unteren Ende war ein Bündel goldener Lamettafäden, mit einem Stück Kabelbinder zu einer Quaste zusammengefasst.

»Dein Glücksbringer. Den habe ich noch fertigbekommen.«

Vera nahm ihn an sich. »Hübsch geworden.«

Hotte nickte zufrieden und nahm seine beiden Rucksäcke. Als er durch die Tür aus dem Stübchen schlurfte, rülpste er befreit.

*

712. Der Bus mit der Nummer 712, dann der Regio Richtung Bad Honnef, Johannes wiederholte es mehrmals auf dem Weg zur Haltestelle. Als er ankam, saß dort eine alte Frau mit einer lila Strickmütze, trotz der Hitze. Sie

schwitzte sichtlich. Da hatten sie was gemeinsam. Johannes schloss sein Rad an den nächsten Laternenpfahl, öffnete seine Jacke und wischte sich übers Gesicht. Er konnte jetzt immer noch aufstehen und nach Hause gehen. Aufstehen, nach Hause gehen. Er blieb sitzen. Um die Wartezeit zu nutzen, begann er das Projekt, das er sich für die Ferien vorgenommen hatte, und richtete je einen neuen Account bei Instagram und YouTube ein. Er hatte sich auch schon einen Namen ausgedacht: »Team Hercules & Joe.« Anschließend legte er Alben an, eins mit Frontal- und Seitaufnahmen und eins für Details an der Maschine, sortierte Fotos hin und her. Überlegte, welche der Handyhalterungen, die er online gefunden hatte, er kaufen sollte, um mit der Hercules das erste Tourenvideo aufnehmen zu können. Als der Bus um die Straßenecke bog, steckte er das Telefon weg und atmete so tief und geräuschvoll aus, dass die Frau neben ihm besorgt den Kopf drehte.

Die dreißig Minuten Fahrt gingen zu langsam und gleichzeitig zu schnell vorbei. Vor der Haustür war Johannes' Zeigefinger butterweich. Es ärgerte ihn, und er drückte den Klingelknopf absichtlich so fest er konnte. Fest und extra lang. Wenn hier einer Sturm klingeln durfte, dann wohl doch er. Endlich schien sich drinnen etwas zu rühren. Die Tür ging auf. Der Vater trug eine Schlafanzughose und ein Bon-Jovi-T-Shirt, sah blass aus, war barfuß. Johannes fragte sich, wann er zum letzten Mal die Füße des Vaters gesehen hatte. Sie waren kleiner als in seiner Erinnerung. Nackt und verletzlich.

»Hallo, Papa.«

Der Vater schien einen Moment zu brauchen, um den Gesichtsausdruck zu finden, der ihm als der richtige erschien. Schließlich lachte er verunsichert und streckte die Hand aus. »Das ist ja eine Überraschung.«

Er führte Johannes in die Küche, sie setzten sich.

»Warum hast du nicht angerufen und Bescheid gesagt, dass du kommst?«

»Du gehst ja nicht ans Telefon.«

»Hm«, machte der Vater und fuhr sich durch die Haare, »ja, das stimmt wohl.«

Das war alles? Unterm Tisch ballte Johannes die Faust. »Warum hast du dich nicht gemeldet? Ich hab dir bestimmt zehn Mal auf die Mailbox gesprochen.«

Der Vater wich seinem Blick aus, suchte den Fußboden nach einer Antwort ab. »Ich weiß ja. Tut mir leid. Ich wollte nicht, dass du … na ja, dass du mich so siehst. Es ist was gewesen, auf Arbeit, vor ein paar Wochen. Seitdem geht's mir nicht so gut.«

»Was denn?«

Der Vater seufzte und begann, seine Finger zu kneten. Es schien ihm schwerzufallen.

Johannes überlegte. Er wusste, es gab nur eine einzige Sache, vor der der Vater immer Angst gehabt hatte. Oft hatte er erwähnt, dass es wohl eines Tages passieren würde. Zum Glück kannte Johannes den Fachbegriff dafür. Das würde es leichter machen, darüber zu sprechen. Hoffte er jedenfalls.

»Hast du einen Schienensuizid gehabt?«

»Was?« Der Vater sah ihn verstört an. »Nein, um Gottes willen. Red doch nicht so einen Quatsch.«

Nicht. Warum musste er sich dann alles aus der Nase ziehen lassen?

Der Vater stöhnte. »Also, du weißt doch, im Wald, wo jetzt das Wasser gefunden wurde, da sollte ursprünglich die neue Trasse langlaufen. Für die Güterzüge.«

Johannes nickte.

»Das fanden nicht alle gut, weißt du. Wegen dem Wald und den Tieren. Und als sie nicht verhindern konnten, dass gebaut wurde, haben sie die Bahn sabotiert. Erst die Bauarbeiten, aber die waren gut bewacht, und dort wurde immer gleich die Polizei gerufen. Dann haben sie uns Lokführer ins Visier genommen. Aus Rache vielleicht oder weil ihnen nichts Besseres eingefallen ist.« Der Vater schluckte. »Na ja, also diese Leute … haben vor einigen Wochen einen Wurfanker an der Oberleitung befestigt, auf meiner Strecke, nachts. Ich habe ihn nicht gesehen. Jedenfalls nicht rechtzeitig. Er ist mir in die Frontscheibe geschlagen, die hat zum Glück gehalten, aber …« Er verzog schmerzverzerrt das Gesicht.

»Was ist ein Wurfanker?«

Der Vater nahm sein Handy hervor, googelte und zeigte ihm ein Bild. »So was hier. Seitdem … also, seitdem bin ich krankgeschrieben. Erst mal.«

Er sprach nicht weiter.

Johannes schluckte. »Haben sie die Leute gefunden, die das gemacht haben?«

Der Vater schüttelte den Kopf. »Die sind schlau, es ist

schwer, denen etwas nachzuweisen. Die Ermittlungen laufen, heißt es, aber ich glaube nicht, dass da noch was kommt.« Er starrte in seine Kaffeetasse.

Johannes sah aus dem Fenster in den kleinen Garten. Das Gras war struppig, sonnenverbrannt. Neben dem Zaun war die Erde an einer Stelle ausgehoben, als habe jemand etwas pflanzen wollen, aber auf halbem Weg aufgegeben. Erst jetzt wagte er, auch die Küche genauer in Augenschein zu nehmen. Dreckiges Geschirr und Pfannen und Töpfe. Flaschen und Aluboxen, die sich hinter der Tür stapelten. Auf dem Boden vor dem Herd schien irgendwas umgekippt und ausgelaufen zu sein, was nie weggewischt worden und schließlich eingetrocknet war. Es fehlte nicht viel, um hier drin eine Sendung zu drehen, wie sie oft im Fernsehen liefen über Menschen, die nichts wegschmeißen konnten. Nicht klarkamen. Schöne Scheiße.

Er sah auf die Tischplatte. Das Camp. Er versuchte, den Gedanken wegzudrücken, doch es gelang ihm nicht. Wer sonst kam für die Sache mit diesem Wurfanker in Frage? Andererseits, so waren die nicht drauf. Die malten Bilder und kochten Eintopf und backten Brot. Die hatten sich einen Spitznamen für ihn ausgedacht. Die waren Ela und Lu und Fine. Überhaupt, die ganze Aktion klang doch viel mehr nach jemandem aus Villrath. Nach einem, der versuchte, die Bahn einzuschüchtern, damit die Quelle bleiben konnte. Alles andere ergab keinen Sinn. Oder?

Um etwas zu tun, öffnete Johannes seinen Rucksack und nahm sein Zeugnis heraus. Es hatte bereits ein Eselsohr. Er schob es dem Vater über den Tisch.

»Oh. War das heute?« Der Vater überflog das Papier, nickte anerkennend und lächelte. »Vier gewinnt, sag ich immer. Bist du zufrieden?«

Johannes zuckte mit den Schultern. »Ich bin weiter. Also, ja, schon zufrieden, denk ich.«

»Dann bin ich's auch.«

Thema erledigt. Die bemühte Lockerheit des Vaters schmerzte. Als hätte er irgendeine Ahnung vom vergangenen Schuljahr. Von Johannes' Leben in den letzten Monaten. Oder überhaupt. Doch er entschied, nicht weiter darauf einzugehen. Sollte der Vater denken, dass er sich über so viel Verständnis freute. Wahrscheinlich brauchte er das jetzt. Johannes packte das Zeugnis wieder weg.

»Du … wo du jetzt schon mal hier bist … ich hätte es dir früher sagen sollen, aber dann kam diese Scheiße dazwischen«, sagte der Vater. »Es gibt jedenfalls Neuigkeiten. Ich hab jemanden gefunden. Eine Frau, meine ich. Wir kennen uns schon länger. Sie heißt Annette, sie wird bald zu mir ziehen.«

»Okay?«

»Und, da ist noch jemand jetzt. Kam überraschend, aber jetzt sind wir sehr glücklich.«

Er suchte in den Taschen der Jacke, die über seiner Stuhllehne hing. Nestelte sein Portemonnaie heraus. Er nahm ein Bild aus der Geldbörse und legte es auf den Tisch. Johannes nahm das Foto und betrachtete es. Eine weiße Made im Schneegestöber des Ultraschalls.

»Laura. Deine Schwester. Halbschwester, meine ich. Sie

nuckelt am Daumen. Kannst du's sehen?« Der Vater tippte auf das Bild.

Johannes verengte die Augen. Die Schemen des Babys verschwammen zu einer grauen Wolke.

»Ja. Sieht man, ganz deutlich.«

Er leckte sich über die Lippen. Dass der Vater das einfach so konnte: eine neue Familie machen. Es kam Johannes unfair vor. Er fragte sich, ob es etwas ändern würde zwischen ihnen. Aber mehr, als jetzt schon anders war? Er betrachtete den Vater: die schweren Lider, der Bart, die Hände mit den Gitarrenspielerfingernägeln, links kurz, rechts lang. Alles wie immer. Und doch nichts wie sonst.

»Du«, sagte der Vater. »Willst du noch zum Essen bleiben? Ich glaub, ich hab Pizza in der Gefriertruhe.«

Johannes schüttelte den Kopf. »Ich muss noch weiter.«

Er kam gegen Abend zuhause an, warf sein Schulzeug auf die Eckbank im Schankraum. Er war hungrig. Er ging in den Vorratsraum, wo er die Mutter fand, sie stand über dem offenen Tiefkühler und machte sich Notizen auf einem Stück Papier.

»Gibt's noch was von heute Mittag?«, fragte er.

»Wie wär's mit ›Guten Tag‹«, entgegnete sie. »Wie war das Sportfest?«

»Ja, ganz okay. Haben wir jetzt noch was oder nicht?«

»Mir ist heute was dazwischengekommen. Schau mal oben in der Küche, da sind noch Reste von gestern, die kannst du dir warm machen.«

Doch dafür hatte er keine Zeit. »Bin verabredet«, sagte

er zur Mutter und nahm sich im Gehen eine Tüte Chips aus dem Regal.

»Jetzt warte doch mal«, sie hielt ihn am Ärmel fest. »Willst du gar nicht wissen, was bei mir heute los war? Dieser Brandt, der von der Hotelgruppe, hat angerufen und gesagt, dass sie mit dem Gutachten einverstanden sind. Das heißt, wir haben's fast geschafft.«

»Super. Freut mich«, antwortete Johannes zerstreut.

»Sieht gar nicht so aus«, sagte die Mutter trocken.

»Ich hab's einfach nur eilig. Ich will zu Raphael. Wird eher spät.«

Sie seufzte. »Okay. Fahr mit Licht.«

»Mach ich.«

Johannes stopfte sich eine Handvoll Chips in den Mund. Die Sonne stand tief und blendete ihn auf dem Weg zum Wald, er trat langsam in die Pedale. Von weitem musste es aussehen, als wollte er eigentlich gar nicht ankommen. Dabei hatte er Ela vor ein paar Stunden erst versprochen, noch mal vorbeizuschauen, und sich wie ein Vollidiot darauf gefreut. Nachdem er sein Rad an einen Baum gelehnt hatte, aß er die restlichen Chips und fragte sich, wie er es angehen sollte. Es war das zweite Mal heute, dass er am liebsten auf der Stelle kehrtgemacht hätte; Angst hatte, mit jemandem zu sprechen, der ihm etwas bedeutete. Aber wenn er nichts sagte, würde er explodieren. Johannes wusste, um die Wahrheit zu erfahren, musste er es klug versuchen. Klug hieß, erst mal harmlos wirken. Harmlos konnte er. Er klemmte die leere Chipstüte auf seinen Gepäckträger und stapfte in den Wald.

Im Camp war nicht viel los. Lu und Fine konnte er nicht entdecken, auch Ela nicht. Aber Chili war da. Er hatte einen Eimer zwischen den Füßen stehen und schälte Kartoffeln; sein Gesicht weiß und glänzend von Sonnencreme.

»Na«, sagte er, als Johannes sich neben ihn auf einen Stein setzte. »Schickt Harry dich?«

»Nein. Wollte einfach sehen, was so los ist bei euch.«

»Das.« Chili hielt das Messer in der einen Hand und eine Kartoffel in der anderen hoch. »Hier, kannst helfen.« Er bückte sich, klaubte einen Sparschäler vom Boden und hielt ihn Johannes hin, der ihn jedoch nicht entgegennahm.

»Ich wollte dich was fragen.«

»Mich.« Chili lachte, seine kupferfarbenen Wimpern flatterten. Er schien geschmeichelt.

»Ja. Wie ich bei euch mitmachen kann.«

»Hier kann jeder mitmachen. Brauchst keine Erlaubnis, um dein Zelt bei uns aufzustellen.«

»Das meine ich nicht. Mehr so die Aktionen. Wegen dem, was dann immer in der Zeitung ist.«

Chili ließ die nackte Kartoffel in den Eimer plumpsen. »Hab dich gar nicht so eingeschätzt. Dachte, du bist wegen der Mädchen hier.« Er lachte und stieß Johannes mit dem Fuß an.

Johannes sah auf die Stelle an seiner Wade, die Chilis Fuß berührt hatte.

»Das ist gut, wofür ihr euch einsetzt. Ich hab sogar schon in der Schule ein Referat über die Quelle gehalten und warum man keinen Profit aus der Natur schlagen soll. Ich hab euren Blog dazu benutzt. Den Beitrag über die Bahn und die Bauarbeiten und warum man die aufhalten muss.«

Chili pfiff durch die Zähne und grinste. »Hat er dir gefallen?«

Johannes nickte.

»Also, wir können immer Leute brauchen, die gute Ideen haben. Die bereit sind, über die eigenen Grenzen zu gehen, ohne sich dabei gleich in die Hosen zu machen. Es ist nicht gefährlich, aber Mut muss man schon haben, weißt du.«

»Erzähl doch mal was. Was ihr schon so alles gegen die Bahn unternommen habt«, sagte Johannes.

Chili legte das Messer weg und rückte näher. »Okay. Nur mal als Beispiel«, begann er.

Hinter ihnen öffnete sich die Tür eines Wohnwagens, jemand stieg die Treppe herunter.

»Hey, Johannes«, begrüßte Ela ihn und knuffte ihn in die Schulter. »Cool, dass du es geschafft hast.« Sie setzte sich neben Chili und sah in den Kartoffeleimer. »Und, gibt's bald Essen?«

Sie fuhr Chili durchs Haar, dann kam ihre Hand auf seinem Bein zu liegen, auf seinem Knie. Ihre Finger rieben über das Knie. Für einen Augenblick hatte Johannes das Gefühl, dass die Zeit stehen blieb. Als knipste der liebe Gott gerade ein sehr scharfes, sehr grässliches Foto. Er schluckte. Er wollte weg. Aber er war nicht fertig, also nahm er sich zusammen.

»Essen muss warten. Ich wollte Johannes gerade was

erzählen.« Chili hielt inne. »Aber eigentlich kannst du das machen. War ja deine Idee.«

»Wieso, was denn?«

»Das mit der Oberleitung damals. Wie wir das gemacht haben.«

Johannes sah von einem zum anderen und dachte: Stopp. Bitte. Einfach nur Stopp. Ihm war schlecht.

»Ah. Das.« Ela beugte sich zu Johannes. »Okay, pass auf. Ich fand, dass die Penner von der Bahn mal einen richtigen Schreck kriegen müssen … Die haben uns schon wer weiß wie oft die Bullen auf den Hals gehetzt, und die haben hier dann alles durchsucht, alles auseinandergenommen. Na, und dann haben wir uns so einen Anker, so einen Wurfanker organisiert und da an der Regiostrecke an die Leitung gehängt.« Sie lachte. »Da ist auch gar nichts passiert, nichts Schlimmes. Das war nur so ein Zeichen von uns, dass die mit uns rechnen müssen und wir uns nicht verarschen lassen.«

Johannes leckte sich über die trockenen Lippen. Er konnte sich nicht entscheiden, was hässlicher schmerzte: Ela und Chili zusammen. Oder nur Ela, wie stolz sie darauf schien, seinen Vater in Todesangst versetzt zu haben. Die Zelte, die Wohnwagen, der Waldrand, alles kam Johannes auf einmal anders vor. Selbst die Luft schmeckte nicht mehr wie vorhin noch. Wie in einem dieser Kaleidoskope, in denen sich durch eine winzige Bewegung der Hand ein neues Bild ergab, obwohl die einzelnen Teile dieselben geblieben waren.

»Was ist los?«, fragte Ela.

Johannes sah zu Boden. Die Mutter sagte immer, wenn man ganz schrecklich traurig sei, solle man atmen, ganz tief und regelmäßig. Dann würde der Körper denken, es sei alles in Ordnung, und wenn der Körper das dachte, konnte man weitermachen, als wäre nichts. Schwachsinn. Sie soff ja nicht ohne Grund.

»Habt ihr mal ein Bier?«, fragte er.

»Müsste ich nachsehen«, antwortete Chili, ohne sich zu rühren.

»Ich hol uns welche«, sagte Ela und stand auf.

»Und, was sagst du?«, fragte Chili. »Könntest du dir vorstellen, bei so was mitzumachen?«

»Ich glaube nicht.«

»Ist dir zu heftig?«

Ela kehrte zurück, stellte jedem eine Flasche hin. Johannes wartete, bis sie sich wieder zu ihnen gesetzt hatte, dann trank er einen großen Schluck von seinem Bier. Er zog scharf die Luft ein.

»Ein Lokführer hat euren Wurfanker in die Scheibe bekommen, das wisst ihr, oder? Und die Scheibe hat zum Glück gehalten, sonst wäre der vielleicht tot.«

Ela und Chili sahen sich an.

»Ja«, gab Ela zu. »Okay.«

»Das war aber nicht so geplant«, ergänzte Chili. »Das Teil hing zu tief.«

»Der Lokführer ist mein Vater.«

»Oh«, sagte Chili. »Shit.« Er schob die Unterlippe vor. »Na ja. Konnten wir ja nicht wissen.«

Johannes merkte, wie sein rechter Fuß nervös zu zucken

begann, seine Fassungslosigkeit in Zorn kippte. »Ist das alles, oder was? Mein Vater ist total fertig!«

»Wieso, wie denn fertig?«, fragte Ela.

»Der hat Angst! Der ist krankgeschrieben und kann nicht arbeiten!«

»Aber der erholt sich doch bestimmt wieder schnell.«

»Du kapierst gar nichts! Willst du dich nicht wenigstens entschuldigen? Wenigstens bei mir?«

»Bei *dir*?«

Ihre Frage klang nicht, als hätte er einen Witz gemacht. Nicht mal so, als sei sie irritiert oder beleidigt von seiner Forderung. Es klang einfach nur selbstgerecht und dumm.

»Weißt du … ich hätte das echt nicht von dir erwartet.«

»Was willst du eigentlich?«, schoss Ela zornig zurück.

»Nichts! Aber die Polizei wird bestimmt noch was von euch wollen!«, erwiderte Johannes und hoffte, dass seine Stimme lauter war als das Klopfen seines Herzens.

Chili ging sofort in Verteidigungshaltung, sein ganzer Körper spannte sich an, doch Ela hielt ihn am Ellbogen zurück, ihr Blick sagte: Lass mich das machen.

Dann zeigte sie triumphierend mit dem Finger auf Johannes. »Sei mal vorsichtig. Du kannst nichts beweisen. Aber wir können dich und deinen Freund da, den Harry, hochgehen lassen. Ihr vertickt doch. Chili weiß, wo er wohnt.«

Ihr Tonfall ließ Johannes frösteln. Natürlich wollte er nichts mit der Polizei zu tun haben, auch nicht dass Harry Probleme bekam. Noch schlimmer war aber die Vorstellung, Harrys Vertrauen zu verlieren und dann Harry selbst. Die gemeinsame Zeit, die Fahrten, Zigaretten, BiFis. Sein Motorrad. Limo trinken auf der linken Seite des Sofas in Harrys Hütte. Jemand sein können, aber nicht sein müssen … all das. Johannes betrachtete den Kartoffeleimer auf dem Boden. Überlegte, was er noch sagen sollte, doch eigentlich war nichts mehr wichtig genug. Und auch nichts mehr übrig. Zwischen ihm und Ela jedenfalls. Er verschwendete hier nur noch seine Zeit. Er sah Ela an, hielt ihren Blick fest. Trat mit aller Kraft gegen den Kartoffeleimer, das Wasser spritzte über ihre und Chilis Füße. Er versuchte, nicht darauf zu hören, was die beiden ihm hinterherschrien, als er davonrannte.

*

Rolf war schlecht drauf, Vera kannte diesen Blick, kannte dieses zentnerschwere Geschnaufe zwischen zwei Schluck Bier. Bravo. Bärbel, Hotte und der jetzt auch noch. Als sein Glas drei Viertel leer war, zapfte sie ihm ohne Worte ein frisches und setzte sich ihm gegenüber. Legte ihre Hand neben seine, dass er bloß zugreifen musste. Sie war in der Stimmung, und mit weiteren Gästen rechnete sie auch nicht mehr, sie hätten hochgehen können in sein Zimmer. Rolf rührte sich nicht. Schön. Sollte er ihr beim Saubermachen zusehen, wenn er das vorzog. Sie wischte, hantierte, klirrte mit den Gläsern herum. Riskierte hin und wieder einen Blick auf ihn. Etwas war anders.

»Weißt du … du kannst hierbleiben, bis ich verkauft

habe«, sagte sie. »Bis dahin brauchst du nicht so ein Gesicht zu machen.«

Rolf trank von seinem Bier. »Vielleicht ist es ja das passende Gesicht, nach allem.«

»*Nach allem*«, imitierte sie seinen Tonfall und klatschte den feuchten Lappen in die Spüle.

Aber es kam nicht als Überraschung. Denn alles, ihr Alles, war wieder nicht genug. Dass Leute wie Rolf auch partout nichts mit Freiheit anfangen konnten. Stattdessen bettelten sie darum, dass man sie ihnen nahm. Man sie zu etwas verpflichtete, damit sie einen wiederum zu etwas verpflichten konnten. Spielchen. Sie hatte schon viel zu viel Zeit darauf verschwendet.

»Ich hab überlegt …«, begann Rolf, umfasste sein Glas, hielt es in der Faust. »Das hat keinen Sinn mehr, das hier, mit uns. Ich geh morgen.«

»Wie bitte? Wohin?«

»Das muss ja nicht deine Sorge sein.«

»Ich hab auch nicht gesagt, dass ich mich sorge.«

»Gut. Dann packe ich später zusammen. Wenn es in Ordnung ist, nehme ich noch Frühstück morgen.«

Sie zuckte mit den Schultern. »Ist ja schon bezahlt.«

»Ja. Stimmt. Du kannst den Rest meiner Miete für diesen Monat behalten, ich weiß ja, dass du klamm bist.«

»Ist nicht nötig. Ich bin nicht klamm.«

Rolfs Augenbrauen führten einen kleinen Tanz auf. »Wenn du meinst.« Er stand auf. Sein Kiefer mahlte, und an seinem Hals trat die Schlagader hervor.

»Okay?«

»Okay, was?«, fragte sie zurück.

»Nichts. Gute Nacht.«

Er ging die Treppe hoch.

Gereizt öffnete Vera den Kühlschrank. Ihre Vorräte gingen bedenklich zur Neige. Hinten im Eck standen noch die Tabascoflasche und der Himbeersirup, Wodka war im Fach unter der Spüle. Sie mischte, was Bärbel und Hotte Polnische Rakete nannten und Kurti Verrückter Hund. Danach mischte sie gleich noch einen, ihr Rachen brannte, aber nach wenigen Minuten spürte sie ihren Kopf leichter werden.

Darauf.

Darauf war Verlass.

Immer.

Seit dem Tag, an dem sie zum ersten Mal betrunken gewesen war. Ihre Einschulung. »Darfst heute auch mal«, hatte Margot gesagt. Vera hatte am Bier ihrer Mutter genippt. Es hatte nicht geschmeckt. »Nimm einen Schluck wie ein großes Mädchen. Ich hab doch keinen Schwächling großgezogen.« Schnell hatte Vera die Hälfte des Glases geleert, Magensäure war ihr aufgestoßen. Trotzdem. Sie hatte nichts wieder hochgewürgt. Hatte gefühlt, gewusst, einen Test bestanden zu haben, der wichtiger war als die Schule. Dann war alles weich geworden. Hatte keine Ecken und Kanten mehr gehabt. Alles hatte *gestimmt.*

Vera öffnete die Box mit den CDs. Fand die Mallorca-Hits und legte sie ein. Brauchte, dass einer ihr was sang von Saufen und Ficken und Sonne; so, dass sie sich einbilden konnte, ein verdammtes Menschenrecht darauf zu haben. Sie übte ein paar Tanzschritte, Cha-Cha-Cha, sie erinnerte sich verschwommen; der Dicke hatte es ihr beigebracht in seinen beweglicheren Zeiten. Sie könnte einen Kurs machen im Herbst. Jemanden kennenlernen.

»Vera!«

Die Stimme jagte ihr einen Schreck ein.

Ferber stand in der Vordertür, einen Kleidersack über der Schulter. »Mach doch mal leiser!«

Widerwillig drehte sie den Regler runter.

Er setzte sich auf die Eckbank, nahm das Nixenkleid aus der Schutzhülle und breitete es auf dem Tisch aus. »Frau Kowacz ist heute fertig geworden, ich dachte, ich bringe es gleich vorbei. Was sagst du?«

Vera fuhr mit den Händen über den Stoff. Die Pailletten kratzten und kitzelten. An den Schultern des Kleides waren Puffärmel angesetzt worden, und unter dem Rock bauschten sich mehrere Lagen Tüll. Anscheinend sollte sie darin sterben, an Scham oder an Hitzschlag.

»Das sieht überhaupt nicht aus wie besprochen.«

»Die von Feinkost Ebert haben noch ein paar eigene Ideen gehabt«, lenkte Ferber ein. »Kann man nichts gegen sagen, sie haben es bezahlt. Guck nicht so, den Rentnern wird es gefallen. Wirst aussehen wie Lady Di.«

»Pass bloß auf, oder du kannst es selber tragen.«

»Hab dich nicht so. Das muss eben auffallen. Die Nixe braucht einen Wiedererkennungswert. Wenn du keine Show bist, war alles für die Katz.«

Vera blickte zwischen Ferber und dem Kleid auf dem

Tisch hin und her. »Ich brauch ein Bier«, sagte sie, trat hinter den Tresen, nahm ein Glas und drehte den Zapfhahn auf. »Haben die von Ebert sich noch was ausgedacht, das ich wissen sollte?«

»Nur dass du den Quelltropfen promoten sollst auf dem Stadtfest.«

»Ja. Meinetwegen. Was ist jetzt überhaupt mit dem Fest?«

»Du bist so schlimm wie die Engelhardt. Hat mich fast jeden Tag deswegen gelöchert.«

»Dann lass dich nicht so bitten.«

»Wir machen's wie besprochen. Im Wald, an der Quelle. Zufrieden? Kannst dir gar nicht vorstellen, was ich dafür habe telefonieren müssen. Billiger ist es jedenfalls nicht geworden, das kannst du mir glauben. Aber die von Astra Luxe haben sich spendabel gezeigt …«

»Die zahlen?«

»Ja. Aber das muss unter uns bleiben. Zumindest für den Moment. Versprochen?«

Vera nickte.

»Bist du schon weitergekommen mit Brandt?«, fragte Ferber.

»Wir treffen uns bald in Frankfurt.«

»Klingt gut.«

»War gerade beim Feiern, als du gekommen bist«, sie grinste ihn über ihr Glas hinweg an.

»Ich hau ja schon ab.«

»Nee. Bleib mal.« Sie deutete auf die Dartscheibe hinter Ferber. »Eine Runde?«

Er kratzte sich am Kopf. »Eigentlich wollte ich noch weiter.«

Vera verdrehte die Augen und nahm die beiden Bündel Pfeile aus der Schublade. »Rot oder Blau?«

Ferber seufzte tief. Er kannte ihre Art der Einladung, und sie kannte sein Unvermögen, Nein zu sagen.

Drei Durchgänge hatten sie hinter sich, als Vera spürte, wie seine Hände von hinten ihre Hüften umfassten und er sich an sie presste.

12.

Dreiundsechzig Tage nach der Entdeckung. Samstag.

Sechs Uhr, der Wecker piepte. Johannes blinzelte. Durch die Rollos zwängte sich die Sonne, zeichnete blasse Tigerstreifen auf die Bettdecke. Es war zu früh, um an einem Ferientag aufzustehen, beschissen früh, allerdings musste er seinen Rhythmus beibehalten, wenn die Mutter weiterhin glauben sollte, dass er zu seinen Schichten im Supermarkt ging. Sein zweiter Gedanke des Tages galt Ela. Dem Camp. Was sie dort gerade taten und ob er zumindest hatte verhindern können, dass sie sich weiteren Mist ausdachten. Vermutlich nicht. Doch mit der Sache war er ja nun fertig. Nahezu jedenfalls. Seine Wut fühlte sich kleiner und kälter an, je mehr Zeit verstrich. Vor ein paar Tagen hatte er Fine am Bahnhof gesehen, sie hatte im Kiosk eingekauft. Sie hatte Johannes erkannt, aber getan, als sei er Luft, und es war ihm recht gewesen. Harry war schließlich noch da. Sein Motorrad wartete. Diesmal würde er die leere Zeit in diesen Ferien schon füllen.

In der Küche fiel etwas zu Boden und schepperte. Johannes hörte die Mutter fluchen. Wozu war die so früh überhaupt schon auf den Beinen. Dann erinnerte er sich. Das Stadtfest, heute. Er stöhnte in sein Kissen hinein. Die Mutter hatte aufgezählt, was alles angeboten würde, Schützenkapelle, Puppentheater, Tombola. Als ob er das nicht wusste, immer derselbe Kram, hauptsächlich für die ganz Alten oder die ganz Jungen. Aber, hatte die Mutter hinzugefügt: Diesmal würde auch ein Film gedreht werden, es seien Interviews mit den Festbesuchern geplant. Ob das nichts für ihn wäre? Sie überschätzte wirklich sein Bedürfnis, im Mittelpunkt zu stehen. Doch er hatte beschlossen, ihr den Gefallen zu tun und wenigstens kurz hinzugehen. Denn sie verstanden sich wieder besser. Das lag an ihren Plänen. Sie kriegte diesen Glanz in den Augen, wenn sie darüber redeten. Sie hatte sogar versprochen, dass sie zusammen feiern gehen würden. So, dass sie sich schick anziehen müssten, wenn schon, denn schon. Sie hatte ein Auge zugekniept und prollig an einer unsichtbaren Zigarre gezogen, da hatte er lachen müssen. Das kam jetzt öfter vor. Er solle sich schon mal überlegen, welche Fahrschule er demnächst besuchen wollte, hatte sie gesagt.

Johannes schlug die Decke weg. Ging duschen, zog sich an.

Sie stand am Herd, briet Eier. Als er seine Portion bekam, war sie versalzen. Er spuckte das Stück Ei unter dem Tisch in seine Serviette, die Mutter sah es trotzdem.

»Was ist?«

»Zu viel Salz.«

»Hm.«

»Schon okay. Ich hol mir was auf dem Weg. Bin eh schon spät dran.«

Sie zuckte mit den Schultern, hielt ihm die Wange hin, er drückte ihr einen Kuss auf.

»Um elf geht's los«, erinnerte sie ihn.

»Ich weiß Bescheid. Bis dahin bin ich fertig. Versprochen.«

Sie sah zufrieden aus.

Johannes streifte seine Jacke über. Da Samstag war, musste er im Altenheim vorbeischauen, dort würde Tim auf die Bestellung warten. Johannes schrieb ihm eine Nachricht, dass er wie verabredet um zehn da sein würde, holte sein Rad aus der Garage und fuhr los; vertrödelte die Zeit im Bahnhofskiosk, wo er Gummibärchen kaufte und durch Zeitschriften blätterte. Als eine Polizeistreife in der Nähe hielt, wurde ihm unwohl. Er fuhr weiter zu seiner Schule, setzte sich auf den ausgestorbenen Pausenhof und sah ein Video auf seinem Handy, 45 Minuten California State Route 1.

Neun Uhr fünfundfünzig. Im Park des Altenheims steuerte er den Treffpunkt an, die vierte rechte Bank vom Eingang zur Cafeteria aus. Bald hörte er Schritte über den Kies näherkommen und kramte das Tütchen hervor.

»Nicht. Erst wenn ich sitze«, sagte Tim und nahm neben Johannes Platz.

Tim sah sich um. Sie waren fast allein hier, nur zwei alte Frauen, die untergehakt spazieren gingen, noch weit genug weg. Er schob unauffällig seine Hand über die Sitzfläche, ließ den Schein zwischen den Fingerknöcheln hervorstehen, sodass Johannes das Geld herauszupfen und das Tütchen an die Stelle stecken konnte. Beim zweiten Versuch klappte es.

»Wird besser«, sagte Tim und klopfte Johannes auf die Schulter.

Sie blieben ein paar Minuten sitzen. Die Frauen kamen näher, gingen vorbei und verschwanden schließlich um die Kurve.

Tim gähnte. »Könnte hier so einschlafen, obwohl ich erst seit sechs Dienst hab.« Er schüttelte sich wie ein nasser Hund, die Haare fielen ihm in die Stirn. »Na ja, der Feierabend wird jedenfalls gut«, er klopfte auf seine Hosentasche, in die das Tütchen gewandert war. »Gehst du gleich noch zu deiner Oma?«

»Ja, hatte ich vor.«

»Sie hat von dir gesprochen. Tut ihr gut, wenn du dich sehen lässt.«

»Aber sie spricht doch gar nicht.«

»Doch, an hohen Feiertagen«, Tim grinste. »Vielleicht hast du ja heute Glück.«

Die Oma war in ihrem Zimmer und sah fern. Durch ihr dünnes Haar schimmerte rosa die Kopfhaut, und Johannes musste unweigerlich an ein Baby denken, an die noch ungeborene Schwester. Die Oma lächelte und reichte ihm zaghaft die Hand. Er war jetzt zum dritten Mal in kurzer Zeit hier. Wie erwartet, hatte sie anfangs Probleme damit gehabt, ihn zu erkennen, ihn in eine Schublade in ihrem Gedächtnis zu stecken. Johannes hatte sich auf den Stuhl ihr gegenüber gesetzt und wie früher von der Schule erzählt, bis wieder ein vertrautes Gefühl zwischen ihnen entstanden war. Er war froh, dass er sich hatte überwinden können, sie zu besuchen. Er hatte sie vermisst. Außerdem fiel seine regelmäßige Anwesenheit im Heim dann weniger auf.

»Ach, der Enkel«, eine Pflegerin steckte den Kopf zur Tür rein und erschreckte sie beide. »Geh doch mal bisschen spazieren mit ihr, unten.«

»Ich weiß nicht. Kann sie denn?«

Die Frau winkte ab. »Es täuscht vielleicht, aber Frau Beutel ist gut zu Fuß, sie braucht nur Begleitung. Mittagessen gibt's um zwölf, wenn ihr bis dahin wieder drinnen seid …« Sie eilte weiter.

»Hast du das gehört, Oma?«, fragte Johannes. »Willst du raus?«

Sie gab keine Antwort, doch ihre Augen waren aufmerksam auf ihn gerichtet, wirkten lebhaft.

Er entschied, dass er es drauf ankommen lassen würde. Aus Erfahrung wusste er, dass sie deutlich zu verstehen geben würde, falls ihr etwas nicht passte. Johannes hielt der Oma seinen Arm hin. Sie griff danach, zog sich daran hoch. War ganz leicht. Roch nach altem, weichem Mensch. Er nahm ihren Arm und klemmte ihn sich unter seinen. Sie kamen gut voran, doch im Erdgeschoss spürte er, wie die Oma auf einmal nach rechts steuerte, Richtung Ausgang. Sie hatte wohl keine Lust auf den Park, auf den immer gleichen Weg, der ja doch nur im Kreis verlief und auf dem es nichts Neues zu sehen gab. Vielleicht konnten sie stattdessen draußen einmal um den Parkplatz laufen und dann an der Straße stehen und Autos angucken. Hatten sie früher nicht zusammen Autos angeguckt, gezählt, wie viele blaue, rote, schwarze vorbeifuhren, an manchen Tagen auch von der Autobahnbrücke gewunken und darauf gewartet, dass ein LKW Lichthupe machte oder die Scheibenwischer hin- und herflitzen ließ? Aber die Oma wollte woandershin. Kaum dass sie das Gebäude verlassen hatten, zog sie Johannes zur Bushaltestelle am Ende des Wendehammers, wo sie sich ins Wartehäuschen setzten. Dort verschnauften sie. Johannes fand, dass sie stolz auf sich sein konnten, und er holte die Gummibärchen aus seinem Rucksack und öffnete die Tüte.

»Willst du?«

Doch das Interesse der Oma lag woanders, sie beugte sich vor und ließ den Bus nicht aus den Augen, der an der Kreuzung vor der roten Ampel stand. Johannes warf einen Blick auf den Fahrplan. Es war die Linie, die zwischen hier und der Altstadt pendelte.

Die Oma sah ihn an.

»Sollen wir eine Runde mit dem Bus fahren?«

Die Oma sah ihn an.

»Aber wohin denn?«

Jetzt sah sie weg und blickte auf ihre Füße in den grauen Hausschuhen, als schämte sie sich, dass sie die Antwort nicht wusste. Sie griff nach Johannes' Hand. Er überlegte.

*

Vera kratzte sich am Oberschenkel, der Tüll des Nixenkleides scheuerte heiß an ihrer Haut. Viertel nach zehn, die Wetter-App ihres Telefons hatte bereits vor einer Stunde sechsundzwanzig Grad gezeigt. Wenigstens war sie schlau genug gewesen, auf die Nylonstrumpfhose zu verzichten. Sie sah Brandts BMW die Auffahrt heraufkommen und stellte mit Genugtuung fest, dass sie den Wagen vor allen anderen erkannte. Sie strich ihr Kleid glatt, zupfte an den Ärmeln, die etwas zu eng saßen.

»Schmeißt dich in Pose, hm?«, sagte Ferber.

»Würde dir auch nicht schlecht stehen«, erwiderte sie, ohne den Blick von Brandts Auto zu nehmen.

Sie dachte an den Flachmann, der zusammen mit ihrem Portemonnaie nicht in die winzige Handtasche gepasst hatte. Sie musste bald was zum Entspannen finden. Ein eiskaltes Bier, besser zwei. Sie hoffte, dass die Getränkewagen inzwischen den Weg durch den Wald geschafft hatten und einsatzbereit aufgebaut worden waren; laut Ferber hatte es Probleme dabei gegeben, sie vom Waldparkplatz bis direkt vor die Quelle zu bringen. Die Amateure.

Brandt fuhr vor. Vera fragte sich, ob er ähnlich nervös war wie sie oder ob er das alles als Routine empfand. Sie mussten heute jedenfalls überzeugen, eine Einheit bilden gegen die Unentschlossenen und Zauderer, so hatten sie es vor einigen Tagen in der Telefonkonferenz mit Ferber besprochen. In der Halle des Rathauses hatte Vera sich anschließend die Gesichter der Stadtratsmitglieder eingeprägt, die dort in einer kleinen Porträtgalerie in der Ecke mit dem Zimmerspringbrunnen hingen. Ein, zwei kannte sie flüchtig aus Schulzeiten. Sie und Ferber hatten geplant, im Laufe des Tages Vieraugengespräche anzuzetteln, sobald alle ihre Koteletts im Magen hatten. Bisschen vorgefühlt hatte er schon. Seiner Einschätzung nach stand es sechzig zu vierzig für den Verkauf.

»Wann hast du dem Stadtrat die Sache vorgelegt?«, fragte sie und sah zu, wie Brandt aus dem BMW stieg.

»Dienstag«, antwortete Ferber. »Die Abstimmung ist wahrscheinlich Mitte, Ende August.« Er berührte Veras Handrücken. »Wir kriegen das schon hin«, sagte er, und kurz befürchtete sie, er meinte sie beide damit.

Seit dem Dartspiel neulich und allem, was danach zwischen ihnen passiert war, legte er eine irritierende Anhänglichkeit an den Tag. Sie ahnte, dass es mit ihm und Eva-Maria nicht recht klappte, dass er versuchte, schon mal Land zu gewinnen für irgendein Später, weil er ums Verrecken nicht allein sein konnte. Vera trat einen Schritt zur Seite.

Brandt kam ihnen über den Kies entgegen. Er sah gut aus, trug einen hellen Anzug mit silbergrauer Krawatte, sogar an eine Krawattennadel und an ein passendes Einstecktuch hatte er gedacht. Vera verkniff sich ein Grinsen, ein Teil von ihr konnte kaum erwarten, herauszufinden, was Leute wie Brandt taten, wenn sie schwitzten wie ein Schwein.

Sie schüttelten Hände.

»Herzlich willkommen zurück«, sagte Ferber. »Ich würde Ihnen ja eine kleine Führung durchs Rathaus anbieten, damit Sie auch etwas über Villraths Geschichte erfahren, aber wir haben leider einen straffen Zeitplan …«

»Dafür wird es ja später noch reichlich Gelegenheit geben«, erwiderte Brandt.

Er wirkte unbefangen, fröhlich.

In ihrer Handtasche suchte Vera nach Hottes Glücksbringer und schloss fest die Finger darum. Es gab jetzt kein Zurück mehr. Gottseidank.

Der Parkplatz am Hang war bereits mehr als zur Hälfte besetzt, es schien, dass die Ankündigungen im Radio und in den Zeitungen gerade noch zur rechten Zeit geschaltet worden waren. Vera sah Klärchen und Hans, bepackt mit Campingstühlen, die Mitglieder der Schützenkapelle, die ihre Instrumente schulterten, Väter mit Sonnenschirmen unterm Arm. Heidrun, die Praktikantin und weitere Mitarbeiter des Rathauses waren da wie verabredet, luden Villrather Trinkkrüge aus einem Kleintransporter auf Handkarren für das letzte Wegstück.

»Fünfhundert Krüge«, erklärte Ferber Brandt stolz im Vorbeigehen. »Unsere kleine Überraschung. Das kommt später richtig gut im Film. Ach so, die Filmleute …« Er holte hektisch sein Handy aus der Tasche. »Ich muss eben telefonieren.«

Brandt hielt Vera den Arm hin. Sie lachte. Wie bemüht er war. Doch es wirkte. Sie fühlte sich regelrecht wichtig, ehe ihr einfiel, dass sie das ja sogar war. Hier zumindest und jetzt.

»Übertreiben Sie nicht«, sagte sie. Sie hakte sich ein.

»Niemals«, entgegnete Brandt mit Spitzbubengesicht.

Bestens. Er schien angetaut. Jetzt noch Bier, und sie beide würden schön geschmeidig für den Rest. Hoffentlich konnte er was wegstecken und machte nicht nach der ersten oder zweiten Runde schon schlapp. Soweit sie wusste, kam er über Nacht in der Rheinperle unter, rausreden konnte er sich nicht. Das bedeutete allerdings, dass es besser war, wenn sie das Geschäftliche vor dem Schwips besprachen.

»Ihre Assistentin hat mir den fünfzehnten August für unseren Termin vorgeschlagen, elf Uhr. Das passt für mich, aber ich wollte Sie fragen, ob ich vielleicht meinen Sohn mitbringen kann.«

»Selbstverständlich. Ich lass ein Doppelzimmer buchen. Ich kann Ihnen auch ein paar Tipps geben, wenn Sie was zusammen unternehmen wollen. Ich kenne mich ein bisschen aus, ich hab zwei Nichten in dem Alter.«

»Sehr gern«, erwiderte Vera und freute sich, wie beiläufig, also professionell sie klang.

Sie bereitete sich auf ihre nächste Frage, die wichtigere, vor. Den Ton unbedingt beibehalten.

»Glauben Sie denn, dass wir meinen Verkauf bald über die Bühne bringen können? Es wäre mir recht, jetzt, wo es mit Villrath so richtig losgeht, Sie verstehen das, oder? Ich habe selber … also, ich habe eine Investition vor.«

»Oh.« Brandt sah sie interessiert, aber nicht völlig überrascht an. Nicht so, als sei das undenkbar. »Ich verstehe. Sofern wir uns rasch auf die Art der Abwicklung einigen, sollte auch einem schnellen Verkauf nichts im Wege stehen. Ich könnte mir vorstellen, dass es noch im Herbst, spätestens im Winter klappt.«

Herbst. Das hieß noch etwa acht Wochen. Bis dahin konnte sie die Engelhardt hinhalten. Dem Pfarrgemeinderat beitreten, um ihre Absichten zu unterstreichen. Kuchen backen. Auf den letzten Metern keinen Stolz kennen.

»Frau Beutel?«

»Ja, bitte?«

Brandt hatte zwischenzeitlich weitergesprochen. »Wie Sie die Lage einschätzen. Mit dem Kurhaus, der Kuranlage. Es wäre fantastisch, wenn das ähnlich unkompliziert liefe wie mit Ihnen. Was meinen Sie?«

»Alles in bester Ordnung. Sonst wären wir doch gar nicht so weit gekommen in der kurzen Zeit. Alle in Villrath wollen diese Chance nutzen.«

»Alle bis auf die ältere Bevölkerung? Herr Ferber hat so etwas angedeutet.«

»Darum müssen Sie sich keine Gedanken machen. Versprochen. Ich hab ganz andere Netzwerke als ein Bürgermeister«, antwortete sie.

Genau. Bei ihr, nicht bei Ferber, liefen die interessanten Fäden zusammen. Das konnte Brandt sich mal schön merken. Er brauchte doch so was wie eine Vertrauensperson, wenn es an die Verhandlungen um das Kurhaus ging. Sie würde beratend mit am Tisch sitzen, das war überhaupt die Idee.

Ferber schloss zu ihnen auf. Er sah gehetzt aus.

»Ist was mit dem Filmteam?«, fragte Vera.

»Nein, die sind schon oben. Aber die Getränke stecken nach wie vor fest. Ein Wagen hat sich verkeilt, jetzt ist da Rückstau. Unfassbar, die haben mir geschworen, dass sie das auch hier im Gelände schaffen, Spezialbereifung oder was weiß ich. Ich verstehe das nicht, die Bierbänke und die Grills sind doch auch nach oben gekommen.« Er nahm ein Taschentuch und betupfte sich die Stirn. »Na gut, wir haben den Quelltropfen. Vera, du kriegst einen Bauchladen von Feinkost Ebert. Bringst du das Zeug nach und nach unter die Leute, dann sitzt keiner auf dem Trockenen. Bisschen früh für Schnaps, müssen wir durch. Aber nur an Volljährige, pass bitte auf.«

»Bauchladen«, wiederholte sie, blickte zu Brandt und verdrehte die Augen. Brachte ihn zum Lachen.

»Ich geh schon mal vor«, sagte Ferber zerstreut, »vielleicht kann ich anpacken bei den Wagen. Vera, falls dir wer von der Presse begegnet, sag, dass Fragestunde später ist, im Zelt, alles wie abgesprochen.«

Er kämpfte sich den Pfad hoch, auf seinem Rücken drückte ein großflächiger Schweißfleck durch das Hemd.

*

Lampen-Klaus fuhr schwungvoll über den Parkplatz bis dicht an den Waldrand, grinste Johannes und die Oma breit durch den Rückspiegel an.

»Endstation, alle aussteigen!«

»Danke«, sagte Johannes, stieg aus und hielt der Oma die Hand hin, damit sie sicher rauskam.

»Grüß deine Mutter«, sagte Lampen-Klaus.

»Mach ich.«

»Schade, dass die das Stübchen aufgeben will. Hat die sich das gut überlegt?«

»Fragen Sie sie doch am besten selbst«, erwiderte Johannes.

»Ach. Weiß nicht«, sagte Lampen-Klaus, »die erwischt man so schnell auf dem falschen Fuß. Na ja. Macht euch einen schönen Tag da oben. Ich kann nicht. Muss arbeiten.«

Er fuhr weiter, und Johannes hielt die Oma an der Hand, während sie den Aufstieg begannen.

»Haben wir gut hingekriegt, oder?«, sagte er halb zu ihr, halb zu sich. »Das mit dem Anhalter fahren.«

Er war froh, dass er am Busbahnhof nicht direkt aufgegeben, sondern Lampen-Klaus in seinem Auto angesprochen hatte. Sie waren schließlich schon so weit gekommen, und warum sollte die Oma nicht endlich auch die Quelle sehen? Warum nicht gleich das ganze Fest, warum nicht die Mutter? Er konnte sich gut vorstellen, dass es beide ein bisschen stolz machen würde. Auf jeden Fall hatte die Oma gute Laune. War schon im Bus ein wenig aufgeblüht, hatte interessiert aus dem Fenster gesehen, als sie durch die Stadt gefahren waren. Johannes schätzte, dass sie ab jetzt noch etwa einen Kilometer vor sich hatten. Das war zu meistern. Er würde auch aufpassen, dass die Oma über keine Wurzel stolperte. Die Art, wie sie sich auf ihn stützte, verriet, dass sie das wusste.

Sie hatten die erste Biegung erreicht, als ein graues Planendach auftauchte. Ein LKW mit einem Anhänger, wie es sie auf Volksfesten gab. Vor ihm standen noch zwei andere, ebenfalls mit Anhänger, direkt hintereinander auf dem schmalen Weg. Keiner der Motoren lief. Männer rauchten oder telefonierten, aus einem Autoradio kam Musik. Um das erste Gespann standen die meisten Leute herum; Johannes hörte den Begriff »Hinterachslager« und dachte an Harry, der ihm sicher nach einem Blick auf die Situation hätte erklären können, was hier los war.

Sie wurden von einer Familie überholt. Es war Raphaels. Er trug seinen kleinen Bruder auf den Schultern, nickte Johannes zu, was wohl bedeuten sollte, dass er bereit war für das nächste Treffen auf dem Schulhof, hinter der Sporthalle. Der rauchte sein Zeug verdammt schnell weg. Johannes zwängte sich und die Oma an den LKW vorbei. Schließlich waren sie da. Auf dem Plateau standen Pavillons und ein Festzelt, etwas abseits stellten sie gerade die Fassade des Puppentheaters aus dem Pfarrheim auf. Rund um die Quelle knäulten sich Menschen, viele waren so schlau gewesen, Gummistiefel anzuziehen. Er und die Oma nicht. Johannes hoffte, dass es keine Sauerei geben würde mit dem Schlamm. Er betrachtete die Hausschuhe der Oma, die erste braune Flecken zeigten. Würde er mit der Mutter notfalls neue kaufen.

Die Oma blieb stehen. Viele Fremde, das mochte sie nicht, er hatte es nicht vergessen.

»Wir können immer gehen, wenn du nicht mehr magst«, sagte er, nahm sich aber vor, ihr erst mal zu zeigen, dass das alles gar nicht so schlimm war.

Er drückte ihre Hand, animierte sie zum Weitergehen über die ausgelegten Bretter, von denen es jetzt noch mehr gab als bei seinem letzten Besuch hier oben. Er tastete sich vor, balancierte. Die Oma folgte. Allmählich hatten sie beide ganz schön Schweiß auf der Stirn.

»Wo gibt's denn hier was zu trinken?«, wandte sich Johannes an eine Frau mit einem kleinen Kind auf dem Arm.

Diese zuckte mit den Schultern. »Keine Ahnung. Nur Schnaps, da vorne. Weiß auch nicht, was die sich dabei gedacht haben.«

Die Frau wies auf einen Stand in einem der Pavillons. »Feinkost Ebert. Seit 1962«, stand in verschnörkelter Schrift auf der Zeltwand. Johannes sah etwas Glitzerndes, Blaugrünes. Wie ein aufrecht stehender, lebensgroßer Fisch.

Die Mutter.

Er wies auf den Pavillon. »Wir schleichen uns an«, sagte er zur Oma und zwinkerte.

Einen Augenblick später tippte er der Mutter von hinten auf die Schulter. Sie drehte sich um, doch ihr Lächeln erlosch sofort wieder. Sie schien bestürzt. Nein, ängstlich, was sie mit Bestürzung überspielte. Sie klammerte sich an ihrem Bauchladen fest.

»Was macht *sie* denn hier?«

»Sag doch erst mal hallo«, erwiderte Johannes.

»Das geht nicht. Was hast du dir denn gedacht? Die suchen doch bestimmt nach ihr.«

»Die wissen Bescheid im Heim. Ich wollte nur, dass sie die Quelle mal sieht. Und dich.«

»Ich hab keine Zeit. Bring sie wieder zurück!«

Die Mutter drehte ihnen den Rücken zu und händigte einem Mann zwei Flaschen des Quelltropfens aus, begann eine Plauderei.

»Mama, die Oma muss sich setzen. Und wir wollen was trinken, es ist so heiß.«

Die Mutter unterbrach ihr Gespräch und sah ihn böse an. »Das ist dein Problem. Und zu trinken gibt es nichts, wir warten noch auf die Getränkewagen. Geht jetzt.«

Als er keine Anstalten machte, sich zu bewegen, griff sie ihn hart am Arm. »Stellst du dich absichtlich so blöd an? Sie wird Ärger machen. Wirst sehen. Ich kenn sie länger als du.«

Die Mutter sah der Oma kalt in die Augen.

Johannes spürte, wie die Oma seine Finger zwischen ihren zusammenpresste. Möglich, dass die Mutter sie verwirrte. Dass die Oma sie in der Aufmachung gar nicht zuordnen konnte. Aber dass sie nicht willkommen war, verstand sie sicher. Er fand es nicht fair.

»Im Flyer stand, zu dem Fest sind *alle* Bürger eingeladen. Oma bleibt hier«, sagte er mit fester Stimme.

Die Wut schoss der Mutter flammend ins Gesicht, sie machte einen schnellen Schritt auf ihn zu, und kurz dachte Johannes, dass er sich jetzt eine fangen würde. Sie hatte ihn noch nie geschlagen, aber es sah aus, als wäre er jetzt dran.

»Frau Beutel, ist das Ihre Familie?«

Ein Mann war zu ihnen getreten. Es war der Anzugtyp, dieser Brandt, der vor einigen Wochen bei ihnen im Schankraum gesessen hatte und von dem Johannes geglaubt hatte, dass die Mutter sich heimlich mit ihm traf. Wobei, das konnte immer noch oder jetzt erst recht stimmen, was wusste er schon.

»Ja, das … sind mein Sohn und meine Mutter.«

»Freut mich.« Brandt schüttelte der Oma die Hand, die recht angetan schien. Die Mutter warf Johannes einen Blick zu, der verriet, dass er nun eine doppelte Arschkarte gezogen hatte, natürlich ohne ihm mitzuteilen, warum.

»Also, wir setzen uns jetzt irgendwo, geht ja bald los«, sagte er trotzig in die Runde.

Die Oma sah ihn dankbar an. Dann langte sie mit einer Geschwindigkeit, die er ihr nicht zugetraut hatte, in den Bauchladen der Mutter und nahm zwei Fläschchen heraus.

*

Der Gottesdienst begann pünktlich. Pastor Wittich hatte den Altar pragmatisch, aber so detailgetreu wie möglich einrichten lassen. Der Mann schien sich ausgesprochen wohl zu fühlen, Kunststück, so voll wie der Platz vor der Quelle war die Kirche höchstens an Weihnachten. Er sprach von Wasser und seiner Bedeutung in der Bibel. Über die Sintflut und Jona im Wal, die Taufe Jesu und den See Genezareth. Nicht mal die Wasser-zu-Wein-Anekdote ließ er aus. Seine Stimme donnerte und trug fast über das gesamte Areal. Vier Messdiener spielten die Geschichten mit schlichten Requisiten nach, während die Engelhardt in der ersten Reihe stand und sich sichtlich bewegt an dem Kreuzanhänger ihrer Halskette festhielt.

Vera gähnte. Versuchte, das Publikum in kleine Päckchen zu bündeln, um besser zählen zu können. Pi mal Daumen dreihundert, entschied sie, das war nicht schlecht dafür, dass es noch Vormittag war und der Aufstieg und die Temperaturen sicher einige vom Kommen abgehalten hatten. In den Abendstunden würde sich der Platz füllen, spätestens wenn der offizielle Teil beendet und der Programmpunkt »Tanz und Geselligkeit« eingeleitet wäre. Den sollte sie mit Ferber eröffnen. Ein Walzer, den bekäme sie doch noch hin?, hatte er gefragt und sofort versichert, er führe ausgesprochen gut.

Nach dem Gottesdienst war die Schützenkapelle dran. Eine verkürzte Version des Grönemeyer-Medleys, mit dem sie vor Jahren an einem regionalen Wettbewerb teilgenommen hatten. Ferber hatte es sich ausdrücklich gewünscht, bloß keine Volkslieder, dabei hätte er damit gerade bei den Alten Punkte machen können. Mein Vater war ein Wandersmann. Oder was Frommes. Vera sah, wie Margot neben Johannes im Takt mit dem Oberkörper wippte, die Füße bewegte. Erstaunlich, dass sie noch keinen Terz gemacht hatte. Doch wenn es losging mit ihr, konnte Johannes zusehen, wie er die Suppe auslöffelte. Was war in ihn gefahren, sie derart zu überfallen, und dann auch noch vor Brandt? In der Sache war das letzte Wort noch nicht gesprochen. Nur jetzt. Da musste sie durchhalten. Gute Miene machen mit der Faust in der Tasche. Ihr Rücken schmerzte, doch sie wagte nicht, krumm dazustehen, denn das Filmteam hatte sich frontal positioniert und hielt ungerührt auf sie. Und immer noch gab es nichts Anständiges zum Muntermachen. Der Getränkelieferant, dessen Wagen feststeckte, arbeite an einer Lösung, war die letzte Meldung gewesen. Sie mussten sich beeilen. Um halb eins sollten die ersten Koteletts und Würste auf den Grill.

Die Schützen waren fertig. Es gab anerkennenden Applaus. Ferber kletterte auf einen Baumstumpf, jemand reichte ihm ein orange-weißes Megafon. Irgendwann hatte er sich rasch noch Gummistiefel übergezogen und sogar ein Ersatzpaar für Brandt aufgetrieben, nur Vera war leer ausgegangen und konnte nicht glauben, wie dämlich sie gewesen war, nicht an das Offensichtlichste gedacht zu haben. Die ganze Zeit hielt sie schon den Rockzipfel ihres Kleides in die Höhe, um den Saum zu schützen. Sie konnte den penetranten Hausmütterchengeruch der Engelhardt riechen, die sich dicht neben sie gestellt hatte und nicht nur Stiefel trug, sondern auch ein Regencape über der Kleidung, das bis fast auf den Boden reichte und ihr etwas merkwürdig Feierliches, Kardinalhaftes verlieh. Dennoch schien sie als Einzige kein bisschen zu schwitzen.

Ferber schaltete das Megafon ein. »Liebe Bürgerinnen und Bürger! Leider müssen wir wegen der Sicherheit heute auf die gewohnte Technik verzichten, Sie sehen ja, dass es hier überall sehr feucht ist. Deswegen ohne Mikrofon und auf diese Art, aber ich hoffe, Sie können mich trotzdem gut verstehen!«

Er winkte, damit die hinteren Reihen ihn sehen konnten, und Vera sah, wie ausgerechnet Margot zurückwinkte.

»Ich freue mich, Sie zum jährlichen Villrather Stadtfest an diesem besonderen Ort begrüßen zu können. Die Entscheidung, das Fest diesmal hier abzuhalten, hat die Stadtverwaltung ganz bewusst getroffen. Das hat mehrere Gründe. Wie Sie wissen, hat die Bahn die Bedingung gestellt …«

Vera blickte zu Brandt, der die Hände vor dem Bauch gefaltet hielt. Er kannte seinen Part, blieb im Hintergrund und ließ Ferber glänzen, den Macher spielen. Mal sehen, wie lange. Sie traute Brandt durchaus zu, das Kurhaus abreißen zu lassen, sobald die Hotelgruppe es besaß, und an der Stelle etwas Modernes hochzuziehen. Andererseits wäre das, wie hatte Ferber gesagt: eine Verschwendung origineller Bausubstanz. Vielleicht würden sie den alten Klotz bloß entkernen. Ein Schwimmbad in den Keller bauen und Doppelzimmer mit Kingsize-Betten und Regenduschen und Toiletten, die einem den Hintern wuschen. Vera war es gleich, solange vorne am Empfang die Nummer ihres Salons auf Kurzwahl gespeichert wäre, für den Fall, dass ein Gast einen spontanen Friseurtermin benötigte. Aber dafür würde sie schon sorgen. Sie beschloss, Brandt zum Essen einzuladen, wenn der Vertrag erfolgreich über den Tisch war. Ihm zwischen Dessert und Absacker das Du anzubieten und sich auch die Zigaretten von ihm anzünden zu lassen, wenn das half, aber nicht so, dass er dabei auf Gedanken käme.

Sie trampelte auf der Stelle, versuchte, ihre schon eingesunkenen Schuhe unauffällig von den Füßen zu streifen, doch der Matsch saugte sie regelrecht fest.

»… einige dieser Maßnahmen sind bereits angelaufen und treffen ja auch auf Ihre Zustimmung. Beispielsweise unsere Nixe Vera Beutel hier«, Ferber deutete auf sie, und Vera konnte gerade noch rechtzeitig in die Menge lächeln.

»Heute möchten wir deshalb einander, die Stadt und unsere neue Quelle feiern und auf die gemeinsame Zukunft anstoßen. Dazu haben wir ein Team bestellt, das im Laufe des Tages Aufnahmen für einen Imagefilm machen wird …« Er zeigte auf den Kameramann, der gerade in einem Bogen um die Quelle herumstapfte. »… für einen Imagefilm, über den potenzielle Geldgeber auf Villrath aufmerksam werden.«

Aufs Stichwort kam Heidrun von der Seite, sie hatte bereits ihre Schuhe ausgezogen und stakste barfuß, sehr vorsichtig, zu Ferber, hielt ihm einen Trinkkrug hin. Ferber nahm ihn und hielt ihn in die Höhe.

»Die Stadt schenkt heute allen Bürgerinnen und Bürgern einen neuen, original Villrather Krug. Mitarbeiter der Stadt werden diesen gleich unter Ihnen verteilen. Ich hoffe auf schöne Bilder für die Presse und unseren Film!«

Er hielt den Krug noch höher, anscheinend um zu demonstrieren, wie er sich diese Bilder vorstellte.

»Womit sollen wir denn anstoßen?«, rief jemand, »sollen wir aus der Quelle trinken?«

»Bitte nicht! Ich verstehe, dass Ihnen heiß ist, aber trinken Sie nicht ungefiltert von dem Wasser hinter mir, da bekommen Sie Sand und Steine in den Magen!« Ferber grinste gequält. »Getränke sind auf dem Weg. Wir müssen heute eben alle ein wenig improvisieren, aber das sind wir in Villrath doch gewöhnt, das können wir gut!« Er nickte entschlossen, um an dieser Behauptung keine Zweifel aufkommen zu lassen. »Zuletzt möchte unsere geschätzte Nixe noch ein paar Worte sagen.«

Er übergab Vera das Megafon, es dauerte einige Augenblicke, bis sie damit zurechtkam. Es machte sie nervös, dass sie diesmal wegen der Filmaufnahmen nichts ablesen konnte; Ferber hatte gemault, das sähe dilettantisch aus. Also hatte sie gestern Abend vor dem Spiegel noch geübt, ihre Sätzchen einstudiert, bis sie nichts mehr durcheinanderbrachte.

Sie räusperte sich.

Der Anfang war das Wichtigste.

»Villrath soll wieder so werden, wie es einmal war.«

Ihre Stimme klang fest, selbstbewusst, das war schon mal gut.

»Dafür brauchen wir Geld, wie Herr Ferber erklärt hat.«

Sie sah, wie in der vorderen Reihe einige nickten.

Jetzt kam der bedeutende Teil.

»Zum Glück gibt es Menschen, die uns unterstützen möchten, wenn wir Ihnen dafür entgegenkommen. In meiner Rolle als Villrather Nixe freut es mich, Ihnen heute Herrn Brandt vorstellen zu können.«

Sie ließ ihn nach vorne.

»Herr Brandt ist Vertreter der Astra Luxe Hotel Group aus Frankfurt am Main und der erste von hoffentlich vielen Investoren, die sich für Villrath interessieren.«

Vera klemmte sich das Megafon zwischen die Knie und klatschte, die Leute fielen ein, vielleicht nur aus Reflex, doch sie spürte, dass sie sie neugierig gemacht hatte. Die Ersten erhoben sich von ihren Bänken und kamen näher, stellten sich auf. Wollten hören, was sie zu sagen hatte, kein Wort verpassen. Vera spürte eine warme Welle der Bestätigung. Ein kleiner Rausch. Das war also Ferbers Geheimnis. Der Grund, warum er sich, im Gegensatz zu ihr, beim Alkohol beherrschen konnte. Er hatte Ersatz. Am liebsten hätte sie den Moment noch länger ausgekostet, doch sie musste weitermachen im Text.

»Herr Brandt hat der Stadt ein Angebot gemacht, nämlich das Kurhaus samt Park zu erwerben und touristisch zu nutzen. Dadurch hätte Villrath genug Geld, um die Bahn auszubezahlen. Wir könnten wie geplant im nächsten Jahr unser Ziel erreichen.«

Es war ganz still geworden.

Vera sah auf die Leute. In die Gesichter. Als seien sie alle einen Moment zuvor noch nackt und blank gewesen und erst jetzt, wo sich Wünsche zum Greifen nah darin abzeichneten, so was wie lebendig. Sie fühlte sich seltsam daran erinnert, wie es gewesen war, als sie zum ersten Mal eine Reihe Buchstaben als ein Wort hatte lesen können.

Brandt räusperte sich in ihr Ohr, denn laut Plan war er auch noch dran. Vera hielt ihm das Megafon hin, und er bedankte sich bei ihr mit Küsschen rechts, Küsschen links.

»Liebe Villratherinnen und Villrather«, sagte er. »Ich will gar nicht lange um den heißen Brei herumreden. Das Potenzial Ihrer Stadt ist uns bei Astra Luxe sofort aufgefallen, wir hatten den Eindruck, ein kleines Juwel entdeckt zu haben. Wir haben einen Plan für das Kurhaus ausgearbeitet, den ich nicht nur Ihrem Bürgermeister, sondern Ihnen allen vorlegen möchte. Kopien davon erhalten Sie bei Interesse im Rathaus. Es ist …«

»Entschuldigen Sie …« Die Engelhardt drängelte und schob, nahm freundlich, aber energisch das Megafon an sich; Brandt ließ es perplex geschehen.

Ferber warf Vera einen durchaus panischen Blick zu. Sie hatten alle drei die Alte vergessen.

»Ich möchte mich an dieser Stelle noch mal ausdrücklich an die Senioren unserer Stadt richten«, begann die Engelhardt. »Das Kurhaus ist kulturelles Erbe, daran besteht kein Zweifel. Beim ein oder anderen dürften damit liebgewonnene Erinnerungen verbunden sein. Doch wir können uns nach all der Zeit, all dem Warten keine Befindlichkeiten leisten. Bedenken Sie, was wir mit dem Geld, das uns dann anderweitig zur Verfügung steht, in der Stadt ausrichten können. Karitative Zwecke. Christliche Zwecke. Der Pfarrgemeinderat steht jedenfalls voll und ganz hinter dem Angebot. Das wollte ich nur noch mal gesagt haben. Ich bin den ganzen Tag über hier, sollten Fragen aufkommen, und meine Telefonnummer dürfte ja auch bekannt sein.«

Sie nickte entschlossen, sah sich nach Brandt um, um ihn weitersprechen zu lassen, als ein Pfiff über den Platz gellte. Vera sah, wie Männer, einige mit nacktem Oberkörper und bis zum Gürtel glänzend von Schweiß, den Weg heraufkamen, zwischen sich Bierfässer rollend. Die Vordersten blieben stehen und gestikulierten.

»Das Bier ist da!«, rief jemand.

Einer vom Filmteam rückte die Kamera auf seiner Schulter zurecht und richtete deren schwarzes Auge über den Platz.

*

Kamps frühstückte mit den Katzen auf der Terrasse. Ein kleines, feistes Weibchen schien über Nacht dazugestoßen zu sein, ihr Bauch kündigte an, dass seine Sippe sich demnächst noch mal vergrößern würde. Er würde den Futtervorrat aufstocken müssen. Er schrieb sich einen Einkaufszettel. Machte Ordnung in der Küche. Schließlich fühlte er sich bereit für den Tag. »Du musst kommen«, hatte Vera gestern im Stübchen gesagt und ihm extra viele Kroketten in seine Tupperdose geschaufelt. Er hatte sich geziert, getan, als überlege er noch. Doch es war zu erwarten, dass Ferber auf dem Stadtfest etwas über den Sicherheitsdienst sagen würde. Wann, wenn nicht zu dieser Gelegenheit? Das ließe er sich auf keinen Fall entgehen. Als es an der Zeit war, streifte er die gute Uhr übers Handgelenk und machte sich daran, die passende Garderobe auszuwählen, legte Anzughosen und Hemden nebeneinander aufs Bett. Probierte hier und da. Es dauerte, bis er zufrieden war, doch dann gefiel er sich. Zuletzt spritzte er sich auch etwas Rasierwasser hinter die Ohren. Ein feiner Aufzug, der danach verlangte, das Auto zu nehmen, statt zu Fuß zu gehen. Ohnehin war er nun spät dran.

Kamps nahm den direkten Weg, der am großen Waldparkplatz endete, quetschte seinen Wagen in eine der letzten freien Lücken. Früher hätten ihm die Autos verraten, wer bereits hier war: die Benze der Kurärzte, Werners Audi quattro und sein umgebauter VW Iltis aus Bundeswehrbestand, Hans' Peugeot und Klärchens Fiat Panda. An allen hatte er in seiner Freizeit geschraubt, sie nach Unfällen oder für den Weiterverkauf wieder auf Trab gebracht, sie schöner, schneller, effizienter gemacht. Doch die Modelle, die jetzt auf dem Parkplatz standen, waren neu und sagten ihm nichts mehr über ihre Besitzer.

Oben angekommen, versuchte er, sich rasch unter die Anwesenden zu mischen, und spürte doch körperlich, dass sowohl Werner als auch weitere Schützenbrüder ihn längst entdeckt, aber entschieden hatten, ihn zu ignorieren. Möglich, dass sein Name bereits aus der Mitgliederkartei getilgt war. Die selbstverständliche, beinahe elegante Art, auf die sie ihn übersahen! Dass Menschen einen solchen Blick parat hatten, aus dem Effeff, wie hundertmal geübt für Situationen wie diese. Ab jetzt wäre es immer so, als betrachteten sie ihn wie durch eine Schaufensterscheibe. Kamps verschränkte impulsartig die Arme vor der Brust.

»Was ist jetzt hier?«, sagte er ungeduldig zu sich selbst, während ihm Feuchtigkeit in die Schuhe drang.

Da standen sie, direkt vor dem muffigen Tümpel, aufgereiht wie die Orgelpfeifen, Vera, Luise und Ferber, der Strolch. Sie stießen mit Villrather Trinkkrügen an, lächelten in verschiedene Winkel, damit sie gut fotografiert werden konnten. Luise sah schlecht aus. Nicht müde oder blass, es war etwas anderes. Ihre Gesichtszüge hatten die

Festigkeit, die Ordnung eingebüßt, wirkten durcheinandergerüttelt. Jetzt wusste Kamps es: Luise sah einsam aus. Der Verlust des Katers. Kamps versuchte, sie auszublenden, sie aus seinem Sichtfeld zu schneiden, bis an ihrer Stelle nur noch eine luisenförmige Kontur blieb, gefüllt mit altem Hass. Er hoffte, sie würde nicht versuchen, ihn anzusprechen.

»Es gibt noch eine halbe Stunde lang Freibier und den Krug dazu«, sagte ein Mann in seiner Nähe, der einen Schäferhund an der Leine hatte. »Holen Sie sich was.«

»Kein Bedarf«, sagte Kamps giftig.

Um diese Uhrzeit, für wen hielt der ihn? Außerdem, er besaß zuhause einen Original Villrather Krug. Einen, auf dem »Kommunion 1951« und sein Name eingraviert waren. Zwischen den Anwesenden erblickte er Veras Sohn. War das daneben etwa die alte Beutel? Gottbewahre. Ein Gespenst. Er überlegte, ob er hingehen und etwas sagen sollte. Was Unverfängliches, allein der Anstand schrieb es vor. Na, später vielleicht. Nicht schon zu Anfang aus den Augen verlieren, wozu er eigentlich gekommen war.

Neben dem Pavillon hatten es sich Klärchen und Hans unter einem Sonnenschirm gemütlich gemacht. Ihre Liegestühle waren so tief in den schlammigen Boden eingesunken, dass ihre Hintern nass sein mussten, doch es schien die beiden nicht zu stören. Kamps stakste über die als Fußwege ausgelegten Holzbretter zu ihnen hinüber.

»Ach, Julius«, sagte Klärchen, »du verpasst auch immer das Beste.«

»Was denn?«

»Na, die Ansprache. Von unserem Herrn Bürgermeister und der Nixe.«

»Die war schon?«

Er musste sich zügeln. Das konnte doch nicht wahr sein. Hatte er zuhause so viel Zeit vor dem Spiegel vertrödelt? Kamps ballte die Faust. Nun denn.

»Hat er was von den Sicherheitsmaßnahmen gesagt?«, fragte er in ruhigerem Tonfall.

»Was für Sicherheitsmaßnahmen? Quatsch. Der hat gesagt, dass wir das Kurhaus und den Park an die Bahn verkaufen und dafür die Quelle bekommen, stell dir das mal vor!«

»Nee«, mischte sich Hans ein, »das hat die Beutel gesagt. Und dieser Brandt. Und der will kaufen, nicht die Bahn.«

»Ist doch einerlei. Jetzt kommt jedenfalls was in Schwung. Ich hab ja auch jeden Sonntag in der Kirche eine Kerze angezündet, für uns alle«, sagte Klärchen und sah stolz aus, doch Kamps war nicht in der Laune für Lob.

Er blickte zu Ferber, der sich mit einem Herrn im guten Anzug unterhielt. Na schön. Würde Kamps ihn eben höchstpersönlich in die Mangel nehmen. Er ging hier nicht eher, bis er von dem Halunken die definitive Zusage für einen nächtlichen Sicherheitsdienst in Villrath hatte. Oder für eine Bürgerwehr. Er hatte ihm genug Zeit gelassen! Doch dafür trug er nicht das richtige Schuhwerk, schließlich hätte er lächerlich ausgesehen in seinen feinen Sachen mit den Gartenstiefeln. Wie käme er möglichst trockenen, unbesudelten Fußes an Ferber heran? Wenn er ein paar hundert Meter in den Wald ginge und die Böschung hochstiege, käme er auf der anderen Seite hinter der Quelle heraus, wo der Boden nicht aufgeweicht war. Müsste dann bloß den kleinen Hang hinunterspringen. Das bekäme er schon hin. Besser noch, der Bürgermeister würde ihn nicht kommen sehen, könnte ihm schlecht ausweichen.

Kamps verabschiedete sich von Klärchen und Hans, wollte los, als Ferber sich drüben ein Megafon geben ließ. Sah das dumm aus.

»Hallo, bitte noch einmal zuhören. Unser Filmteam hat gerade eine großartige Idee gehabt. Heben Sie doch alle mal Ihre schönen neuen Krüge in die Höhe.«

Er machte es vor, rund um Kamps wurden die Krüge begeistert gereckt. Münchner Oktoberfest. Da war er auch mal mit Angelika gewesen, es hatte ihnen nicht gefallen.

»Fantastisch«, blökte Ferber. »Auf Villrath!«

Allgemeiner Jubel.

An exakt der Stelle, die Kamps sich für sein Anpirschen ausgeguckt hatte, stolperte auf einmal jemand brüsk hervor. Ein Mann, klumpenförmig von der Statur, ungepflegt. Ganz offensichtlich schwer alkoholisiert.

»Arschlöcher, alles Arschlöcher!«

Der Mann machte einen beherzten Schritt, verlor jedoch das Gleichgewicht und prallte gegen Ferber, der zur Seite trat. Der Mann fiel zu Boden, jammerte.

Mein Gott. Das war ja gar kein Mensch mehr, das war nur noch eine Existenz.

Vera schimpfte und reichte dem Verlierer die Hand, der sich mühsam daran hochzog.

Hotte. Ach, der. Den kannte Kamps nur von drei Orten: Stübchen, 99-Cent-Laden, Getränkemarkt. Kein Wunder, dass dem alles zu viel geworden war. Oder vielleicht zu wenig. Der schien nicht zu ertragen, dass es Menschen gab, die feierten und sich vergnügten. Dabei war der doch gesund. In vollem Saft. Kaum älter als fünfzig.

»Hotte!«, brüllte jemand aus voller Kraft hinter Kamps.

Schwarze, krause Haare peitschten gegen seine Wange, als die Spinnerin an ihm vorbeihetzte, sich durch die Umstehenden zwängte, schubste und trat. Sie gelangte bei Hotte an, doch der wehrte sich aus Leibeskräften, sie in seine Nähe zu lassen.

»Was wollen Sie denn? Kommen Sie zur Vernunft!«, rief Ferber, der versuchte, ihn festzuhalten, doch Hotte wand sich mit erstaunlicher Geschmeidigkeit aus dem Griff heraus und platzierte sich nun direkt neben der Quelle. Er nahm ein Stück Papier aus seiner Jacke, entfaltete es. Schwankte. Mit schwerer Zunge las er vor.

»Ich, Horst Paschke, SCHEISS auf Bärbel Wietkowski! Ich SCHEISS auf Villrath und auf euch alle, und ich SCHEISS auf mein Leben!«

Ein Kreischen. Natürlich die Spinnerin. Einige in der Menge schlugen die Hand vor den Mund; es wurde geraunt und geflüstert.

Hotte faltete seinen Zettel zusammen und versuchte, ihn zurückzustecken, doch er verfehlte die Hosentasche immer wieder. Jemand lachte.

»Ruf doch einer einen Krankenwagen!«, rief eine Frau besorgt.

Meine Güte, recht hatte sie, direkt in die Klapsmühle mit dem. Dass einer sich so gehen ließ! So aufgab. Das letzte bisschen Ehrgefühl verlor. Hatte der denn gar kein Rückgrat? Stattdessen diese fürchterliche, breit zur Schau gestellte Schwäche. Dieses Jaulen und Klagen. Es ekelte Kamps. Es war doch so: Wenn einen das Leben in die Knie zwang, mobilisierte man alle noch verfügbaren Reserven und kämpfte erst recht. Es war besser, kein Mitleid zu kennen, nicht mit sich und auch nicht mit anderen. Kamps war oft genug selbst vom Schicksal auf die Probe gestellt worden. Regelrecht den Hals zugedrückt hatte es ihm. Aber auf nichts hatte er *geschissen*, selbst wenn ihm danach gewesen war, im Gegenteil. Er hatte die Ärmel hochgekrempelt. Alle Herausforderungen angenommen und bewältigt, zu seiner eigenen Überraschung. Und zu Angelikas.

Er solle sie nach Holland fahren, hatte sie gebeten. Oder in die Schweiz. Nachdem sie eine entsprechende Sendung im Fernsehen gesehen hatte, hatte sie eine erschreckend genaue Vorstellung davon gehabt, wie alles ablaufen sollte. Kamps war außer sich gewesen. Was fiel ihr ein, ihn dafür einzuspannen, nach Jahren seiner Fürsorge? Um Dampf abzulassen, hatte er den halben Garten zerpflückt, versucht, den Rosenstock herauszureißen, den sie gemeinsam gepflanzt hatten. Er hatte aufgeben müssen, die Wurzeln saßen zu tief. In den letzten Wochen war er täglich für Angelika in die Kirche gerannt und hatte gebetet. Es hatte nichts genützt, sie hatte sich geweigert zu trinken, obwohl ihre Haut weiß und trocken, ihre Lippen aufgesprungen gewesen waren. Eine Kampfansage. Und das in ihrem Zustand. Von allen guten Geistern verlassen. Doch Kamps hatte sich nicht aufhalten lassen. Mithilfe der Dornschließen hatte er zuhause mehrere seiner Gürtel ineinandergelegt und befestigt. Zwei robuste Schlingen. Eine um den Oberkörper, eine um Angelikas Knie, straff zugezogen. So hatte er ihr endlich Wasser in den Mund flößen können, ein Trichter aus der Küche als Hilfsmittel, um den Vorgang zu beschleunigen, es dadurch weniger unangenehm zu machen. Für sie beide! Doch sobald Kamps alles, was trotz größter Sorgfalt danebengegangen war, weggewischt hatte, sobald er aufgestanden war, um das Zimmer zu verlassen, hatte er Angelikas hasserfüllten Blick in seinem Rücken gespürt. Sein Verständnis hatte sich in Grenzen gehalten. In guten wie in schlechten Zeiten – das sollte auf einmal nichts mehr bedeuten? Heiß hatte in ihm Angelikas Verrat gebrannt, dass sie die gemeinsamen Jahre zu Lüge, zu Heuchelei, einem verpfuschten Werk machte. Damals hatte er beschlossen, dass sie warten würde. Sie *würde* warten, bis zu dem Tag, den Gott für sie vorgesehen hatte, und keine Stunde früher! Er hatte sich nicht beugen lassen, trotz aller Verzweiflung. Den rasenden Schmerz erduldet und nichts nach außen dringen lassen, keinen Ton.

»Niete!«, rief er, »undankbares Stück!«

Köpfe fuhren herum.

Ein Mann neben ihm, der mit dem Schäferhund, fasste ihn ernst an der Schulter. »Mit Verlaub. Das hilft nun wirklich nicht.«

»Sie sollten sich was schämen«, sagte eine Frau in der Nähe und schüttelte den Kopf.

Die Blicke der Umstehenden, ihre Missbilligung, als sie von ihm wegrückten. Auf Distanz gingen. Er war doch hier nicht der, der sich danebenbenahm! An ihm war alles richtig!

»Unerhört«, stammelte Kamps, er spürte, wie sein Kopf heiß und rot wurde.

Die Leute waren verrückt geworden.

Komplett verrückt.

Dies war kein Ort für ihn.

*

Brandt hatte fertig telefoniert. »Es kommt alles in Ordnung«, sagte er. »Eine Streife ist auf dem Weg.«

»Das wäre nicht nötig gewesen mit der Polizei«, erwiderte Vera. »Er hat sich doch schon wieder gefasst.«

»Was hat Hotte?«, fragte Johannes, der, Margot an der Hand, nähergekommen war.

»Bitte. Geht einfach irgendwohin, wo ihr niemandem im Weg seid«, antwortete Vera gereizt.

Sie beobachtete Hotte, der immer noch sein Stück Papier in den Händen hielt. Ruhiger als zuvor, aber nicht ohne einen gewissen überraschten Ausdruck im Gesicht, dass er so weit gekommen war. Er genoss es.

»Sie haben Ihren Standpunkt deutlich gemacht. Verlassen Sie jetzt bitte diese Veranstaltung, ich sage es im Guten«, mahnte Ferber ihn und winkte ärgerlich einem Kameramann, damit dieser aufhörte zu filmen.

Hotte kicherte. »Du hast mir gar nichts zu sagen.« Er

drückte Ferber seinen Wisch vor die Brust. »Hier. Fürs Stadtarchiv.«

»Sie verschwinden jetzt! Auf der Stelle!«

Hotte hob die Hand, begann mit der anderen seinen Gürtel zu öffnen. »Gleich. Gleich. Ich bin bald fertig.«

Er trat an die Quelle, ließ die Hose herunter und ging in die Hocke, hängte seinen Hintern übers Wasser. Sah konzentriert aus. Ferber betrachtete die Szene angeekelt und sprachlos. Die Engelhardt bedeckte ihre Augen. Vera verrenkte sich, um besser sehen zu können. Tatsächlich, da passierte was. Sie wollte wütend sein und musste sich doch das Lachen verbeißen. Sturer alter Hotte, immer seinem Wort treu. Ein Fotograf versuchte, sich vor sie zu drängeln; sie stülpte ihre Hand über die Kameralinse.

»Komm, Schluss, Hosen hoch«, rief sie, aber Hotte rührte sich nicht.

»Jetzt reicht's!«, brach es aus Brandt heraus, er warf einen verständnislosen Blick in die Runde. »Hier sind auch Kinder!«

Er schüttelte den Kopf, packte Hotte am Kragen, schien die Sache jetzt selbst in Ordnung bringen zu wollen. Bärbel schrie auf. Hotte grabschte nach Brandt, der ins Straucheln kam, sie stürzten in der seltsamsten Umarmung. Es spritzte. Kameras klickten. Hotte war nicht zu sehen, war untergetaucht im hüfthohen Wasser. Vera stolperte nach vorne. Da, die Jacke. Mit der Hand tastete sie, bekam den Stoff zu fassen und zog, riss, zog. Hottes Kopf erschien. Er prustete, aber schaffte es schließlich, aus eigener Kraft aus dem Loch zu robben, mitsamt seinem nackten weißen Hintern. Mit fahrigen Händen zog er sich die Hose hoch. Neben ihm hatte auch Brandt mit Ferbers Hilfe festen Stand gefunden. Für einen Augenblick wirkte es, als habe es ihm die Sprache verschlagen. Dann jedoch wurde sein Gesicht dunkel vor Zorn.

»Warum lassen Sie das zu?«, schrie er. »Mein Gott, sind hier alle solche Versager wie der da?«

Vera ließ Ferber keine Zeit zum Antworten.

Sie holte aus, schneller, als sie denken konnte.

»Hier gibt's keine Versager«, schrie sie zurück, die Ohrfeige landete mit einem satten, schmatzenden Geräusch und überraschte Brandt so sehr, dass er ein zweites Mal die Balance verlor, sein Ausfallschritt ihn abrutschen und zurück ins Wasser stürzen ließ.

»Au wei«, sagte Hotte hinter Vera.

Sie konnte sehen, wie Ferber mit sich rang, sie an den Schultern zu packen und zu schütteln. Lediglich das Publikum hielt ihn davon ab. Abermals reichte er Brandt die Hand und half ihm.

Brandt lachte leise, spöttisch. »Das habe ich mir wirklich anders vorgestellt, Frau Beutel, das mit uns«, sagte er.

Ferber legte ihm beschwörend die Hand auf die Schulter. »So. Wir trinken jetzt alle erst mal einen. Und dann klären wir das.«

»Klären«, wiederholte Brandt, »was wollen Sie hier noch klären?«

Er nahm ein Taschentuch aus seinem Jackett, wohl um sich über das Gesicht zu wischen, doch stellte fest, dass das Tuch nass war wie alles. Er ließ es sinken und sah Vera mit durchbohrendem Blick an.

»Für das, was Sie sich heute geleistet haben, kriegen Sie eine Anzeige, Frau Beutel. Das garantiere ich Ihnen.«

»Ja, das können wir später regeln«, sagte Ferber gütig.

»Danke, das mache ich schon allein«, erwiderte Brandt. »Ich denke, es ist besser, wenn sich unsere Wege hier trennen.«

Ferber protestierte, doch Brandt unterbrach ihn, indem er seinen Zeigefinger wie eine Waffe auf Vera richtete: »Und unsere auch.«

Sie wich nicht zurück, sondern ballte die Fäuste, es pochte in ihnen, halb Wut, halb Angst. Brandt schien noch etwas sagen zu wollen, doch er kam nicht dazu, denn ein Trinkkrug flog aus der Menge nach vorne und verfehlte ihn knapp.

»Nicht! Oma!«, rief Johannes.

*

Er brachte der Mutter einen Pappbecher mit Sprudel, sie nahm ihn entgegen, ohne Johannes anzusehen. Bohrte die nackten Fersen in den Matsch. Einige Meter weiter saß die Oma, stolz und aufrecht wie eine Schauspielerin, die interessante Fragen zu ihrer letzten großen Rolle erwartete. Johannes beobachtete, wie die Schützenkapelle und das Filmteam ihre Sachen zusammenpackten, der Bürgermeister auf die Polizisten einredete, die eingetroffen waren und Hotte in ihre Mitte genommen hatten, während Herr Brandt ein wenig abseits mit einem weiteren Beamten sprach.

»Ob Hotte Ärger bekommt?« Die Mutter sah besorgt hinüber.

»Weiß ich doch nicht. Aber du, Mama. Du kriegst Ärger.«

»Ja. Scheint so.« Sie starrte auf ihre schmutzigen Füße. »Bist du sauer auf mich?«

»Wieso?«

»Solltest du. Ich hab's versaut. Alles.«

Sie sah erschöpft aus.

Johannes bemerkte, wie sich jemand aus einer Gruppe löste und zu ihnen stapfte. Es war Frau Ferber. Fast hätte er sie nicht erkannt in ihrem geblümten Kleid und mit den offenen Haaren; immer, wenn er im Altenheim gewesen war, hatte sie Bürokleidung getragen und streng ausgesehen. Neben der Mutter ging sie in die Hocke.

»Vera. Das war nicht okay von dir. Aber anständig. Ich hätte es genauso gemacht. Gut, dass wir diesen Kerl los sind.«

Die Mutter lachte heiser. »Das denkst du jetzt. Warte, bis die Bahn wieder zu bauen anfängt, weil wir sie nicht ausbezahlen können.«

»Martin findet einen anderen Weg.« Frau Ferber tätschelte die Hand der Mutter, dann wandte sie sich an Johannes. »Jetzt mal zu dir. Du weißt, dass ich das Malteserheim leite, ja? Es ist schön, dass du deine Großmutter ausführst, aber das geht so nicht. Meine Mitarbeiterin hat mich angerufen, sie war völlig aufgelöst, als sie Frau Beutel nicht finden konnte. Ihr solltet bei uns im Park spazieren gehen. Im Park!«

»Ich wollte nur, dass sie mal was anderes sieht. Der Park ist öde«, rechtfertigte er sich.

»Das mag für dich gelten. Aber es ist sicher dort, Frau Beutel kennt sich aus, und wir haben ein Auge auf sie. Das darfst du nie wieder machen, hörst du? Jedenfalls nicht ohne Absprache und ohne dass du uns ganz genau sagst, wo ihr hingeht. Sonst passieren solche Sachen wie … na, wie das vorhin.«

»Entschuldigung«, murmelte er.

Immerhin hatte die Oma die Mutter schließlich doch erkannt und ihr helfen wollen. Strenggenommen. Und der Krug hatte diesen Brandt auch gar nicht getroffen, was eigentlich schade war.

Frau Ferber beugte sich zur Oma. »Das war ein aufregender Tag, Frau Beutel, nicht? Sie müssen Hunger haben.«

»Wir haben jeder ein Kotelett gegessen«, sagte Johannes beleidigt.

Frau Ferber seufzte. »Schon gut. Wie gesagt, mach es nicht noch mal. Ich fahre jetzt los, am besten, ich nehme deine Oma mit. Sie muss sich ausruhen, und ich fürchte, sie ist auch in Verzug mit ihren Medikamenten.«

Die Mutter gab Frau Ferber die Hand. »Danke. Es kommt nicht wieder vor. Er hat es nur gut gemeint.«

Frau Ferber hakte die Oma bei sich unter. »Sagen Sie Tschüss zu Ihrer Familie. Sie sehen einander ja bald wieder.«

»Kann ich vielleicht mit?«, fragte Johannes. »Mein Fahrrad steht noch am Altenheim.«

Gut, dass ihm das rechtzeitig eingefallen war. Zumal er nicht noch länger bei der Mutter sitzen bleiben wollte. Sie war auf diese Art in sich gekehrt, die ihn alarmierte und ihm gleichzeitig das Gefühl gab, vollkommen überflüssig zu sein.

»Geh nur«, sagte sie, sie schien ebenso wenig Lust darauf zu haben, dass er ihr ins Gehege kam. »Ich muss noch ein paar Sachen klären.«

Sie stand wacklig auf und ging, ohne sich noch mal umzusehen, ließ ihre Schuhe stehen. Die Schleppe des Nixenkleides raschelte braun verkrustet hinter ihr her.

Sie brachen auf. Frau Ferber hielt die Oma an sich gedrückt, als befürchtete sie, dass ihr jetzt noch was passieren könnte. Hinter ihnen verließen mehr und mehr Leute das Fest, Johannes hörte Gesprächsfetzen, aufgeregte Telefonate. Fast waren sie am Parkplatz, sahen schon ein paar Autodächer in der Sonne blitzen, als einige hundert Meter entfernt eine Gruppe Menschen aus dem Wald auftauchte. Es war Chili, der dort vorneweg ging. Außerdem Ela und vier, fünf andere aus dem Camp. Sie schleppten etwas, das aussah wie ein zusammengerolltes Laken. Ein Transparent. Chili sagte etwas, die anderen blieben stehen. Sie fixierten Johannes, der sich alle Mühe gab, unbeirrt weiterzugehen.

»Entschuldigung«, sagte Chili zu Frau Ferber, als sie auf gleicher Höhe waren, er würdigte Johannes keines Blickes. »Da oben ist doch das Stadtfest, oder?«

Frau Ferber sah ihn spitzfindig an. »Das *war*, würde ich mal behaupten.«

»Aber«, jetzt sah Chili doch zu Johannes, finster, als habe er persönlich etwas damit zu tun, »es hieß doch zehn bis achtzehn Uhr.«

»Tut mir leid, Kinder«, sagte Frau Ferber achselzuckend. Sie wies etwas spöttisch mit dem Kinn auf das Transparent. »Ihr wolltet Krawall machen?«

Ela funkelte sie herausfordernd an. »Wir wollten für die Quelle und den Wald eintreten. Dass alles unberührt bleibt. Die Pflanzen und Tiere brauchen nämlich keinen Tourismus da. Dafür demonstrieren wir.«

»Na dann, viel Glück. Ich hoffe, eure Aktion ist angemeldet, die Polizei ist jedenfalls schon oben«, sagte Frau Ferber.

Sanft zog sie die Oma weiter, auch Johannes setzte sich in Bewegung, zwang sich, bloß keinen Blick zurückzuwerfen. Er hoffte wirklich, von Ela und Chili nun, wenigstens für die Ferien, wirklich das Letzte gesehen zu haben.

Im Heim wurde die Oma von der Pflegerin in Empfang genommen, die Johannes am Morgen den Spaziergang erlaubt hatte, sie sah verkniffen aus und grüßte ihn nicht. Die Oma drehte sich zu ihm um und winkte, dann schlossen sich die Fahrstuhltüren hinter ihr.

»Ich denke, wo ich schon mal hier bin, werde ich ein paar Sachen im Büro erledigen«, sagte Frau Ferber. »Du findest allein raus, oder?«

»Ja, schon. Frau Ferber?«

»Was denn?«

»Was passiert jetzt? Mit meiner Mutter und so?«

»Hm. Eine Anzeige wird sie wahrscheinlich kriegen. Aber mach dir keine Sorgen. Wenn ihr einen Zeugen braucht, kommt ihr auf mich zu. Es war ein Handgemenge. Vielleicht muss sie nur Geld zahlen.«

»Sie hat aber keins.«

Frau Ferber seufzte und erwiderte zu seinem Schrecken nichts, umarmte ihn zum Abschied und verschwand über den Flur in ihrem Büro.

Harry öffnete die Tür, wieder in einem Aufzug, als sei er gerade erst aufgestanden.

»Ach, du bist's«, sagte er und gähnte, »willst bisschen fahren?« Plötzlich wurde er ernst. »Oder ist was passiert? Hast du Stress bekommen?«

»Nein. Ich weiß gerade einfach nicht wohin.«

»Hm«, Harry nickte.

Wie Johannes gehofft hatte, folgten keine Fragen.

Harry deutete auf den Pritschenwagen im Garten. »Gute Nachrichten. Ich fahr heute Abend noch ein paar Sachen abholen. Willst du mit? Könnte aber spät werden.«

»Ist dein Knie denn wieder okay?«

»Testen wir heute mal«, erwiderte Harry. »Also?«

»Ja, sicher«, sagte Johannes.

Je länger er hinauszögern könnte, zurück nach Hause zu fahren, desto besser.

»Hunger?«

Johannes verneinte. »Später vielleicht.«

»Verstehe«, sagte Harry und blinzelte ihm zu. »Aber denk dran: Helm nicht vergessen!«

Auf den Feldwegen begegnete Johannes niemand. Das passte ihm gut, er wollte allein sein mit der Maschine, während er das Anfahren, das Bremsen und Stoppen übte. Er wurde besser. Noch einmal anfahren. Er ließ die Hercules ein wenig aufjaulen, als er zum Beschleunigen ansetzte. Ein paar Meter entfernt brach ein Hase aus einem Busch und sprintete davon. Johannes dachte an den Vater und ob die Nachrichten, die sie einander seit seinem Besuch geschrieben hatten, die kurzen Telefonate bedeuteten, dass sie einander wieder näher waren. Dass alles kurz davor war, wieder ein wenig wie früher zu werden. *Gut* zu werden. Er dachte auch an die Mutter und ob es richtig gewesen war, sie allein auf dem Fest zurückzulassen. An die Oma und an Harry und dass er bei diesen beiden wenigstens wusste, woran er war. Nach ein paar Stunden setzte Johannes sich erschöpft an den Feldrand, legte den Helm ab und betrachtete die Hercules im Abendlicht. Es hatte sie bereits gegeben, als er noch nicht einmal geboren gewesen war, sie hatte eine Vorgeschichte, die ohne ihn auskam. Aber es spielte keine Rolle. Jetzt war Jetzt.

Sie habe alles versaut, hatte die Mutter auf dem Fest gesagt, und Johannes hatte natürlich sofort gewusst, was es bedeutete, hatte es ihr nur nicht zeigen wollen. Nach dieser Ohrfeigengeschichte würde Herr Brandt weder das Kurhaus noch sonst irgendwas in Villrath kaufen, geschweige denn das Stübchen. Die Mutter würde kein Geld haben und sein Motorradführerschein in weite Ferne rücken. Aber seltsamerweise machte es ihm nichts aus. Er konnte für Harry arbeiten oder sich einen anderen Job suchen oder auf seinen achtzehnten Geburtstag warten, bis er an sein Sparbuch kam. Es war nicht ideal, aber es war in Ordnung, weil er beschloss, sich von nun an jeden Tag auf die erste richtige Fahrstunde zu freuen.

Sein Handy klingelte. Es war Harry.

»Wie schnell kannst du hier sein?«

»Fünfzehn Minuten?«

»Okay. Pass auf. Du musst dich jetzt entscheiden: Pizza Salami oder … warte mal, was ist das hier … Pizza Tonno?«

»Tonno.«

»Alles klar. Ich stell den Ofen an. Bis gleich.«

Sie ließen sich Zeit mit dem Essen. Johannes zerlegte seine Pizza wie üblich, aß das Weiche, Innere zuerst.

»Magst du den Rand nicht?«, fragte Harry skeptisch und betrachtete die saubere Anordnung auf Johannes' Teller.

Johannes grinste. Typisch Harry, der sich um Übriggebliebenes sorgte.

»Doch. Aber der schmeckt auch kalt. Erst das Heiße. Ist doch ganz logisch, die Reihenfolge.«

Harry grunzte zufrieden. »Merke ich mir.«

Johannes trank einen Schluck Limo. »Du rechnest mit, wie viel ich schon für die Hercules gearbeitet habe und wie viel ich noch muss, oder?«, fragte er dann.

»Klar.«

»Und wie sieht's aus?«

»Hm. Bist viel unterwegs gewesen und hast dich gut

angestellt. Gib nächste Woche noch mal Gas, und die Sache soll erledigt sein. Ich bring dir die Maschine dann am Freitagabend vorbei. Deal?«

Johannes schoss Wärme ins Gesicht. Er nickte. Sechs Tage nur noch. Eher als gedacht. Strenggenommen hatte er das auch Raphael und dessen sehr regelmäßigen Bestellungen zu verdanken. Gleich morgen würde er ihm eine Nachricht schreiben, in dem Code, den sie dafür abgemacht hatten. Den Harry empfohlen hatte. Was mit »DVDs ausleihen«.

»So«, sagte Harry. »Iss auf, wir müssen bald los.«

Gemeinsam erledigten sie den Abwasch und fütterten die Fische. Als sie eine halbe Stunde später auf die Straße traten, warteten dort bereits zwei Männer. Es waren die Fleischwurst und der kahle Mann. Harry reichte ihnen nacheinander die Hand. Ein winziges Päckchen wechselte zur Fleischwurst, der den Mund in die Breite zog. Johannes hatte einen Goldzahn oder wenigstens einen ausgeschlagenen erwartet, aber der Typ hatte ein ganz normales Gebiss.

Harry wies auf Johannes. »Er ist heute auch dabei. Kann nicht schaden.«

»Was machen wir denn?«, fragte Johannes.

»Wir fahren nach Villrath«, antwortete Harry. »Auf dem Friedhof ist noch jede Menge Zeug, hat mir Chili erzählt.«

Er deutete Johannes an, auf die Ladefläche des Wagens zu klettern. Er und der kahle Mann stiegen ins Führerhäuschen, die Fleischwurst ebenfalls nach hinten, wo er sich auf den Boden fallen ließ und die Beine von sich streckte. Der Pritschenwagen fuhr an. Der Wind war kühl, und Johannes zog den Reißverschluss seiner Jacke zu.

Harry bog schon bei der ersten Abzweigung nach Villrath ab, sodass sie sich der Stadt von der Feldseite her näherten und in die Straße gelangten, in der der alte Kamps wohnte. Harry parkte, er und der kahle Mann, der auf einmal eine Eisenstange mit einem gebogenen Ende in der Hand hielt, stiegen aus. So eine hatte Johannes schon einmal gesehen, aber ihm fiel nicht ein, wo. Es kribbelte ihn eigenartig bis in die Fingerspitzen. Auch die Fleischwurst rührte sich jetzt, sprang von der Ladefläche, kam ohne zu straucheln auf, wie ein Zirkusartist. Johannes wartete, dass Harry käme, um ihm die Klappe am hinteren Ende zu öffnen. Als nichts passierte, kletterte er schließlich drüber, schrammte mit dem Schritt gerade so über die Kante, hielt sein Gesicht verkniffen im Zaum.

»Harry«, sagte er, und dann lauter: »Harry! Der Friedhof ist nicht hier! Der ist zwei Straßen weiter.«

Harry legte den Zeigefinger an die Lippen. »Ich weiß. Leise jetzt. Wir brauchen hier deine Hilfe.« Er zeigte auf den Garten hinter sich. Kamps' Garten. Kamps' Garten mit der Werkstatt. »Da drin sind ein paar Sachen, die keiner mehr braucht. Du musst in der Nähe bleiben und auf uns warten. Wenn jemand kommt oder im Haus Licht angeht, sagst du Bescheid. Pfeifst oder rufst. Wir sind schnell. Ich zähl auf dich.«

Einen Augenblick lang fühlte sich Johannes wie festgewachsen. Er begriff erst nach und nach. Kämpfte gegen den Wunsch an, sich zu irren, alles einfach nur falsch zu verstehen. Doch er wusste genau, was los war. Verarscht war er worden. Es wurde eng in seinem Hals.

»Das ist Diebstahl, Harry. Das könnt ihr nicht machen.«

»Ach ja?«, sagte Harry und sah ihn von oben bis unten an.

»Ja. Ich kenn außerdem den Mann, der da wohnt.«

»Und? Du hast gesagt, du hilfst uns. Denk an deine Maschine.«

»Für die Maschine hab ich *gearbeitet*«, stieß Johannes hervor.

»Aber noch nicht genug. Jetzt stell dich nicht an. Du sollst doch nur aufpassen.«

»Nein!«

Irgendwo im Dunkeln seufzte die Fleischwurst.

Johannes blickte auf Kamps' Haus. In keinem Stockwerk brannte Licht, der alte Mann schlief sicher schon. Aufwecken müsste man ihn.

Johannes war mit wenigen Sätzen zurück am Wagen, riss die Fahrertür auf und presste seine Hand auf die Hupe. Der Ton gellte in seinen Ohren, machte ihn schwindelig. Die Fleischwurst war blitzschnell bei ihm, packte ihn, doch Johannes war groß, war schwer, war *zu schwer*, der Mann keuchte und fluchte. Eine weitere Hand, die nach Johannes griff, an seinem Bein zerrte. Dann noch eine. Dann rutschte er aus dem Wagen und landete mit einem Schrei, Gesicht voran, auf dem Asphalt.

*

Stunden waren vergangen, seitdem Kamps nach Hause gekommen und zur Tür hereingestolpert war. Stunden, seitdem er sich, um Atem ringend, auf die Couch hatte legen müssen und seither einen Zeitpunkt herbeiwartete, an dem er sich wieder wie ein Mensch fühlen würde. Wie ein Jemand. Doch immer wenn er glaubte, es gleich überstanden zu haben, überkam es ihn erneut, wie Schüttelfrost: das Unverständnis, die Ignoranz, die Bösartigkeit, mit der er vergrämt worden war. Er wickelte sich in eine Decke, so kalt war ihm. Kamps überlegte, was tun.

Vielleicht war es an der Zeit, der Stadt und allen, die hier lebten, endgültig seine Gesellschaft zu entziehen. Keine Gefälligkeiten mehr zu übernehmen, niemanden mehr zu grüßen. Sie hatten ihn an den Rand gedrängt. An den Rand von allem, was gut und richtig war. Dort konnte er sich einrichten, wenn es das war, was sie wollten. Doch sie würden ihn noch vermissen. Spätestens dann, wenn Villrath endgültig vor die Hunde gegangen war, denn daran konnte keine Heilquelle und konnten keine Kurgäste jetzt noch etwas ändern. Die Leute hatten schlichtweg keine Werte mehr. Dieses unselige Fest hatte es eindrücklich bewiesen. Ihm fiel die Stiege ein, die er den Kätzchen aus Latten hatte bauen wollen, rauf zum Dach des Schuppens. Wie hatte er das vergessen können? Morgen, bei Licht, würde er sich der Sache annehmen. Morgen, ein tröstliches Wort, er ließ es in sich einsinken, nein, sich selbst hinein, ganz tief, bis auf den Grund. Die Katzen, der Schuppen, das Holz. Garten und Haus. Morgen wäre alles noch da, alles wartete auf ihn.

Kamps rollte sich auf die Seite, sein Blick streifte die Uhr an der Wand. Nach zehn, längst Zeit für seine Wache. Kurz spielte er mit dem Gedanken, liegen zu bleiben. Er war so müde. Doch mehr als Erholung brauchte er Halt. Etwas, das ihn aufrichtete und umfangen hielt. Er brauchte etwas zu tun. Kamps ging die Treppe hoch ins Schlafzimmer und kleidete sich um. Als er mitten in dem grünen Pullover steckte, kurz davor, sich den Ausschnitt über den Kopf zu ziehen, vernahm er ein Motorengeräusch. Es kam näher. Langsam, viel zu langsam, um zu einem Fahrzeug zu gehören, das nur auf der Durchfahrt war. Die Härchen auf Kamps' Unterarmen stellten sich auf. Es hatte wohl so kommen müssen. Das Finale eines Tages, dem es darum ging, über ihn zu triumphieren. Aber das würde er verhindern. Kamps spürte: Er war jetzt hellwach. Ganz da. Wie gut das tat. Rasant war er beim Lichtschalter, knipste die Deckenleuchte aus und lugte dann, im Schutz der Dunkelheit, aus dem Fenster auf die Straße. Ein Pritschenwagen hielt vor seinem Grundstück, einer, den er glaubte zu kennen. Kamps hörte, wie die Handbremse angezogen wurde. Zwei Gestalten stiegen aus, zwei weitere kletterten hinten runter. Vier gleich. Auch gut. Er hätte Hass für mehr gehabt. Wie erwartet versammelten sie sich direkt vor seinem Garten und schienen sich zu besprechen. Kamps hätte etwas darum gegeben, ein Gesicht erkennen zu können; andererseits erleichterte ihm diese Unwissenheit sein Vorhaben. Er holte das Gewehr unter dem Bett hervor. So leise wie möglich kippte er das Schlafzimmerfenster und schob den Gewehrlauf durch den Schlitz. Er legte an, zwang seinen Atem, gleichmäßig zu fließen, entschied sich für den Größten, Breitesten in der Gruppe. Ein gutes Ziel. Ein Auge zum Beispiel: Das wäre auf jeden Fall hin. Kamps dachte daran, wie sich in einigen Sekunden ein Kapitel seines Lebens schließen und ein neues öffnen würde. Eines, in dem er das letzte Wort gehabt haben würde. Das konnte ihm dann keiner mehr nehmen. Abdrücken. Jetzt. Doch der, auf den er zielte, schien es sich plötzlich anders überlegt zu haben. Sprang zurück in den Wagen, als wollte er Gas geben und fliehen, kam jedoch nur auf die Hupe. Ein Tumult brach aus, ein Gezappel aus Armen und Beinen. Kamps fluchte. So wurde das nichts.

Er musste näher ran.

*

Bärbel steckte Dolce den kleinen Finger ins Maul, ließ ihn daran knabbern.

»Das beruhigt«, sagte sie und meinte sich selbst.

Vera fröstelte. Sie beugte sich vor, klemmte den Kopf zwischen die Knie und würgte die letzten drei Villrather Quelltropfen heraus. Sie betrachtete die Pfütze. Seit dem Frühstück hatte sie anscheinend nichts gegessen.

Bärbel klopfte ihr auf den Rücken. »Vielleicht sollten wir aufbrechen.«

Vera schüttelte den Kopf. »Ich bleibe noch.«

»Hier? Alleine?«

»Ich geh schon nicht verloren«, sagte Vera und bemerkte im selben Moment, dass sie nichts lieber wollte als das.

Bärbel nickte. Sie packte den Hund in seinen Buggy, schlug sich verlegen ein paar Mal die Arme um den Körper, tat, als sei ihr kalt. »Du … wegen Hotte.«

»Schon gut.«

»Nee, also, in echt jetzt. Hättest du wegen mir nicht machen müssen. Ich bin ja fertig mit ihm.«

»Ich weiß. Ich hab's nicht wegen dir gemacht.«

»Okay«, sagte Bärbel. »Aber geh wirklich bald nach Hause, ja?«

Sie fasste den Buggy an den Griffen, schob ihn mit großer Kraftanstrengung einige Meter durch den Matsch, bis sie eines der Trittbretter erreichte. Das Geräusch der Räder entfernte sich langsam. Bald war sie zwischen den Bäumen verschwunden.

Vera sah auf den leeren Festplatz. Es tat gut, keine Menschenseele mehr um sich zu haben. Diese Stille war angenehm. Anders als die lähmende, peinliche nach dem Eintreffen der Polizei, nachdem Ferber angeordnet hatte, alles so schnell wie möglich abzubauen, wegzuschaffen. Wo die Pavillons und das Zelt gestanden hatten, waren tiefe Vierecke im Matsch zurückgeblieben. Mücken schwärmten um die Quelle und um Vera, sie schlug von Zeit zu Zeit nach ihnen.

»Was ist jetzt mit unserer Abmachung?«, hatte die Engelhardt gefragt, als sie sich die Taschen mit kostenlosen Kugelschreibern und Schlüsselbändern am Infostand der Stadtverwaltung voll gemacht hatte und bereit für den Heimweg war. »Ich erwarte mein Geld, das ist Ihnen hoffentlich klar.«

»Sie haben Brandt doch gehört«, hatte Vera geantwortet.

»Ist das mein Problem? Sie haben mir Ihr Wort gegeben.«

»Was wollen Sie denn hören? Es ist aus und vorbei.«

Die Engelhardt hatte harte Augen bekommen. »Sie kommen in Villrath auf keinen grünen Zweig mehr, dafür sorge ich, Frau Beutel.«

»Nur zu. Ich fürchte mich schon.«

»Sie glauben wohl, ich meine das nicht ernst.«

»Doch«, hatte Vera erwidert und die Engelhardt fixiert. »Ich kenne Sie. Ich glaube Ihnen jedes Wort. Ich kann Ihnen Ihr Geld trotzdem nicht geben.«

Die Alte hatte nach dem Kreuz an ihrer Halskette gegriffen, als erwartete sie sich Beistand von oben; hatte noch etwas erwidern wollen, war dann jedoch gegangen.

Vera löste die Nadeln aus den Haaren und nahm endlich das Nixendiadem ab, massierte ihre Kopfhaut. Dachte an den Dicken und wie sie das alles erklären sollte. An Johannes. An sich selbst. Sah sich von außen. Blinzelte, um den aufgestauten Tränen das Kommando zu geben. Die Heulerei über die Bühne zu bringen, die sich andernfalls nur später, in einem schlechteren Moment, aufdrängen würde. Doch es kam nichts. Resigniert stand Vera auf. Düster, wie es nun war, konnte sie ihre Schuhe nicht mehr finden. Sie trat den Weg zurück nach Villrath barfuß an. Der Wald seufzte von allen Seiten, erleichtert, dass auch Vera endlich verschwand. Er hatte wohl genug gesehen für heute. Doch es war fraglich, ob er gänzlich zur Ruhe käme. Vielleicht nähme die Bahn ihre Bauarbeiten schneller wieder auf, als Ferber Piep machen konnte.

Dass allein Vera schuld sei, hatte er gesagt. Nicht mit Worten, aber mit Blicken. Hatte sich nicht von ihr verabschiedet, lediglich gemurmelt, dass sie Diadem und Schärpe demnächst ins Rathaus zurückbringen solle.

Bitte sehr, hatte sie gesagt. Vermutlich war es ohnehin besser, er verpflichtete eine, mit der er keine Bettgeschichte am Laufen hatte.

Nein. Nur jemand *Verlässliches*, hatte er erwidert. Jemand, dem nicht immer alles entgleite.

Als habe sie es nicht versucht. Wieder und wieder versucht. Aber immer war da etwas, das größer war als sie selbst, sich ihrer Kontrolle entzog. Damals schon.

In der Nacht des Erdbebens war sie nicht von dem tiefen Donnern und Knirschen geweckt worden, das gleichzeitig vom Himmel und aus der Erde zu kommen schien. Sie hatte nicht gespürt, wie die Wände des Hauses vibrierten, nicht gesehen, wie sich Gegenstände auf der Tischplatte fortbewegten, nicht gehört, wie das Geschirr im Schrank klirrte. Sie hatte keine eigene Geschichte zu erzählen von dieser Nacht, obwohl sie mithilfe der Berichte, die wochenlang im Stübchen ausgetauscht worden waren, eine erfunden hatte, um dazuzugehören. In Wahrheit hatte sie geschlafen. Hatte das Erdbeben einfach verschlafen, kaputt von der Arbeit im Salon und ihren Aufgaben als Nixe, erschöpft von hungrigen Träumen. War am nächsten Morgen aufgewacht in einem Leben, das nicht mehr ihres gewesen war. Eine Spielfigur, rausgeschmissen beim Mensch-ärgere-dich-nicht.

Vera war am Ende des Wanderwegs angelangt. Ihre nackten Füße schmerzten, sie hatte sich winzige Steinchen in die Sohle eingetreten. Sie humpelte durch die Altstadt. Villrath lag still. Auf dem Kirchplatz saßen die schwarzgekleideten Teenager und soffen, sie grüßten nicht ernst gemeint. Als sie den Brunnen passierte, verspürte sie den Drang, die goldene Flosse der Fischskulptur zu streicheln. Doch es schien wie ein Aufwand, der sich nicht mehr lohnte. Vor dem Stübchen kramte Vera den Haustürschlüssel aus der Handtasche, traf das Schlüsselloch beim dritten Versuch. Im Schankraum war Licht. Johannes lag auf der Eckbank, ein blutbeflecktes Taschentuch überm Gesicht.

*

Eine Amsel, das war eine Amsel, ihr spitzer Warnton bohrte sich in das flaumige Gefühl hinter Kamps' Stirn. Amselschreie waren ein gutes Zeichen; es hieß, die Katzen waren nah. Kamps machte die Augen auf. Ein dürres Zweiglein ragte in den grauen Ausschnitt Himmel über ihm, richtig, er lag an der Hecke. Grashalme kitzelten an seinem Ohr. Es dauerte noch einen Augenblick, bis die Mattheit nachgab unter dem Gewicht der Erinnerung an die vergangene Nacht. Dann war es so weit. Kamps sog die Luft ein, setzte sich ruckartig auf.

Mit dem Gewehr war er die Treppe hinuntergerannt, war dabei fast über eine der Katzen gefallen. Die Haustür hatte er nur einen Spaltbreit geöffnet, gerade so, dass er sich hatte durchzwängen können, ihn kein Geräusch verriet. Sofort hatte er sich auf alle viere begeben und war hinter den Rhododendron gerobbt, um von dort aus noch einmal neu anzulegen. Doch es war exakt einen Augenblick zu spät, das Gesindel bereits auf dem Rückzug mit dem Wagen gewesen. Nur einer war zurückgelassen worden. Und der war gerannt. Kamps hatte verzweifelt versucht, ihn ins Visier zu nehmen. Aber keine Chance. Mit jedem seiner Herzschläge hatte sich der Abstand vergrößert. Feigling. Und Kamps hatte nicht gewusst, wen er damit meinte, den Fliehenden oder sich selbst. Eine Stunde, vielleicht zwei, hatte er noch auf der Lauer gelegen. Vielleicht kämen sie ja zurück. Doch schließlich mussten ihm die Augen zugefallen sein.

Wann hatte er zuletzt unter freiem Himmel geschlafen? War das mit Angelika gewesen, in den Rheinauen, vor so vielen Jahren? Kamps stöhnte. Seine Glieder waren kalt und meldeten ihre Empörung über die unbequeme Nacht. Die Nase lief. In seiner Hosentasche vermutete Kamps ein Taschentuch, doch er machte sich nicht die Mühe, danach zu suchen. Es war nicht wichtig. Es stimmte alles so. Er sah eine der alten Katzen in der Einfahrt vor der Garage sitzen, ungeduldig peitschte ihr Schwanz, als könnte sie es kaum erwarten, dass die Morgensonne endlich die Pflastersteine erwärmte. Ein heißes Bad könnte er sich einlaufen lassen, dachte Kamps.

Schlapp war er, selber zu kochen hatte er keine Lust, doch als er um zwölf bei Vera eintraf, war das Stübchen noch verschlossen. Enttäuscht kehrte er um. Zuhause fand er noch eine Handvoll Zwiebeln und Kartoffeln. Mit dem Schälen war er nicht ganz fertig, als es an der Tür klingelte. Teddy und Ela. Sie hatten selbstgebackenes Brot und eine Tüte mit Spielzeug dabei. Die Kätzchen stürzten sich auf Bälle, die rasselten, einen Stab mit bunten Federn, eine Maus aus Filz.

»Sie sehen müde aus«, sagte Teddy, als sie auf der Terrasse saßen.

»War einiges los hier«, sagte Kamps.

»Kann man wohl sagen. Haben Sie gehört, was beim Stadtfest passiert sein soll?«

»Ich war dabei«, sagte Kamps, »so ein Verhalten. Beschämend.«

»Wir fürchten, dass die Bahn jetzt doch weitermacht. Aber wir müssen die Quelle und den Wald retten. Finden Sie nicht auch?«

»Mit Villrath habe ich abgeschlossen.«

»Das glaube ich nicht. Sie lieben diese Stadt doch.«

»Sie liebt mich aber nicht zurück.«

»Wir könnten Sie und Ihre Stimme gut gebrauchen. Nachdem Sie in der Zeitung waren, sind Sie doch so was wie eine lokale Berühmtheit. Wir haben eine große Protestaktion geplant. Das muss noch mal richtig groß werden, weil die meisten von uns danach zurück an die Uni müssen.«

»Wie gesagt: Das ist nichts mehr für mich.«

Die Frauen sahen enttäuscht aus. Doch er ließ sich nicht umstimmen.

Sie brachen auf. Teddy durchschritt den Garten, fand das Kätzchen, das sie kürzlich über Tag mitgenommen hatte, nahm es auf dem Arm und kraulte es zum Abschied.

»Da ist jemand noch mal gewachsen«, stellte sie fest und strich dem Tier zärtlich durchs Nackenfell, das Kätzchen begann augenblicklich zu schnurren.

»Wissen Sie was, Sie können sie haben. Wenn Sie sich gut um sie kümmern«, sagte Kamps.

»Im Ernst?«

Er nickte. »Zweimal am Tag füttern. Und nachts braucht sie Wärme.«

Er warf einen letzten, schnellen Blick auf das Kätzchen. Dann waren sie fort.

Kamps wischte sich mit dem Handrücken über die Augen. Er schloss das Gartentor, ging zurück ins Haus und aufs Klo. Während er saß, zog er die Hosenbeine hoch und inspizierte seine Knöchel. Die Flecken waren noch da, aber schienen ihr Wachstum endgültig eingestellt zu haben. Er spürte so etwas wie Dankbarkeit. Sein Körper hielt durch, schien endlich begriffen zu haben, was Kamps von ihm erwartete und brauchte. Der Rand der Toilettenbrille drückte kalt gegen seine Schenkel. Zum wiederholten Mal zählte Kamps die Wandfliesen, je vierundzwanzig und eine halbe in einer Reihe. Endlich leerte sich sein Darm in die Schüssel, Kamps seufzte. Er sah auf die Uhr. Bis zum Abend war noch genügend Zeit, um die Stiege am Schuppen für die drei verbliebenen Kätzchen in Angriff zu nehmen. In der Küche briet er schnell die Kartoffeln und die

Zwiebeln, tropfte ein wenig Ketchup darüber. Nach dem Essen betrat er die Werkstatt, schritt die Regale ab, vorbei an Kästchen, Boxen und Dosen. Wenn er sich recht erinnerte, hatte er die Zimmermannsnägel in einem alten Margarinebehälter abgelegt. Da, dort drüben leuchtete etwas Gelbes. Kamps schob den Bohrmaschinenkoffer und die Baulampe beiseite, fand die Nägel, nahm den passenden Hammer vom Haken an der Tür. Die Bretter waren schwer, für jedes musste er einen Extragang von der Werkstatt bis zum Schuppen einlegen. Schwindel ergriff ihn, er musste pausieren. Sobald er mit dem Befestigen und Verbinden der Bretter fertig wäre, würde er aus Restholz die Trittleisten sägen. Etwa zehn Zentimeter lang und nur einen Zentimeter breit, so fänden die kleinen Pfoten den besten Halt. Er stellte sich vor, wie die Kätzchen das Schuppendach erklimmen, was sie von dort oben alles sehen würden. Kamps lehnte die Leiter an den Schuppen und stieg aufs Dach, langsam, sagte er sich, immer mit der Ruhe. Er trat über die Dachkante, richtete sich auf. Die Straße, beinahe das ganze Viertel lag vor ihm, bis runter zur Kreuzung und zur Kirche. Fast meinte er, den Ortsausgang zu sehen, der Horizont lag verdeckt von einer Häuserzeile, doch das störte nicht weiter, Kamps wusste, er war da. Angelika, dachte Kamps, wir sind auf einem guten Weg. Aber erst, das fühlte er, musste er sich setzen, die Hitze, er musste haushalten mit seinen Kräften, er hätte etwas zu trinken mitnehmen sollen nach draußen.

13.

Fünfundsechzig Tage nach der Entdeckung. Montag.

Der Vertreter klingelte vorne am Gartentor. Als niemand kam, um ihn hereinzulassen, drückte er probehalber die Klinke, das Tor sprang auf, eine Einladung, wenn man so wollte. Gut. So wusste er schon einmal, wie er das Verkaufsgespräch beginnen und zu Haustechnik und Alarmsystemen überleiten würde. Er betrat den Garten. Er sah den Mann sofort, und er sah auch sofort, dass er tot war. Das war dem Vertreter erst einmal passiert, als er eine über neunzigjährige Kundin besucht hatte, bei der die Haustür nur angelehnt gewesen war. Der Vertreter trat einen Schritt näher, betrachtete den Toten, der Rumpf und die Gliedmaßen waren unnatürlich gegeneinander verdreht, es sah schmerzhaft aus, aber auch so, als ob es schnell zu Ende gewesen war. Er holte sein Handy hervor und wählte die 112. Ob er verwandt mit der Person sei? Der Vertreter verneinte. Er steckte das Telefon zurück und sah sich auf dem Grundstück um. Bemerkte die Katzen.

Sie hockten überall: unter der Hecke, auf der Vordertreppe, in der Einfahrt vor der Garage. Zwanzig Stück oder mehr. Hoarding-Syndrom, Tieresammeln, in der Zeitung las man manchmal davon. Solche Leute hatten nicht mehr alle Tassen im Schrank.

Der Vertreter lockerte den Krawattenknoten und öffnete den obersten Hemdknopf, der Tag war gelaufen, er konnte genauso gut Feierabend machen. Er klopfte eine Zigarette aus der Packung und suchte nach dem Feuerzeug in seinen Hosentaschen, bis ihm einfiel, dass es pietätlos sein könnte, direkt neben dem Toten zu rauchen. Andererseits. Der konnte sich ja nicht mehr beschweren.

14.

Dreihundertsiebenundsiebzig Tage nach der Entdeckung. Samstag.

Lauras kleine, dicke Hände grabschten nach dem Plüschelefanten, den Johannes ihr hinhielt. Sie steckte sich den Rüssel in den Mund. Johannes kitzelte ihren Bauch, sie strampelte und krähte, und wie so häufig musste er von ihrem pudrigen Geruch niesen. Er stand auf und pulte sich ein paar Teppichfussel von den Knien.

»So. Ich muss dann«, sagte er und gab erst Annette, dann dem Vater die Hand.

»Bis nächste Woche dann? Du kannst immer noch Nein sagen …«

Kommenden Samstag wollten sie gemeinsam den Anzug des Vaters fürs Standesamt aussuchen gehen.

»Doch, klar. Ich bin um zehn hier, wie abgemacht«, antwortete Johannes.

»Schön. Das freut mich.« Der Vater drückte ihn.

Im Hinausgehen kontrollierte Johannes die Nachrichten auf seinem Handy. Raphael hatte geschrieben. Er und Milo würden im letzten Abteil des Regio sitzen, »Rhein in

Flammen« in Koblenz, mit Weinfest und Kirmes. Johannes erwischte seinen Bus, kam am Bahnhof an. Noch zwölf Minuten. Im McDonald's war nicht viel los. Softeis mit Schokosoße. Immer wenn er beim Vater übernachtet hatte, brauchte er etwas Süßes, denn Annette fand, Zucker und Fett seien Gift, und kochte auch so. Johannes aß sein Eis, betrat die Bahnhofsbuchhandlung. Die Verkäuferin winkte ihm, kaum dass er durch die Tür war, verschwand in dem kleinen Lagerraum und zog einen Karton in den Gang.

»Vorhin gekommen«, sagte sie und drückte ihm die neueste Ausgabe der Motorradzeitschrift in die Hand.

Johannes bedankte sich und zahlte. Strich über das glatte, kühle Cover. Schlug das Heft in der Mitte auf und steckte die Nase hinein. Mit dieser Ausgabe hatte er fünfundzwanzig Stück beisammen, wäre der Pappschuber zuhause endlich voll. Im Onlineshop der Zeitschrift gab es Ordner aus gebürstetem Edelstahl für echte Sammler. Vielleicht würde er sich so einen von der Mutter wünschen, zum Zeugnis. Dieses Jahr hatte es keinen blauen Brief gegeben, keine Fünf, auch nicht vage am Horizont, dafür waren die Vierer mehr geworden. Drei Monate war er zu Nachhilfestunden ins Schülerzentrum gegangen, vor allem Englisch; es hatte trotzdem nur knapp gereicht. Den Arsch müsse er hochkriegen, hatte die Studentin, mit der er die Aufgaben machte, jedes Mal gesagt: Wenn er nur mal seinen Arsch hochkriege, könne er in allen Fächern ein guter Schüler sein. Immerhin, das Praktikum bei der Bahn war einigermaßen in Ordnung gewesen. Am meisten hatte ihm gefallen, dem Fahrdienstleiter über die Schulter zu schauen, auf die Bildschirme mit den verzweigten Linien und blinkenden Signalen; Johannes hatte Funksprüche zum Test absetzen dürfen. Manchmal hatte er abends beim Vater und Annette gegessen, hatte alles, wirklich jedes Detail, von seinem Tag erzählen dürfen. Müssen. Der Vater war so glücklich gewesen. Immer wieder hatte er angedeutet, dass im September doch das Ausbildungsjahr anfinge, und verschwörerisch geblinzelt, so wie einige Monate zuvor, als er mit der Idee fürs Praktikum angekommen war.

Trotzdem würde Johannes sich nicht bewerben. Wenn sie den Anzug kaufen gingen, würde er dem Vater von dem Berufskolleg erzählen, das er sich ausgesucht hatte. Dorthin würde er morgens nur eine knappe Stunde fahren müssen. Die Vorstellung, weiter zur Schule zu gehen, mehr Zeit zu haben, fand er mittlerweile erleichternd. Wenn er sich in Deutsch und Englisch verbesserte, in Mathe gut blieb, konnte er mit einer passablen Fachhochschulreife abschließen und hätte bessere Chancen auf einen Ausbildungsplatz, genauer gesagt auf den im Altenheim. Bürokaufmann im Gesundheitswesen hieß das, Frau Ferber hatte ihn darauf aufmerksam gemacht. Nur der Motorradführerschein würde noch warten müssen. Er wollte die Dinge jetzt eins nach dem anderen angehen. War auch fast so weit, dass er nicht mehr von der Hercules träumte. Jedenfalls weniger als noch vor ein paar Monaten. Und weniger schlimm.

Johannes drehte an seinem Ohrring. Er verließ den

Laden und ging rüber auf den Bahnsteig, mitten durch ein Grüppchen von Tauben; sie flatterten in alle Richtungen. Er setzte sich auf die Bank und löffelte sein Eis zu Ende. Ein Pritschenwagen kam auf den Platz vor dem Bahnhof gefahren und hielt schräg gegenüber McDonald's in der Taxibucht. Johannes' Herz machte einen Satz. Die Tür auf der Beifahrerseite schien neu eingesetzt, ihr Weiß war heller und sauberer als der alte Lack, dennoch war es unverkennbar Harrys Wagen. Johannes krümmte die Zehen in den Schuhen. Er hatte Harry seit der Nacht bei Kamps nicht mehr gesehen. Immer wenn danach auf der Straße eine Glocke gebimmelt hatte, war Johannes zusammengezuckt, aber dann war es nur der Eismann gewesen. Nach Schulschluss hatte er oft noch zwanzig Minuten in der Nähe des Ausgangs gestanden und unruhig die Straße und den Lehrerparkplatz beobachtet. Was, wenn es Harry nicht gereicht hatte, ihm damals, bei Kamps, die Nase zu brechen? Der Mutter hatte er erzählt, er sei vom Fahrrad gestürzt und das Fahrrad, nun ja. Abhandengekommen. Sie hatte ihm kein Wort geglaubt. Hatte ihn zur Polizei geschleppt, wo er sich eine Geschichte ausgedacht hatte von einem Überfall und dass er niemanden habe erkennen können. Anzeige gegen unbekannt, die Ermittlungen waren inzwischen eingestellt.

Er beobachtete Harry, wie dieser aus dem Wagen stieg und den McDonald's betrat, wenig später mit einer braunen Papiertüte in der Hand wieder herauskam. Zwei Jungs in Johannes' Alter, die auf der Bordsteinkante vor dem Geschäft hockten, sprachen mit ihm. Er sah Harry nachdenklich den Kopf zur Seite legen. Die Jungen redeten weiter auf ihn ein, einer von ihnen stand auf. Johannes' Zug fuhr ein und hielt. Die Türen schoben sich auseinander, und er warf seinen leeren Eisbecher in den Mülleimer, sprang ins Abteil. Nicht der letzte Wagen, wie mit Raphael und Milo verabredet, aber das war jetzt egal. Johannes klappte einen Sitz herunter und starrte durch die Scheibe auf den Bahnhofsplatz. Sah, wie Harry und der Junge, der aufgestanden war, sich in Bewegung setzten und nebeneinanderher zum Wagen liefen. Harry öffnete die Fahrertür, der Junge umrundete das Heck und stieg gegenüber ein. Johannes stellte sich vor, wie Harry ihm die Tüte reichte: Halt mal. Oder: Hier, für dich. Und dann: Schnall dich an. Harry hatte schon einen Fuß auf dem Trittbrett, sah sich prüfend um. Der Parkplatz, das Bahnhofsgebäude, die Busse. Die Ein- und Aussteigenden auf dem Gleis. Der Zug. Johannes rutschte vom Fenster weg. Er hatte auf einmal das Bedürfnis, flach zu atmen. Die Türen schlossen mit einem Piepen, die Bahn fuhr an. Johannes entspannte sich. Er riskierte einen letzten Blick zurück zum Bahnhof. Harry stand noch immer neben seinem Pritschenwagen. Blickte er Johannes nach? Harry machte eine Handbewegung. Winkte. Oder ballte die Faust. Auf die Entfernung war es nicht mehr richtig zu erkennen.

*

»Mach dich nützlich, aber stör auch nicht«, hatte Erika an Veras erstem Tag im City Play gesagt. Es hieß: darauf achten, dass niemand ein leeres Glas vor sich stehen hatte. Auf Wunsch ein Taxi bestellen. Unterhaltungen mit den Gästen auf das Nötigste beschränken, um niemanden vom Spiel abzuhalten. Gegen die Langeweile halfen tagsüber Zeitschriften, Kreuzworträtsel. In den Nachtstunden die Vorstellung, Kapitänin eines Schiffs zu sein, das durch unbekannte Gewässer reiste, ohne Gestern, ohne Morgen, ohne Ziel, immer im Kreis. Vom Tresen aus überwachte sie, wie die Besatzung ihren Dienst an den Automaten verrichtete. Bemerkte sie, dass jemand schwächelte, die Motivation verlor, steuerte Vera dagegen, passte die Auswahl und Lautstärke der Musik an, sorgte für Nachschub an Energydrinks und Kaffee. In diesen Momenten hätte ihr die Arbeit Freude machen können. Doch es war Arbeit, nicht das Stübchen.

Vera setzte sich. Sie fröstelte. Sie könnte die Klimaanlage der Spielhalle zurückdrehen. Aber die Gäste würden es bemerken, mosern. Die meisten schwitzten sowieso mehr oder weniger die ganze Zeit; nicht unbedingt die Lauten, Hektischen, sondern eher die Stillen, Konzentrierten, die kaum Pausen machten. Entsprechend roch es in der Halle. Das war das Einzige, woran sie sich noch nicht hatte gewöhnen wollen.

»Vera?« Lampen-Klaus lehnte sich auf seinem Hocker zurück, versuchte, ihre Aufmerksamkeit auf sich zu ziehen. Er winkte. »Sag mal, gehst du später auch rüber?«

»Wenn meine Ablösung kommt. Ja.«

»Klasse. Dann begleite ich dich. Ist doch schöner, so zu zweit.«

»Danke. Hab ich gerade keinen Bedarf für.«

»Musst ja nicht gleich ›sexuelle Belästigung‹ daraus machen«, erwiderte er biestig.

»Spiel mal weiter, Klaus.«

Sie könne in der Spielhalle bleiben, so lange sie wolle, hatte Erika gesagt, gutes Personal sei schwer zu finden. Seit März ging Vera jetzt quer über die Straße, halbe Tage, halbe Abende, halbe Nächte, immer im Wechsel mit Erika, Svetlana und Conny, die vorher bei Clausens Gebrauchtwaren ausgeholfen hatte, dessen Zeit nun dem Ende zuging. Die Villrather gaben das Geld, das sie erwarteten, bereits mit vollen Händen aus, für nagelneuen Kram aus dem Möbelhaus. Oder fütterten Erikas Automaten. Wo auf einmal so viel Glück war, so viele Chancen, galt es, überall dabei zu sein.

Vera schlug die nächste Seite ihrer Zeitschrift auf. Cocktails für zuhause. Sie blätterte weiter.

Ferber betrat die Bühne des Rathaussaals überpünktlich, nahm zwei Stufen auf einmal. An seinem Hemd ein Anstecker mit der Aufschrift »V. O. C.«. Seitdem Ferber sich den Schnauzer abrasiert hatte, zog er sich noch schlechter an als vorher, nicht mehr wie zehn, sondern wie zwanzig Jahre jünger. Kapuzenpullover und Turnschuhe. Sicher war er seit der Trennung von Eva-Maria auch bei irgendeiner Dating-App angemeldet.

Vera nahm das Bier und den Öffner aus ihrer Tüte.

»Du denkst an alles«, flüsterte Bärbel dankbar.

Sie ließen die Kronkorken zischen, mitten in Ferbers

Begrüßung hinein. Er sah böse in die Richtung des Geräuschs.

»Nun. Ein Jahr haben wir nach geeigneten Investoren gesucht, um unsere schöne Stadt wieder touristisch zu erschließen. Doch leider hat sich die Bahn, wie Sie alle wissen, im Sommer des letzten Jahres dazu entschlossen, den Bau der Güterzugtrasse fortzuführen. Der Grund war, dass Villrath nicht über die Mittel verfügte, eine Streckenumlegung, die den Waldabschnitt mit der Quelle begehbar ließe, zu finanzieren.«

Vera spürte, wie sie aus verschiedenen Richtungen Blicke trafen.

Ferber stellte sich jetzt sehr gerade hin.

»Und doch ist nichts umsonst gewesen. Der Arbeit des Marketingteams der Stadtverwaltung ist es zu verdanken …«, er meinte sich selbst, »… dass die AVS Retail Group damals auf uns aufmerksam wurde und die Villrather Altstadt als ideal für ihr an anderen Orten bereits bewährtes Outletkonzept befunden hat. Der Stadtrat sprach sich Anfang des Jahres erwartungsgemäß positiv dafür aus, sodass am Ersten dieses Monats die Betreibergesellschaft, die Villrath Outlet City GmbH, gegründet werden konnte, deren Vertreter im Übrigen heute Abend anwesend sind, um sich mit Ihnen, den Bürgerinnen und Bürgern, in einem ganz zwanglosen Rahmen auszutauschen.« Ferber schnaufte stolz. »Doch zunächst möchten wir Ihnen endlich den Plan für unser aller Zukunft im Einkaufsparadies ›Villrath Outlet City‹, kurz V. O. C. vorstellen, das dank Ihrer Mithilfe schon in wenigen Monaten eröffnet werden kann. Lassen Sie uns damit gemeinsam ein neues Jahrzehnt einläuten.«

Er drückte eine Taste auf dem bereitstehenden Laptop, der Beamer projizierte die erste Folie einer PowerPoint-Präsentation auf die Leinwand. Das Blatt zeigte eine Zeichnung der Villrather Altstadt aus der Vogelperspektive. Die Gebäude waren mit Namen beschriftet: Mustang Jeans. Betty Barclay. Lindt. Über dem Salon der Engelhardt stand Triumph.

»Guckt mal, bei der Alten zieht Unterwäsche ein«, gluckste Hotte.

»Schhh«, machte Bärbel und sah ihn an.

»Ach so«, Hottes Blick fiel kleinlaut auf Vera, »tschuldige.«

Vera nippte wortlos an ihrem Bier.

Vierzig bis fünfzig Prozent der Ladenfläche der Altstadt, sogar der Döner-Grill, waren bisher verkauft. Der Investor, ein Unternehmen aus der Schweiz, hatte großzügige Summen hingeblättert, wenn man nach dem ging, was im City Play erzählt wurde. Nur für die Promenade hatte er sich nicht interessiert. Zu weit ab vom Schuss. Das Shoppingerlebnis müsse auf eine klar definierte, überschaubare Fläche konzentriert werden, damit das Konzept aufgehe, hatte Ferber dazu in einem amtlichen Schreiben erklärt, nachdem Vera und einige andere leer Ausgegangene sich beschwert hatten. Es täte ihm aufrichtig leid. Doch er sei überzeugt, auch sie würden letztlich vom Zulauf profitieren. Es seien doch nur ein paar hundert Meter, von der Altstadt aus gesehen … Vera setzte die Flasche klirrend ab und nahm die nächste aus der Tüte. Gequirlte Scheiße. Höchstens bei den Mädchen im Café Tango würde die Kasse klingeln, wenn die Ehemänner der Shoppingcliquen sich ein paar Stunden beschäftigen mussten. Sie und das Stübchen dagegen: im Arsch. Wer demnächst nach Villrath käme, würde vor der Kneipenzeit wieder nach Hause fahren.

Letzten Dienstag erst hatte ein Inkassounternehmen vor der Tür gestanden; ein Falschfreundlicher, flankiert von zwei Grobianen. Neunhundertfünfzig Euro. Wofür, hatte Vera schon im selben Moment wieder vergessen, hatte sich das Geld schnell und demütigend zusammentelefoniert. Der Großteil war von Bärbel gekommen, deren Onlineshop mit Villrather Quellwasser ein bisschen abwarf, seit eine junge Frau in einem YouTube-Video davon gesprochen hatte, wie gut es sich zur Gesichtsreinigung eignen würde. Da die Quelle längst zugeschüttet war, waren Bärbels Vorräte inzwischen aufgebraucht, sie füllte Leitungswasser ab und streute eine Prise Gewürzmischung hinein, doch aufgeflogen war sie noch nicht.

Dennoch. Das Stübchen war nicht mehr zu retten. Vera hatte den Kopf so lange über Wasser gehalten, wie es ihr möglich gewesen war, doch zum Ende des Winters, als sie die Rechnungen bereits seit Monaten aus dem Briefkasten direkt in den Papierkorb beförderte, waren die Wellen über ihr zusammengeschwappt, ohne das Gefühl von Erlösung. Nicht mal das.

»Unsere Träume machen uns aus«, hatte der Dicke gesagt. »Die erfüllten, sicher. Aber die unerfüllten eigentlich noch mehr. Sonst bleibt doch nichts mehr übrig, was einen antreibt. Sieh es mal so. Du bist auch immer alles, was du nicht bist.«

»Ich bin auch immer alles, was ich nicht bin«, hatte sie ihm zuliebe wiederholt.

Ferber war am Ende der Präsentation angekommen. Das letzte Bild zeigte eine Fotomontage von fröhlichen Menschen mit Einkaufstüten vor der Kulisse der Altstadt. Jemand hatte sogar daran gedacht, Eis essende Kinder auf den Rand des Brunnens zu kleben. Vorne rechts ein Schoßhund im karierten Regenmäntelchen.

»Bevor wir zum geselligen Teil des Abends übergehen, möchte ich noch jemand ganz Besonderem das Wort erteilen«, sagte Ferber. »Jemand, der beispielhaft für die Geschäftstätigen in der Altstadt über die dortigen Entwicklungen berichten kann und vielleicht auch jene unter Ihnen überzeugt, die noch zögern, Teil der Villrath Outlet City zu werden. Frau Engelhardt, kommen Sie bitte nach vorne?«

Die Alte erhob sich gestelzt. Trug den Kopf marionettenhaft hoch, als hinge er an unsichtbaren Fäden; auch an ihrer Brust glänzte der Anstecker. Sie schritt zu Ferber, er reichte ihr überflüssig galant die Hand, damit sie sicher über die Stufen kam.

»Die meisten von Ihnen wissen Bescheid, aber der Vollständigkeit halber soll ich sagen, dass Frau Engelhardt den Friseursalon Engelhardt seit fast zwanzig Jahren führt«, erklärte Ferber augenzwinkernd. »Erzählen Sie uns, wie ist der Stand bei Ihnen, wie sind Ihre Erfahrungen mit AVS Retail, und worauf freuen Sie sich ganz besonders in der Zukunft?«

Er verwies auf das Pult, bog ihr das Mikrofon herunter. Die Alte lächelte, genoss die erwartungsvolle Stille.

Vera trank ihr Bier in vier, fünf Zügen aus, reichte Bärbel die leere Flasche. »Wartet nicht auf mich. Ich muss noch mal weg.«

Sie legte den Weg zum Stübchen im Marschschritt zurück, raffte in der Garage zusammen, was sie brauchte. Wie lange hatte sie auf diesen Moment gewartet, in dem praktisch die ganze Stadt nicht zuhause war, sie ungestört sein konnte. Doch die Ersten könnten bald den Heimweg aus dem Rathaus antreten; in einer knappen Stunde musste sie außerdem zurück in der Spielhalle sein und wieder Svetlana ablösen, die nur kurzfristig eingesprungen war. Sie hatte keine Zeit zu verlieren. Der Rucksack schleuderte ihr hart ins Kreuz, trieb sie an mit jedem Schritt. Am Salon blieb sie stehen, stützte sich auf den Knien ab, um wieder zu Atem zu kommen, sah durch die Schaufensterscheibe in den leergeräumten Salon, auf die nackten Wände, an denen die Kreuze der Alten bleiche Umrisse hinterlassen hatten. Sie sah auf die Uhr. Kurz vor acht. Vera durchquerte den Hinterhof zwischen dem Salon und dem Döner-Grill, näherte sich von der Rückseite.

Natürlich hatte sie überlegt, einen Stein oder Ähnliches für das Fenster mitzunehmen. Doch sie wollte nicht riskieren, dass jemand den Lärm des splitternden Glases hörte. Sie musste sich darauf verlassen, dass das Klofensterchen auch heute auf Kipp stünde, so wie gestern, letzte Woche, letzten Monat, während ihrer Kontrollgänge. Doch sie traute der Engelhardt zu, wie aus Vorahnung ausgerechnet heute eine Ausnahme gemacht zu haben. Vera atmete flach. Mit geschlossenen Augen bog sie um die Ecke, tastete sich vorwärts, bis sie glaubte, an der richtigen Stelle zu stehen, um das Fensterchen gut im Blick zu haben. »Weißt du«, hatte Eva-Maria gesagt, nachdem auch die Abmachung zwischen Vera und Brandt in Villrath gänzlich die Runde gemacht hatte, »das war dir wohl nicht ganz klar. Aber hättest du dein Haus verkauft wie geplant, hättest du mit dem Geld doch nicht viel anstellen können. Bei so einer Summe wärst du wahrscheinlich unterhaltspflichtig geworden und hätte das Sozialamt die Heimkosten für deine Mutter zurückgefordert. Da wäre nicht viel übrig geblieben. Tröstet dich das, wenigstens ein bisschen? Vielleicht war ja doch alles richtig so.«

Eva-Maria hatte recht. Es ergab immer alles Sinn, im Rückblick. Man nahm jedes Puzzlestück, das nicht passte, und schnitt sich die Kanten zurecht. So einfach, wenn man wollte. So einfach, in der Theorie.

Vera legte die Hand auf die Hauswand.

Noch konnte sie umkehren, das Anständige tun, mit dem Hochgefühl der Erleichterung und des Stolzes, als die bessere Version ihrer selbst. Aber sie wusste auch: Diese bessere Version gab es nicht. Sie tauchte lediglich dann und wann auf, um Erwartungen zu schüren und Unruhe zu stiften. Verpisste sich ohne Ankündigung und ohne hinter sich aufzuräumen. Vera hatte entschieden, dass es klüger war, sich nicht mehr damit zu befassen, was hätte sein können.

Sie machte die Augen auf, blinzelte. Das Fensterchen wartete auf sie.

Schnell leerte sie ihren Rucksack. Gartenhandschuhe, Draht, Brandbeschleuniger, Streichhölzer. Sie begann. Margot hatte ihr den Trick einmal gezeigt, als sie sich aus dem Stübchen ausgesperrt hatten. Vera schien nichts verlernt zu haben: Den Draht oben durch den Fensterspalt schieben, auf der Innenseite des Fensters herunterlassen, bis er auf der richtigen Höhe war, um das Ende mit der Schlaufe, die sie hineingebogen hatte, über den Griff zu fädeln. Anschließend den Draht spannen und von der gegenüberliegenden Seite des Fensters aus ziehen, sodass es sich schloss. Sie benötigte mehrere Versuche. Sie zog den Draht wieder heraus und formte die Schlaufe enger, stabiler. Ein neuer Versuch und noch einer. Sie riss mit aller Kraft. Endlich bewegte sich der Fenstergriff in die Waagerechte, das Fenster sprang auf, und sie warf ihre Sachen ins Innere. Dann zog sie eine der Mülltonnen heran und kletterte hinterher.

Sie öffnete den Brandbeschleuniger, verteilte den Flascheninhalt großzügig über den Boden und bis in die Ecken aller Räume, kleine und größere Pfützen, zwischen die sie Verbindungslinien tropfte. Sie war schneller fertig als gedacht. Als erhofft. Zärtlich strich sie noch einmal über die Klinken der Türen. Zurück im Klo hievte sie sich auf den Fenstersims und kam dem spontanen Bedürfnis nach, mit den Beinen zu baumeln. So verharrte sie fünf

Minuten, in denen der Salon ihrer war. Dann, spürte sie, war es an der Zeit, dass er niemandem mehr gehörte.

Sie warf ihren Rucksack zurück nach draußen. Atmete ein letztes Mal tief durch, riss ein Streichholz an und schleuderte es in den Raum; es landete in der glänzenden Lache, die sie direkt unter das Waschbecken gegossen hatte; ein Knall, und eine Feuerkugel stieg an der Stelle auf, ihre Flammen breiteten sich wie gierige Ärmchen nach allen Seiten aus, schnell, so schnell, die plötzliche Hitze schlug Vera wie eine Ohrfeige ins Gesicht. Sie riss die Füße hoch, krabbelte über den Fenstersims ins Freie, stieß sich ab und sprang. Landete in der Hocke, Schmerz schoss in ihren rechten Knöchel. Sie griff sich den Rucksack und rannte los.

Als die Tür des Stübchens hinter ihr ins Schloss fiel, setzte sie sich keuchend an ihren Tresen. Zur Ruhe kommen. Nicht zu lang, sonst würde sich Svetlana im City Play wundern, wo sie blieb. Aber auch nicht zu kurz. Diesen einen Augenblick hatte sie noch. Mit zitternden Händen holte sie Tabak, Filter und Papierchen hervor, drehte sich eine Zigarette, allmählich wurde sie besser darin. Es knisterte satt und freundlich, als sie sie anzündete. Mit Genuss nahm sie den ersten Zug, spürte den Rauch ihre Lungen füllen, fühlte sich lebendig. Wie eigentlich Nichtraucher spürten, dass sie am Leben waren? Das hatte sie auch nie verstanden. Vera nahm den Glücksbringer aus ihrer Hosentasche und legte ihn in die Schale zu den anderen, die Hotte ihr gebastelt hatte. Einen für jeden Tag der Woche, er hatte sie entsprechend beschriftet und passte sehr genau auf, dass sie sie nicht durcheinanderbrachte. Am Kurpark heulte die Sirene der Feuerwehr auf.

Morgen, hatte der Dicke gesagt, könnten sie mal wieder mit dem Rollstuhl einen Ausflug machen.

***